所有人的面目都模糊，只剩下你吧，你像一朵小小的玫瑰，静静绽放在喧闹拥挤的世界里。
原来苍白炽烈岁月，就为了当这匆匆一眼。

多么想将它一朵摘下，放在胸口，从此永不分离。
我在很久很久以前就爱上你了，沈寻。

他在云之南

景行 著

江苏凤凰文艺出版社

他在云之南

"我答应他一起去北极圈外,还有去景清南山看他姐姐。"

"好,开春的时候,我陪你一起去,"程立低沉出声,将她揽到怀里,"也去看看他,让他会一会你的心上人。"

沈寻屏住呼吸，被眼前的景色深深震撼。

"原来最美丽的风景，是在光与暗的交界。"她轻轻叹息。

"小寻寻，你有没有听过一句话？"祖安低声问。

"什么？"

"在残酷的世界战斗，最让人热血沸腾的，不是克敌制胜，而是在漫长的征途中，找到并肩作战的人。"

那次，他和程立静静地站在人群里，他的心里，响起的就是这句话。

再版前言 / 1

第一章
你是谁 / 001

第二章
墨菲斯 / 019

第三章
我要追你 / 037

第四章
被刺痛 / 053

第五章
小麻烦精 / 067

第六章
发烧 / 082

第七章
这里有你 / 097

第八章
炙热的吻 / 108

第九章
有没有想我 / 122

第十章
遗漏的线索 / 136

第十一章
我的人 / 146

第十二章
生日与忌日 / 161

目录 CONTENTS

第十三章
最该禁的毒 / 175

第十四章
另一条路 / 187

第十五章
身在地狱 / 203

第十六章
光与暗 / 217

第十七章
再相遇 / 232

第十八章
很久以前 / 248

第十九章
字母 S / 262

第二十章
我只要你 / 274

番外一
给你的信 / 290

番外二
此生待从头 / 292

番外三
云之南，梦之北 / 301

番外四
帅叔叔的情书 / 303

后记
致敬 / 307

再版前言

> 记住，每位客人，仅短暂停留，只为你的成长而来。
> 他笑得像一朵盛放的玫瑰，他说，到火里来。
> 你会看到，你本以为的火焰，不过是茉莉而已。
> 心中若有光，便会找到回家的路。
> ——鲁米

2024年冬天，我写下了《他在云之南》的几篇番外，在这本书出版了将近五年之后。

很多人说，景，你终于回来了。

是的，我回来了，也带着当初一些未完待续的故事回来了。当然，在经历这些年和许多事之后，无论是我、书中人物，还是看书的人，身心的一部分都已不是从前的我们。

有人说，《他在云之南》因虐而火。可在看完很多读者的评论后，我觉得，大家之所以会喜欢这个故事，还是因为对程立和祖安的致敬，对那些以青春、热血在默默奉献、牺牲的那群人的致敬，因为他们代表的正义和光明，因为你们自己心底与之呼应的光与热，爱与坚持，热情与希望，而不是单纯因为什么虐。

也许是会意难平，彼此在时光中失散；也会遗憾，告白会变成不告而别。

但是，没关系的。

就像小时候觉得，刻舟求剑的那个人好傻，后来发现我们都会做同样的傻事。离去的人，遗失的爱，是落在江心的剑，我们趴在自以为是的记号旁安慰自己，会找到的，剑还在。其实，我们已经随岁月之舟行至彼岸，而那把剑，也有自己漂移的方向。

但总有一天，我们会明白，那把剑对我们而言，永远独一无二。无论它在哪里，无论有一天，是否在江湖重逢。而轻舟已过万重山的我们，一定是比从前更好的自己。

在我心里，在我写下《他在云之南》时，就没有所谓的结局。因为我们的人生，就如沈寻的名字一样，是一场持续的探寻之旅。就像在别人问程立"这么辛苦，是为了什么"时，他心里的回答——其实人活着，就是爱与背负，直至最后一天。并不需要刻意去寻求所谓的答案或意义，我们所经历的一切，都是答案与意义。

试问岭南应不好，却道，此心安处是吾乡。心中有光，就会照亮归途。相逢的意义，是照亮彼此，收获成长。

时常有读者给我留言，诉说自己的烦恼与不幸。其实，没有一帆风顺的人生。作为个体，要在时代与社会的大潮中浮沉，也要应对自身微小环境中的种种困难，并不容易。很想抱抱你们每一个人，说，辛苦了啊，加油。

要熬过去，也会熬过去的，因为生命中总有我们为之努力的人与事。于我而言，是始终在我身后支持我的父母、爱人、亲人、朋友、这些年的新老读者，很多帮助过我但也许此生都不会再相见的人。

将一切当成试炼和学习、河流中的石头，而我们是过河的人。在无常中自省、沉淀、克制、精进、静待转机。总会有一天，再说一声幸会。

以我很喜欢的一首歌，送给书中的人们，也送给你们。

> 多少人跌倒还能站起，才发现什么才是自己……
> 多少人还能心存感激，每一个站台都有意义
> 在多年以后，微笑不语，透明干净。就像这世间，从未对你，风雨洗礼
> 你说这世间，唯一让你坚持的勇气，是你要珍惜，不曾离弃，坚持身影……
> 你说这世间，唯一让你不舍的难题，是你要珍惜，不曾离弃，说我爱你
> ——黄义达 My Heart Disk

特别感谢舟行的创始人何亚娟总编，十多年来，始终致力于我作品的出版，始终鼓励着我不要放弃写作，没有她，就没有《他在云之南》的诞生。

感谢编辑夏童，以其专业性和敏锐度，给了我许多启发和建议。

感谢欣梦享文化，让我和大家因新版《他在云之南》重聚。也期待下一次相逢。

明天和明天的我们自己，都值得期待。

景行
2025 年 2 月 16 日

第一章
你是谁

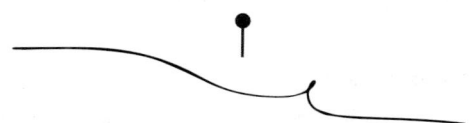

滇缅边境。

一辆中巴车沿着山路前行。

沈寻在颠簸中醒来,睁开眼车窗外就是一条清澈的溪流,从山间奔泻而下,在石头上绽放出雪白的花朵。两侧的青山苍翠欲滴,层峦起伏。

她抬手看了看表,照时间来看,快到了。

大约十分钟后,树林里露出一角屋檐。

汽车缓缓停下,沈寻拿起背包,跟在其他两名乘客后面下了车。

三层楼的客栈,门前的木牌上分别用中文、英文、缅甸文写着"巴顿的店"。

棕发蓝眸的男人倚在门框上瞅着沈寻笑,见她走近,便上前将她搂在怀里,亲了亲她的脸颊:"好久不见了,小甜心。"

"好久不见,巴顿。"她也感慨,"上次拥抱,还是在巴西。"

亚马孙河流域的丛林里,她抱着昏迷不醒的巴顿,哭得一把鼻涕一把泪。

这是她曾经并肩作战的同事,也是她的老师。

"看,我的中文字已经写得出神入化,"巴顿扬了扬手中的登记簿,"我应该叫你 Sara,还是沈寻?"

"你喜欢哪个就叫哪个。"她挑眉,闻到了咖啡香,忍不住打了个哈欠。

"先去放行李,"巴顿笑了,把钥匙递给她,"晚上给你做意面和烤鱼,威士忌、咖啡都有,还有冰淇淋。"

"谢谢老板。"沈寻朝他认认真真地行了个绅士的脱帽礼。

她的房间在三楼。客栈是在老式竹楼的基础上改建的,保留了原有的韵味。

房间木门上的油漆已经有些斑驳,依稀看得到当初雕刻的花纹,还有几道像是利器造成的划痕。锁不是很好开，沈寻使劲扭了几下钥匙，才把锁打开。

一推门，一股血腥味迎面而来。不对劲。

她脊背一凉，下意识就要拉上门，但是已经来不及，她的手臂被人捉住，那人用蛮力将她拖进房间，她的惊呼声还未出口，一只大掌就死死地捂住了她的嘴。

房间里的一切霎时映入眼帘。

窗帘是掩着的，一个人趴在地板上，满头都是血，身下也是一摊暗红色的血迹。

靠墙的藤椅上坐着一个男人，他穿着黑色衬衫，整个人都陷在黑暗里，只有手中的一把匕首，闪着锋利的寒芒。

此刻，他的目光正缓缓从地上那人的身上移到沈寻脸上。

四目相对，沈寻觉得喉咙一紧，浑身的血液仿佛都凝固了。

那是一双冰冷锐利的黑眸，眼神看似漫不经心却透着嗜血的光。那一瞬间，她感觉自己像是被猛虎咬住脖子的羊。她放弃挣扎，站在原地看着他。

身后的男人像是意外于她的配合，低沉出声："三哥？"

"放开她吧。"椅子上那人轻轻开口，站起身，不紧不慢地走到她面前。

沈寻没有出声，只是沉默地与他对视。

这个男人高大得可怕。只到他胸口的她，整个人都陷在他的阴影里。

她不知道她面对的是什么，但是她清楚，呼救绝对不是一个好选择。也许在她喊出声的那一刻，眼前这男人就会扭断她的脖子。

"你是谁？从哪里来？到这里做什么？"清冷的声音轻轻扬起，仿佛山风掠过丛林。

"沈寻，"沈寻竭力保持声音里的镇静，"从北京来，旅游。"

"把背包给我。"

他接过她摘下的背包，递给自己的同伴："阿北，看一下。"

笔记本电脑、手机、钢笔、记事本、衣服、洗漱包、医药包等落了一地。那个叫阿北的男人蹲在地上仔细翻看，甚至包括她的内衣裤。

她忍不住蹙眉。

一双大掌突然箍住了她的肩。

"你要干什么？"她惊恐地瞪着他，压低声音发问。

"闭嘴。"男人冷冷地盯着她，手掌一路下滑。

宽大滚烫的掌心，如同烙铁一样，隔着单薄的衬衫，熨烫着她的曲线。羞

耻感顿时从胸口炸开,她咬住唇,瞪着他的双目几乎要喷出火来。

她衬衫的胸前有两个口袋,修长的手指停在那里,仔细摩挲、探入。

沈寻清楚地感觉到,胸前脆弱的顶端,瞬间起了变化。

男人显然也感觉到了。他看着她一脸的羞愤,眸光深浓,却没有停止手上的动作。

她下身穿的是一条紧身牛仔裤,透着热力的手指先是探入裤子前面的口袋,寻觅无果后,又覆盖住她饱满的臀,然后顿住。

"这是什么?"他掏出她后口袋里的东西,举到她面前。

"录音笔。"她心口一凉。

"旅游要带录音笔?"他问,声音里透着浓重的压迫感。

她咬紧牙关,僵在那里不说话。

"不说实话?"他笑了,黑眸里起了嘲弄之色,下巴微微向地上的男人扬了扬,"你是想像他这样,还是我们换个玩法?毕竟,你这样好的身段,浪费了可惜。"

他站在那里,没有动手,甚至跟她隔着一步的距离,只是看着她,她却觉得全身的汗毛都竖了起来。

"我是记者。"她妥协,"来做艾滋病方面的报道,录音笔里录的是我的采访内容。"

"我凭什么信你?"他摁开手中的录音笔,浏览着液晶屏上的内容,"16小时32分钟,你不会想让我们在这里都听完,确认好再还给你吧?"

"三哥,要不就直接删了吧。"阿北抬头插了一句。

"不!"沈寻像被咬了一口,激动地看着他,"绝对不可以删!"

录音笔里的内容要是删了,她这些天的工作就全白费了。

"可以不删,"男人把录音笔放到自己的口袋里,"但是不能还给你。"

"那跟删了有什么区别?"沈寻忍不住要爆粗口。

像是意外于她的不怕死,男人眯起眼,饶有兴味地看着她。

"我不知道你们为什么会在这个房间,我对你们一无所知,对你们在做的事情也毫无兴趣。这个录音笔里是我辛苦了半个月的工作成果,你要是敢毁了我的东西,我做鬼也不会放过你!"她切齿,豁出去了。

男人沉默片刻,随即轻笑了一声,带着嘲弄:"鬼?"

"我见过鬼,也不怕鬼。"他低沉出声,一字一句。在他诡异且冰冷的语气里,室内的温度似乎都骤降了。

他的下一个动作，是掏出手机，对着沈寻照相。

闪光灯亮起，沈寻防备地看着他："你想做什么？"

"让我的兄弟们记住你的脸，"他嘴角轻勾，"走出这个房间，我和阿北要是出了什么意外，他们会来找你算账。"

沈寻闻言先是微惊，而后又轻松了许多，听他话里的意思，他和阿北不会把她怎样。

"坐。"他朝另一把藤椅扬了扬下巴。

沈寻乖乖地走过去坐下。

一旁的阿北仍在认真翻看她的东西，连记事本都一页页翻过。

"把她钱包给我。"男人出声。

沈寻见他接过钱包打开，下意识地要站起身。男人抬眼，目光森冷："让你坐着。"

她咬咬牙，坐了回去。

钱包里夹着一张照片，男人的视线在照片上停滞了几秒。

"童年照片？"他举起钱包，似乎在和她现在的样子比对，"几岁？在哪儿拍的？"

沈寻沉默了下，不情不愿地开口："五岁，海德公园，伦敦。"

"旁边的人是你母亲？"男人又问。

沈寻沉着脸，没回答，但他也没有再追问，看了下她的身份证、几张银行卡，就把钱包递还给了阿北。

这时，地上的男人忽然发出了几声痛苦的呻吟，然后蠕动起来。

沈寻下意识地后退，身体贴住了藤椅背。

"喝水。"男人将茶几上的一个杯子推向她。

瞥见她紧张的眼神，他吸了一口烟，又不疾不徐地吐出："怎么，怕有毒？"

沈寻端起来喝了几口，随后看见他站起身，用脚尖踢了踢地上的那人。

"想好跟我说什么了吗？"他的声音凉薄，"要想保住你这条腿，你只剩五分钟的时间。想好了，就点头。"

对方嘴里塞了布团，发出模糊的呻吟声，做消极的抵抗，但始终没有点头。

"很好。"低沉的笑声扬起，沈寻看见他弯下腰，手中的匕首对准了地上那人腿上的血窟窿。

沈寻发出了一声短促的惊叫，瞬间又吞了回去。

剧痛之下，那人死死地抓住了她的脚腕，仿佛落水的人抓住浮木，想要抵

消他的恐惧与痛楚。他瞪大了眼，像鸡啄米一般拼命点头。

那人冰冷黏腻的掌心，仿佛一条蛇一样缠绕在沈寻的皮肤上。她握住藤椅的把手，忍住恶心一声不吭。

"三哥"冷淡的目光落在她苍白的脸上。

接着，他蹲下身，一根一根地扒开了那人的手指，又抽出了一旁的纸巾，慢慢地擦掉了她脚踝上的血迹。他粗糙的指腹带着灼人的温度，擦过她柔嫩的肌肤。

沈寻看见他的身影随着他的动作在地板上轻轻地晃动，再是他小麦色的后颈，还有肩背的肌肉线条因为下蹲的动作绷紧，充满了男性气息。

擦完了，他抬头看向她。从窗帘透进来的天光落在他身上，沈寻终于彻底看清了他的脸。

干净的皮肤，挺直的鼻梁，棱角分明的轮廓，刚硬的下颚线，冰沉的双眸犹如黑色的深潭。

都这个节骨眼了，她居然觉得这男人长得好看。是真的好看。

"鞋脏了，别穿了。"他站起身，语气淡淡的。

沈寻脱了球鞋，看了下沾血的袜子，也一起脱了，赤足踩在地板上。黝黑的地板上，她的一双脚显得格外白，欺霜赛雪。

他没再搭理她，而是拎起了地上那人，扯掉了对方嘴里的布团，背对着她，侧耳听那人说话。

那人的声音很小，断断续续的，有气无力。沈寻仔细听，也没听出个所以然，只能瞪着眼前宽阔的肩背，看到微暗的天光倾泻在他黑色的衬衫上，起了一层朦胧的光晕，她看着眼酸，都起了些微困意。

"三哥，起药效了。"阿北瞅了一眼酣然入睡的沈寻。

"嗯。"男人轻应了一声，拿起振动的手机。对话框里有一张照片，是他刚才发过去的，对方回复了一张图片，他点开，放大，是张记者证，上面的女孩扎着清爽的马尾，嘴角微扬。

"有什么问题吗？"他摁灭屏幕，问道。

"没什么异常，"阿北摇头，"她说的应该是真话，笔记本里都是一些采访记录和会议纪要。电脑来不及看了，要不让小美远程监控下，回头再看，以防万一？"

得到了三哥的默许，他又担心地看了眼地上那人："他还能撑得住吗？"

"没事，没伤到动脉，"三哥轻声道，"我刚才只是要给他挖弹头，他就昏过去了。"

——老大说他过阵子要去缅甸见白狐。

方才挖出的消息又回响在耳边,他垂眸,凝视着地上的一摊血迹,过往的记忆瞬间涌上脑海。

白狐,久违的名字。整整三年了。

阿北把沈寻的背包收拾好,也在地上捡到了她刚才掉下的门钥匙。

"三哥,好像是搞错了房间,"他递上钥匙,"她是 308 的。"

男人接过来瞧了一眼,钥匙上的彩漆数字磨掉了一些,乍一看像是 303,他们的房间号。

"还记者呢,心有点大。"阿北摇摇头,"不过也怪我,刚才有点慌,看她开不了门我就自己先把门开了。"

"没事,什么可能性都有。要是遇见个性子轴的,也许还会把老板叫来开门。你出来得还少,习惯了就好了。"

"什么时候能像你一样就好了。"阿北感慨。

三哥看着眼前的年轻人,没说话。

像他有什么好?没有人会想去经历他所经历过的那些。

"看看外面情况,把她送回自己的房间。"他扫了一眼仍在沉睡的沈寻,淡声吩咐。

"我?"阿北愕然。

"不是你,难道是我?"

阿北黝黑的脸冒出可疑的红:"三哥……我还没抱过女人。"

"刚才你不是还搂过她吗?"

"那是制伏!"阿北额头上的汗都冒了出来。

三哥抬起眼,面无表情:"我们这行,做事的时候,没有男女之分。"

"难怪你刚才摸她的时候像摸尸体。"

"嗯,"三哥淡应一声,薄唇轻启,"你放风,我抱过去。"

沈寻醒来的时候,房间里已经彻底暗了下来。她揉了揉太阳穴,缓缓坐起身。打开床头的台灯,她才看清了周围的情况。

不是刚才的房间。

虽然家具大致相同,但壁画、摆设都不一样。靠窗的竹躺椅上,放着她的背包和相机包。

她连忙下床奔过去,打开包仔细查看。包里东西都还在,唯独缺了录音笔。

心里一凉,她拉开门冲到走廊。夜风扑面,一阵凉意袭来。

她转过身,看到自己门牌号,下一秒就拔腿冲到了303门口。

咚咚咚。回应她的,只有木门的闷响。

几乎整整两分钟,都没有人回应。

"Sara,你光着脚站在这里干什么?"走廊尽头,刚上楼的巴顿困惑地看着她问,"我好像记得你不是这个房间。"

"啊,是……"沈寻清了下嗓子,"是这个房间的客人下午问我借了打火机,我睡了一觉,想抽烟的时候想起他们还没还给我。"

"哦,"巴顿点点头,"他们已经退房了,我帮你看看打火机还在不在房间里。你快去穿鞋,小心着凉。"

沈寻回到自己的房间,下意识地往床前看去。

没有鞋。

——鞋脏了,别穿了。

低沉的声音在她脑海里浮起。紧接着的画面,是小麦色的长指,捏着纸巾,擦过她的脚踝。

她从背包里找出了另一双备用的球鞋。

不用想,那人在给她的水里下了药,又把一切痕迹都抹去了。

再回到303,果然,地面也是干干净净的。窗户开着,血腥气也已消散。

如果不是录音笔的丢失让她气得胸口都疼,她几乎会认为下午的一切都只是自己做的一个诡异的梦。

"好像没有打火机,"巴顿仔细察看了一下房间,"贵重吗?"

沈寻摇头:"塑料的,路边摊买的,没事儿。"

"那我给你拿盒火柴就好,"巴顿松口气,"下楼吃晚餐吧,我就是来叫你的。"

沈寻其实已经没了胃口,但看着他热切的眼神,便强打精神点点头,跟着他下楼。

  From one extreme to another
  From the summer to the spring
  From the mountain to the air
  From Samaritan to sin

从一个极端到另一个极端

从夏天到春天

从高山到天空

从善良到罪恶

客栈一楼的一侧是餐厅区，到了晚上也是酒吧。沈寻落座时，熟悉的歌声入耳。她挑眉："Into the Fire，久违了。"

"是啊，来自我家乡康沃尔的乐队。"巴顿会心微笑，朝吧台方向挥了挥手，一个年轻的小伙送了两份肉酱千层面过来，两人边吃边聊。

"那里有海之角，这里是云之南。"沈寻感慨，"没想到我们会相聚在这里。"

"命运就是这么不可预测，不是吗？"巴顿扣着手指，端详着她，"你过得好不好，小女孩？"

"我已经二十六岁了，不再是当初那个看到食人鱼就吓得面无人色的小女孩，"沈寻轻轻一笑，"这几年一直在北京工作，有时会出差，做点调查报道。"

"你的脸上有倦色。"巴顿直言。

"是，有时感到厌倦，觉得自己能做的始终有限，很多事情，就算知道为什么，也很难去改变。"

"这个世界，不是一天建成的，我们都只能尽力而为。"

"虽然在最好的媒体工作，但我感兴趣的不在于那些高层人士出入的会议活动，也不在于从和这些人的交流中找到成就感。那样的世界，太浮华且千篇一律。反而是在最困苦的地方，当我与那些饱受生活折磨的人对话，当我的一支笔能够使他们得到更多关爱时，我感到很充实。"

"这次在云南的收获呢？"巴顿问。

"见到一个六十岁的女人，因为染上毒瘾，身上长了许多脓疮……"沈寻放下刀叉，点燃一支烟，她突然想起和这个女人的对话就在录音笔里，一时间有点郁闷。

"怎么了？"巴顿很敏感。

沈寻沉默了下，摇摇头："这回见了很多不大好的事情。"

她不打算跟巴顿提起她的遭遇，以免节外生枝。这里毕竟离边境不远，客栈里的人也杂，说不定下午那两人的同伙还在，也许就在这餐厅。

——让我的兄弟们记住你的脸，走出这个房间，我和阿北要是出了什么意

外,他们会来找你算账。"

那个男人的声音又回响在耳边。

"你呢,你找到你想要的平静生活了吗?"沈寻凝神反问,"我一直记得,你说你十六岁生日那天随你父亲在伊拉克,战斧导弹在巴格达夜空如烟花般绽放。"

"平静生活……这是一个过程,就像你的名字——寻。"巴顿笑了笑,眼神有点苍茫。

沈寻一怔,然后点点头。

是啊,人生,就是一场无休止的寻觅。

"为什么会选择在这里开客栈?"她又问。

巴顿没有回答她,眼神却落在她身后。

沈寻顺着他的视线望去,只见一个五官妩媚、皮肤微黑的女孩子走了过来。她盘着头发,只简单地插了一支玉簪,腰身玲珑,步履轻快,一只手拿着一瓶威士忌,另一只手拎着两只酒杯。

"我太太,玉而。"待她走近了,巴顿接过她手中的杯子,向沈寻介绍。

女孩朝沈寻微微一笑,在巴顿身旁坐了下来,也不说话,安静得像只小猫。

沈寻了然:"原来这是你留下的理由。"

"算是,"巴顿替她倒了酒,"苏格兰的 Single Malt。"

"你这儿真是什么都有。"沈寻喝了一小口,由衷称赞。

"可惜没有德文郡奶油配松饼,"巴顿与她碰杯,"但是我教会玉而做柠檬舒芙蕾,她已青出于蓝而胜于蓝了。"

玉而扬起嘴角,声音轻柔:"马上就好,希望你喜欢。"

沈寻这才发现她的瞳仁是浅棕色的,眼尾微挑,笑起来时,一双眼睛说不出地勾人。难怪可以收服巴顿这样的浪子。

"忘了问你一件重要的事,"巴顿挑眉,"有男友了吗?"

沈寻摇头。

"喜欢的人呢?"

"你什么时候变得这么八卦?"沈寻再次摇头,托腮调皮一笑,"上次喜欢的人还是你。"

她面朝玉而,指了指巴顿:"我迷恋过他,真的。"

玉而露出了惊讶的表情:"他是你喜欢的类型吗?"

巴顿耸肩,做了个擦汗的动作。

沈寻笑了:"那时年纪小,看到他拍的那些危险的纪录片,羡慕他的冒险与流浪,所以厚着脸皮跟着他。"

"开始确实存心想要为难你,让你萌生退意,但没想到那么沉的摄影器材,你一直一声不吭地扛着,一扛就是一个星期,到后来不只我,整个团队都觉得不能不要你,"巴顿晃了晃酒杯,视线锁住了她的脸,"但是 Sara,你那时并不是迷恋我,而是迷恋危险。"

"其实,你骨子里对危险和未知的渴望,比我更甚。"

沈寻没接话,沉默地看着他。

"我只是因为有一个当战地记者的父亲,自小耳濡目染,习惯了那样的生活,而你不是,你一直是为了逃离。"

笑意在沈寻脸上渐渐散去,她低下头,喝了一口酒。

"我去拿甜品,"玉而站起身来,打破了微僵的气氛,"Sara,你要不要茶或者咖啡?"

"给她一杯热巧克力。"回答她的是巴顿。

"呵,你还记得我晚上的习惯。"沈寻瞅着他。

"我当然记得,"巴顿笑,"我当初还跟你说过,喜欢甜食的人都缺乏安全感。"

沈寻伸手在桌上轻轻一画。

"先生,你过界了。"

"还是不愿意原谅你爸爸?"

"巴顿。"低柔的语气里,已经染上危险的气息。

巴顿举起手,表示投降。

热巧克力上了桌,沈寻捧起来小口啜饮,喝的姿势像是个小孩子。

待她抬头,却撞上巴顿深沉的目光,他湛蓝的眸里,似乎藏着一丝隐忍的情绪。

"Sara,还记得当初我们分别时我对你说的话吗?"

"记得,"沈寻放下杯子,"你祝我享受爱与自由。"

只是她心里知道,那是很难很难的。对于许多人来说,也许是一辈子也难以实现的愿望。

"其实不如及时行乐,"她挖了一口玉而做的舒芙蕾,笑着眯起眼,"比如这一刻的甜蜜。"

她早已学会不奢求太多。

当晚十一点,六十多公里外的景清市公安局,一间办公室还亮着灯。

一名年轻男警员轻轻扭开门,蹑手蹑脚地走到一个工位后面。

"王小美!"随着他喊声而起的,是一声尖叫。

"张子宁你神经病!"同样身穿警服的女孩拉下耳机,捂着胸口从座位上弹起来,"吓死我了。"

"你大晚上的不回宿舍,在这里偷偷忙什么呢?"

"江北拿来一支录音笔,让我尽快查下里面的内容。"王小美拿着鼠标,关掉屏幕上一个文件夹,又打开另外一个,"净是些对话录音。"

"Black Sails,这是什么?"张子宁念出文件夹的名字。

"应该是视频文件。"王小美点开。

跃入眼帘的画面让两人当场石化。

屏幕上,一个黑发女子和一个红发女子正在床上赤裸纠缠。

"这也太重口了,"张子宁目瞪口呆,"这是谁的录音笔啊?"

"江北说是程队——"小美还没说完,张子宁眼睛瞪得更大:"程队?看他平常一副冷淡的样子,原来偏好这种?这也太劲爆了……或者,我看他那体格和身材——"

"你在胡说八道什么呢!"王小美的脸通红,"这不是……"

一道清冷低沉的声音忽然扬起:"我偏好哪种?"

听到这个声音,张子宁顿时僵住。他缓缓望向门口,背脊发凉:"程队。"

程立一手插着口袋站在门外,抽了一口烟,盯着他嘴角扬起一丝浅笑,声音轻淡:"给你两秒,滚。"

张子宁苦着一张脸落荒而逃。

王小美已经关了视频,毕恭毕敬地看着他:"程队。"

"那些采访录音有什么问题吗?"程立走进屋,看着她问。

"没什么问题,"王小美摇摇头,"说起来,这女的声音还挺好听的,问的问题也挺尖锐。"

见程立没接话,她又指了指刚才打开的文件夹:"还剩几个视频,估计是她把录音笔当U盘用,拷的剧。我会再看下。"

"不用了,"程立摁灭烟头,"把录音笔给我吧。"

"你要自己再看下吗?"王小美拔下录音笔递给他,顺口冒出一句,等抬头瞅见那双深潭般的黑眸时,她知道自己说错话了。

"嗯,看看到底好不好。"他轻声扔下一句,高大的背影消失在门口。

沈寻洗完澡从浴室出来的时候，手机正在桌上振动。她一边擦头发一边接起来："主编大人，您还没睡啊。"

"睡什么睡，明天要出刊啊，你是在外面野得都忘了日子吧，"电话那头，是她的上司郑书春，"怎么样，进展如何？"

沈寻撇撇嘴："出了点小状况。"

"我相信你能搞定。"

"可能真搞不定……"

"别废话了，交给你一个新任务。"郑书春打断了她，"禁毒办领导今天给我打了电话，希望我们能给他们做一个纪实报道，我想了想，就交给你吧。"

"禁毒？"沈寻挑眉，"又要把我发配到哪里？"

"就在景清，时间大概一个半月，人员对接方面都安排好了，明天你就去公安局报到，联系人的信息我发你手机上。就这样，我看稿子去了。"

"喂——"

沈寻瞪着断线的手机，透过屏幕看到满头湿发、表情震惊的自己。一滴水珠顺着刘海滴在了屏幕上。

一事未了，一事又起。她还要在这个地方再待一个半月。

推开窗，外面是深蓝色的夜空，如钩新月。有风穿过山林，如缱绻的歌声。远处层峦如起伏的墨影，藏着未知的黑暗。她突然有种隐隐的感觉，就在此地，在这彩云之南，她将有难以预料的遭遇。

消息提示音响起，她打开微信，是郑书春发来的一条信息——

刘征明，景清市公安局副局，139××××××××。

摁灭屏幕，沈寻盯着手机，心中一动。

她的手机今天应该也被查过了。

她叹了口气，又想起丢掉的录音笔。考虑到之后可能未必有太多时间处理目前这个艾滋病的选题，她拿起笔摊开记事本，根据当时的记录回忆起来，能想起一些对话就补全一些。

翌日清晨，当她拿着背包下楼吃早餐时，巴顿表情惊讶："不是说要住两天吗？"

"临时接到任务，"沈寻点头，"不过就在本地，有机会我再回来。"

"什么选题？毒品？"巴顿瞅着她。

沈寻咬着面包，眨着眼看着他，没有回应。

"嘴还挺严,"巴顿笑了笑,"只是这地方,也就是这些事。"

沈寻做了个鬼脸:"老板,你的客栈就是江湖,有什么消息线索,记得告诉我,让我做个大新闻。"

巴顿看着她,貌似无奈地摇了摇头,仿佛是笑她淘气。

分别时,沈寻忍不住上前和他拥抱。

"我会来看你的。"不知怎的,她有点鼻酸。

巴顿揉了揉她的头发,轻应了一声。

她迈上车时,巴顿叫住了她,快步走到她身边,递给了她一样东西。

她接过来,是一个不锈钢烟盒。

"送你的礼物。"他说。

这时司机已在催促,她匆匆致谢,上了车。

车窗外巴顿的脸缓缓掠过。不知是不是她的错觉,那一霎间,她看见那双深蓝的眼眸里,似乎格外沉郁,似有千言万语。

诧异间,她的余光扫到不远处,客栈门口有一道红影。

是玉而。她正望向这边。

转瞬间,玉而和巴顿都被汽车抛在后面,越来越远。

沈寻低头打量手中那个烟盒,上面刻着几个单词——

Perseverance, Love, Enthusiasm, Hope.
坚持,爱,热情,希望。

一个半小时后,她站在了景清市公安局门口。已经接到指示的门卫看了下她的证件,就给她指了去刘局办公室的路。

绕过一个花坛,她沿着围墙下的路往前走,左前方是一片开阔的场地。棕榈树下,有一小群人在聊天,多数穿着制服,也有两人穿着便装。

出于职业敏感,她远远地就开始打量这些人。其中有一个人的背影,她越看越眼熟。

那人穿着白色衬衫和灰色长裤,身材高大。走得近了,待他说话间微微侧过脸时,沈寻顿时瞪大了双眼。

竟然是他——那个拿走了她录音笔的"三哥"。

脑子里轰的一下,她快步冲上去,咬牙切齿:"是你!"

程立看着她,先是微怔,随后目光便掠过她,继续和旁人说话。

他这态度顿时惹毛了沈寻。

她上前就想揪他的衣领,却被他迅速钳住了手腕。

"你把我录音笔弄哪儿去了?"她愤然抗议,同时努力挣扎,"你放开我!"

他松手,她这次却趁机抓住了他的衣领。

"松开。"黑眸平静地瞅着她,他淡声命令。

"我不。"她毫不退让。

一时间,其他人都一头雾水,却又目不转睛地盯着他们。

程立捉住她的手,一点点拉下来。懒得让人看戏,他转身就走。唰。他本来束在长裤里的衬衫被拉了出来,而衬衫的一角正握在沈寻手里。腹肌。拉起的那片衬衫下面,小麦色的、斧刻一般块垒分明的腹肌映入眼帘。

沈寻眼睛都直了。希腊雕像的健美也不过如此。

周围响起隐隐的笑声。

"你看够了没有?"程立冷冷出声。

她悻悻地松手。

程立抿着唇,盯着她,把剩余的衣摆也抽了出来,又慢慢地挽起袖子,姿态从容。沈寻也盯着眼前这男人。

转眼间,他从刚才相对正式的装束换成了休闲的风格,宽肩长腿,眉目俊朗,整个人显得更加清爽磊落。她脑子里又忍不住浮现他的腹肌。

说实话,她竟然有想摸的冲动,无比想。

"挺好看的。"她由衷地说。

人群里有人扑哧一声笑出来。

程立扫了一眼人群,大家的笑声戛然而止。他没再继续交谈,转身朝办公楼的方向走去。沈寻跟了上去。

他步子大,不一会儿就和她拉开了距离。沈寻小跑了几步。

他停下来,回头看向她:"你跟着我做什么?"

"同路。"沈寻瞅着他,水眸清亮,"还有,录音笔。"

他眉心一蹙,神情似乎有点不耐烦。

"丢了。"他一字一句,语气平静。说完,不再理会她,径自上了办公楼台阶。

"你开玩笑的吧!"沈寻三步并作两步追上他,拉住他的衬衫。

"松开。"他再次重复。沈寻摇头,态度坚决。

"女孩子动不动就扯男人的衣服,不好。"他缓缓出声。

"那你还摸过我,这账怎么算?"沈寻不示弱。

"那你想怎么样?"他俯身,欺近了她,"我让你摸回去?"

离得很近,沈寻看到那双如墨的黑眸里映着她的身影。她甚至闻到了他身上淡淡的烟味,混着些木质香。他领口下方松了一颗扣子,露出一小片麦色的肌肤,双手插着口袋,臂肌线条完美。

她感觉自己的脸一点点烫起来。

"你是在色诱我吗?"她清了清嗓子,问。

那张冷峻的脸庞上闪过一丝错愕,随即又换上了淡漠的表情。

"你?"他拉下她不依不饶的爪子,"我不屑。"

沈寻瞪着他的背影。

看起来,他好像是警察,不是什么坏人。

这个念头让她心头一松。

"您是沈寻老师吗?"刚上了二楼,走廊里传来一个迟疑的声音,一位穿着警服的中年男子迎向他们。

沈寻点点头,但没等她开口,走在她前面的男人先出声了:"老师?老刘,这么一个丫头片子你叫她老师,跌份儿了吧。"

"你知道什么!"中年男子瞪了他一眼,朝沈寻伸出手:"刘征明,刚才你来的路上我们通过电话。"

沈寻同他握手:"刘局好,叫我小沈就行。"

"你们都来我这里吧。"刘征明领着他们进了自己办公室,亲自沏茶。

"程立,跟你介绍一下,这是北京来的记者沈寻,你别看她年纪小,做过不少大新闻。这次她来这里,要做禁毒主题的特别报道,上面也要求我们配合协作。接下来一个半月的时间,她会一直跟着你们行动。"刘征明把茶杯递给他俩,同时两头介绍:"小沈,这是我们局禁毒大队队长程立。他老家也是北京的。"

沈寻有点意外。也难怪,他一口京腔。

"她?"程立瞅了一眼身高还不到自己胸口的小丫头,沉着脸一口回绝,"我不做保姆。"

刘征明脸也黑了。人家还在跟前,他就这么不留情面。

"你给我站住!"眼瞧着程立放下茶杯起身就要走,他暴喝一声。

程立先是站住,又慢慢走到窗边点了烟,低头吸了一口才闲闲地答:"没打算走。"

完了又扫了一眼静坐在那里的沈寻:"真没得选?"

"没得选。"刘征明答得干脆。

沈寻站起身,一脸热忱地望着程立:"辛苦了程队,我会尽量照顾好自己,不给你们添麻烦。"末了,她还欠了欠身。

"看看人家小姑娘多有礼貌。"刘征明感慨。

程立捏了捏眉心,吐出一口烟,瞥了她一眼:"我还没想好。"

"这事由不得你想,"刘征明用力把茶杯往桌上一放,"这是命令!"

"那她要是死在这儿怎么办?"程立扬起嘴角,语气冷冷的,"刀枪无眼,我没那么多闲工夫保护她。"

"我不怕死,"沈寻与他对视,"我也不需要你保护。"

程立看着她。

她的声音轻轻淡淡的,可那张白玉般的容颜上,却透着一股从容和镇静。

那不是装出来的。他分辨得出来。

"那最好。"他说。

走出刘局办公室,一个身穿警服的小姑娘迎了上来:"程队,我收到你微信了,你找我有事?"

"带她去宿舍楼。"程立朝沈寻抬了抬下巴。

"是来新队员了?"王小美眼睛一亮,"领导你终于舍得给我们添人手了?"

"嗯,不雅视频那个。"他轻应。

小美失言,只是瞪大眼看着沈寻。

沈寻更是一脸蒙。他在说什么?

程立丢下了她俩,径自回了自己办公室。

王小美领沈寻到了宿舍楼,局里给她安排了一个带卫生间的小单间。房间虽然不大,但收拾得干净整洁,窗台上放着一盆绿萝,青翠欲滴。

"你住哪儿?"沈寻问。

"从你房间出去往左转第五间,310,我和另外一个同事一起住,"王小美答,抬手看了看表,"你先收拾下,过半小时我来叫你吃午饭。"

谢过她,沈寻打开背包开始安置自己的东西。洗漱用品都摆好后,她听到手机提示音,屏幕上跳出一条信息:寻寻,何时回来?

发件人是许泽宁。

还要一个半月——她在输入框里打了这行字,想了一下又马上都删除,放下了手机。

等东西收拾完,她低头看了眼自己的破洞牛仔裤和刺绣外套,从衣柜里拿出一件白色卫衣,一条黑色紧身运动裤换上,对着镜子扎了个清爽的马尾。

王小美再来找她时,看到她这身打扮眼睛一亮:"沈老师你好帅气。"

"你多大?"沈寻笑着问她。

"二十四。"

"我才比你大两岁,你就叫我姐吧,叫老师听着实在别扭。"

"好,寻姐。"王小美爽快地点点头。

在去食堂的路上,沈寻想起一件事:"你们程队说'不雅视频那个'是什么意思?"

王小美表情尴尬:"寻姐,你是不是有个黑色录音笔……索尼的,上面是屏幕,下面有圆盘状的控制键?"

"是啊,"沈寻一怔,"在你手里?"

"没有,已经还给程队了,我只是查过里面的东西……根据他的命令,"王小美小脸微红,连忙解释,"你上面好像拷了剧,有些场景尺度比较大。"

"哦,这样啊,"沈寻想起来了,"之前存的,忘记删了。"

"怎么样,好看吗?"她嘴角扬起一抹笑容,"看来,你们程队印象很深啊。"

她们进食堂时,已经有不少人在用餐,瞅见了新面孔,又是位美女,一时间大家都不由瞩目。

沈寻没觉得什么,王小美倒是被围观得有点窘迫了,拉着她快步走到取餐的地方。

"今天有红烧排骨、木耳炒鸡蛋,还有菌菇汤,你要是不想吃米饭,那边还有馒头。"她热心地给沈寻介绍。

离他们十几步开外的地方,张子宁凑向坐在对面的程立:"程队,小美旁边有位大美女!你知道她是谁吗?这姿色和身材我们这里百年难遇啊。"

程立抬头望向他指的方向,眸中一动,却又迅速恢复平静的目光。

不远处的女人,宽松卫衣,紧身长裤,臀翘腿长,侧脸精致。

一旁的江北也跟着看过去,表情愣住,立即看向程立:"这女的好像叶……"

"吃饭。"不冷不热的声音,打断了他正欲出口的话语。

哪里像?怎么会像?只不过是恰好都穿了白衣服、扎着马尾而已。

张子宁看着对面闷头吃饭的两人,也只好纳闷地搛菜。

"你好,可以坐你旁边吗?"一口汤刚喝进嘴里,一道柔和的女声在头顶响起,他一抬脸,嘴里的汤差点喷出,连忙捂着嘴吞下去,才没出洋相。

"可以,当然可以!"他看着沈寻,激动得把餐盘往自己这边挪了挪。

"谢谢。"沈寻微笑,坐下来看向对面的两人,"程队,还有这位同志,又见面了,不介意一起吃饭吧?"

江北见着她,表情也有些惊讶:"是你?你就是程队说的那个接下来要跟着我们的记者?"

他又迟疑地看了一眼程立,老大也是的,都没跟他说来这儿的记者就是他们在客栈里遇到的女人。沈寻点点头。

"程队,你们那天在客栈里抓的是毒贩?"她一边吃,一边问。

"你现在是在采访,还是聊天?"程立抬眼问她。

"都算吧,你看情况答,我写的所有内容也会给你们审核,"沈寻迎着他的视线,继续问,"他被关起来了吗?"

他沉默了一下:"没有。"

"放走了?"

"放走了,"他语气淡淡的,"我已经得到了想要的消息。"

"我明白了,"沈寻分析,"如果你不放走他,那么,他的同伙可能会改变原有的计划,而你不想打草惊蛇。"

程立拿着叉子的手停了一下,黑眸凝视她的笑颜。

他有点意外。她比他想象中敏锐。

"如果他说的是假的呢?"她又问。

"不排除这个可能,"他缓缓道,"所以我们还会进行多方面的深入调查来确定。"

"一般来说,被抓住的人,也不大敢回去透露他被抓过,因为组织不会再信任他,为避免麻烦,甚至会直接把他做掉。毒贩团伙都很谨慎,如果组织里有一个人失去联系两天,组织就会认为他出事了,不会再要他。"江北在一旁补充。

沈寻放下筷子,拿出手机迅速记录下刚才的对话。

"我吃完了,慢用。"程立站起身,将录音笔放在桌上,"还给你。"

未等沈寻开口,他已经端起餐盘,往门口走去。

第二章
墨菲斯

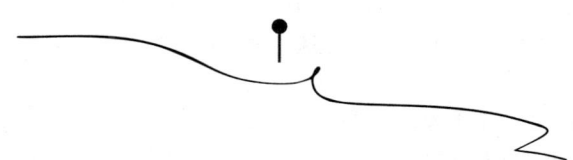

沈寻瞅着那个高大的身影消失在食堂门口,低下头继续吃饭。

王小美拿起了手机:"寻姐,程队让我把你拉进我们群里。"

沈寻进群,看见群名,叫"坚守"。

她浏览着群成员的头像,看见了张子宁和小美的自拍,还有天空和花草,最后视线落在一方小小的图片上。

她点进去,放大,是程立,没错。他侧身站着,低着头在点烟,大概是为了挡风,他双手拢着,遮去了半边脸,远处是青山起伏。照片里的他看起来要比现在年轻一些,大概是很久前拍的,还是抓拍照。

会是谁,抓拍了他这细微的瞬间?这一瞬的他,冷静、迷人。

他的微信名叫 Morpheus,墨菲斯,希腊神话中的梦神,睡眠之神修普诺斯之子,也是吗啡 morphine 名字的由来。

这人,挺闷骚的。

沈寻扬起嘴角,加了他微信,并没有改他的名字备注。

"沈老师,你真的要在这里待一个半月?"程立走了,张子宁立刻活跃起来。

"是啊,至少,"沈寻转头笑眯眯地看着他,"你和王小美差不多大吧,叫我姐。"

"其实你看着比我小……"张子宁勉强地点点头,"和我们一起出任务你不害怕?"

"为什么要害怕?"

"干这行非常危险。"

"比这危险的事情我也经历过。"

"什么事情？"张子宁好奇。

"2011年某国骚乱的时候，我做实习记者，有人在我面前被打爆了头，"沈寻看着他，"你知道人的脑袋裂开是什么样的吗？"

张子宁拿着筷子，攘菜的动作僵住了，咀嚼的动作也停住了。

"还有人自焚，一边号叫一边跳，冲着你就扑过来，那种皮肉烤焦的味道……"

"打住，"张子宁苦着一张脸，"姐，别说了，我都吃不下了。"

沈寻淡定地把剩下的几口饭吃完，曾经目睹那些如地狱般的场景后，她也食不下咽，但人的承受力，其实远超过自己的想象。

王小美咯咯地笑："瞧你那点出息。"

"我一警察，几时怕过血腥场面？我只是不喜欢在吃饭时聊这些！"张子宁郁闷地辩解。

走出餐厅，沈寻从口袋里掏出烟，转头看向张子宁："有火吗？"

"我不抽烟，"张子宁摇头，抬手指了指不远处的几个人，"他们有。"

沈寻迈着轻快的步子走到程立面前："程队，借个火。"

程立沉默地看了她一眼，从口袋里掏出打火机递给她。

沈寻姿势娴熟地点燃，把打火机还给他，笑着说了声谢谢。

他仍是没说话，一副吝于交流的样子。

王小美走了过来，表情还是有些意外："寻姐，你也爱抽烟啊。"

"嗯，也谈不上多爱，习惯。"沈寻点点头。

"你抽什么牌子的？好抽吗？"

"没有味道，很淡。"沈寻把烟盒递给她。

王小美瞅了一眼烟盒上的单词——Vogue。

"那你为什么抽？"她又问。

"这个牌子的包装好看。还有，我写稿的时候习惯抽烟，摆出一种装×的姿势，写稿会特别顺利。这叫仪式感，跟古代人焚香沐浴是一个道理。"

"还能这样？"王小美睁大眼，一副不可思议的表情。

沈寻看着眼前的女孩，嘴角扬起轻淡的笑意。到底是年轻啊，说什么都信。

"那寻姐，你碰过毒品吗？"王小美又问。

"没有，我非常不喜欢那股味道。而且，曾经我有一个德国同学抽嗨了之后出了车祸。"

"对你触动很深对吗？"

"嗯,因为我怕出车祸会毁容。毕竟,我长得这么好看对吧。"

王小美张了张嘴,硬是没接上话。

"程队,你碰过毒品吗?"沈寻转头,微笑着问一旁的男人。

"碰过。"迎着她的黑眸深不见底。

"哦?什么?大麻这种初级的应该不在话下吧?"

"你知道大麻会对人产生什么样的影响吗?"程立盯着她,语气冰冷,"就是一个嗨字?即使是大麻,也会对中枢神经系统产生抑制和麻痹作用,会让人产生幻觉,不能自控。如果你那位同学撞死了无辜的路人呢?你还会在这儿拿这事说笑吗?"

"沈寻,"他紧紧凝视她的黑眸染上一股戾气,直呼她的名字,"我不管你是什么来头,你拿的又是什么令牌,如果你想做的,只是到这儿晃上一圈,嬉皮笑脸地给你美女记者的包装上再加一道光环,恕不奉陪。"

沈寻脸上的笑容僵住。

"寻姐,你没事吧?"傍晚的时候,王小美来敲她的门,小心翼翼地打量她的脸色,"中午的时候,我特别担心你会和程队吵起来。"

"没事。"沈寻轻扯嘴角,"确实是我言语轻率了。"

"你找我有事?"她反问。

"嗯,晚上要出任务,你去吗?"

"去啊,为什么不?这也是我的工作呀,省得你们程队说我就是来镀金的。"她自嘲。

"其实,程队那样,也是因为……"小美欲言又止。

沈寻微微挑眉,看着她为难的样子,没有继续追问下去。

那样一个男人,有些故事也不奇怪。

晚上集合的时候,沈寻才发现大家都换了一身打扮。张子宁走的是嘻哈风,小美变成了杀马特,江北和另外两个警员则是黑衣黑裤,一脸生人勿近的霸道感。至于程立,他戴了副黑框眼镜,浅灰色的T恤配条牛仔裤,看起来多了一分斯文。

"去家新开的酒吧踩点。"小美解释。

她点点头。

下一秒,一行人听到唰的一声,只见沈寻拉开了卫衣拉链,露出里面黑色的运动背心,胸口肌肤雪白,紧身运动裤和背心之间,裸露着一小截平坦紧致的腰腹，样子帅气又妩媚。

"好了，我也配合到位了，走吧。"她语气平静，目光落在程立脸上。

他只跟她对视了一秒，就面无表情地移开了视线。

他们的目的地是城南一家新酒吧，名字没什么特别的，叫"翡翠"。

进去之后，大家就很有默契地散开了，程立回头瞅了她一下："你跟着我。"

沈寻料想他还是怕她这个从北京过来的"娇客"出事，所以要亲自看着她，于是乖乖地跟在他后头。

穿过舞池里的人群，再走了一个过道，程立停下了。沈寻抬头看了下门上的标识，有点诧异——男士洗手间？

正在她发愣的时候，他推门进去，数秒后就出来，手上拎了一块"清洁中，请稍后使用"的黄牌子放到门口，一把拉起她就进了男厕。

动作一气呵成。

"没人。"他迎上她惊疑的眼神。

沈寻环视四周，确实，小便池处是空的，马桶间的门也都是无人状态。她不得不佩服，就在数秒间他可以观察得那么清楚，而且动作那么快。

"这里有要查的？"她轻声问。

"或许。"他答，但眸光突然一动，下一秒，他已经拉着她躲进了工具间，从里面上了锁。

沈寻用目光询问他，他长指抵在唇上，示意她噤声。

洗手间的门被人推开。

沈寻一怔，明明放了指示牌，怎么还会有人进来？

脚步在工具间门前停住，接着，门被人用力推了两下。

沈寻不由得屏住呼吸。难道是清洁员？不，如果是，对方应该有钥匙。

脚步又走到了隔壁，再往前两步，接着是推门声，锁门声。

哗啦水声响起，是那人抽了马桶，但他并未马上离开。

沈寻等得紧张又焦躁，抬眼触见一片浅灰色，是程立宽阔的胸膛，微微起伏，节奏平稳。工具间狭小，两个人面对面站着，可以轻易感受到彼此的呼吸。她又闻到了他身上轻淡的烟味，还有好闻的木质香。刹那间，她突然想起那片小麦色的、斧刻般块垒分明的腹肌。

真是疯了。这个节骨眼上，她居然心猿意马。

程立低头，看到埋首在他胸口的女人的耳朵慢慢红了，从嫩白，到粉红，再到艳红。他有些迟疑地再低头，想看清她的表情，却清楚地瞥见她胸前那诱

人的沟壑。

黑眸一动,他侧首转移视线,她却在这时抬头,嘴唇擦上了他的。

两人俱是一震。

沈寻呆住了,忍不住看向他,却看见他表情平静,眼神仍同方才一样,清明警惕。

洗手间的门再度被关上。

程立又等了一会儿,才打开工具间,拉着她一起出来。

他走到刚才那人停留的隔间,拿起水箱盖,伸手到水箱里摸了一会儿,掏出一个东西,递给了沈寻。

"拆开。"他说。

东西不大,刚满她一个巴掌,外面裹着几层塑料纸,大概是为了防水。沈寻迅速撕开,藏在最里面的是一个带封口的小塑料袋,里面是白色的粉状物。

程立已经洗了手在打电话:"看到刚才进洗手间的人了吗?"

他收了线拉上她就走,外面已经起了骚乱。

"三哥,这儿!"刚出走廊,沈寻就听到了江北的声音。

"待着别动。"程立扔下一句便迅速钻进了人群里。

沈寻把那袋东西装到口袋里,贴墙站着,却见一个身影从眼前闪了过去。

"站住!"一声呼喝在耳边响起,却是王小美。

沈寻怔了一下,立刻追了过去。

她冲出了门,很快就赶上了王小美,只见前面一个小个子男人在奋足狂奔,她们也步步紧跟。三人进了一个黑漆漆的小巷,沈寻心里一松,是个死胡同。

但下一秒她的心又悬了起来,那男人从废料堆里抽出了一截钢筋。

王小美声音打着战,却把她往身后推了推:"寻姐,你躲我后面。"

那男人见是两个女人追她,也是放松了许多,狞笑着就冲了过来。刹那间,沈寻推开了王小美,抬左臂挡住了钢筋,右拳冲男人脸上就是一下重击。

男人痛得捂着鼻子,目光却越发凶狠,挥起钢筋又冲了上来,就在钢筋即将落在沈寻肩头的那一霎,却被一只大掌握住。沈寻惊讶地抬头,看到程立冷着脸,一脚踹向那人的胸口,那人当时就摔倒在地,挣扎了几下,竟是爬起来都困难,好不容易扶着墙站起来,一副手铐就上了腕。

"谢谢程队。"王小美按住胸口,呼吸不稳。

"谢谢。"沈寻也跟着开口。

"不是让你待着别动吗?"他神情不悦地看着她,冷厉的视线又转向王小美,"还有你,都说过你今天的任务就是调查,没让你出来追人,不自量力。"

沈寻和王小美对视了一眼,耷拉着脑袋跟在程立和那名嫌疑犯的身后往酒吧走。

到了酒吧门口,张子宁和江北他们也抓了几个人,在门口等着。

程立瞅了一眼路边停着的车,淡声吩咐:"你们先带人回去。"

他点了一支烟,视线落在沈寻身上:"你留下。"

沈寻点点头,虽然纳闷,但今天已经连挨了他两顿训,便识趣地等在一旁。

他一边抽着烟,一边掏出手机按了几下放到耳边。

"际恒,我看到了你的车,"沈寻听到他低沉的笑声,"好啊,这会儿有空,我上去玩几把。"

沈寻循着他的视线望过去,看到一辆银灰色的超跑。

挂掉电话,他看着她微微侧首,示意她跟着他进酒吧。

酒吧的二楼,仿佛另一片清静的天地,走廊里完全没有人。

他走到一个房间门口,敲了两下,便推门而进。

是个很大的包厢,装修豪华。里面有七八个人围着牌桌,有男有女,其中正对门坐着的一个男人看到他们进去,放下手里的牌站起身,迎了上来。

那人穿着白衬衫米色休闲裤,无框眼镜,皮肤较白,看上去清俊温文。

他一站起来,其他坐着的人也跟着站了起来。

"际恒,打扰了,没想到你在这儿。"程立朝那人微笑,语气熟稔。

"难得遇上你,坐下一起玩吧,"那人揽住程立的肩,把他按到椅子上,"要逮到你可真不容易。"

"你坐这儿。"程立抬头看向沈寻,指了指他身旁的空位。

那个男人跟着看向沈寻,目光里带了丝探询,却礼貌地伸出手:"江际恒,幸会。"

"沈寻。"她同他握手,也是客气一笑,在程立身旁坐下。

新一轮牌局开始,旁边的人也继续观战。

程立左边一个穿着深V黑裙的女人凑过来点烟,他低头凑了过去,朝那女人眯着眼一笑,样子有些邪气。

沈寻沉默地看着他线条冷硬的侧脸。

他叼着烟,打牌的姿势娴熟老到,和其他人笑谈时,不时冒出几句脏话。

她突然觉得,这人不像个警察,更像是混黑社会的。

她想起初遇的那天,他蛰伏在黑暗里,盯着她,像嗜血的兽,语气危险又邪恶。

　　思绪神游间,她撞上了他的视线。是他在别人洗牌的瞬间,转头看她。他扬着嘴角,朝她一笑:"怎么,陪我陪得无聊了?"

　　那双深沉的黑眸,此刻带着一丝宠溺和温暖,她几乎怀疑是自己眼花。但不得不承认,他是在看着她笑,而他笑起来的样子,那么好看。

　　"有你在我怎么会无聊?"她反问,盈盈一笑。

　　"嗯。"他应着,低沉的嗓音里藏着一丝浅浅的愉悦,似乎她的话让他很是受用。

　　"沈寻,听你口音是北方人?"江际恒笑着问。

　　"嗯,北京的,我来'视察'下他的工作。"她的语气半是玩笑半是认真,反而添了几分亲昵。

　　"你坐我旁边我有压力,"程立接过话茬,侧首看向她,"看,我输了。"

　　"你带够钱了吗,就上赌桌?"沈寻挑眉问道。

　　程立摇头一笑:"没带,你带了?"

　　沈寻也摇头。

　　"就是玩玩儿,不用——"江际恒刚开口,程立就抬起手,打断了他。

　　"赔这个,怎么样?"他把一小袋东西丢在了桌上。

　　江际恒脸色变了,其他人也是。

　　沈寻按了下口袋,是空的——他什么时候拿走了这袋东西,她竟然不知道。

　　"三哥,你什么意思?"江际恒缓缓出声。

　　"我是做什么的,你不知道?"程立抬眼,语气平静,眸光却似寒剑,"这酒吧你也有份儿?"

　　"算是,"江际恒指了指身旁一位穿黑色T恤的平头男人,"开酒吧的钱是我拿的,但阿震是这儿的老板。他爸爸以前给我爸开车,我们从小就认识。之前他被人坑了,出了点事进去了四年,半年前刚出来,好不容易有个重新开始的机会,他不会犯浑。"

　　"是,三哥,请您相信我,"阿震恭恭敬敬地朝程立点头哈腰,"这几年我在里面受够罪了,现在就想做点本分事情,这种东西,我有一万个胆子也不敢沾。"

　　"那刚才你下面的人说老板不在?"程立瞅着他,淡淡出声。

　　"我不知道您亲自来了⋯⋯"阿震尴尬地挠了挠头,"您放心,我一定会彻查我的场子。"

程立盯着他,没有说话,长指捏起那个小袋子,有一下没一下地在桌上敲着,像是在掂量着他说的话的真假,又像在琢磨别的什么事情。

整个房间里,安静得只剩下轻轻的敲击声,气氛沉闷得令人窒息,程立脸上却是风轻云淡。大约半分钟后,他嘴角轻轻扬起:"好啊,我相信你。"

阿震连声致谢。

"累不累?"程立转头看向沈寻,唇角笑意更深,"咱们回去吧?"

沈寻微笑点头。

"际恒,今晚叨扰了,你们继续玩,我们就不陪你们了,"他站起身,"下次一起吃饭。"

"好,下回别这么吓唬我这些没见过世面的兄弟了,"江际恒起身笑道,"我送送你。"

"不用。"程立摆摆手,顺势握住了沈寻的手,牵着她拉开了门。

手背覆上的温暖让沈寻心里怦地一跳,她像个木偶似的,一路被他牵着,下了楼,走出酒吧。直到走到车前,他才放开她的手。

车开出了几百米远,沈寻看着他的侧脸:"程队,我配合得可好?"

他目光直视前方,语气淡淡的:"还不错。"

"那就好。"她点点头,没再说话,望向窗外深沉的夜色。

"不好奇我让你扮演的角色?"不知过了多久,他问,声音低沉。

"这场戏是你主导的,我只需要按你的剧本去演,反正不是主角,其他什么角色又有什么要紧?反正你一定有你的理由。"沈寻淡笑。

"也是,你本来就是来看戏的。"他看了她一眼,目光沉静。

"我把你放在大门口,你自己走进去行吗?"车快到公安局时,他问。

"你不回去?"沈寻忍不住问了一句。

"我住外面。"他答。

"哦,家里有人等吧。"她微微一笑。

他瞅了她一眼,没说话。

"晚安。"她正要开门,却被他叫住,"等下。"

她回首困惑地看向他。

"手臂让我看下。"他淡声道。

"看什么?"

"不要糊弄我。"他黑眸一暗。

沈寻推门就要离开,他却捉住了她的手腕,迅速将她的袖子往上一撸。

她脸色一变。

程立也是面色微沉。他视线所及之处，雪白的藕臂上一道青紫的瘀痕分外明显，看颜色，对方下手很重，她一个女孩子一直忍着一声不吭，真是不容易。

"没骨折？"他摁了摁伤处，看到她吃痛，蹙起了眉头。

"没有，"她摇头，"刚才就确认过了。"

他缓缓松开手掌，却又瞬间凝眸。

她的手腕上，有一圈文身。

他明白她刚才表情不自在的原因了。

"你自杀过？"他问，凝视那一圈莲花图样，语气直截了当。

沈寻的心脏骤然一缩。

她知道，她逃不过他的眼睛。这个男人，根本容不得他对面的人有一点逃避和隐瞒。

"嗯。"她痛快承认。

"那天我说过，我不怕死，也不需要你保护。你说，一个自杀过的人，怎么会怕死？"她看着他，声音清冷，"程队，我不是你想象中那种不知疾苦、虚荣娇弱的女孩子。我只是习惯了对生活报以更乐观随性的态度，那会让我觉得好过一些。"

在他沉默的凝视里，她下了车，快步往大门走去。

车灯刺破沉沉夜色，一路向西，直到市区边上一家洗浴中心才停了下来。

程立推门进去，前台服务员见了他，恭恭敬敬地叫了声"三哥"，把衣柜钥匙递给了他。

白雾缭绕的浴池里，只有一个人在。程立下了水，靠在一角闭目养神。

"带烟了吗？"半响，一道低沉的声音响起。

程立睁开眼，伸手从水池边小茶几上拿了烟盒，塞上打火机，向对面扔了过去。

烟盒稳稳地落入那人的掌中。

"说吧，找我什么事。"那人抽了一口烟，缓缓道。

"城南翡翠酒吧的老板邱震，你听说过吗？"程立问。

"没印象，他身边还有什么人？"

"两个男性。一个跟我身高差不多，左手腕有一圈龙纹刺青，听口音是本地人；另一个一米七的样子，右眼下面有一道疤，没有听到他说话。"

"脸上有疤的那个人,是不是下巴中间有颗小痣,右手背也有一道疤?"

程立凝神想了想,利落回答:"是。"

"疤温,"那人蓦地坐直了身子,"他是缅甸那边的,听说是他名字里有温字,身上又有很多疤痕,所以道上的人都叫他疤温。这个人,已经三年没有出现了。"

"三、年。"程立轻声重复,一字一句。

"三哥,你真的要继续追下去吗?叶雪如果泉下有知,也见不得你这么辛苦。"

"祖安,我以为你是最不会问我这句话的人,"升腾的水雾掩住了程立的表情,只有冰冷的声音在室内回响,"就算抵上我的命,我也要给她一个交代。"

"那么,你自己的人生呢?"祖安叹息,"三哥,你应该忘掉从前的一切,回北京去,娶妻生子,过安稳的生活。"

"这些我早就无所谓了,家里传宗接代也有我哥,"程立的声音淡淡的,"倒是你,我希望你好好的,能早点回到我们身边。"

"你放心,我会小心,"祖安站起身披上了浴袍,"对了,你上次让我打听江际恒的情况,我在那边没发现他有什么关联,至少目前看起来他是干净的。"

程立点了点头,没再说话,挥手和他告别。

偌大的浴室,只剩他一个人。

他再度闭上眼,仰头靠在水池边。

——这场戏是你主导的,我只需要按你的剧本去演,反正你一定有你的理由。

忽然间,一张微笑的娇颜浮现在他的脑海,就在今晚,那女孩看着他,一脸信任。

她凭什么这么相信他?

他扬起嘴角,自嘲一笑。

他曾经自以为是地导演了一场行动,却因此痛失所爱。而他爱的那个人,也曾经那么信任他。

这样的错与罪,也许要他用尽余生来偿还。

第二天,沈寻在食堂吃早餐的时候,口袋里的手机响了,她盯着屏幕看了将近十秒,才接起来。

"寻寻,为什么不回复我信息?"电话那头,传来许泽宁的叹息。

"一忙就忘了。"她答。

"可是还在生我的气？"他问。

"没有。"她说的是实话。

"那天吻你，是我一时冲动，对不——"

"既然是一时冲动，那也没什么再谈的意义，"她迅速打断他，"我有事，先不说了。"

挂了电话，她无意识地拿着勺子，搅动面前的一碗粥。

在他人眼里，许泽宁一表人才，温文尔雅，家世显赫，实乃良人佳选。但对她而言，被一个她一直视为兄长的人强吻，这感觉有点糟。

"寻姐，这碗粥跟你有仇吗？"头顶传来一道迟疑的声音。

沈寻抬起头，是张子宁，举着一根油条在她对面坐下。

"昨晚连夜审讯了？"沈寻瞧着他有点凌乱的发型。

"嗯，"张子宁点点头，"不过没什么结果，程队说，他们只是送货的。底层的送货人冒着生命危险，实际只为了一点钱。"

"他也跟你们一起熬夜了？"沈寻有些意外，程立不是送完她就走了？

"是啊，他回回都亲自盯着，到五点多才去睡了会儿，"张子宁喝了口豆浆，抬手朝门口的方向指了指，"你看，这不现在又起来了。"

沈寻回头，看到程立向他们走来，他换了件深蓝色的衬衫，冷峻的脸庞上看不出什么疲惫的痕迹。

"我给您去拿。"张子宁立马"狗腿"般地站起来，跑向取餐窗口。

程立在对面坐了下来，沈寻这才看见他眼里有淡淡的血丝。

"听子宁说，你也就睡了一小会儿。"她开口。

"媒体不是也常熬夜吗？"他瞅着她，语气轻淡。

"嗯，所以没有咖啡简直不行，"沈寻接腔，"你知道景清市里有什么好喝的咖啡吗？"

"没有。"他利落回答，但又出声，"我宿舍有。"

沈寻瞪大眼："你是在邀请我去你宿舍喝咖啡吗？是什么？雀巢速溶？"

程立轻扯嘴角，却没再搭理她，径自接过张子宁端来的餐盘，开始吃他的早饭。

等他吃完，沈寻也刚解决完自己那碗粥。他站起身，走了几步后又转身回来，用指关节敲了敲桌子。

"什么？"沈寻抬头，困惑地看着他。

"走,去喝雀巢、速溶。"他说。

沈寻满头黑线地跟上他。

沈寻进了程立的宿舍,房间格局和她的一样,不大,但是因为东西少,显得清爽。她扫视一圈,目光凝结在靠墙的桌上,又侧首不无惊讶地看向身旁的男人。

"你居然弄了一台 La Marzocco。"

他这不是宿舍,真的是咖啡馆。

"我哥送的,"他拿起一个干净的杯子,"我一个人也喝不完,同事们也经常会来用,早上他们已经喝过一拨了。"

"你哥是土豪?"沈寻点点头,看着深褐色的液体淌下。

"家里有点生意。"他淡淡答。

"那你为什么会做警察?为什么千里迢迢地来到这里?"她追问。

他瞅了她一眼:"我愿意。"

她一愣。

"你要写到报道里吗?"他把咖啡杯递给她,缓缓出声,"那你想改成我为了除暴安良也可以。"

沈寻低头捧杯,忍不住翻了个白眼。

什么人。

"豆子是云南本地产的。"他补充。

"口感很赞。"她由衷感叹,又想到了新问题,"为什么他们叫你三哥?"

"我在家里排行第三,"他一边给自己做咖啡一边回答,"上面有一个哥哥,一个姐姐,他们是龙凤胎。"

沈寻挑眉,原来如此。

程立靠在桌旁,仰头喝咖啡,喉结一动。沈寻的视线顺着他的脖子往下,落在颈间松开的那颗扣子和其间小麦色的肌肤上。

她托腮,有些失神,果然男色惑人。

程立放下杯子,对上她的目光,不由微微蹙眉。这姑娘的眼神太过直白。

"看什么?"他忍不住问。

"看你好看。"她咧嘴一笑,露出洁白的牙齿,眼睛像两弯月牙,带着点孩子气,又带着点媚。她双手捧住杯子,低头喝咖啡,目光却透过细碎的刘海,悄悄地望着他。

程立转过头,避开她的视线,嘴角缓缓绷紧。清晨的阳光自窗外照进来,落在他线条完美的侧颜上,沈寻的心微微一沉。她可以清楚地感觉到,他神色里忽起的冷意。

整个房间突然陷入了沉默而尴尬的气氛,外面传来的操练声显得格外响亮。

她不知自己又哪里得罪了这个男人。

放下杯子,沈寻站起身,感觉到心底浮起一丝恼怒。

"喝完了,我要走了。"她开口,走上前凝视他。

"嗯。"他轻应一声,语气冷淡,甚至都没有看她一眼。

"谢谢。"她继续,目光仍然固执地锁住那张俊颜。

他终于抬头看向她,眼神里却透着不耐和疏离。

她眯起眼,一字一句:"程队,我又哪里令你不满意了?"

"没有。"他答得干脆。

沈寻未再看他,抬脚就走,到了门口,又像突然想起什么似的转过身:"程立,我不认为我对你外表的正面评价有什么不妥,我也并非在刻意讨好你。本质上,我说你好看,和我说外面那条警犬叫声好洪亮是一样的。"

"谁好看?什么警犬?"她的话音刚落,张子宁的声音插了进来。他拿着个玻璃随身杯,走到沈寻面前。

"我说操场上那条警犬很好看。"沈寻看着他一笑。

"哪条?好几条呢,你说的是果果还是辣椒?"张子宁起了兴致。

"不是,是程子。"她瞥了那男人一眼,嘴角的笑意更深。

"橙子?"张子宁困惑地挑眉,"新来的狗吗?我怎么不知道?程队,你知道吗?"

"不知道,你去问问看好了。"程立语气平静,目光却落在沈寻脸上。

沈寻迎着他的视线,不闪不避,眼角眉梢俱是挑衅之色,那一双灵动的眼眸里,有着不甘、骄傲、恼怒……期待。

——你真好看。

——程立,你答应我,从今以后,你的眼里只有我哦。因为,我的眼里也只有你。

另一双笑起来如月牙般的美眸在他脑海中一闪而过,随之而起的,是心口突然绽开的疼痛。

沈寻呆住。

她看到那双锋利的黑眸里,忽然浮起浓浓的忧伤——为什么他要用这种心碎般的眼神看着她?那样的目光,几乎挟着铺天盖地的悲伤气息席卷而来,让她有种动弹不得的错觉。

是错觉吧——她往前轻轻挪了一步。刹那间,仿佛某种结界被打破,他垂眸,望向窗外,脸上仍是淡漠的表情。

沈寻愣在原地。只不过是短短数秒间,她觉得自己像被下了咒又解开,她不明白,为什么就在他收回视线低头的瞬间,她的心脏会有骤然收缩的失落感。

"寻姐你消息比我们都灵通啊,果然是做媒体的,"张子宁一边走向咖啡机,一边转头朝她搭话,"你这就走了,不再聊会儿吗?"

"聊什么?"她靠着门,扬起嘴角,"好像你们程队不爱聊天呢。"

程立没说话,淡淡地瞅了她一眼,低头点了根烟,走到窗边。

"寻姐,冒昧地问一句,"张子宁清了清嗓子,表情有点好奇,也有点局促,"你有没有男朋友?"

"没有。"沈寻挑眉,答得干脆。

"怎么会!"张子宁一脸不相信,"你这么美,又是才女,追你的人肯定很多啊。"

"那也得看我喜不喜欢。"

"你没有喜欢的人吗?"张子宁继续八卦。

"喜欢一个人……"她叹了口气,轻轻一笑,"哪有那么容易啊。你要把自己完整的一颗心交出去,但说不定,收回来时已经残破不堪,或者一朝陷落,找也找不回来。"

也不知怎么了,她的视线不由自主地落在窗边那个人身上,在她话音落下的那刻,他似乎是微微一震,抬首望向了她。

目光相触的那一霎,沈寻觉得自己的呼吸一窒。

真是好奇啊,这个男人,究竟心里藏着什么故事?

一时间,张子宁似乎也沉默了,直到手机铃声打破了室内的静寂。

程立接起来听了两句,脸色就沉了下来,收了线吩咐张子宁:"你跟我走。"

在他们迈出门口的时候,沈寻忍不住出声:"不带我吗?"

程立停住脚步,看了她两秒才出声:"走吧。"

沈寻一点也没介意他的犹豫,以最快的速度去房间取了自己的背包,跟上他们。

江北已经开了辆车在等他们,副驾驶座上还有一位男同事。

"你跟他们一起,我开我自己的车,"程立示意张子宁上车,转头看向沈寻,"你跟着我。"

沈寻一怔,点点头,跟着他往停车位走,到一辆白色丰田陆巡前停下。

她绕到车尾看了看,爬上车,在副驾驶座上坐定。

"4.6L的排量配置,程队果然是土豪。"待他发动车子,她感慨了下。

"我愿意。"他目视前方,言简意赅。

沈寻噎住:"那什么是你不愿意的?"

"你要听真话?"

"嗯。"

"带上你。"

"那你为什么还让我坐你的车?"她郁闷。

"放心。"

"什么意思?"

"这一趟可能会有些危险,"他打着方向盘,右转驶出公安局大门,"我需要亲自看着你,确保你不惹麻烦。"

沈寻先是一愣,随即嘴角弯起,让这人说句好听的实在是难啊,明明他是要亲自保护她。

"去哪里?"她问。

"边境,大概要两个小时。"他答。

"这么急,是要去追人吗?"她又问。

他看了她一眼,面沉似水:"上次在客栈的那个人,我们跟丢了。"

"躲起来了,还是已经被……"沈寻想起上次江北说的话——被抓住的人,也不大敢回去透露他被抓过,因为组织不会再信任他,为避免麻烦,甚至会直接把他做掉。

"现在还不知道。"程立微微蹙眉,伸手从置物格里的烟盒中抽了一根烟出来。

沈寻掏出自己的打火机,给他点火。

他低头凑向火,黑眸凝视她:"谢谢。"

沈寻耸耸肩:"不用客气,只是为了证明我不完全是麻烦。"

此次路途不短,她希望彼此能和平相处。

车子颠簸的时候,挂在后视镜上的一样东西在摇晃时吸引了她的视线。

是一条项链。

卡地亚经典的Trinity系列,链子串了黄金、白金、玫瑰金三色戒圈,缀了碎钻，象征亲情、友情、爱情。

她下意识地伸手，捉住了那三枚环环相扣的戒圈，车子突然一顿，她倾身向前，抓住门把才稳住。

是他踩了下刹车。

沈寻立刻意识到问题所在，她松开手，望向他冷峻的侧颜："抱歉，这项链对你而言很重要吧。"

他紧抿着唇，点了点头。

"项链的主人呢？"她问得很直接。

这是条女式项链。

她看见他握着方向盘的手骤然收紧，指关节泛白。

"不在了，"在她以为他要拒绝回答的时候，他突然开口，"牺牲了。"

她怔住。

"你是一直没有找到凶手，对吗？"她沉默了一会儿，说出自己的判断。

"你怎么知道？"他摁灭了烟，看了她一眼，黑眸里似乎起了波澜。

"职业本能，"她看着那条项链轻晃出漂亮的弧线，一下又一下，"你知不知道，你的无法释怀，已经表现得够明显。"

他没有说话，一时间，车厢内只剩下轮胎的噪声和风声。

"找凶手这件事，困扰了你多久？"许久后，她打破了彼此间的沉默。

"三年。"他答。

"那么，别把它留到第四年。"她的声音缓缓扬起，轻柔，却坚定。

程立没看她，目光仍落在前方仿佛没有尽头的路面上，内心深处却因为她的话悄然震动。

车至城外就遭遇了大雨，隔着层层雨帘，前方江北他们的车连尾灯也显得有些模糊。

程立拿起手机，打开微信发了一条语音："开慢点，注意安全。"

沈寻瞅了他一眼。

他应该是比谁都急，却又最稳得住。

"不要这么看我。"他目视前方，语气平淡。

"怎么看你？"她干脆盯着他，弯起嘴角。

"像是看小白鼠。"他微微蹙眉。

"怎么会，您明明是猛兽级别的。"沈寻的笑意更浓，凝视他堪称完美的侧颜——这个男人，外表坚如磐石，内心却满是疮痍。

心里，突然泛起一丝惋惜。

她转头看向窗外，压下胸口的那点悸动。做记者这行，最忌入戏太深，自己投入太多情感，就无法客观、冷静地叙事和分析。因为识人识事太多，难免见悲见苦，也难免有圣母情怀，总觉得凭着手中一支笔，能够救济苍生。

"为什么做记者？"低沉的声音缓缓扬起。

那一霎间，沈寻有些愕然，几乎要以为他可以看穿她的心思。

"可以一直不断地去探寻新的事情和问题，"沉默了数秒后，她回答，"也可以不断地出发，离开。"

"所以，你害怕停留？"他追问。

沈寻的表情一僵："程队，你像是在审问我。"

"如果我让你觉得不舒服，我道歉。"他的视线终于落在她脸上，只有一秒。

"没有，"她低下头，一下又一下地扣着手指，"你说得没错。"

程立用余光打量着她的动作。纤细洁白的手指交扣着，不时翘起，又落下。这是想掩饰内心不安的下意识动作。

"你要不要睡会儿，时间还长。"他没再继续方才的话题。

"嗯。"沈寻轻应了一声，调了下座位，扭头靠在座椅上，闭上眼。

感谢他放过了她。否则在那双利眼之下，她也许将无所遁形。

双眸陷入黑暗的那刻，耳边掠过的风雨声都被放大。此刻，穿梭在连绵的山林里，身边坐着一个并不熟悉的男人，她居然觉得心里有种莫名的安宁。

不知过了多久，车子突然顿了一下。被惊醒的沈寻睁开眼，发现车已经在路边停下。江北他们的车也停在了不远处的前方。

"他们的车陷到坑里了。"程立见她醒来，淡淡解释，"我下去看一下，你待在车里。"

没等她开口，他已经开门下车。

雨还是很大。沈寻看到张子宁和另一位男同事也下了车，他们先在轮子下面垫了点东西，随后一起推车，但试了几次好像不行。

沈寻熄火取了车钥匙，推开门也下了车。

冰冷的雨水兜头浇了下来，她打了个冷战，仍是向他们小跑过去。

"你怎么来了，不是让你待在车里吗？"程立见到她，不悦地皱起眉。

"我之前遇到过这种情况，我来开车吧，"她指了指驾驶座，"可以多一个人推车。"

程立瞅着她，点了点头。

沈寻握住方向盘，小心控制油门。多了一个壮实的江北，又试了两把，车终于开出泥坑。

沈寻下了车，乐滋滋地走向他们："人多力量大吧。"

程立却仍是一张冰块脸："赶紧都上车。"

沈寻没趣地撇撇嘴，往他们那辆丰田陆巡走去。

上了车，一阵暖意袭来，温差之下，她连打了几个喷嚏，有点不好意思地解释："我有点过敏性鼻炎。"

程立看了她一眼，没说话。

沈寻低头，瞧见自己的卫衣几乎全湿了，裤子也湿了大半，这时候才觉得有点难受。

她正要抬头，一块东西从天而降，罩在她头上。

她抓下来一看，是条浴巾。程立正从后座的健身包里掏东西。

"擦一下头发，别感冒了。出来得急，先凑合吧。"

他的语气仍没有什么温度，沈寻却觉得心头一暖。

"你呢？"她问，一边擦头发，一边打量他的状况。

他的衬衫也湿透了，脸上还挂着点水珠，几绺短短的发丝垂在额头一侧，竟显得格外性感。

"你擦完要还给我。"他缓缓出声，黑眸撞上了她的视线。

"哦。"她把浴巾递给他，见他接过去继续擦他的头发，她突然觉得脸上一热，而且越来越烫。

为什么她觉得暧昧？老天，她在乱花痴什么？

"你怎么了？"他狐疑地看着她泛红的脸，"你不会现在就发烧了吧？"

"有吗？"她慌乱地摸了下额头，"好像，好像真的有点烫呢，还有点晕。"

他丢下浴巾，伸出手。

温热的大掌就这么烙在她额前。那一霎间，她突然觉得心跳加速。

"应该没事。"他收回手，淡声道。

"嗯，应该没事。"她点头，像鹦鹉学舌。

"一会儿再看看。"他瞅了她一眼，踩下油门。

第三章
我要追你

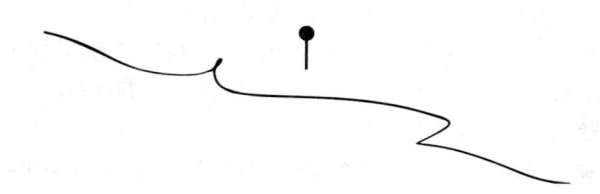

"我没见过他，"沈寻关上卫生间的门走到客厅时，沙发上坐着的女人正在摇头重复，"我已经好几个月没见到他了。"

她叫李娟，她口中的"他"，是她的丈夫，也就是之前在客栈里程立他们抓住的那个男人——冯贵平。

和局促的卫生间一样，客厅也很小，放了一张餐桌和沙发后，几乎就不剩什么落脚的地方了。

沈寻靠在餐桌旁，一边抱肩听程立他们询问，一边打量着眼前这个女人。

李娟扎了马尾，染了紫红色的头发，因为没有及时补染，头顶露出了一半黑发，发梢又是枯黄色，显得发质很差。她看起来也就是三十岁不到，五官轮廓清秀，但皮肤粗糙泛黄。她穿了件黑白条纹的T恤，胸前印着英文单词，下身是紧身九分牛仔裤，脚上是露趾松糕凉鞋。看得出，她在尽力以自己认为时髦的打扮装点自己，只是衣物的质地着实廉价。

"你的口红很好看。"沈寻突然插了一句。

李娟一愣，下意识地擦了下嘴角。

"刚才借用你家卫生间，我看到了，"沈寻微笑地看着她，"我也有一支同样色号的，同个牌子。你那支才开封不久吧，看上去就用过一两次的样子。你用几十块的润肤露，却舍得用几百块的口红，女人对口红果然是没有抗拒力啊，他有没有夸你涂着好看？"

"他……"李娟的声音骤然止住，表情顿时变得僵硬，"他没见过。"

"我以为是你老公送你的礼物呢，那是自己买的？"沈寻笑道。

"嗯。"李娟机械地点了点头。

"这儿的商店应该没这个牌子吧。"

"我在网上买的。"李娟立刻补充。

"网购记录呢,给我们看下。"江北意识过来,马上追问。

"没了。"李娟摇头,"我经常会清空购物记录。"

"你以为我们查不出来?"江北不耐烦地蹙眉,"我警告你,你给我老实点。"

"你真可怜。"沈寻凝视面前的女人,目光清澈,却锋利。

"你什么意思?"李娟像被针扎了一下。

"女人嫁一个男人,不就是求个安稳幸福吗?"沈寻扬起嘴角,表情带着怜悯,"你看你,连用支口红都像做贼一样。当初他娶你的时候,是不是说过要让你过好日子?现在偶尔回来的时候,也还是会保证说让你相信他,以后一定会让你过要什么有什么的生活?"

"你真的相信他吗?比起缥缈的未来,你心里是不是更担心,他每次离开就再也回不来?"沈寻走近她,蹲下身,抬头望着这个开始有点颤抖的女人,"你知道吗?这一次,他们心里是这么想的。"

她抬手,指了指程立。

李娟像触电一样从沙发上直起身,眼神惊慌:"什么意思?贵平他出什么事了?"

程立看着她,没说话。江北他们也保持沉默。

这种沉默,顿时击溃了李娟。

她连嘴唇都开始颤抖起来:"他前晚偷偷回来了,今天早上六点多走的,有个人来家里找他。"

"什么人?"张子宁追问。

"我没看清楚,他向来不让我见那些人,"李娟啜嚅着回答,像是在努力回想,"我从门缝里看到,那人个子并不高,说话口音有点怪。"

程立面色微沉:"知道他们去哪里了吗?"

"不知道,"李娟忐忑地摇头,"我记得贵平有一次喝醉了酒说过,如果哪天他回不来了,让我记得去镇子东边的废砖厂看看,我公公在世的时候在厂里干活,那里还有个他留下来的小房间。"

离开冯贵平家,他们一行人立即赶往小镇东边的废砖厂。

雨势未减,砸在车顶,发出密密麻麻的闷响。

"谢谢。"沈寻正埋头看手机,听见耳边传来一道低沉的声音。

她知道他是在说刚才的事。

她抬头看向他刚毅的侧脸："你打算怎么谢呢？"

"你想让我怎么谢？"他目视前方，语气平稳。

"也送我一支唇膏好了。"她笑。

"好，我让小美去买。"他答。

"不是亲力亲为，没诚意。"她不满意。

他掏出钱包递给她："你现在网购，随便买几支，我的卡给你刷，我告诉你密码。"

沈寻呆住。

请原谅她这一刻的想入非非——他一定不知道，此举仿佛丈夫待妻子。

"程队真是豪爽，"她投降，"我只是和你开玩笑。"

他瞅了她一眼，放下钱包，按下车窗点烟。

"我不是，"他淡声说，"那先欠着吧。"

烟草味夹杂着雨后的泥土气息漫进了车内，沈寻靠在椅子上，透过天窗遥望天上的流云。右边那一朵的轮廓，竟与他的侧脸好像。

"程队，应该过了这个路口就是砖厂了。"对讲机里，传来江北的声音。

沈寻望向前方的三岔路口，这里倒像是没下过雨，江北他们的车一加速，就扬起一阵尘土。

灰尘散去，对面驶来一辆黑色轿车，车速不紧不慢。

两车交错时，程立下意识地瞥向左边，眸色却是一沉，几乎同一时间，他踩下了刹车，车身打了个转，接着油门一轰，朝那辆黑车就追了过去。

沈寻抓住把手，刚稳住身体，就听到他低沉冷静的声音在命令："你们去厂里，我跟那辆车。"

"那车里的人有问题？"沈寻一出口就暗骂自己蠢，没问题他怎么会追呢？

"坐稳了。"程立没有回答她，只是简短吩咐。

沈寻没再说话，抓紧了把手，盯着前方那辆车。

大概是察觉了自己被盯上，那辆车越开越快。

这样的反应也让程立确定了自己的判断。他猛踩油门，死死咬住对方。

沈寻忍不住看向他，在这紧张的当口，他的表情却格外沉静，仿佛潜伏的黑豹，盯着自己的猎物，耐心且坚定。

"趴下！"伴着一声暴喝，她的脑袋被一只大掌猛然压下，车身一晃，她的额头撞上了中控台。

疼痛在身体里绽放，她咬住牙没吭声。

"有没有事？"程立一手仍压着她，"趴着别动，对方有枪。"

他感觉到掌下她的身体顿时绷紧。

是跟，还是放弃？程立望着前方那辆疾驰的车，心绪翻涌。带着她，他不能保证万无一失；可要是不跟，也许就错过一条重要线索。

"我没事，你不用管我，"轻柔的声音传来，"程队，你就当我不存在。你一个人会怎么做，那就怎么做。"

"你专心开车，我自己可以。"沈寻推了推他的手臂。

"谢谢。"她头顶的力量卸了去，随之而来的，是他清冷的声音，"小美，我们离下一个镇子还有三十公里，需要当地警力配合设置路障，车牌号景M2GK57，黑色大众速腾。"

沈寻埋着头，试图用深呼吸减缓不适感。视线所及之处，是他修长的双腿，因为坐姿，勾勒出男性化的健壮线条。疾驰中风更大了，掠过她的背脊，凉飕飕。她想，气流应该是从挡风玻璃上的弹孔灌进来的。

她可以感觉到自己的心脏在胸膛里冲撞，一下又一下，几近失控。

疼痛与恐惧感交织，但让她真正害怕的，竟不是自己身处险境，而是，她对身旁这个男人的担心……担心独自面对枪口的他。

在此刻，原本盘旋在心头的模糊感觉才变得足够清晰，如果，担心一个人多过于自己，是不是一种沦陷？如果，在短短几天的时间里，就有沦陷的感觉，是不是一种危险？

汗水自额前无声淌落，风声掩住了她轻微却忐忑的叹息。

又是两声枪响。

黑车里的人显然在拉锯战中失去了耐心，迫切想甩掉紧咬不放的追兵。

他等的就是这一刻——黑眸危险地眯起，程立举起左臂，瞄准对方的后车轮，毫不犹豫地扣动扳机。

一记沉闷的爆响后，前方的汽车发出刺耳的刹车声，歪歪斜斜地冲出了山道，撞进了一旁的树林里。

程立停了车，沈寻已经坐直了身体，迎上他的视线："我跟你一起。"

他点了点头。

荒郊野外，他确实也不放心把她一个人留在车里。

将沈寻护在身后，程立小心翼翼地接近撞停在树下的那辆黑车。一步、两步……风似乎在瞬间静止了，茂密的树林，陷入一片诡异的寂静。

脊背一凉，腥风血雨中磨炼出来的警觉让他猛地止住了脚步。

"怎么……"沈寻的询问尚未出口,就被一个悍然的怀抱压倒在地,轰然一声巨响,伴随热浪,扑向了他们。

耳朵里嗡嗡作响,意识回笼的那刻,她看向近在咫尺的俊颜,和那双紧闭的眼,恐惧顿时涌上了喉头:"程队!"

沈寻伸出右手,用力推了推他沉重的双肩,感觉呼吸都变得困难:"程立!程立!"

"我没事,"低哑的声音传来,他睁开眼,深潭般的黑眸里映出她泪湿的脸庞,"哭什么?"

她怔住,情不自禁地抬手,抚上了他的眉眼。

程立看着她破涕为笑的样子,侧首不动声色地躲过她的触摸,未再多言,只是撑起双臂迅速退开身,警觉的目光再度巡视树林。

沈寻看见那辆车已经炸成了空架子,若不是程立反应够快,他们早就葬身于这个陷阱。

"可以走了吗?"程立问了一句,视线却仍落在前方。

"可以。"沈寻站起身,走了两步,突然眼前一黑,又摔倒在地。

她心里暗咒了一声,挣扎着要站起来,程立却已经冲到她面前,黑眸扫视她周身:"怎么回事?"

"没……"

她的外套突然被拉了下来,黑色卫衣左臂上那一摊漫开的血迹再也无法掩藏。

程立眸色一沉,撩起她的袖子,原本雪白的手臂上血色猩红——目光上移,他看见她满额的汗水。

在他迫人的视线里,沈寻再也支撑不住,陷入深沉的黑暗里。

临近黄昏,小镇卫生院也变得安静下来。窗外的天光渐暗,只剩下病房里的日光灯发出灰白色的光亮,照得床上那张小脸越发苍白。

程立倚在窗前,习惯性地掏出打火机,烟刚放到嘴边,才意识到地方不合适,又把东西都放回口袋里,心里也升腾起一阵烦躁。

在车里时,他感觉到了她的颤抖,以为她是害怕,原来是因为疼的,子弹擦伤,伤口还不浅。

那种灼伤的痛,连个男人都未必忍得住,而她却忍了一路,连轻柔的声音都骗过了他。

他从未遇到过这样的女人。

以前叶雪虽然是受过职业训练的女警，但一直喜欢和他撒娇，他也觉得那样的撒娇让他很受用，而眼前这个倔强的女人，却让他有点困惑。

——程队，你就当我不存在。你一个人会怎么做，那就怎么做。我自己可以。

在车里，她说过的话又浮上了心头。

此刻，望着她苍白的容颜，他觉得胸口有种不适感，却又说不清是为什么。

"妈妈。"一声脆弱的呢喃打断了他的思绪。

他走到床前，看到她眉心紧蹙，仿佛陷入了不安的梦魇。

"不要丢下我……"原本埋在薄毯中的手抬起，想要抓住什么，颓然落下的那刻，他不假思索地伸手，雪白的柔荑落入他的大掌之中。那一霎的触感，细腻得不可思议。

即使有他作缓冲，手臂的疼痛还是惊醒了她。在她睁开眼之前，他迅速收回手，微微退开身。

蒙眬的视线中，高大的身影渐渐清晰。沈寻望着伫立在床前的男人，迎上那双深沉如墨的黑眸，一时间，竟觉得心魂震动。

他就站在那里，保持着一个沉默守候的姿势。而她已经很久都没有被人守候了。

"为什么隐瞒伤势？就这么强撑着？"他开口，依然是极具压迫感的语气。

"不想让你分心。"她嗓子微哑。

"你知不知道，时间拖久了，要是感染，你这只胳膊都会废掉？"他的视线牢牢地锁住她。

沈寻愣了一下："我没想那么多。"

她右手撑床，想要坐直，程立走近了一步，伸出手扶起了她。

四目相对间，他出声："那么，你想的是什么？"

沈寻胸口一窒。

深吸了一口气，她微微一笑："我想的是，你在乎的事情。"

"我在乎什么，和你有关系吗？"他起身，声音清冷。

沈寻缓缓抬起头，水眸清亮："有。"

程立与她对视数秒，就移开了视线，未再言语。

他隐隐地觉得，彼此的对话已经到了一个他无法控制的地步。

瞥见他的反应，沈寻扬起嘴角。箭已离弦，她不打算回头，也无法回头。

"程队，我不知道我怎么了，我好像——好像有点在乎你，所以在乎你所在乎的。"轻柔的声音，却挟着危险的力量。

箭中靶心。

那双深沉的眼眸，瞬间起了风浪，却又立即被压下。

但是，她瞧见了。

静默之中，他欺身向前，如刀的目光掠过她的脸。

"我做了什么，令您这么上心？"他刻意加重了"您"字，语气带着点嘲弄，慵懒的嗓音却又透着一股具有压迫力的性感。

"程队，我的职业本能告诉我，当我的受访者对我的问题产生抵触时，就会用反问来掩饰自己的不安。"沈寻迎着他的视线，不闪不躲，嘴角还浮起一丝轻浅的笑，"你常年做审讯，大概也有这样的体会。"

"你现在也是在避而不答。"他利落出声。

"我答啊，谁说我不答？"她笑得柔媚，看到他的眼眸里，映着小小的自己。

仿佛一场暗战，他温热的呼吸近在咫尺。

大好机会。

她突然起身，吻住了他的薄唇。如鱼得水，肆意游荡，虽然只是数秒。

刹那间，如过电般，心旌摇荡。

他浑身一僵，箍住她的双肩，迅速退开身。

"比起言语，我更喜欢用行动来表达，"沈寻瞅着他阴沉的脸色，笑意盈盈，"程队，你逃得很快。"

"表达什么？你爱心泛滥？"程立冷冷地看着她，表情越发难看。

"随你怎么想，"沈寻耸肩，声音可怜兮兮的，"程队，你弄疼我了。"

他松开对她的钳制，眉心紧蹙："好好躺着，别胡闹。"

"程队，你有没有打算找一个女朋友？"她撩得兴起。

"没打算，"他一口回绝，漆黑的眸里没有一丝温度，"即使有，也不该是你。"

"不见得哦，"沈寻挑眉，"你最好有心理准备，我打算追你。"

"你最好也有心理准备，"他缓缓出声，"别哭着回去。"

言罢，他转身离开，拒绝再和她交流。

沈寻瞅着他出门的背影，笑意更深了。

看这块冰山爹毛，感觉好爽。

程立站在卫生院门口的路灯下，点了一支烟。

天边最后一丝光线渐渐淡去，一切沉入紫蓝色的夜幕里。

晚风拂面，就像方才那一吻，温柔、挑逗。

那种柔嫩、清晰的触感，仿佛还留在唇边。

他狠狠地吐了口烟，心里一阵郁闷，活到三十四岁，居然被一个小丫头片子给强吻了。

简直奇耻大辱。

真是个麻烦，明明正事儿都忙不过来。

打开手机，微信上是江北发来的照片，一个男人躺在一片血泊里，是冯贵平，在砖厂废弃的屋子里，他身中五刀，最致命的一刀，直接封喉，其余四刀，分别在四肢腕部。

这是一种惩罚的方式。凶手的手段狠辣利落。

从冯贵平的死亡时间和厂里留下的胎痕来看，凶手和那辆黑色速腾脱不了干系。从一路追随到险些中炸弹埋伏，他也见识到对方行事的老练和凶残。

眼下，增援的警力正在搜山。只是地势险峻，树林茂密，加上临近边境，很难说就一定能抓到人。

想到这里，他面色沉了几分，将烟头用力摁灭在一旁的垃圾桶上。

转过身，却看见沈寻也站在路灯下，静静地望着他。浅黄色的灯光下，小脸俏生生的，因为苍白带着点娇弱气。

他一时没说话，只是看着她，看她葫芦里又卖什么药。

她慢吞吞地朝他踱过来："程队，我OK了，不用再休息，咱们出发吧。"

"瞧你能耐的，要不要我给你发把枪，你跟我去抓人？"他睨着她，手插在裤子口袋里，语气凉薄。

"我觉得你应该对我友好一点。"沈寻有点郁闷地抗议。

"我都被你'猥亵'了，你让我怎么对你友好？"他轻嗤。

"猥亵这词严重了，'甜蜜的偷袭'可能更准确。"沈寻微笑，仰头看着他坚毅的下巴，那里长出了些胡楂儿，显得格外性感。

"不愧是文字工作者，上头派你过来是负责讲笑话的吧。"

沈寻语塞。

真是的，那么好看的嘴巴，亲起来也合适，偏偏说话这么毒。

"一会儿子宁他们会来接你，"低沉的声音在夜风里扬起，"这里医疗条件一般，你还是尽快回到景清市里好好处理下伤口，休养下。"

"那你呢，不和我们一起回去吗？"沈寻连忙问。

他摇摇头，眸光深沉："我还有事。"

"我可以留……"

"不可以。"未等她讲完,他利落回绝。

"腿长在我自己身上。"她有点不甘心。

他往前迈了一步,高大的身影彻底覆盖住了她,带着绝对的压迫力。

"你最好听话,"他俯首瞅着她,嘴角轻扬,"别逼我把你绑车上。"

沈寻闻言瞪向他,见他神色冷沉,心知他是认真的,于是眨了眨眼,不再吭声。她退开两步,有一下没一下地踩地上自己的影子,裹着纱布的胳膊跟着晃荡,一副可怜样。

程立站在一旁瞧着,突然觉得有点碍眼:"你上去等。"

"不用。"她索性往地上一蹲,开始玩手机。

沈寻刚点开挂着红点的微信,就感觉脖子后一紧,被拎了起来。

"你自己上去,还是我扛你上去?"低沉动听的声音,偏偏是用来威胁。

沈寻挣扎,想要躲开他的钳制,却一头撞进他怀里,坚硬的胸膛,撞得她鼻子一阵酸痛,可痛楚里又混了点清淡的香水味,像是松木混了皮革香,好闻得很,叫人想流连。

长臂一伸,程立像拎小鸡一样把她从自己胸口拉开。他真是服了她,不放弃任何揩油的机会。

一折腾,碰到了胳膊上的伤处,沈寻疼得一咧嘴,顿时消停下来。程立的手还搭在她后颈上,刚要收回来,却又觉得掌心发热,他顺手摸了下她额头,眉间微蹙:"你好像在发烧。"

结果不是好像,是真发烧了。值班医生过来一量体温,38.5℃,命令沈寻立刻躺下休息。

沈寻也不敢再添乱,乖乖躺回床上,然后瞅见程立拿起电话:"你什么时候到?"

她估计他问的应该是张子宁,语气里带着点隐忍,大概是烦了她,希望有人来换掉他。

想到这儿,她心里不由得有些失落,埋首在被子里,闭上了眼。

"你饿不饿?"半响,她听到他问。

她又睁开眼,摇摇头,瞅着他仍握着手机,便问:"子宁什么时候来?"

"大概还要半小时,"程立在床对面的椅子上坐下,抱肩看着她,"你可以睡一会儿。"

"睡不着。"

沈寻看到他肩膀上沾了一片灰,大概是爆炸时为了护住她沾上的,忽然间,好想伸手替他拍掉。

"他们找到冯贵平了吗?"她问。

"找到了,就在老砖厂,"他抬眼望向她,"被人杀了。"

沈寻怔住。

她想起自己今天同李娟说的话,竟是一语成谶。这一次她的丈夫真的再也回不去了。

"人的一生,有时何其脆弱短暂。"她轻轻叹息。

程立没说话,但看着她的眼眸里,仿佛瞬间起了寒气,像是冬日里冰封的湖。

"对不起。"她意识到自己踩中了他的隐痛,于是局促地道歉。

"你并没有做错什么,"他的语气平淡,"我已经习惯了。"

"习惯什么?"

"死亡与分离。"

"那为什么还要坚持?"

"为了更多的'活着'和相聚。"

他整个人浸在昏暗的灯光里,脸上带着淡淡的倦色,低垂的眼睫也敛住了平日锋利的光芒,可沈寻却觉得,眼前这画面,有种说不出的动人。

她摸出手机,把方才的对话记录下来。

"你见过那么多故事,很多并不美好,可曾对人生失望?"低沉的嗓音突然扬起。

她有些意外地抬起头:"你看过我写的报道?"

"你可以理解为那是一种对你的调查。"他抬眼看着她,平静地答。

沈寻突然觉得有些窘迫,仿佛年少时被别人偷看了日记。

"也许只有见到了人性的最坏处,才能真正懂得为什么要好好活着,努力去做对别人、对这个世界有益的事情。"她想了一下,缓缓出声。

"他人的故事,要感同身受其实是很难的。"

"我想我能体会。十五岁的时候,我遇到非常糟糕的事,后来我同自己说,天底下不快乐的人那么多,不缺我一个。即使有第三次世界大战,也不能把我摧毁。"

"所以你把伤疤换成了刺青。"

"谁不曾受伤呢,"她看着他,双颊因为发烧有点微红,一双眼睛却格外水灵,"总会结疤的,执着于伤口,反而不利于复原。"

程立嘴角露出一丝轻浅的笑,没有说话。

她这样年轻，又怎会懂得什么是念念不忘。

张子宁进病房的时候，瞅见程立半靠在椅子上，一手撑着下颚，眉眼低垂，不知想着什么。他对面的床上，容貌娇俏的女子悄然沉睡。

室内灯光微弱，淡淡地笼着一切，显得格外静谧。

不知怎么，他觉得自己的到来有点突兀，好像打破了一幅安宁的画面。

程立听见动静，抬头看了他一眼，才缓缓坐直了身体，看了看表。

"怎么这么久？"他的声音很轻，微哑。

"路被山洪冲坏了，耽搁了点时间。"张子宁也不由得压低了嗓音。

程立点点头，站起身："那你看着，我走了。"

走到门口，他又转过身："她还没吃东西，等她醒了，你去买点。"

张子宁一愣。

好诡异。老大怎么突然有点暖男画风。

"三哥，我也没吃呢。"他嘿嘿一笑。

"那我给你去买？"黑眸瞅向他，平静无波。

张子宁心里突然一哆嗦："不用了不用了，您先忙。我刚才带了点水果上来。"

他举了举手里的塑料袋："您要不要来点？"

程立从袋子里拿了个苹果出来，接着往外走。

"程立……"一声轻吟在他身后响起。

"三哥，她在叫你？"

"说梦话呢。"程立扔出一句，高大挺拔的身影只是稍稍停顿了一下，并没有回头，接着消失在门口。

沈寻昏睡到半夜，觉得喉咙像火烧一样，忍不住干咳了几声。

床畔有人递了一杯水，她接过来喝了几口，顿时舒服了不少。

"谢谢，"一抬头，她顿时愣住，"怎么是你？"

"就是我啊，"张子宁挠挠头，"三哥有事先走了。"

"哦。"沈寻低头轻应了一声，她想起来了，程立说张子宁回来替他，只是心里不免泛起一丝失落。

"我都不知道他什么时候走的。他去哪儿了？"她忍不住问。

"搜查人员发现了一点线索，他亲自过去跟了，"张子宁指了指桌上一个饭盒，"你饿不饿，三哥说你还没吃过东西，让我等你醒了买点。我看你一直在睡，就趁附近餐厅没打烊前买了点粥，这会儿可能有点凉了，我去给你热下。"

沈寻感觉自己的嘴角情不自禁地扬了起来："他叮嘱的？"

"嗯，你也觉得意外吧？这么温情都不像他的风格，"张子宁挑眉，站起身拿了饭盒，"不过他人其实很好，你不要被他的冷酷外表吓到。"

"我没有，"沈寻微笑，"我还挺喜欢他的。"

张子宁手里的饭盒差点掉地上。

"寻姐？"他瞪大眼，"你说的，不是我想的那个意思吧？"

"你想的是什么意思？"沈寻望着他，语气轻柔。

"我想的……"张子宁激动得都快结巴了，"你……你不会是看上我们老大了吧？"

"为什么不会？"沈寻捧着杯子，慢条斯理地喝了一口水。

"这可就麻烦了，"张子宁又挠了几下头，"挺麻烦的。"

"别挠了，再挠这粥我不喝了，"沈寻看着他，眯起美眸，"说给我听听，麻烦在哪儿？"

张子宁索性放下饭盒，又坐了下来，表情为难："三哥心里有人。"

"他那位牺牲的前女友啊。"沈寻轻叹。

"你知道？你怎么知道的？"张子宁的表情从惊讶转为惊骇，"三哥跟你说的？他从来不主动和别人提这个。"

"我猜的，"沈寻耸肩，"种种蛛丝马迹已能推测。也谢谢你刚才证实了。"

"三哥当初到这儿来，也是为了叶雪，"张子宁叹气，"听说三哥家生意做得挺大的，他又是长辈们最疼的老幺，家里说什么也不同意他过来，他差点因此和家里闹翻。"

叶雪。沈寻在心底暗念这两个字。普普通通的名字，却是他心尖上的那个人，他心底的隐痛。

血雨腥风里奋勇来去的狠绝和冷酷，根源却是一份柔情。原来竟是这样啊，放着家业不管，非要跑到这么偏远的地方来，明明这种苦差事，十年也换不来他腕上一块表，随时还可能会送命。

一时间，辛酸、苦涩、甜蜜、嫉妒……无数滋味一起涌上心头。她抬手摸了摸后颈，仿佛他掌心的温度还在。

她知道，对他，她起了贪念。

沈寻边喝粥，边点开未读微信。

最上面的来自李萌，是她的闺密，也是同事，只是她在采编部，李萌在广告部。此女人如其名，是童颜大长腿的萌妹子，惯以天真无害、娇声嫩气的外在惑人，实际四大出身，账算得精，无比腹黑，年年蝉联销售榜第一。

快回来，没有你的京城尤其寂寞。

沈寻忍不住一笑，在她发来的一张卡通人搔首弄姿的表情下回复：我有大事要做。

奖杯拿再多也只能摆家里看，不如找个男人。李萌迅速回了过来。

嗯，正在践行。

屏幕里冒出一堆问号。

李萌问：什么意思？你有男人了？

正在追。沈寻嘴角弯起。

一个震惊的表情在屏幕绽放。

什么货色？

容颜俊酷，八块腹肌，外冷内热。沈寻想了想，打下这几个字。

一个"哇"的表情后，一行字又冒了出来：想想都激动，摸过没？

还没，想。

不过已经亲过了。她又补充——怎么办啊，打这行字的时候，感觉有一点得意呢。

啥感觉？

不满足，还要。

李萌丢来一个小人被抽耳光的表情，表达她的讽刺。

她又问：他是什么人啊？

禁毒大队队长，叫程立。

李萌过了一会儿才回复：搜了下，网上好像没照片，你有吗，发我看看。

没有。沈寻一边回，一边想着是该找机会偷拍几张他的照片，也方便日常意淫。这时候，手机显示电量不足。

"你带充电宝没？"她问张子宁，看到后者点了点头。

我去下洗手间，等会儿聊。她跟李萌说了一句，下床把手机搁在床头柜上出了门。

张子宁从背包里翻出了充电宝，走到床边，刚拿起沈寻的手机充上，一行小字蹦上了屏幕。

某萌：你亲了程队，打算何时上他？

他手一抖，差点把手机掉到地上。

下一秒，他放下手机，迅速坐回原位，心扑通扑通直跳。

这也太劲爆了！

看见沈寻回来，他表情尽力保持平静，脑子里却像放烟花一样，不断冒出那几个字——亲了程队，何时上他。

沈寻拿起手机，瞧了一眼新消息，弯起嘴角，笑意里掺着一丝羞涩。

张子宁看到她这表情，觉得自己整个人都不好了。

不行，他决定把这个炸弹分享给别人，否则他独自苦苦扛着，简直要爆炸。

小美，我跟你说，老大和寻姐亲过了。他激动地打下一行字，发出，再捂住手机，等待小美的反应。

"你怎么了，脸有点红？"沈寻狐疑地看着他。

"没事，"张子宁清了清嗓子，"好像有点，嗯，热。"

"哦，你要不要开窗？"沈寻的话音刚落，张子宁的手机就振动起来。

他迅速拿起手机，看到屏幕上闪烁着王小美的名字——她这也太激动了吧，居然马上打电话过来。

他刚接起，那头声音就炸过来："张子宁，你个猪，你发群里了！还是局群！局群！"

他一怔，随即脸色刷白，迅速摁掉电话打开微信，看到在全局的群里，他刚才打下的那行字醒目地显示在最下方。

那一霎间，他的心脏差点停止，手指颤抖着点了撤回，一下，没点上，再一下。

看到那条信息消失，他几乎要泪流满面。

完蛋了。按他们这一行的作息，这个点大家应该都还醒着，没人回复，估计要么还在消化信息，要么就是假装不回复。

程队……他捂住头，简直想哀号——要是他也看到了呢？

手机突然开始连着振动，是八卦的人们纷纷开始私下找他确认。

"你真没事？"沈寻看着他，有点困惑——这大半夜的，他怎么露出这么悲愤、辛酸、苦涩的表情？被劈腿了？不至于吧，这家伙看着就像个单身处男。那就是所爱被夺？

同样的时间，靠近边境的一幢村屋里。

程立结束和身边人的交谈，拿起放在一旁的手机。他点开局里的微信群，看到张子宁撤回一条信息的显示。

他没在意，搁了手机，继续看地图。

夜沉如水。连绵的远山，仿佛天幕上的黑色剪影，近处的林子，氤氲着淡薄的烟雾。半夜的山寨陷入了沉睡，只剩几家星星灯火，一切安静得几乎可怕。

"那片区域，你们以前没进去过？"程立点了点地图上画出的一处，问当地派出所的民警倪华。

"没有，那是竜林，这个寨子里过世的人也都葬在那里，一般情况下，外村寨的人不会进竜林。老一辈人说，如果外人进了，会触乱那里的亡魂，给寨子招来天灾人祸。"倪华答，"而且，这片竜林有块沼泽地，过去吞了不少人。所以几乎没什么外人进去。像我们这些外村寨的警察，也会有些忌讳。"

"哦，"程立淡淡地应了一声，站起身来，"你早点休息吧，今天辛苦了。"

"应该的，程队客气了，你也早点睡。"倪华也站起来同他道别。

程立跟着他出了屋，倚着门点了一支烟。

竜林是寨神居住的地方，也是先人亡魂居住的墓地。寨子里的人将人看作肉体和灵魂的结合体，相信肉体会灭亡，而灵魂永远存活。

很多年前，叶雪和他说过这些。她是云南本地人，虽然是汉族，却对本地传统文化很有兴趣，时不时就会跟他说一些，他有一搭没一搭地听着，渐渐也记下了不少。

如果，灵魂真的能够存活，那么，这几年她又在哪里？

他抬头望向夜空，雨过天晴后，漫天星光闪烁。

对这些亘古星辰而言，人间的悲欢，实在渺小得微不足道。可有多少人，囿于过往，茫然于未来，困在时间的泥潭里，苦苦挣扎。

烟抽完时，手机传来振动。

是条微信，来自沈寻，她的微信名是 Lost n found（失物招领）。

他点开，几行英文字跳了出来——

    Stars should not be seen alone
    That's why there are so many
    Two people should stand together and look at them
    One person alone will surely miss the good ones

    天上繁星点点
    不应独自欣赏
    应当比肩一起仰望

倘若独自一人，必会错过美好

——不知道是什么人写的诗句，被她借题发挥。

他摁灭屏幕，冷峻的脸庞又陷落在阴影里。

这丫头的心思已经再明显不过。可是，她又是何必呢。

为什么不向着更光明的地方去呢。他早已身在黑暗，一身血腥与罪孽。

他摸了摸烟盒，又抽出一根，放到嘴边。只觉得心头有什么东西隐约缠绕着，感觉不痛快，最后酿成一声微微的叹息。

这世上，谁又为谁所累，谁又欠着谁。

沈寻埋在枕间，盯着手机等了十分钟，还是没收到回复。

她发过去的那条信息下面，一直只是她自己的输入框。

第十一分钟，她开始反思自己是不是冲动了。

发这条信息，主要是刷朋友圈时被触动到了。二十分钟前，她看到一个心理医生朋友发——存在感的体现，是基于他人对你的心理认知。这种认知的建立，需要持续、规律地进行信息传递，这种信息可以是多种方式的，包括文字、声音、动作等。

事实证明，她对他刷存在感的尝试失败了。

她发过去的句子，出自奥古斯丁·巴勒斯。此人有本著作叫《深度郁闷》。这四个字形容她此刻的心情真是再贴切不过。

正要放弃，眼前突然闪过什么，她又赶紧举起手机。聊天页顶上，出现了"对方正在输入"。

她激动得差点叫出声。

"早点睡。"

简短、轻淡的三个字。完完全全他的风格。

她纠结了半天，发出一个小人"嗯嗯"点头的表情。

发出去那刻，她就后悔了——"嗯"完不就没法和他继续聊了吗！啊，好蠢！

她忍不住又补了一句：你还没睡吗？

"对方正在输入"之后，她看到屏幕上跳出一句：我睡着了。

什么意思？沈寻一脸蒙，感觉刚发过烧的脑子有点不够用。

睡着了却在和她说话？等等，他好像，是在逗她？

第四章
被刺痛

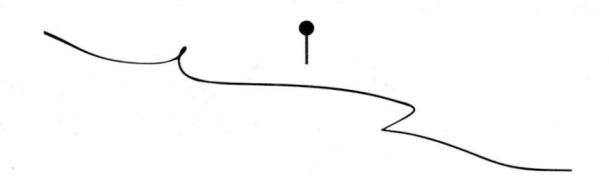

清晨，天光熹微。

一个高大挺拔的身影，一步步穿过薄雾，走入浓荫蔽天的森林。这片沉寂之地，仿佛另一个世界。

肃穆的祭坛，悄然俯视这名不速之客。

寨神，以及所有沉睡在此的亡灵们，我无意打扰你们的安宁，冒昧闯入，只求能让一个生于这片土地的美丽灵魂得到安息。如果有什么灾与罪，请降于我一人之身。

湖水之畔，男人颔首，长身伫立，双手合十。渐亮的天光之下，如镜的湖面倒映出他的身影，孤寂，肃杀。然后，他向森林深处走去，脚步坚定。

祭坛之后，有一条小径，因为昨天下过雨，路面仍是潮湿泥泞。两旁是不知何年何月种下的芭蕉与甘蔗。走了大约二十分钟，程立蹲下来，轻轻揭开一片树叶——四分之一大小的鞋印。

一路而来，那人都将足迹清理得很干净。但再完美的处理，也会留下痕迹。

他站起身，仔细查看四周的植物，撩了一片芭蕉叶，朝右前方走去。

他动作很慢，轻轻推开一路上的枝叶，几乎没有声音，直到快接近另一片高大树林时，才突然止步。

在离他双脚十厘米之处，一根两头绑在芭蕉树上的丝线悬着，一端挂着一只铃铛。如果不仔细看，几乎无法发觉丝线的存在。

程立抬脚跨过丝线，冰冷的黑眸望向倚在树下的男人。

几乎同时，对方睁开眼，迅速站起身，右手已经握住一柄明亮的匕首。

"程队，久违了，你比我想象中快。"那人开口，声音阴沉，他严重毁容，右脸有一道很深很长的疤痕,自耳边到嘴角,显得他面目可怖。

"我认识你吗?"程立冷冷出声。

"程队何等身份,当然不会记得我们这些小人物。"那人笑声嘶哑,"三年前那场火拼,那些死去的鬼魂,有没有到你的梦里来找过你?那里面,年纪最小的人才十七岁。"

"白风是你什么人?"程立盯着他,沉静出声,脑子里迅速闪过当年那些毒贩的脸。其中一个叫白风的男孩,虽然还没成年,但已经犯案累累。

"我弟弟。"那人从牙缝里挤出这几个字。

"你是白林,"程立准确地叫出了他的名字,语气仿佛结着冰,"他罪有应得,而你,躲得过当年,躲不过现在。"

"收起你那副正气凛然的样子,你以为你和我们有什么不同?"白林望着他,眼里满是恨意,"你的双手,也沾满了鲜血,永远都洗不掉。当年,我看着我弟弟被你们的手雷炸死,他的眼珠,飞到我面前的地上,那样看着我,一直看着我……"

"我从来没想过能洗掉我手上的血。"程立面无表情,抬手将枪口对准了白林,"是你杀了冯贵平?为什么?"

"他看见了不该看的,说了不该说的,自然该死。"

"你是说,他告诉了我关于白狐的消息?"

"程队,不要套我话,不要妄想从我这里知道一丝一毫你想找的答案,"白林阴阳怪气地笑着,"哦,我差点忘了,你也失去了你的女人。怎么样,你心里是什么滋味?你是不是很想知道,害死她的人在哪里?"

程立握紧了枪,冰沉的黑眸里瞬间起了风暴。

"你是不是觉得无能为力,就像当初那样?"白林的笑声越发放肆,在寂静的森林里,令人毛骨悚然,"来啊,杀了我,好平息你心里的愤怒与不平。"

程立站在那里,仿佛一尊沉默的雕像,足足有半分钟。随后,他有了动作。在白林惊疑的目光里,他缓缓垂下握枪的手臂。

"我不会杀你,"他语气平静,"我会带你回局里。"

下一秒,他看见白林眼里闪过一丝诡异的光,他心里一沉,疾步上前,但已经来不及。白林的颈间瞬间喷出了血柱——他亲手割断了自己的脖子,沉重的身体随即缓缓瘫在地上。

"你永远……不会解脱。"咽气的那刻,他死死地盯着程立,露出一个扭曲的笑容,从嘴里挤出了这句话。

当天上午，沈寻跟着张子宁回到景清市里，先去医院检查了下伤口和身体状况，确认一切正常，又一起回到局里。

"程队回来了吗？"快下车的时候，沈寻状似无意地问。

"他没跟你说吗？"张子宁有点惊讶地看着她，心想，你们的关系应该更近呀。

"他跟我说什么？"沈寻一头雾水。

张子宁立即脑补——程立性格向来冷沉，估计谈恋爱也不会像别人那么肉麻黏腻，不想让沈寻知道太多也是不想让她担心，于是笑了笑："哦，他还没回来呢。"

沈寻点点头，下了车。

这一天沈寻几乎窝在自己宿舍，整理之前的采访备忘和稿子。只是有时会忍不住点开微信，刷朋友圈，扫一下工作群，但最后手指总会落在那个名字上，Morpheus。明明知道，和他的对话就是那些，明明知道他并没有发新的信息过来，可还是不由自主，一看再看。想要和他说点什么，问他在哪里，一切可好，每次打上两三个字，却又觉得怎么都不合适，还是删掉。

王小美记挂她手臂有伤，中午给她买了饭菜送上来，晚上又到宿舍陪她一起吃饭。

沈寻吃饭时觉得小姑娘的目光直勾勾地落在自己的脸上，忍不住笑了："我脸上开花啦，你一直这么看着我？"

"就是觉得你挺好看的。"小美脸一红，有点不好意思。她心里感叹，从外形来说，寻姐和程队确实是绝配啊，一个娇柔甜美，一个高大俊酷。想到这里，她脑海里浮起张子宁说的那句"老大和寻姐亲过了"，情不自禁地联想出一幅画面，顿时脸更红了。

见沈寻狐疑地瞅着她，她一急，冒出一句："寻姐，你不怕程队吗？"

"为什么怕他？"沈寻挑眉，"他人挺好的呀。"

"嗯，他人是挺好的，就是不大爱笑，气场太强，"小美点点头，"我们都觉得他是个好老大，但还是有点怕他。"

沈寻瞅着小姑娘红着脸吞吞吐吐的样子，直接就冒出一句："怎么了，你喜欢他呀？"

"我……"王小美被饭呛到，咳嗽了好几下，放下筷子连连摆手，脸更是红得像番茄，"我不喜欢他，不是，我喜欢他，但不是男女间那种喜欢，寻姐，你可千万别误会……"

"好啦，我知道了，"沈寻被逗乐了，拍拍她的背，给她递上水，"瞧你急的。"

"局里是有不少女同事喜欢他，"王小美喝了一口水补充道，"不过我不算，程队这型的，不是谁都能消受得起，之前追过他的，也全'阵亡'了。"

沈寻一笑："他脸上就差写一句'谢绝追求'了。"

王小美点点头，看着她的目光里带着崇敬，把到嘴边的话咽到了肚子里——不管怎样，你不仅没"阵亡"，还亲到了老大呀。

"寻姐，你在这边采访任务完成了，就会走吧。"她意识到了这个重要情况。

"嗯，毕竟我工作单位在北京啊。"沈寻回答。

"哦。"王小美表情有点黯然。两地分居，好像不大好。

沈寻以为她是舍不得自己，于是摸了摸她脑袋："我争取尽量多回来。"

小美连连点头："必须哦。"

吃过晚饭，小美就收拾好离开了。到了八点多，沈寻决定出去散散步，刚到楼下没走出多远，就看到江北拎着个超市塑料袋迎面走来。

"你回来了？"她打招呼。

江北应了一声："刚去了趟超市，程队让我给他捎条烟，我送过去。"

"他回来了？"

"嗯，他下午回来的，跟刘局汇报后就一直一个人练枪。"

沈寻点点头，和江北错身时却又叫住了他，用手指了指楼上："我给他送过去吧。"

江北先是愣了一下，然后立刻把塑料袋递给了她："那就麻烦你了。"

"不麻烦。"沈寻笑眯眯地和他告别，拎着袋子就上了楼。

江北望着她的背影，有点纠结要不要提醒她程队心情很差，但一犹豫，她已经三步并作两步地走远了，他也就放弃了这个念头。

到了程立宿舍的门口，沈寻顺了顺刘海，就敲了门。

敲了三下，没动静。她又敲了三下。

"没锁，进来吧。"低沉的声音自里面传来。

她推门而入，却一下愣在门口，目瞪口呆地看着眼前的男人。

程立背对她站着，赤裸着上身，只穿了条拳击短裤，正拿着一条毛巾擦头发。有水珠自他的后颈滑落，一路到宽阔坚实的背部、没有一丝赘肉的后腰，随着他抬手的动作，手臂与肩膀的肌肉更是拉出完美的线条。

空气中有洗发水和沐浴液的清香，大概是他刚洗完澡。

晕，这画面也太香艳了。走还是留？沈寻脑子里顿时一片空白。

大概是察觉了异常的安静，程立转过身来，四目相对间，他眉心一蹙，声音有点冷："怎么是你？"

"我替江北给你送烟，"沈寻讷讷开口，"sorry啊，不知道你在洗澡。"

"关上门，过来，"程立望着她，黑眸幽暗，"我有话和你说。"

沈寻反手带上门，听到门锁扣上的声音，心头突然一紧。

她深吸了一口气，转身走近他，将手里的袋子放在一旁的椅子上。

程立拿了搭在椅子上的T恤套上身，走到靠墙的立柜前面，拿起上面一个装着饮料的玻璃杯喝了一口，掂着杯子，倚在书桌前看着她，目光如炬。

"你想跟我说什么？"沈寻忍不住清了下嗓子。

"你觉得呢？"他的声音凉凉的，却又带着点慵懒的性感，"你这么殷勤给我送烟，难道只是为了学雷锋吗？"

"就是……想来看看你。"沈寻抬头看着他，诚实地回答。

离得近了，能格外感觉到他的高大，好像她整个人都可以藏到他的身影里，小美说得没错，他这个人，给人的压迫感很强，从外在到性格都是。

可是，她迷恋他身上散发的这种气息，霸道、强势、危险。

他无声地笑了，微扬的嘴角勾起邪气的弧度。

沈寻忽然想起第一次遇见他时，他也是这个样子。

"你看到了，"他放下杯子，倾身看着她，"是不是可以离开了？"

他的呼吸那么灼热，带着明显的酒意，沈寻这才意识到，那个玻璃杯里装的是威士忌，他今晚喝了多少？

她抬眼看着他，这才看清，那双深沉的黑眸里，跳跃着不知名的火焰。

心里有一个声音，提醒她应该逃走，可是，她却像是被催眠一样，踮起脚尖，吻上了他的唇。几乎在同一时间，他滚烫的舌侵袭了她的唇腔，带着近乎欺凌的态势攻城略地。在他的撩拨之下，她仿佛雨后的花朵，湿润、美丽、颤抖着，缓缓绽放。

她的意识一片模糊。只听见一堆东西跌落的声音，腰间被一双大掌扣住，举起，整个人被放在书桌上，又被庞大火热的身躯压下，陷入更深的迷乱。

一声娇吟从口中情不自禁地逸出，她蓦然睁眼，脸颊红似火，捉住他双臂，试图找回自己的理智。

"怎么，还要再考虑下？"淡淡的声音带着一些嘲讽，在头顶响起，"不是说，亲了我之后，下一步就是上我吗？"

她抬眼，却瞬间怔住，此刻凝视她的那双黑眸里满是怒火和寒意。

"你怎么知道的？"她有点狼狈地撑起身体，却发现自己衣衫凌乱，而他，整齐利落地退开了身。

"托你的福，整个局里都知道了，"他冷冷地看着她，"你朋友的那条信息，被张子宁看到了。"

他压了一天的火。先是早上白林在他面前自尽的事，回到局里，没多久就知道了大家在传的八卦。而临到晚上，这个女人居然还来找他麻烦。

"所以，你刚才是故意的？"不知是因为骤离他的体温，还是因为他的话，沈寻觉得浑身发冷。

"怎么，如了你的愿，让你回京跟你朋友报喜不好吗？"他讽笑，"你要的不就是这个吗？想睡，说一声就是。"

"你浑蛋。"沈寻瞪着他，脸色发白。

"我浑蛋？"程立点了一根烟，隔着烟雾望着她，"难道我猜错了，你还打算一辈子待着这儿，非我不嫁？不能吧，沈寻，我看过你的资料，你从十二岁起就在国外生活，都算香蕉人了，这么单纯保守不是你的风格吧？"

他的语气，刻薄到了极点。

眼里一热，沈寻咬唇忍住，跳下书桌就往外走。

程立一把捉住了她，却正好捏在她的手臂伤处，沈寻忍不住叫出声，疼得弓起了腰，眼泪也得到了借口，瞬间冒了出来。

程立立刻收回手，黑眸里闪过一丝懊恼。

一滴泪珠落在了地面，晕开，第二、第三滴接连落下。

程立瞪着地上那星点泪迹，突然有点烦躁。

他说不出那心头突然泛起的疼是因为什么。明明感觉很轻微，却又那么难以忍受。

他看见沈寻站起身，被泪水浸红的水眸直直望着他。

"程立，你不是生我的气，你只是因为查案无果，又一次失望，所以迁怒于我，"她的嗓音低哑，"你敢说，你刚才对我没感觉吗？"

程立瞪着她，沉着脸没有回答。

"一个没有勇气开始新的人生的人，又有什么能力去承担过去？"她的目光里，有委屈、有倔强、有挑衅。

他被瞬间刺痛。

"你多虑了，沈寻，"他声音冷酷，"我的人生，和你有什么关系？"

"小美呢？"一大早，程立走进办公室，扫了一眼，淡声问。

"被刘局叫过去了。"江北答。

程立点点头，又看了眼王小美旁边那个工位，桌上笔记本电脑是锁屏状态。

"寻姐也一起过去了，"张子宁一边打量着他的神色，一边补充，"刘局说等你来了让你也去找下他。"

"嗯。"程立轻应了一声，出了门。

"你昨天下午去哪儿了？"刘征明一看见他，就皱眉发问，"一跟我汇报完就不见人影了。"

"练枪去了，"程立在他对面坐下，掂着桌上的镇纸玩，"你找我有事？"

"新局长上任，你也不知道露个面。"

"不早就知道人家会来吗？"程立淡声道，"迟早也会见，再说，谁当局长，和我有什么关系？"

"他可是本市至今为止最年轻的局长，"刘征明有些感慨，"确实不简单。"

"怎么，嫉妒了？"程立一笑。

"我都快退休的岁数了，我嫉妒什么啊，"刘征明瞪眼，"这儿能来年轻有为的干部，是好事。你以后应该多跟他保持沟通，我相信你们在工作上一定有很多共同语言。"

程立挑眉，没说话。

"你队里的王小美，一早跟林局去戒毒所慰问了，林局听说有记者在，也特地点了小沈的名。"刘征明一边补充，一边给他倒了杯茶。

"积极，挺会搞宣传。"程立嘴角轻扬，拿起了杯子。

"听说，你和小沈有情况？"刘征明突然问。

"你就不怕我喷出来，"程立咽下茶水，眉间有些无奈，"一言难尽，但我们真的没什么。"

"没什么怎么还可能亲上？"作为雷厉风行的老警察，刘征明说话风格很直接。

"领导，你确定要在工作时间和我八卦？"程立头疼地揉了揉眉心。

"我是很严肃地关心同事的工作状态。"

"行了吧你，"程立轻嗤，黑眸瞅着他，"我和她才认识几天啊，那小丫头就是一时脑子发昏，离开这儿就好了。"

"那可未必，我当初跟你老嫂子也是一见钟情呢，我看姑娘不错，凡事也挺认真的，"刘征明递给他一支烟，"她既然对你有心，你就尝试下，不要年纪轻轻活得跟和尚似的。"

"谁说我活得跟和尚似的了?我不良嗜好多着呢,"程立点了火,语气微沉,"她来这里,只是偶然。"

"你在这里,也不是必然。"

程立吸了口烟,抬起眼:"刘局,你这是在动摇军心吗?"

"什么军心,我就说你自己那颗心。"

"没戏,"程立嘴角轻扯,"我跟她就不是一路人。"

至于心,他也没有了。

阳光很好。戒毒所的走廊里,穿着同色衣服的未成年吸毒人员或站或立,有的在聊天笑闹,有的在下棋看书,有的只是静静地晒着太阳。

"好看吗?"沈寻看着靠墙的一个女孩子,指了指她手中的书,是《飘》。

女孩抬头,黑白分明的眼眸看着她,点点头。

"所有随风而逝的都是属于昨天的,所有历经风雨留下来的才是面向未来的。不管怎样,明天又是新的一天。"沈寻微笑,"我也很喜欢这本书,许多年前,看了好几遍,有些句子都背得很熟了。"

女孩仍是沉默地看着她,欲言又止。

"你几岁了,叫什么名字?"感觉到她有交流的欲望,沈寻又问。

"十四岁,罗心雨。"女孩轻声说。

"名字很美,"沈寻凝视她稚嫩却又透着娇俏的少女脸庞,"跟你人一样。"

"谢谢。"罗心雨的脸上浮起一丝羞涩,她合上了书,放在自己腿边。

沈寻看清了她的手背,顿时一怔。那双白嫩的手上,全是斑斑点点的伤痕。

注意到了她的目光,罗心雨下意识地把双手藏到了身侧,沉默了一下,又缓缓出声:"是我爸用烟头烫的,他逼我给他买毒品。"

沈寻心口一颤:"然后你自己也吸了?"

"我不肯,他逼我吸的,"女孩咬唇,低头掩饰眼里的泪光,"当初我妈受不了他吸毒,跑了,留下我跟他。"

"你吸了多久了?"沈寻问。

"一年,三个月前我爸死了,我被一个警察叔叔带到了这里。"罗心雨擦了一下眼泪,抬起头,"姐姐,你也是警察吗?"

"我不是,我是记者。"沈寻答。

"那你一定写文章写得很好,"罗心雨的眼神中流露出崇拜,"我也很喜欢写作文。"

"很棒啊,继续坚持。"沈寻笑。

"我可不可以求你一件事?"罗心雨问。

"你说。"

"我想要妈妈回来看我,"罗心雨把伤痕累累的双手伸出来,"姐姐,如果你拍下我的照片,把我写在报道上,我妈妈看到了,会回来找我吗?"

沈寻喉中哽咽,鼻间泛起酸意。

"寻姐,林局他们要走啦。"王小美在走廊那头喊了她一声。

沈寻应了一声,朝罗心雨扬了扬手机:"我会完成你的心愿。"

手机里,有她刚才给罗心雨拍的照片。

"再见,"她抚抚女孩的头发,"加油。"

走出去很远,她回头,看见罗心雨还站在走廊那边望着她,她停住脚步,又挥了挥手。

刚坐进局里的商务车里,沈寻就听到了微信提示音。她点开一看,却是来自坐在身旁的王小美的。

"可惜了,你刚才没看到林局和戒毒所领导聊天时那谈笑风生的样子,简直迷死人。"

沈寻瞅了一眼前座的男人,也就是这条微信的男主角局长林聿,嘴角忍不住扬起,在一堆花痴的表情下面回复了一句:"原来你喜欢这型,但是他对你而言是大叔了吧。"

"我就是纯欣赏,没想到新来的局长这么帅,尤其他那双眼睛,简直会放电,一笑起来,更是让人觉得如沐春风。"小美激动地补充。

"你们这些孩子就是天真,容易被外表所惑,"沈寻抬头,看了一眼男人清俊斯文的侧颜,无声地叹了口气,回复道,"以他的年纪,坐到本市公安局局长的位置上,绝对是笑面虎一只。"

回到局里,林聿先下了车,但没有先行离开,而是站在一旁,耐心地等她们下了车。

"王小美同志,辛苦你了啊。"他微笑,声音温和。

"不辛苦,分内事,"小美的脸一红,在微信上那股花痴劲儿全换成了此刻的手足无措,"林局再见,我先回办公室了。"

沈寻瞅着她一溜烟儿小跑而去的背影,忍不住乐了,也跟着往办公楼走。

"丫头,你的本子不要了?"林聿的声音在她身后缓缓扬起。

沈寻转过头,看见他正从座位上拿起一个记录本。

"哦,谢谢林局。"她接过来,笑了笑,又要走。

"还跟我装不熟呢,"低沉慵懒的声音再度扬起,"连声小舅也不叫,在外面混野了吧你?"

沈寻止住脚步,看着一步步走近的林聿,干笑一声:"必须装,不然影响不好。"

"什么影响?"林聿睨着她,"我是给沈大记者你丢人了还是怎么的?"

"哪能啊,是我给您丢人了,"沈寻皱着小脸,"哎,你说郑书春是不是坑我呢,她是你老同学,她早就听到风声你可能会调来吧?所以她就趁机把我发配到这里?"

林聿轻哼了一声:"我又不需要你们给我做宣传。我告诉你,你的报道里敢有一个字提到我,我找你算账。"

"那你今天叫上我干什么呀?人家还以为你新官上任特能炒作呢。"

"我管别人说什么呢。好久不见,我特别想念我外甥女,不行吗?"林聿看着她,笑得格外温柔和气,他抬手冲着她鼻尖指了指,"听说你要在这儿至少待一个月吧,在我的地盘,你给我乖乖的,要是瞎捣乱,小心我治你。"

这老狐狸。沈寻无语,撇着嘴抬头望着他。

"没用,"林聿摇头,"别摆出那副可怜兮兮的表情,骗你姥爷行,我就算了,我还不知道你什么鬼灵精德行。"

"你也好不到哪儿去。"沈寻知道,她这个小舅,绝对的天使面孔魔鬼心肠。

"程队,那是新来的林局和寻姐吧。"张子宁一边望着树下两个人,一边和程立往前走,"他们好像聊得挺愉快的。"

远远望去,男的清俊挺拔,女的娇俏纤细,两人相对说笑着,气氛美好。

程立没说话,戴着黑色墨镜的脸上也看不出什么表情。

"咱们要去打个招呼吗?"张子宁忍不住问。

"没空。"程立冷冷道。

"小舅,我问你借辆车呗,"正要和林聿道别,沈寻又想起一件事,"我有个采访对象,在附近的小镇。"

"安全吗?我派个人送你去?"

"不用,没有什么危险,而且我工作时一个人闯荡惯了,多个人陪着反而不自在。"沈寻摆摆手。

"行吧。"林聿点点头,"你要用车的时候给我发微信。"

"谢谢。"得着了好处,沈寻欢快地朝他笑了笑,插着口袋往办公楼走,却在看到迎面而来的男人时,笑容僵在脸上。

她的反应也直接落入程立的眼里,墨镜后的黑眸微沉。

只是数秒间,沈寻侧过脸,避开和他的对视。

——我的人生,和你有什么关系?

昨晚,他无情的话语,分明还在耳边回响。

说没有受伤的感觉,那是骗人的。

从小到大,在异性方面,她从没受过这种苛待和漠视。可人就是贱啊,越是难得到,越是想要。

她一言不发,和他擦肩而过。那一霎间,心中泛起一丝刺痛。

"寻姐?"张子宁打招呼的手停在半空,因为被忽略而一头雾水,他转头看了看沈寻的背影,又看向程立似乎有些阴沉的侧脸——这是什么情况?

对于张子宁的不解目光,程立视而不见,继续往前走。却见新局长朝这边一侧首,微笑点头:"程队?"

林聿打量着对面的后生,他翻过人事档案,即使对方戴着墨镜,那股气势仍和履历照片上一样桀骜不驯。嗯,身高一米八五,光是勇猛外形就足以震慑人,还是硕士双学位,胆色智力兼具,所以战功累累。

他心细如发,瞧见了刚才沈寻和程立擦肩时都没有互打招呼。这没道理,沈寻过来是做禁毒专题的报道,照说最熟悉的人应该就是这位大队长,是什么原因,让他那位天不怕地不怕的外甥女,跟只小刺猬一样别扭?

"林局您好。"程立摘下墨镜,同他握手,不卑不亢。

"百闻不如一见。"林聿微笑,掌心相触,坚硬处是厚茧,腥风血雨里磨出来的印记。

"彼此彼此。"程立声音平静,不高不低。

"同心协力,互相支持。"林聿凝视眼前这张冷峻的脸庞,阳光落在那人额上,衬得那双眼越发明亮锋利——就像曾经的自己。说的是平淡无奇的客套话,寥寥数字,曾经,多少兄弟手足,师长战友,彼此间都说过这样的话,到后来,都没能一起走到最后。就比如,眼前这个男人,为自己尸骨无存的恋人立了一座衣冠冢,年年都去看望。

林聿收回手:"去忙吧,回头见。"

程立颔首,与他告别。

"可知我曾为你洒过泪，今天仍感悲痛。愿我可不记起以往的事，让我心将痴情放松……几多痴心枉种，我内心中多悲痛，从前事似万重，多少柔情多少梦，已随水和风中轻轻送……"

街头的理发店里，传来哀怨老歌，和着家长里短，八卦声声。

"听说，中了十几刀呢，死不瞑目。"

"十几刀啊，这么惨，能瞑目吗……唉，早就说过干他那行没有好下场，你看吧。"

"可怜了阿娟，年纪轻轻就守了寡。"

"当初也劝过她，那样的男人不能嫁，就是不听。阿红，你记住哦，一定要好好读书，听话，不要学你娟姐那样。"

"好在没孩子，还是可以改嫁的。"

"难说，你看她那个丢了魂的样子……"

沈寻走过坐在街头闲言碎语的三姑六婆，迈进小卖铺："一瓶矿泉水，谢谢。"

坐在里面的女人低着头，仿佛没有听见。等沈寻重复了一遍，她才大梦初醒般地站起身，手忙脚乱地从地上一个纸箱里拿出一瓶水，递过来。

"一块五，"她低声说，抬头看见沈寻后表情一怔，"是你？"

"方不方便，我们聊一聊？"沈寻开口，凝视她憔悴的脸色。

"找你三块五，"李娟语气冷淡，"小姐，我的命运都已经被你说中，你还想聊什么，预测我后半生吗？不用了，外面那些人也已经替我算得很清楚了，我都听得见。"

"对不起。"沈寻看着她，语气诚恳。

"不用说对不起，"李娟坐下来，面带自嘲，"路是我自己选的，人是我自己挑的，事到如今，多一个人或少一个人笑话我，我不在乎。"

"不在乎？"一道粗哑的嗓音插了进来，"你再不在乎，你男人欠的钱还是要还的啊。"

一胖一瘦两个男人进了门，在沈寻身旁站定，脸上皮笑肉不笑，目光却透着凶狠："总共两万，你今天要是不给，我们就把这铺子砸了。"

李娟猛地站起身，脸色发白："家里已经什么都没有了，你们给我留下铺子，我可以慢慢还。"

"你慢慢还？"胖子冷笑了一声，"好啊，下个月还就三万，你愿不愿意？

你男人死了,不是还有娘家吗?"

"不许你们去骚扰我娘家!"李娟像被咬到一样,激动地喊出声。

"那就赶紧还钱——"

"我这里有两千块,"沈寻从包里翻出一沓钱,递到胖子眼前,"你们先拿走,行不行?"

"不——"李娟的话还没出口,胖子就一把将钱抢到手里,猥琐的目光打量了一下沈寻,又扫向李娟,"这不还有个金主嘛,行,今天就这样,回头我再来找你,下次可不会这么容易就算了。"

待两人走出视线,李娟仍然气得浑身发抖。她颓然地坐下来,捂住脸,泪水顺着指缝溢出。

沈寻沉默站在一旁,等她情绪平复。

对面店里的歌声依然在飘:"风中风中心里冷风,吹失了梦,事未过去就已失踪……过去的心火般灼热,今天已变了冰冻……"

她掏出打火机,点燃了一支烟,放到嘴边。

待沈寻烟抽尽,李娟也止住了泪水,拉开了抽屉,数出零零碎碎的一沓钱,递了过来:"这里有九百块,先还给你,你把手机号给我下,剩下的我凑足了再给你。"

"不如就当我花钱买故事,"沈寻轻轻推开,"放心,我会匿名。"

"这点烂故事也值两千块吗?"李娟自嘲一笑,她咬咬牙,大概权衡了一下,终是把钱收了回去,"你想知道什么?"

"他没留点钱给你吗?"沈寻问。

"有的,之前家里还藏了七万块现金,只是他一走,已经连着来了几拨要债的,都掏空了。"

"怎么会欠下这么多钱?"沈寻迟疑了一下,还是问道,"买粉欠的?"

"买粉哪会容许你赊账,"李娟摇头,"贵平虽然会跑腿送货,但他自己从来不碰,是他有两个兄弟已经成瘾,借钱吸毒,他讲义气,自不量力地替他们担保。"

"我只剩下这栋房产,但估计变卖了也不够抵债。"循着李娟的视线,沈寻也打量了下这栋小二层楼,下面是小铺子,上面就是他们夫妻俩的住处,家具简单,收拾得还算整齐。

"你没想过离开?"沈寻看着她发间簪着一朵小白花。

"想过,"李娟轻叹了一声,"只是这两天,还是像在做梦,想着梦一醒,也许他就会回来。他说过，想要一个孩子，这也是他为什么一直忍着不吸毒的原因。"

"沈小姐，你究竟想知道些什么呢？贵平的东西，几乎都被警察搜了去，说是证物，要仔细查看，才能判断是否可以尽数还我。"李娟仰起头，努力眨去眼眶里满溢的泪，"他就这样横尸郊外，谁都想从他的死里挖出点东西出来，可我呢，我才是最需要一个交代的人。"

"当然，谁都认为我活该，是我自己挑的老公。"她笑了笑，脸上满是苦涩，"那年我还上高一，他堵在校门口，带着一帮小兄弟，叼着一支烟，似笑非笑地看着我……呵呵，小时候不懂事，古惑仔电影看太多，以为只要混江湖的都有机会成为老大，呼风唤雨，吃香喝辣。而我，是被捧在手心里的阿嫂。贵平这个人……有个成语怎么说来着，色厉内荏。他心软，做不来真正的坏事。可那是个人吃人的世界呀，越走越远，越走越深，脱不开身，却又混不到出头日。"

沈寻靠着门框，静静看着眼前这个女人。

白裙飘飘的年纪，多容易迷眼。那个人邪气一笑，就可以为他赴汤蹈火。

多年之后，已为人妇的女同学们聚首，闲话家常间提起：你们还记不记得高三（2）班的那朵班花？

哦，你说李娟啊，记得，高中毕业就嫁了个混黑社会的，听说老公后来被人砍死了。

啊，好可怕。哎，这家餐厅的菜不错。

嗯嗯，是呢，下次带我老公来吃。

人世间几番笑闹，谁会记得她曾经奋不顾身的爱情。

沈寻的目光又落在自己的球鞋上，她想起那天在客栈，冯贵平带血的手抓住了她的脚腕，弄脏了她的鞋。那时候，这个男人之于她，只是一摊卑微的、令人厌恶的血肉。却原来，再不堪的人，也曾背负一身沉重的温柔。

第五章
小麻烦精

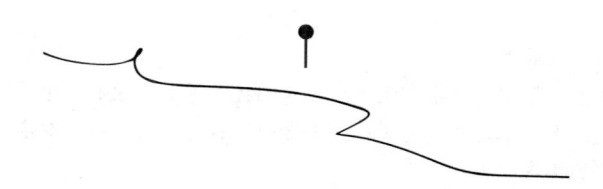

　　隔天早上，当程立的目光第 N 次落在王小美旁边的空位时，他沉声问道："小美，她人呢？"
　　"谁？"虽然终于等到老大发问，王小美还是表现出一脸蒙的表情。
　　"沈寻。"这两个字似从牙齿缝里挤出来。
　　"嗯？"小美还是茫然地看着他，"寻姐没跟你说她去哪里了吗？"
　　"没有。"黑漆漆的眼眸，山雨欲来。
　　"一般都是你亲自照看她，所以我以为她做什么都跟你报备来着，"小美惊愕地瞪大眼，继续火上浇油，"昨天从戒毒所回来后，我就再也没见过她啊。"
　　"张子宁。"程立的声音越发冷沉。
　　"到！"张子宁响亮地应声，"三哥，我听局里的司机小张说，寻姐管林局借了辆车，自己开出去了。"
　　"什么时候？"
　　"昨天下午。"从老大语气里感觉到了明显的压力，张子宁声音也弱了一些。
　　"去哪儿了？"
　　张子宁一脸委屈地看向王小美，以哀怨的眼神无声哭诉——为什么问我？他俩冷战，为什么问我？
　　"你赶紧问问小张。"王小美催促。
　　过了半分钟，张子宁收到了小张的微信："他说，寻姐好像是去了玉河镇。"
　　程立面色一沉，站起身，顷刻间长腿一迈，人已经出了门。

　　"昨天你说，他喜欢摄影，有没有什么作品啊？"沈寻一边接过李娟递来的茶水，一边问。

"有是有，不过也谈不上什么作品，就是自己好玩拍了些照片，"李娟在她对面坐下，"贵平有个舅舅从前开照相馆，所以他也喜欢拍照，以前玩相机，现在手机方便了，有时候也用手机拍一些。"

"可以给我看看吗？"

"家里的相册也让警察拿走了，"李娟犹豫了下，像是想起了什么，脸颊微红，"是还有一本，他之前说让我去老砖厂看看，我找着一本藏着的相册，不过，不好意思拿给人看。"

见沈寻露出有些遗憾的表情，她咬咬牙，站起身："我去拿给你，不过，你不要跟别人说啊。"

沈寻打开笔记本大小的相册，只一眼，就知道了李娟的表情为什么那么羞涩。入眼满目风情。

相册里的女子，或衣衫半解，或只着寸缕，或青涩，或妩媚，看得出，前前后后的照片，跨越了些年岁，伴随她的成长。

镜头下的她很美，大概是拍照的人心怀怜爱。

也是了，这样的东西，难怪她不好意思交给一群五大三粗的警察。

再翻到后面十几页，就是些风景、静物和陌生的人物照了，构图确实不错，大概都是冯贵平自己满意的作品。

"我可不可以拍几张？"沈寻征求意见，笑了笑，"不拍你的。"

李娟点头。

沈寻在最后几页里挑了几张照片，翻拍到自己手机里。有陌生女子饮茶，留水中倒影；有烟雨茶山，春色绵绵；有市井小摊，老人专心做竹蜻蜓。

"他其实很有才华。"沈寻将相册递给李娟，言语由衷。

"谢谢。"李娟眼眶微红。

这时，楼下突然传来玻璃破碎的声音，还有叫骂声，接着，楼道里咚咚作响，是脚步声纷至沓来。

李娟脸色一白，站起身："又是要债的，你快走吧。"

"走？往哪儿走？"出声的是一个皮肤黝黑、满脸横肉的大汉，已经堵在门口，他身后跟了两个男人，和昨天的不是一拨人。

"水哥，她只是路过的，和我们家没关系。"李娟的声音在颤抖，像是格外惧怕这个男人，"你的钱我一定还，我已经打算卖掉房子。"

"这破房子值几个钱？你卖了想溜吗？今天要是没钱，人一个也别想走，除非……"水哥的目光来来回回地打量着她和沈寻,眼里渐渐染上淫色,"你们两个陪哥哥们好好玩一玩,欠的钱我可以打个折。"

他的话音刚落,后面两个男人也发出猥琐的笑声。

"水哥,人家死了老公,寂寞孤单,你这也算是助人为乐呀。"

"你们敢!"李娟瞪大眼,"救——"

未等她出声,其中一个男人就捂住了她的嘴,把她死死地按在沙发上。

"她老公身上的案子还没了结,警察分分钟都可能上门,你们就不怕被撞上吗?"沈寻盯着眼前虎视眈眈的男人,力持镇静。

"小姑娘,想吓唬我?"水哥冷笑,捏起她下巴,"景清市局到这里两小时车程,镇派出所门口天天有我的人看着,等警察到了这儿,我早就把你玩爽了。"

"你要多少钱?"沈寻盯着他,心怦怦直跳,语气仍是异常冷静,"我现在就可以用手机银行转给你。"

"水哥,原来我们撞上了一个富婆啊,"沙发那头的男人一边出声,一边扬手给了挣扎的李娟一个耳光,"既然有钱,咱们玩起来也有底,有多爽就打多低的折扣呗,不听话,就喂她们点东西,保证说啥做啥。"

沈寻的背脊顿时起了凉意,这些人,不是单纯放高利贷的,还可能是无恶不作的瘾君子,跟他们根本没有谈判的余地。

她一边假装继续和他们谈钱,一边摸口袋里的手机——解锁,摸电话栏的位置,随便是谁的电话,只要能拨出去……

额上冒出冷汗,她在心中祈祷。但老天并没有怜惜她。

巨掌挟着狠毒的力量,重重甩上她的脸颊,她撞在桌上,半个脑袋都嗡嗡作响。

"跟我玩花样?"男人一把拽起她的衣领,往卧室里拖,"好啊,我陪你好好玩!"

娇小的身体被扔上了床,扯开的衬衫下,露出一截柔嫩的小腹,皮肤白得欺霜赛雪,高腰牛仔裤束着纤纤细腰,在挣扎中颤抖、摇晃,只看得男人血液沸腾。

"阿强,按住她的脚。"水哥一把捏住她的双手腕,兴奋的声音都变调了。

暴露在眼前的白玉双腿,修长细致,令他又增加几分凌虐的冲动。

眯起淫邪的眼,水哥几乎要出声赞叹,今天真是捡到宝。

正当他勾起丝薄布料,兵临城下之际,一记重拳袭上他的下颚,接着腹部又是两下重击，他痛得眼前发黑，蜷在地上直不起身。

勉强抬起颤抖的眼皮，一个高大的身影背光而立，只一双眼，仿佛暗夜寒星，带着嗜血的冷意。一时间，小小房间，仿佛戾气四起，宛如地狱。

那人翻飞的指间，是一片薄刃。

"信不信，你们再踏进这里一步，我就把你们的手指头，一根一根地割下来？"冰冷的声音响起，伴随着阿强的惨叫，他正握着流血的手背，哭爹喊娘。

待碍眼的人渣连滚带爬地离开视线，程立阴沉沉的目光落在床上。

原本伶牙俐齿、活蹦乱跳的家伙，此刻像个布偶玩具一样，一动不动地躺在那里。该不是吓傻了吧？他冷面不语，胸口攒着一股恶气，上下翻腾。

真是个小麻烦精。瞪着眼前蜷缩在床上的小小人儿，他心里几乎骂尽平常习惯的所有脏话。

瞧她把自己搞成了什么鬼样子？一头长发凌乱不堪，苍白的脸上泪迹斑斑，嘴角红肿，挂着血丝。

那双眼睛却直勾勾地盯着他，水汪汪，红彤彤，像只小白兔。

"把手里的东西给我。"他厉声命令，眼神如X光线，扫视她周身，洞悉一切。

她乖乖摊开手，细嫩的掌心已经被割破，里面躺着一块带血的茶杯碎瓷片。

"怎么，是打算自尽以保清白，还是来个自卫杀人？"他冷冷奚落，心里说不出地气。如果他晚来一步呢？

她只是看着他，眼泪摇摇欲坠，就是不说话。

他心里一烦："逞强是吧？觉得自己是孤胆英雄？自身难保还逞能！"

他拿了李娟在一旁递来的毛巾，没好气地给她擦脸。

眼泪抹掉，嘴边的血渍也擦掉，恢复干净的眉眼，布偶娃娃五官归位，总算看得顺眼一些。

不对，他蹙起眉——还是不对，那肿起来的嘴角和脸颊，怎么看怎么不舒服。还有衬衫下一双腿，原本雪白粉嫩两截长藕，现在满是青紫，简直难看死了。

毛巾一丢，他脱下外套，盖住她下半身，眼不见为净。

但心头的无名火却烧得更旺："沈老师你可以啊，光采访别人不够，为了伟大新闻事业亲自上阵，要把自己也变成个大新闻，听听，美女记者勇斗歹徒，被先奸后杀，简直举国轰动——"

话音未落，娇小的身子突然扑到他怀里，哭得稀里哗啦，嘤嘤咛咛，一团委屈。

"程立——"她埋在他胸口,拉长的哭音黏黏糊糊喊出的名字,几乎震荡了他心脏。

"要不是你不理我……我怎么会……怎么会自己过来……"胸口的抽泣一声高过一声,断断续续,字不成句,仿佛遭了天下奇冤。

罪魁祸首怎么就成了他?真当他是贴身保姆?他的工资是她开的吗?

委屈的哭声绵延不停。他低头瞪着她的头顶,双手垂在两侧,推也不是,抱也不是。

他原本冷面相对,存心要给她一个教训,谁知她来这一出,化身泪水娇娃。任他一腔冷嘲热讽,竟瞬间凝结于胸,再也冒不出丝毫。

真叫人添堵。他无语仰头,咬紧牙关,朝着天花板无奈地闭上眼。

谁来替他把胸口这一只捎回首都去,他一定从此日日朝北方遥遥鞠躬致谢。

再低头,却见她衬衫左臂染了一抹红,心里顿时一软:"好了,乖乖的,之前的伤口都弄裂了。"

堂堂铁面程大队,居然沦落到哄孩子。

待到饮泣声渐歇,他叹口气:"把自己收拾一下,我在外面等你,先去卫生院处理手上伤口,我们再回去。"

带上门,他看向站在一旁的李娟:"这里不适合久留,早做离开的打算,找个地方开始新生活。这阵子我会让所里的民警多照顾。"

李娟感激地点点头,又有些歉疚地开口:"抱歉,连累了沈小姐。"

程立摆摆手。懒得提她,一提她就头疼。

五分钟后沈寻开门,衣服是穿整齐了,整个人仍是浩劫之后的凄惨样,仔细一看,双腿还在微微颤抖。

程立盯着她,目光如刀,仿佛严厉的家长。

她的脑袋垂得更低了,大有无脸见人的自觉。

薄唇一抿,他一把横抱起她,大步下楼。

李娟倚在楼梯口,痴痴地望着。

高大的背影似山般挺拔,宽阔的胸膛挂着小小一团,他是她的天地,她的海洋,任她自在横行。偏偏身在画中之人不知其景之美。

多让人眼红啊,她苦涩地笑。女人最幸运,不就是能有个英雄时时庇护搭救。只可惜,不是人人都能得如此运气。

来两次玉河镇,两次都进卫生院。连医生也成了熟人,哭笑不得地替沈寻包扎:"怎么又是你?"

"她命中带煞。"程立冷哼。

"怎么会,算命的说我旺夫。"沈寻抬起头看着他,弱弱地争辩。

"旺不旺夫我不知道,"医生笑着插嘴,"但能看出来你是个好老公。"

程立表情一僵:"我不是她老公。"

"哦,还没结婚?"医生脑中戏份很足,"婚姻大事还是早点定,这年头,找到彼此看对眼的不容易。"

沈寻差点笑出声,秃头医生在她眼里,此刻格外和蔼迷人。

一抬眼,却看见某人被噎得面色发青,她连忙低下头,以最大的意志力将更大的笑容压制回去。

程立瞪着眼前晃荡着几根毛的光头顶,一口气堵在胸口——这医生哪只眼睛看出他和这个小麻烦精是一对了?简直庸医。

再转头,某个好了伤疤忘了疼的家伙又似满血复活,笑得跟偷了油的老鼠似的。他顿时又有了骂脏话的冲动。忍无可忍,赶紧带上她回程。

车到半路加油,程立按下车窗递钱,却发现转身受制,侧首一看,人睡着了,纤细的手指却紧紧地捏着他衬衫一角,仿佛他会跑掉。

什么臭毛病,动不动就喜欢拽人衬衫。

他眉心紧蹙,瞪着那只手半晌,还是决定无视,缓缓启动了车子。

过了一会儿,是她自己突然惊醒:"啊,林局的车没开回来。"

"让他自己去开,"他没好气,"你有本事啊,让他轻易出手。他也不掂掂你几斤几两,居然借车给你独自乱闯,以为你是霸王花吗?小尻包一个。"

"谁是尻包?你这是人身攻击。"沈寻郁闷地抗议。

"攻击?你哪需要别人来攻击?分分钟可以进入自毁模式,"程立冷笑,"来这儿一星期,手掌手臂全挂彩,那天在客栈也是你稀里糊涂闯错门,要是我真是歹徒,你早就横尸野外了。没准还得浪费警力搜山。"

沈寻眨眨眼,一时找不到话来反驳他。

最毒的不过他那张嘴,白生得那么好看诱人。

叹了口气,她决定不和他计较。

此刻坐在他身旁,车厢里安安静静,她回想起他如天神般降临拯救她那一刻,嘴角忍不住上扬。

"笑什么?"他眼角余光扫过她可疑的笑容。

"怎么,警察还管人笑吗?"

娇柔的嗓音，白瓷般的皮肤上浮着一抹羞赧，一双璀璨星星眼，盈盈地望着他。他指间一松，车轮压了中间黄线，又迅速扳正，回了正道。

"对不起，让你担心了。"她低声道。

他下意识就想回一句——没有担心你，却发现没有及时出口，只听见车外风声呼啸而过。突然就想抽根烟。

他按下车窗，点了火，却听见她又出声："这两天是我一直耽误你正事，如果我之前不受伤，你大概可以活捉那个人。"

她听说，他从竜林拖着白林的尸体出来，一身是血，仿佛来自地狱。想来他情绪一定差到极点，也难怪那晚对她言语刻薄。

他没有说话，径自抽烟。

"不怪你，"半晌，低沉的声音才响起，"有些事情是讲时运的，没有什么对错，只能尽力，不能强求。在当时的情形下，对我而言，救你是最重要的，我只是做了更合适的取舍。"

袅袅烟雾在风中散开，似他一腔无奈。

大概觉得彼此间的沉默有些尴尬，他关了窗，打开电台。

有老歌在唱：难道我就这样过我的一生，我的吻注定吻不到我最爱的人。

凝视着他冷峻的侧颜，沈寻觉得心中酸楚："程队，可不可以给我一个机会，也给自己一个机会？"

"沈寻，"他幽然叹息，"以你的条件，找一个为你痴狂的男人很容易。为什么要浪费时间在我身上？"

"但凡心甘情愿，都不算浪费。"

"是从什么时候开始的？"

"那天在客栈，你坐在黑暗里，看着我的第一眼。"

爱情，哪有什么道理，哪需要掐分算秒，盘点理由。

大概就是那时吧，想成为光，将暗处的他照亮。

"要怎样，你才会放弃？"车刹在路边，他侧身，黑漆漆的眼锁着她，"沈寻，你只是猎奇，越是得不到越是想要。你在这里会留多久？一个月？两个月？稿子总有写完的一天，我只不过是你出差途中一段艳遇。像你这样美丽的姑娘，有艳遇从不稀奇，区别只在于你想不想要。我说得对不对？"

"当然不对，只有发生了什么，才算是艳遇，"沈寻轻轻一笑，"我们到哪一步了？枪林弹雨都不怕的程队，竟害怕我蜻蜓点水的一个吻。"

"你究竟在害怕什么？"她欺近他，水眸中满是挑衅，"害怕被我诱惑，还是害怕一直以来的坚守被动摇？"

被逼到绝路。那挺翘鼻尖、弯弯眉眼、小巧下巴，都像在笑话、挑衅。

程立索性头一低，狠狠封住那喋喋不休的红唇，封住那些自以为是的话语。

那舌尖竟是甜的。是琼浆仙露，是燎原的星火。他忍无可忍，愤怒于这赤裸裸的引诱，于是扣住她的后脑，挟着他的气息反扑，尝尽她每一处唇腔，侵占她每一次呼吸。

电台里歌仍在唱：可以说走，一早已拼命退后。想过放手，但未能够。怪你过分美丽，如毒蛇狠狠箍紧彼此关系。仿佛心瘾无穷无底，终于花光心计……

有汽车路过，引擎声清晰又淡去，有飞鸟停驻车前，好奇张望，都不能惊扰车内这美丽梦境。

在她窒息之前，他发了慈悲，缓缓退开身，眸色深浓。

她胸口起伏，双眼迷离。原本被掌掴过的嘴角与唇经过这一吻，越发红肿，是遭受他蹂躏的直接证据。

"一个吻算什么？我有什么怕的？"他看着她，嘴角的笑意带着一丝嘲弄，"丫头，我活了三十多岁，交往过的、睡过的女人，不算很多，但应该也不算少。虽然不是酒色之徒，但绝对不是柳下惠。我不否认正常的欲念，但那是另一回事。"

心事未了，他并没有打算开始一段新的感情。

"所以呢？"

"你说呢？"他揉揉眉心，有些无奈。他不是已经说得很明显了吗？

"既然已经吻过了，"她捉住他手臂，贴得更近，"那么，接下来呢，我们还可以做什么？"

他瞪着她，表情一言难尽："沈寻，你病得不轻。"

她却认真地点点头："我承认。"没错啊，他就是药。

"还可以做什么？你想的是上床吗？"他叹了口气，"如果就像你跟你朋友微信里说的那样，你想睡我，那是一个能让你高兴的心愿，我是可以——"

在瞅见她眼睛一亮时，他及时泼冷水："但是沈寻，我不管你思想多开放，你始终是女孩子，在我看来，这种事情始终是女孩子吃亏。所以抱歉，我做不到。我做不到占了你的便宜，还假装自己是在抚慰你。"

她看着他，水眸一眨也不眨，像冻住了一样。

他眉心微拧，伸手拍了拍她仍然滚烫的小脸："怎么？失望成傻子了？"

她静静摇头，安安分分在自己位置上坐正，低下头，不知在想什么。

程立放弃追究这小丫头的心思，发动车子，继续赶路。

　　他是真的猜不到，看似静坐的女孩，心里早起了惊涛骇浪。

　　如果说，之前对他，是好奇、崇拜、依赖、好色……种种情绪交织出来的迷恋，这一刻，沈寻是真的确定，她真的、真的好喜欢、好喜欢这个人。

　　那样炙热的吻，她明明看见了他眼里的情欲，她也给足了他进一步的机会，他却说，他不能。这样的男人啊……他禁毒，却不知道，他自己就是毒。那身清冷和深藏的温柔，比海洛因还毒，令人不知不觉就上了瘾。

　　那样安静的她，让他好不适应。

　　终是忍不住，程立用眼角余光悄悄打量，只见那张失魂落魄的小小面孔上，闪过种种情绪，开心、落寞、酸楚、激动。

　　再回到局里，已经是午后。停了车，程立看向仍在沉默中的人："饿不饿？你换身衣服，我带你去吃东西？"

　　"好啊。"嘴角弯起，沈寻瞅着他英俊的侧颜——来日方长，步步为营，抓住培养感情的任何时机！

　　下了车，刚一起走到宿舍楼前，沈寻的脚步就突然停住。

　　"寻寻。"楼梯口，棕发男子唤她的名字，眼里含笑，深蓝色真丝衬衫，灰色西裤，手工皮鞋，全身上下无一处不精致。

　　"许泽宁？"沈寻瞪着他，"你怎么在这里？"

　　"来找你啊，"许泽宁走到她面前，用手指敲了敲她脑袋，"怎么，我一个吻吓得你要一直躲在这个鬼地方吗？"

　　沈寻表情一僵："你胡说八道什么？"

　　"有客人？"淡淡的声音自身旁响起，程立看着她，没什么表情，"那我就不奉陪了。"

　　许泽宁的目光落在程立身上："您好。"

　　程立颔首致意，上了楼。

　　三层楼梯，他边爬边能听到下面的对话。

　　"我给你带了一箱衣服，你待这么长时间，估计这儿也没什么像样的衣服牌子。"

　　"我有换洗的就够了，你怎么拿到我衣服的？"

　　"找你家阿姨啊。"

　　"突然来怎么都不说一声？"

"想你需要打招呼吗?再说,明天是周六,就想陪你过个周末,也不会影响你工作吧?"

声音渐渐淡去,程立掏出钥匙开了门,进房间,一切安静。

"你嘴巴怎么了?"许泽宁盯着她红肿嘴角,皱眉询问。

"和人亲得太热烈,伤着了。"沈寻看着他,语气淡淡的。

许泽宁眸色一沉:"寻寻,不要和我开玩笑。"

"采访时遇到点事故。"沈寻看着他紧绷的表情,放弃刺激他。

"怎么这么不小心,"许泽宁叹了口气,"刚才那人是陪你工作的警察吗?怎么没有好好保护你?"

沈寻摇头,不高兴从别人口中听到对程立的负面评价:"程队已经足够照顾我。"

"好了,去换身衣服,"许泽宁摸了摸她头顶,"去我住的酒店吃点东西。"

到了许泽宁住的度假酒店,沈寻才发现他自作主张地给她也订了房间。经过上午的险遇和赶路,她也有点累,懒得再拒绝,和他喝了点下午茶,就回自己房间休息了。

等被床头手机振动声惊醒,窗外已是暮色四合。

电话那头是王小美:"寻姐,今天周五,按惯例程队请我们吃饭,你要不要一起?"

一声"好啊"刚到嘴边,就被她遗憾地吞了回去:"我有朋友来,没法和你们一起了。"

"哦,这样,那我们下次再聚。"

挂了电话,沈寻起身下床,走到阳台。

眼前树木葱郁,湖水倒映着金碧辉煌的酒店,一派奢靡的景致。可她却觉得心里空落落的,全无兴趣。

到餐厅坐下,许泽宁已经点了一支黑皮诺,将菜单递过来:"牛排还是三文鱼?"

"随便,你替我选吧。"沈寻掂起酒杯,晃了晃,凝视那一片波光潋滟。

她哪样都不想吃。她想念老旧卫生院,他托张子宁买的那碗粥。今天他请客,请大家吃的是什么?是否会卸下平常冷冰冰的模样,也和大家一起嬉闹?应该会喝酒吧?他应该酒量很好。

心念一起,她拿起手机发微信:你说要带我吃饭,今天没吃上,这机会能不能留到下次?

"寻寻？"许泽宁唤她，"甜品给你点份巧克力舒芙蕾可好？不知道这边会做得怎样，可以试试。"

"都好，"沈寻耸耸肩，听服务生重复菜单，忍不住嘴角一扬，"到哪里都吃差不多的东西，你不觉得无聊啊，还不如坐街边吃一碗过桥米线。"

许泽宁一怔："如果你想那样，可以啊，明天陪你吃路边摊。"

沈寻扫了一眼他那对精致袖扣，笑了："我开玩笑。"

这时，手机屏幕突然一亮。她连忙拿起，程立的回复就一个字：能。

情不自禁，眉眼弯弯，像中了大奖。

许泽宁瞧着她突然间的笑容，眼眸微沉："什么事，这么开心？"

"没什么。"沈寻摇摇头，但轻快的语气泄露了她雀跃的情绪。

许泽宁沉默凝视眼前人。DVF的V领裹身裙太适合她，胸口肌肤如莹莹白玉，珍珠吊坠下是隐隐的诱人沟壑……他的小女孩，早就已经长大。但是，彼此间的感觉，却渐渐陌生。他不喜欢这种失控的感觉。所以那天在他自己的生日聚会上，冲动地吻了她。

"寻寻，那天我酒喝多了，对不起。"他道歉，语气诚恳。他提醒自己，需要足够耐心，才能让她重新心甘情愿地依附。

"没事，还好我清醒。反正，也不是我初吻。"她话里有话，像只藏着利爪的小猫。

初吻是哪一年？哦，还是读大学的时候。那个金发大男生帅过贝克汉姆，在黑暗的电影院里捧爆米花，你抓一口，我抓一口，突然间四目相对，于是侧首，小心翼翼地偷偷接吻，彼此面红耳赤。

那是每个人的人生必经课，有时新奇多过于真正的心动。

今天那人同她说，一个吻算什么？可是他不知道，当他在她唇间流连，时间都停止了。

"听说附近的球场还不错，明天陪我一起打球？"许泽宁无视她的挑衅，换了话题。

沈寻本想拒绝，但看到他眼下有淡淡青色，想必百忙之中奔波而来也是辛苦，心里一软，便点头："好。"

说到底也是多年情谊。那些苦闷的年少假期，也曾躲在许家花园度过。那时少年会摸摸她柔软的发，说，寻寻，我读小说给你听好不好。怎么会不依赖，他代替了部分她父母的角色。

她脑中存了一段永远不会更新的录音，是母亲最后一次给她读的那段——

他用闪烁的航行灯，对农庄做出了回答。大地洒满了灯光的呼唤，每家每户都对着辽阔的星空，点亮了自己的星光。好像在大海上点亮了灯塔。所有隐藏着生命的地方，都有闪烁的亮光。

"寻寻。"许泽宁凝视她迷蒙的眸，表情无奈又隐忍。

她回神，微微一笑，没有说话。明明知道他无辜，但是看着他，就像看着自己从前的岁月，让她想逃。

吃完晚饭回来，程立与江北他们在楼下抽烟。眼见王小美兴冲冲跑上楼，又跑下来，举了举手中刚买的水果："这么新鲜，本来想拿给寻姐尝尝，她还没回来。"

程立正在看手机，目光不由得落在右上方一角，已经过了十点。

"你放到办公室冰箱吧，她今晚不一定回来，明天再拿给她吧。"他弹了弹烟灰，淡声道。

王小美一怔，应了一声，朝办公楼走去。江北瞥了一眼程立沉静的表情，和张子宁对视了一下，后者朝他做了个鬼脸。

"小美，这么晚，你去哪儿啊？"夜风里，忽然传来一道轻柔的声音。

程立抬眼，看见夜色里缓缓而来的身影，在路灯下渐渐清晰。

她穿着玫红印花的长裙，纤腰款摆，脚步轻快，翩若桃花精灵。行走间有风吹过，雪白的长腿昙花一现，却动人心魄。V领泄露了一片晶莹，但高度恰到好处，不刻意显山露水，却令人遐想。

"想不到寻姐身材这么有料。"张子宁压低了声音赞叹。

"子宁，你把昨天说的那电影拷给我吧，我今晚想看下。"江北揽住他的肩，未等他开口，就把他往宿舍楼拽。

那一边，小美把水果袋往沈寻手里一放，也一溜烟上了楼。

只剩下沈寻拎着袋子站在原地，眨了眨有些茫然的眼，静静望着他。

他瞅着她，摁灭了烟，不说话。

"我怎么感觉他们都怪怪的？"她有些尴尬地笑了笑，缓缓走近他，眉眼灿如天上月牙。

"上楼，早点休息吧。"他伸手，替她拎水果袋，先迈上楼梯，宽肩长腿，背影高大。

沈寻愣了一下。是她的错觉吗？他转身的那一霎，俊颜上好像有隐隐的笑意？

翌日上午，沈寻准时赴约，陪许泽宁打高尔夫。

"有一阵子没打了吧，球技好像退步了。"许泽宁看着她微笑。

"岂止一阵子，很久没碰球杆了，我是新闻民工，哪来那么多闲情逸致，上一次陪人打球，还是为了做专访。"沈寻把球杆递给一旁球童，看了看日头，"不打了，回去歇会儿。"

下场打十八洞，最要紧的是有相处舒适的球友，否则那么长时间，话不投机半句多，都是煎熬。

她仰头喝水，那一霎视野里却出现熟悉的身影，让她差点呛到。

是程立和江际恒，还有一位美女作陪。

避无可避，因为江际恒已认出她，朝这边打招呼："沈寻，又见面了。"

"嗯，我朋友从北京过来，"她反应很快，同他握手，又看向程立，"你没跟我说今天要来这儿啊。"

言毕，她打量他身旁的女人，目光如炬。

"际恒临时和我约的。"程立看着她，嘴角微扬——不笨，还记得继续扮演她的角色，连醋意都演得很真。哦，不对，这丫头大概是真吃醋。

未再多言，沈寻同他们告别，先行离开。

许泽宁在一旁问："那位是？昨天我们也碰到的……"

"你说程立？"沈寻语气平静，"禁毒大队队长，这阵子我归他管。"

"你们看起来关系不错。"

"不处好关系，我怎么做好工作啊，"她微笑，"午饭去哪儿吃？"

"不如就在这儿吧，我临时有个电话会，吃完可以去休息室，好不好？"许泽宁摘了墨镜，盯着她，笑容温和。

"三哥，你的小女友好像吃醋了。"江际恒瞅了一眼沈寻离开的方向，朝程立戏谑一笑。

"女友？我消息滞后了吗？"这家高尔夫会所的老板陆妍——也就是站在程立身旁的女人神情惊讶，"什么时候的事？难怪她刚才看我的眼神像看敌人。"

"小丫头一个，不用在意。"墨镜之下，程立嘴角轻扬。

"我看这姑娘不错，"江际恒瞅了他一眼，缓缓开口，"毕竟，叶雪离开也三年了。"

程立没说话，对准球，扬杆，姿势利落。

洗过澡，换了衣服，程立走到观景长廊抽烟。

一双纤臂自后方绕了过来，蒙住了他的眼，空气里飘起淡淡的香水味。

"想不想我？"陆妍笑，精心描绘的眼妆十分妩媚，刚换上的黑色蕾丝裙勾勒出惹火曲线，也尽显熟女风情。

"嗯。"程立拉下她的手，不露痕迹地退开身，叼着烟轻应了一声。

"有了小女友就忘了我了？"陆妍问。

"都说了，只是个小丫头。"

"你可是有段时间没来了啊。"陆妍不满地抱怨。

"忙，"他瞅着她，俊美笑容无懈可击，可惜了这张脸，要是去做电影明星，一定颠倒众生，"你知道，我一向把你这儿当疗养院，依赖得很，实在是没时间。"

"疗养院？疗什么呀？"女人娇媚的笑声充满诱惑，长指点了点她眼前的健壮胸膛。

"疗心疗脑。"程立低沉一笑。

"当我这里是精神病院啊，"陆妍轻啐了一声，"际恒也好一阵子没来了，上个月他不是去了趟缅甸嘛。"

"哦？没听他说。"黑眸一沉，程立的语气仍是漫不经心。

"说是看中了块地皮，想做开发。"

"嗯，江家在他手里风生水起，比从前风头更盛。"

"我去看看午餐备得怎么样了，今天都是你爱吃的菜，"陆妍退开身，却仍是依依不舍地开玩笑，"来，吻别一下？"

程立一笑，抽着烟不说话。

目送着陆妍的背影款款而去，他恢复了平静的表情，黑眸晦暗不明。

摁灭手中的烟，他走向一旁的阳光房，刚绕过墙，脚步却骤然止住。

两米开外，小小的人儿拿遮阳帽盖住脸，仰身躺在躺椅上。

沈寻将自己的脸藏在黑暗里，仿佛这样就可以在这世界藏住她这个人。她知道自己不该偷听，那样不礼貌，可是浑身像在这椅子上生了根，动不了。

他并不是因为叶雪排斥所有女人啊，而只是排斥她。

是了，大概她追他的姿态太难看。她眼里泛酸，胸口也泛着苦涩。是对她真的不来电吧。所以这些日子，无论她如何示好、骚扰，他都不动如山。

也许在他眼里，她只是个笑话吧。只是一个不知分寸、厚脸皮的小花痴，所以他说——只是个小丫头。

"你在做什么？"程立拿掉了她的帽子。

她满目是泪。他一下子愣在那里。

"太阳晒得眼睛疼。"她迅速掩饰住自己的慌张,找了个蹩脚的借口。

背光的他,表情陷在阴影里,让她看不清。

她也不想看。那张让她沉迷的脸庞,越看越心酸。

他为什么不走?为什么还要站在那里看着她?

突然间,委屈如洪水决堤。她用手背挡住眼睛。

"你怎么了?"程立开口,嗓音微哑。

"没事。"

"没事为什么哭?"

"跟你说太阳晒的,"她努力想忍住泪水,忍得脸都涨红,"你不用管我。"

讨厌,他明明知道她为什么难过,却还要看她笑话。

"手上的伤都没好,为什么不乖乖歇着,出来打球?"他轻叹,声音难得温柔。

"我也没怎么打,"她睫毛上还挂着泪滴,语气像孩子般赌气,"是,早知道就不来了。"不来就撞不到他和别人调情。

"嗯,是不该来。"他居高临下,将她别扭的表情尽收眼底。

"你快去吃你的午餐,都是你爱吃的菜。"她没好气地回嘴。

"好,再见。"他淡淡出声,转身迈步离开。

没走出几步,背后躺椅一响,细小手臂环住他的腰。

"程立,我喜欢你,"轻柔的声音,贴着他的后背传来,仿佛可以震动到他的胸膛,"为什么她可以,我不可以?"

"你和她不一样,"他低头,俯视腰上那一双白嫩小手,纤指紧紧交扣,带着固执的力量,"我和她也没什么。"

她怎么会懂,这柔弱的怀抱,令他害怕。

"我不明白。"

"你不需要明白,你只需要知道——"

大掌握住她一只手,缓缓上移,到他胸口位置。

"沈寻,我没有心了,"低沉的声音缓缓扬起,"你想要的,我给不了。"

刚结束电话会议,许泽宁拿着手机拉开私人休息室的门走到外间,抬头那瞬,却骤然止步。隔着明净的窗户,他看见一对静静依偎的身影,午后阳光下,美丽得像一幅画。

第六章
发烧

一顿午餐，吃得索然无味。

沈寻放下刀叉，转头望向窗外，原本万里晴空，转眼竟涌上朵朵乌云，随风而来。

她看了看对面的许泽宁，他面色沉沉，不知是不是电话会开得不愉快。

"工作有什么问题吗？"出于礼貌，她关心地问。

"怎么，巴不得我早点回去？"他拿餐巾擦了擦嘴角，语气有些嘲讽。

沈寻懒得再理他。

走到露天停车场，她手还没触到把手，许泽宁一把按住车门，将她困于身下，眼中冒火，终于忍无可忍。

"你做什么？"她瞪大眼，努力挣扎。

"做什么？"眼角余光瞥见不远处的男人，他的怒气更盛，"寻寻，我耐心地等你长大，小心翼翼地呵护你，结果换来的是什么？你厚脸皮地倒贴其他男人？既然你把自己搞得这么随便，我又何必客气？"

循着他的目光，沈寻侧首，也看见了靠在车旁抽烟的程立。

高大身影之后，是沉云密布的天幕，而他一双眼，如寒星般冷静，仿佛她与许泽宁的纠缠，于他不过是路人的戏码，凑巧的热闹，看过就忘。

是了，他说过，他没有心。他早就修炼成金刚不坏之身，虽在花丛过，片叶不沾身。

气急之下，她反而弯了弯嘴角，轻声笑了，美眸尽是流光溢彩般的美。

"许泽宁，你不爽什么？不爽从前乖乖跟在你身后的小女孩，如今长了刺，牵手都扎你？不爽在她最无助的时光，你陪过她，她却不知回报？如果你要计较这恩情，没问题，我这就随你回酒店，春宵苦短，我们珍惜时间。到时候你要我怎么配合都可以，叫宁哥哥还是泽宁，你自己选。"

言笑间，媚眼如丝，抛向不远处的男人，夹着一点点恨，一点点狠。

世人谁不是，越得不到的越想要，得到的却轻易荒废。

眼看汽车载着一双痴男怨女绝尘而去，程立收回视线，用力吸了口烟。

脑中却不听使唤地回放：春宵苦短，我们珍惜时间，到时候你要我怎么配合都可以……

一低头仿佛画面就在眼前，她娇声唤，媚入骨，宁哥哥、宁哥哥。

狠狠掐了烟，似断了念想。

与他何干。

许泽宁一路黑面。

一进房间，他人就跟了上来，转身将她压在房门上："你以为我不知道你那些话是说给别人听的？要是真想演戏演全套，我不会心慈手软。"

"怎么，是不是一路都在期待你那位程队追过来？"他的嘴角浮现一丝冷笑，"可惜啊，他好像并不在意。"

"谁说我演戏，我再认真不过，"沈寻被刺痛，直视他的眼，"我第一次拿刀割手腕，沈晋生也说我是演戏。"

脑中闪现过往血腥画面，许泽宁热情消退，缓缓松开手，眼神里漫上无奈："他是你父亲。"

"他除了送我一个精子一个姓，和我还有什么关系。"沈寻平静出声。

"事情不是你想的那样，他如今年纪也大了……"

"你若再替他说情，别怪我翻脸。"

"我们这样也不算多友好，"到底拗不过她，许泽宁抵住她额头，无奈叹息，"寻寻，我大概上辈子欠你的。"

"你想气我，气我失去理智伤害你，好让你趁机一刀两断，对吗？"退开身，他又恢复彬彬有礼贵公子的模样，"我不会上当，我等了你这么多年，又怎么会在乎再多一些时间？"

"我累了，让我自己待会儿好吗？"沈寻轻声道。

"寻寻，从你十五岁起，你做的每件事都只是为了寻找新鲜刺激，那位程队，对你而言是不是也一样？"

出门之前，许泽宁扔下这一句。

晚上八点，淅淅沥沥又下起雨，声声砸在车顶。车厢里已经烟雾弥漫，程立摁下半面窗,蓝色烟雾逸出,冰凉的雨水打湿了手臂。

"三哥?"一旁的江北瞅了一眼旁边的小楼,低声唤他。

黑眸一沉,程立吐出一个字:"上。"

一时间,四层楼的酒店里呵斥声、尖叫声、叫骂声、碰撞声交杂。

几下玻璃的破碎后,有人从二楼跳了下来。程立一把推开车门,追了过去。

黑暗的小巷,只穿了条短裤,光着上身的男人在离程立十米远的地方停下,猛地转过身。

程立也停了下来,瞅着他手里的刀,淡淡出声:"薛老板,我劝你不要犯傻。"

"程队,你放我一马,这玩意儿就是个摆设,你要是非得较劲儿,我就不客气了。"朝阳酒店老板薛清的声音里透了几分狠劲。

程立一动不动地盯着他:"好啊,你试试。"

不知是小巷里穿风有些凉,还是程立在夜色里镇定的眼神,薛清瑟缩了一下。

"让开。"他咬牙再次威胁。

程立摸了摸口袋,瞅了他一眼:"冷不冷?要不要抽根烟?"

"老板,快跑!"一声暴喝传来,程立背后劈来一道寒光。几乎是同时,薛清也举着刀朝他冲了过来。

五分钟后。

江北满头是汗地跑了过来,瞅了一眼地上的两个人,又关切地看向程立淌血的右上臂:"三哥,严不严重?"

"没事儿,不深。"程立左手捂着伤口,神色沉静,"带他们走吧。"

第二天清晨,沈寻到局里办公室时,只看到张子宁一个人。

"怎么就你啊,"她看着他有些疲倦的脸色,"昨天没睡好?"

"昨晚上出勤了,查到21克海洛因,140克麻古,"张子宁捏捏眉心,"程队他们都没怎么休息,这会儿在审讯室呢,估计还能钓出些东西。"

"你手怎么了?伤着了?"沈寻看到他抬起的手背上有擦伤和瘀青。

"嗨,我这是小事,"张子宁抬手比画,"受伤的是程队,对方拿了那么长的西瓜刀,我看着都有点发怵。"

沈寻心头一紧:"他严重吗?"

"要我说该休息下,但他完全不当回事,"张子宁摇摇头,"唉,他一直这样,我们谁也说不动他……"

他话还没说完，沈寻已经出了门。

沈寻不声不响地进了审讯室，在桌上放了一杯奶茶，拿了笔记本坐在角落里专注地听。

"东西都让你们搜到了，你还想怎么样？"薛清红着一双眼，被折腾了一夜，情绪已经开始暴躁，"我女人都没跟我跟得这么勤，程队，你是有特殊癖好吗？你喜欢我啊？"

"你嘴巴给我放干净点。"江北冷冷地提醒。

程立没急着说话，端起一旁的马克杯喝了口茶，伯爵茶特有的香气混了牛奶，一口下去，温暖提神，他顿时感觉浑身都舒服了很多。

"子宁，把薛老板的酒店给我好好翻下，别怕麻烦，要是弄乱了，薛老板正好翻新下，回头生意更好。"他扬起嘴角，淡然出声。

"我去……"薛清骂。

"小美，这句也记下来。"程立吩咐。

王小美忍不住笑了，朝沈寻做了个鬼脸，看到后者也弯起了嘴角。

这时手机振动声响起，程立接起电话："子宁？图纸拿到了是吧……嗯，知道了。"

挂断电话，他长指在桌上敲了几下，仿佛想到了什么，神情愉悦。

薛清的表情则越发焦躁。

"薛老板，你办公室房间里那面墙，比当初酒店施工的时候厚了30厘米，为什么？"程立抬眼看向他。

薛清脸色骤变。

程立站起身，拍了拍他肩膀："薛老板，先失陪下，拆墙的钱我给你报销。"

走到门口，他又想起了什么，回到桌旁拿起了茶杯，才又出了门。

走廊里，风有些凉。程立倚在柱子上，转头看了一眼跟过来的人："茶很好喝，谢谢。"

"Whittard，"他看了一下茶包标签，"很久没喝过的牌子了，你自己带来的？"

沈寻点点头，看向他的手臂："要不要紧？"

白色的绷带上还渗着血迹。

"没事。"他低头，又喝了一口茶。

"这么拼做什么？"沈寻问。

离得近了，她可以清晰地看见他眼底的血丝。

"不这么拼,做什么?"他反问,"其实也不算拼,只是尽自己的职责罢了。"

他说得轻描淡写,她却看见他眼底清晰的血丝。

"给我吧。"沈寻接过他喝完的茶杯,手指相触,她蹙眉,抓住了他的手腕,"你很烫,是不是发烧了?"

"我没事。"瞅着捉住自己的莹白纤指,程立往后退了一步,避开了她的接触。

"去医院。"沈寻用命令的口气。

"我还有很多事要处理。"程立蹙眉拒绝。他知道自己身体有点热度,但还不至于要跑趟医院。

"万一是伤口感染怎么办?"

"我的身体我自己清楚,先走了。"不等她搭腔,他转身大步往楼梯口走。

沈寻追了上去,听到他接电话:"乔敏?你说……她在哪儿?我知道了。"

一高一矮两个人,经过花坛,经过围墙,一个躲,一个追,谁要是远远望见了,会觉得这画面多少有些搞笑。

走到一辆摩托车前,程立回头看了一眼跟屁虫,无奈地摇摇头,递给她一顶头盔:"戴上吧。"

"什么?"沈寻一脸懵。

"你不是想跟着我吗?"他有点想叹气,"那就戴上上车。"

沈寻接过头盔,这才认真地打量那辆摩托车:"你的陆巡呢?"

"借给经侦一个同事当婚车了。"程立边戴头盔边解释,"放心,摔不着你。"

"我不是这个意思。"沈寻套上头盔,觉得不大舒服,一抬头,却撞见他近在咫尺的脸,心跳顿时慢了一拍。

他抬手,专心帮她调整头盔,沈寻抬眼就是他冷硬的下颚,性感的嘴唇,挺直的鼻梁,如墨的黑眸……黑色头盔下这张脸英俊得过分。沈寻想起小时候看港片,古惑仔男主倚在摩托车上邪邪一笑,女主踏遍千山万水也要跟他走。眼前这位不是古惑仔,是阿 Sir,哦不是,是像古惑仔的阿 Sir,更是要命。

正在神游,脑袋上传来两下敲击,打碎了她的白日梦。

"发什么呆?"程立收回敲她头盔的手,面无表情地看了她一眼,跨上车。

"噢。"沈寻小心翼翼地上了车,却不知道手往哪儿摆,犹豫了下,还是撑在身后。

程立发动了车子,却没有往前开,抬手指了指自己腰侧。

沈寻一愣——他的意思是,要她搂住他?

见她迟迟没动作,程立拉起她的手,放在了自己腰上。

车突然往前一蹿,沈寻重心不稳,另一只手下意识地捉住了他的外套。

驶出大门,车速渐快,风从身侧掠过。沈寻是第一次坐摩托车,心里有点紧张,也觉得刺激。更让她心跳加速的是眼前宽阔的肩背,牢固得像一座山,遮挡着她。她并不知道他要带她去哪里,也不知道这条路有多远,就这样赤手空拳地跟着他出来了。可是,她的心里没有一丝害怕。

红灯车停,街边商店有老歌在唱——热闹的街头,就数我最寂寞。是爱的蛊惑,让我又兴起贪求的念头。

绿灯车走,那歌声却还在风里传扬,缠绵不去——太想爱你是我压抑不了的念头,想要全面占领你的喜怒哀愁。你已征服了我,却还不属于我,叫我如何不去猜测你在想什么,太想爱你是我压抑不了的折磨,能否请你不要不要选择闪躲……

沈寻捉着程立衣服的手慢慢松开,缓缓前移,最后在他身前交握,仿佛是一圈锁,牢牢地扣住了他的腰。

他目视前方,仿若未觉,只是车速又快了几分。

公车上打盹的乘客被摩托车发出的马达声惊醒,一抬头,只见一对俊男美女,从眼前风驰电掣般而过,声音扰人清梦,画面却又太美。

摩托车在一家叫"蝴蝶"的酒吧门口停了下来。

大门半开着,程立摘了头盔,领着沈寻往里走。上午还没有收拾好开始营业的酒吧,充斥着一股难闻的气味,是前一晚的烟酒味,还有厮混的气息。

大厅沙发上歪躺着一个人,程立踢了踢那人的腿:"乔敏呢?"

对方睁开蒙眬的眼,昏昏沉沉地往里指了指。

包厢外的走廊里,灯光幽蓝,有个女孩子靠墙坐着,脸埋在胳膊里。

程立走了过去,蹲下身抬起她的脸:"乔敏。"

沈寻看到一张妆容斑驳的年轻面孔,大概是因为哭过,哥特风的黑色眼线在脸颊上留下两道黑痕。

"程立,"女孩看到他,有点恍惚的眼神有了焦点,直接唤他名字,表情着急,"我没有碰,他让我吸,我没有……"

程立沉着脸站起身,推开一旁的包厢门。

里头的沙发上，躺着一个年轻的男人，正在酣睡。

程立拎起茶几上的冰桶朝那人的脑袋就浇了下去。

一声惨叫后，被融化了的冰水浇醒的男人起身，一边抹脸一边叫："谁啊！"看清了眼前人，他讪笑了下："程队，你怎么来了？"

"陈锋，你逼乔敏碰冰了？"程立冷冷开口。

"我没，没啊。"陈锋连口否认，"我就是让她陪我喝几杯。"

"复吸了，嗯？"程立扫了一眼茶几上的狼藉，"你不是答应我不再碰这玩意儿了吗？"

"上次卖你货的人一年前就已经进去了，你告诉我，这些谁卖给你的？"程立敲了敲茶几。

"是复吸了没错，"陈锋紧张地咽了下口水，"但都是……以前的。"

"少跟我扯淡，就你还能囤住货，还是你发什么横财了，能囤下这么久的货？"

"真的，我一直藏在这个包里，也就这点了。"陈锋打开一个名牌手包拉链，殷勤地递到程立眼前。

"这个包的款式不是一年前的，是今年刚出的系列，"站在一旁的沈寻突然插嘴，"仿冒的包，应该出来得还要迟。"

程立闻言，眼神像刀子一样刮过陈锋的脸。

"程队，你身边什么时候跟了个美女？"陈锋干笑，打哈哈。

程立没搭理他，沈寻却拿起手机拍了一张照片。

"美女，你干什么啊？"陈锋一惊。

"发微博啊，把你现在半裸的模样发到网上去，告诫年轻人引以为戒，"沈寻微笑，"哟，你内裤的花样挺幽默的，钢铁侠啊。"

"喂，你这是侵犯隐私权，"陈锋脸色都变了，转头看向程立，"程队，她谁啊？"

"记者，麻烦着呢。"程立淡声道。

"隐私权？"沈寻笑得愉悦，"你想多了，我就是那种专注靠流量博眼球的记者。"

眼见她开始低头打字，像是真的要发微博，陈锋顿时急了："程队，我交代，你让她别乱发了，回头我老子得揍死我。"

"你是不是对乔敏动手动脚了？"程立像是没听到，继续下一个话题。

"我连她一根手指头都没碰到！"陈锋急了，指着自己脖子上一道血痕，

"你看，我这儿还给她挠了一道呢，程队，你快别让她发了。"

"把卖家的名字和联系方式打下来。"程立把自己的手机递了过去。

陈锋低头，迅速打下来，一边把手机还给他，一边要求："程队，你让她把我照片删掉。"

程立看向沈寻，后者交出手机。他翻到相册最后一张，目光凝住。

那张并不是陈锋的照片，陈锋在照片里只露了半只胳膊，占着屏幕的是他自己的侧脸。

他看了一眼沈寻，后者正看着他，一双眼睛清亮含笑。

他低下头，点了删除键。

"删掉了。"他对陈锋说。

酒吧门口，沈寻倚在摩托车边，看程立和乔敏说话。

"不是让你别再来这种地方吗？"程立蹙眉打量她的妆容和朋克装束，"看你把自己弄成什么鬼样子。"

"我想多挣点钱，"乔敏一边答，一边看向沈寻，"她是谁啊？女朋友？"

"是啊，"没等程立开口，沈寻微笑着答，"我叫沈寻，幸会。"

她朝乔敏伸出手，乔敏敷衍地握了一下。

"你没提过你有女朋友了啊，"她语气有点别扭，"你之前还说过没打算谈恋爱呢。"

"我们认识没多久，"沈寻又接话，"我是记者，正好要到这儿做个报道。"

"你从哪里来啊？"乔敏问她。

"北京。"

"哦，跟你一样，"她看向程立，"都是大城市来的。"

"你也可以去啊，"沈寻答，"挺多年轻人在北京闯荡的，只要有一技之长，到哪里都不怕。"

程立听到这里，看了她一眼，目光深沉。

"是吗？"乔敏似乎被勾起了一些好奇心。

"嗯，"沈寻朝她一笑，转头看向程立，"你先送她回家吧，我去对面那家小茶馆等你。"

程立点点头。

等他送完乔敏回来，已是半小时后。

小茶馆前面没有空位，他仍在对面停了车，等着过马路的时候，他看到沈寻坐在窗前，似乎低头写着什么。

旁边的小花瓶插着一朵粉色的花,却衬得人比花娇。街上人来人往,而她是一幅安静的美人图。阳光洒在她肩头,光影摇曳,微微一仰头,眉目间就落下一片璀璨。

然后,她看见了他。

一霎间,世界仿佛静止。她只是目不转睛地看着他,隔着一条街凝固的喧哗。他突然有些犹豫,要不要迈步。如果他不往前走,如果她还不曾看到他,如果她从来没有来过景清,如果的如果,太多猜不到也不能去想的可能。

口袋里的手机开始振动,他拿起的同时,她也把手机放到了耳边。

"程队,是你过来,还是我过去?"她轻柔的声音响在耳边,像夏夜的风,清爽怡人。

他沉默了下,回答:"我只能停在这里。"

多情是他,无情也是他,所以一语双关。

"好,我刚才问茶馆借了纸笔写点memo,还需要五分钟,你介不介意等我?"她问。

"可以。"他答,看到她挂掉电话。

结果程立足足等了二十分钟。若不是他看到她一直在写写画画,他几乎怀疑她是故意在让他等。

抽掉第二根烟,她从对面走来,脚步轻快,目光都在他身上,所以没看到冲过来的电瓶车。

程立上前一步,迅速把她拉了过来,她撞入他怀里,也碰到了他上臂的伤口,骤然炸开的疼痛让他咬紧了牙关。

"对不起,"沈寻缓过神也察觉到他的异状,连忙查看他的伤处,"要不要紧?我们还是去医院吧。"

"不用。"程立利落回绝。

"你都出冷汗了,"沈寻抬起手,按住他额头,"很烫,真的在发烧。你要是不去医院,我就打电话给刘局。"

她知道他最怕刘征明数落。果然,他一拧眉头:"行,我去。"

"你别开了,我们打车去吧。"沈寻指指路过的出租车。

程立瞥了她一眼,径自骑上摩托车,下颚微动:"走不走?"

头盔下是一张坚毅面孔,望着她的眼神却透着一丝无奈。那一霎间,沈寻感觉自己的心被他这样的表情击中,酸酸的,满满的。她低下头,忍不住笑了,上了车,这一回搂住他的腰,动作一气呵成,格外娴熟。

门诊室里，灰发医生瞅了一眼程立，轻哼了一声："年轻人，以为自己特坚强是吧，想在女朋友面前充好汉？伤口都已经有感染症状了，体温39.6℃，你给我乖乖留下挂水吧。"

他见程立不说话，继续摇头："从前我有个男病人，也是发烧不注意，后来……唉。"

"后来怎么了？"沈寻问。

"他老婆就成寡妇了，三十岁都不到呢，"他叹气，看向沈寻，"你几岁了？"

沈寻一怔："二十六岁。"

"还这么年轻，"医生抬头看向程立，"你不疼自己，也得疼她不是？"

程立沉着脸拿单子："谢谢您。"

言毕，他拉着沈寻就出门。

坐在输液室里，沈寻瞅着对面的男人，想起刚才那个医生的话，嘴角的笑意抑制不住。

"沈老师，我看你比我还像病人。"程立看着她，声音低沉。

沈寻无语。这人，烧成这样了嘴巴还这么损。

"你要不要喝水？"她问。

程立点点头，撑到现在，他确实觉得不大舒服。伤口一抽一抽地疼，身上的热度也不好受。

过了七八分钟，沈寻回来了，一手拿着个纸杯，一手拎着几袋牛奶。

"喝吧，"她把水杯递给他，又将牛奶袋敷在他额头上，"没有冰袋，我在超市买的冷藏牛奶。这样是不是好点？"

"嗯，谢谢。"程立开口，嗓音微哑。

离得近，他闻到了她身上淡淡的香气，分不清是哪种植物的香气，但是很好闻，让人想睡觉。

等他睁开眼，一瓶液已经输掉了大半。她却仍站在他身旁，替他冷敷。一旁的椅子上，放着五袋已经敷过的牛奶袋。他也看见了她垂在身侧的另一只手，手指通红，大概是冻的。

"没事了，"一开口，他才发现自己嗓子哑得不像话，"你歇会儿吧。"

"醒了？你睡得好沉，我中间还出去又买了几袋牛奶，你都没发觉。"她关切地看着他，"怎么样，感觉好点没有？"

他捉住她拿着牛奶袋的手，拉了下来。

"不用了，"他轻声说，"你的手很冰。"

"哦。"沈寻答。

他的手是烫的，牛奶袋是冰的，她的心是乱的。

她动了动手指，他才像意识到了什么，松开了手。一时间，他的温度离去，她胸口忽然一空。

她收拾好用过的牛奶袋，在他旁边坐下。程立的目光落在那双泛红的手上，黑眸微沉。

"那个女孩，是叫乔敏吧……是怎么回事？"她找话题。

"两年前办案子认识的，"程立答，"去一个毒贩家里搜查，发现她在衣柜里躲着，没穿衣服，她继父逼她卖身换毒品。那时候她刚满十五岁，现在念完技校了。陈锋是她交往过的男友，是个混混儿。"

"她喜欢你。"沈寻利落出声。

"小孩子而已。"程立瞥了她一眼。

"你在她最无助的时候救了她，她对你产生依赖和感情很正常。"沈寻挑眉。

"你刚才是故意激她？"程立问。

"嗯，爱情可以让女生爆发巨大的能量，嫉妒和向往本身会产生斗志。"沈寻笑了笑，"这个地方对她来说太熟悉了，所以反而会把她捆住。也许换个陌生环境重新开始，她会有一段新的人生。"

程立微怔，看向她。

"怎么了？"沈寻迎上他的目光。

程立收回视线："我问问我哥下面的公司有没有合适的工作。"

"你那是施舍，只会让她更自卑，你必须让她觉得她是靠自己而变得更好的。"沈寻看下输液袋，站起身，"挂完了，我去叫护士。"

程立目送她走到输液室门口，她突然回头看向他。四目相对，他来不及收回视线，而她弯起嘴角，星辰似的眼眸，笑容灿烂。门外熙熙攘攘的走廊，穿梭不停的人们，都随着他这一秒的心跳而定格。

走出医院，程立给江北打电话，让他来开摩托车，自己叫了出租车，示意沈寻上车跟他走。

"程队总算听话一回。"沈寻夸奖。

"我怕万一我开着车半路昏倒，把你摔毁容了，我要负责。"他答。

沈寻气得瞪他一眼。

程立转头看向窗外，唇角微扬。

在他的指点下，出租车开进了一个幽静的小区，在一幢三层别墅前停下。
"这是哪儿？"沈寻问。
"我家。"程立答。
沈寻愣住，下车跟着他穿过花园门再走到房门口，见他拿钥匙开门时忍不住吐了一句："程队你真的是土豪。"
"我妈买的，她说还不到二环一个房间，"程立拉开鞋柜，递给她一双新的男士拖鞋，"可能有点大，你凑合穿。"
"这个你哥买的，那个你妈买的，要不是亲眼看见你是铮铮铁汉，还以为你是个没断奶的小少爷呢。"沈寻笑。
"我自己确实什么都没有，"程立淡淡答，"不过如果咖啡好点更提神，床好点更有助于休息，车好点更方便执行任务，我就当他们是尽纳税人义务，支持警务工作。"
沈寻噎住："你真是我见过的最理直气壮也最谦虚的富二代。"
"我不是什么富二代，"程立眸光微动，"我只是运气好。"
"你去躺着吧，我给你烧点水。"并没有察觉他神色里忽起的空茫，沈寻边嘱咐边往厨房走。
"右下方柜子里有瓶装水。"他提醒。
沈寻背对着他比了个OK的手势。
走到厨房，沈寻才发现他把饮用水备得很足，食物储备却少得可怜。翻箱倒柜，她才找到一袋方便面，两个鸡蛋，问题是鸡蛋还不知道是什么时候的。她叹了口气，想起小区门口似乎有个便利店，于是穿上外套出门。
程立睡得昏昏沉沉，感觉有一只手在摸他的脸颊，带着点淡淡的香气。他捉住了那个人的手，把她拉到怀里。
沈寻动了一下，却听见一声叹息："雪儿，再睡会儿。"
她整个人都僵住，突然退开身。
程立也在同一时间睁开了眼。
房间里拉着窗帘，光线很暗，他看不清沈寻的表情。
"你认错人了，"她语气有点僵硬，"我给你熬了点白粥，还有西红柿炒鸡蛋，已经一点钟了，你快吃点东西吧。"
程立缓缓坐起身："谢谢……抱歉。"
"我要去找下许泽宁，他今天走，这么大老远跑过来，于情于理我还是要送送他。晚点我再来看你，先走了。"她扔下这一句，转身离开卧室，下了楼。

一分钟后，程立听到关门声，四周陷入安静。他以前也是一个人在家，却从来没有感觉到这么安静。

机场的咖啡店。

"还算有点良心，我以为你会躲到我离开，"许泽宁瞅着对面的沈寻，"怎么看起来情绪不佳，难不成是舍不得我？"

"你说是就是。"沈寻轻声开口。

"接下来我要去欧洲，在那边至少待三个月，所以可能没法再来看你了，"他给她添了一些柠檬水，"等我回来的时候，你可不可以告诉我你的答案？"

"什么答案？"沈寻捧着杯子，目光闪躲。

"上次就已经问过你，"他盯着她，"和我在一起，嫁给我。"

沈寻喝了一口水，手指轻轻摩挲着杯壁，没有说话。

气泡不断地从底下逃逸、上浮，就像她的心，藏着一些东西，蠢蠢欲动。

"我有喜欢的人了。"终于，她抬眼，揭开谜底。说出口的那一霎，她自己也觉得松了口气。

"那位程队？"许泽宁表情沉了下来，"你才认识他多久？你了解他多少？"

"这和时间没什么关系。"

就是喜欢啊，说不出的喜欢，越来越喜欢。虽然那个人嘴巴毒、性子冷、脾气硬。

"他不适合你。这样的人，身上背负的东西太多，做的事也危险，他势必没有太多的精力和时间顾及你，你会受很多委屈。"许泽宁毫不留情地说出他的判断，"况且，对你的喜欢，他也未必会回应。"

"他只是需要一些时间。"被刺中，沈寻忍不住反击。

"一些时间？一些是多久？一个月，还是三年五年？"许泽宁嘲讽一笑，"怕是连他自己都不知道答案。"

"我可以等。"沈寻平静地答。

"等？"许泽宁盯着她，抓着餐巾的手紧了又紧，缓缓出声，"寻寻，我等了你十五年，我又等到了什么？"

"不过是……"他脸色苍白，冷冷一笑，不知是笑自己，还是笑她，"不过是不够爱罢了。"

——不过是不够爱。

许泽宁已经飞回北京，但他留下的这句话却像一根刺扎在沈寻心里。

像一场赌局，亮出底牌的那刻，却是两败俱伤。

看着许泽宁走向安检的背影，沈寻觉得鼻间泛酸。他明明没有回头，却像洞悉一切，拨通她的电话：

"寻寻，不要难过，"他的声音听起来很遥远，却又清晰温柔，"最坏的事情都已发生过，没有什么值得你再轻易掉眼泪。至少，我不愿意成为你哭的原因。如果那是你的选择，我尊重你。但如果你受伤，不要逞强，回来。"

回去？回到哪里？是了，许泽宁一直是她的安全区。从蹒跚学步到青春少女，他一直在她身后，不紧不慢，走过很多个春夏秋冬。或许，他始终未变，变的是她，但有些变化，根本不是她所能预见和控制的。所以，他不懂，她回不去了，怎样都已经回不去了。

走出航站楼，夕阳微沉。沈寻正在发呆，有人轻轻拍了拍她的肩："等车吗？"

沈寻侧首，是江际恒，银色金属边框的眼镜后一双眼睛带笑看着她。

她点点头。

"我送你吧。"江际恒指了指旁边一辆黑色汽车，司机正站在门边等候。

他态度诚恳，沈寻没有推辞，道谢后上了车。

"送昨天那位朋友？"江际恒将放在座位中间的水拿起，把瓶盖拧松后递给她。

"嗯，谢谢，你怎么也在机场啊？"沈寻接过水问道。

"跟人约在附近谈点事，"江际恒答，"一会儿送你去市局？你是住那里吗？"

沈寻迟疑了一下："嗯，市局宿舍。"

她要先回去拿些东西。

"就是条件一般了点，住得还习惯吗？"江际恒问。

"还好，该有的都有，这方面我不挑。"她以往采访时，住宿条件差得多的地方也有的是。

"三哥也是，放着自己的别墅不住，天天在小宿舍里凑合。"

"可能忙吧。"沈寻答。

"当初买了大概是要做婚房的，都装修好了，却没等到叶雪搬进去。他现在自己很少住，说是一般周末会回去，但他这人哪有什么周末。有一回我和他喝酒，我说干脆卖了得了，他居然说，如果叶雪的魂回来，总得给她一个家。"

"是吗？"沈寻微微一笑，握着水瓶的手指却收紧。

"不好意思,不应该跟你说这些。"大概意识到自己失言,江际恒看向她,眼里带着歉意。

"没事,每个人都有过去。"沈寻仍保持优雅的笑容,似从前做访谈节目。是了,这等人生小事,讨论起来还能比欧元区危机如何解决、美国是否继续量化宽松措施更难?这个星球上,分分钟有人殒命,有人新生,有人相爱相杀念念不忘,有人逢场作戏从不流连。

"不过,我能感觉到,你对他而言是不一样的。"江际恒又说。

"我同他相识不久,也许可以说对他一见钟情,但对于这段关系,我既不会盲目自信,也不会过于悲观,"沈寻把玩着手中水瓶,语气平静,"有位法国作家说过,一切改变,即使是最向往的改变,也带着悲伤。因为被我们抛弃掉的,还有我们自己的一部分。进入另一种生活,就必须彻底放弃以前的生活。

"所以,无论是我还是他,都需要足够的勇气和耐心去应对这种变化,"她抬眼看向身旁的男人,嘴角轻扬,"我会耐心地等,等到他足够喜欢我,也等到他变得足够回应我的喜欢。"

江际恒似乎有些意外,看着她一时没有说话。

"你和三哥是怎么认识的?"沈寻挑眉问,一声"三哥",叫得比他还熟稔。

"我和叶雪是高中同学。"他答。

"哦,"沈寻淡淡一笑,水眸锁住眼前白皙俊颜,"你也喜欢叶雪?"

江际恒一怔,随即哈哈一笑:"算是喜欢过吧,那还算是早恋,不,也不是,可能纯粹是我单恋。其实叶雪那时候还是短头发,像个小男生,也不知道怎么就入我眼了。后来和她变成朋友,才庆幸当初没有追她,她那大小姐脾气,也就三哥能制得住她。"

"因为程队他脾气更坏。"沈寻轻叹了一声,转头看向他,"也好,至少后来痛失所爱的不是你。"

江际恒沉默了一下,点点头。

第七章
这里有你

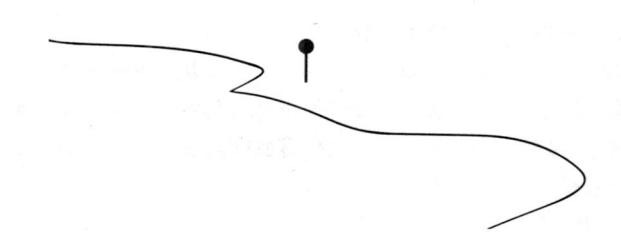

　　床头电子钟过了六点半，外面暮色四合。程立觉得有点烦躁，下床推开窗点了一根烟，抽得有点急了，被呛到，他咳嗽了几声，再抬眼却看见沈寻站在花园里。

　　人面桃花相映红。蓝的是朦胧夜色，红的是一树嫣然，粉的是她俏生生一张娇颜，点亮了这原本寻常的夜晚。

　　或许，她就是个迷了路的精灵，糊里糊涂，才走到了他这里。

　　"这位老板，天色已晚，借住一宿可以吗？"她仰着头，声音清脆。

　　他在烟雾里眯起眼，嘴角微弯。

　　"可以。"他答。

　　"那麻烦您下来开下门，我没带钥匙。"

　　"笨蛋。"他低骂了一声。下楼梯的时候，嘴角的弧度更弯了。

　　"我回局里拿了下电脑和衣服，今天晚上要帮国际组的人做个采访，还去超市买了些菜和水果。"

　　她换了鞋，拎起大包小包要往厨房跑，却被他拦住了："我来吧。"

　　塑料袋里的东西都收拾完，冰箱几乎都被塞满了。

　　"我从来没买过这么多东西。"他有些无语。

　　"这才是家该有的样子啊，"厨房暖黄色的灯光下，她笑吟吟地看着他，"你饿不饿，我做饭给你吃？"

　　他回想了下冰箱里那堆食材："我想吃酸辣土豆丝。"

　　"土豆丝可以，不过不能放辣，不利于伤口恢复。"她利落修正。

　　他点点头，表示接受。

"好了，程立小朋友，请你到客厅看会儿动画片，别在这儿给姐姐添乱。"她把他推出厨房，拉上门。

电视上正在演《猫和老鼠》，已经播了几十年的动画片。厨房亮堂堂的，渐渐传来食物的香气，纤细的身影在里面忙忙碌碌。

他忽然想起小时候，妈妈也是这样准备着晚饭，他捧着一袋薯片，看着同样的动画片，笑成一个小傻子。那时他不知道世界上还有黑暗角落，有人会用生命维护现世安稳，而那样的人会与他有血脉联系。

——这才是家该有的样子啊。

他耳畔响起她的声音，娇娇柔柔的。

人间烟火，现实温暖。这一刻，他也很想就这样沉溺。不去想从前未解的噩梦，不去想未来还要面对的血雨腥风，只是手臂上隐隐作痛的伤口会时刻提醒他肩上背负的重担。

吃完晚餐收拾完，沈寻问程立："能不能借你的书房一用？我要干点活。"

他点点头，带她上二楼的书房。房子是黑白灰的北欧现代风，书房更是极简，除了一张书桌，就是一台CD机和音响，一排光碟架，以及墙上挂着的一幅画。

沈寻走到那幅画前，静静打量。画的是一个小女孩站在街边看着天空，天上飞过一辆汽车，汽车上的男人低头看着她，色彩鲜艳梦幻。

"感觉很像夏加尔，"她开口，看到画下方QM字母的署名，心中一动，"这是乔敏画的？"

"嗯，她从小喜欢画画，去年我生日送了这幅给我。"程立答。

"她有点天分，"沈寻由衷夸奖，视线落在光碟架上，"《美丽中国》《地球脉动》……你居然收藏了这么多纪录片，有些我家也有。"

"是吗？"程立答，"纪录片可以让心灵安静。"

沈寻蓦然看向他，眼中情绪涌动："我妈妈说过同样的话，她是纪录片导演。"

"是她吗？"程立抬手，指向一张光碟。

沈寻盯着那个熟悉的名字，鼻子微酸："嗯。"

"自成风格，我很喜欢。"程立轻轻答。

"谢谢，"沈寻平复了情绪，抬手看了下表，"我要往巴黎打个采访电话。"

程立点点头，替她带上房门。

等沈寻采访完并整理好记录，已经晚上九点半。她开门去倒水喝，听到浴室里有哗哗的水声，大概是程立在洗澡。

她又回到书房,在椅子上躺了会儿,瞅见一旁的 CD 机,起身按了播放键。熟悉又静谧的旋律缓缓回荡在房间里,清亮虔诚的咏唱,让她听得入神。是天使之翼合唱团 Libera 的 *I vow to thee, my country*。

我向你起誓,
我的国。
我要奉献出我全然、完整、至臻的爱。
这爱毫无疑问,
这爱经得起考验,
这爱永不动摇,
这爱不计代价,
这爱永不屈服,
直至最后的牺牲。

一曲终了,旋律又重复响起。原来是被设置了循环播放。沈寻忍不住揣测,程立是怀着什么心情,把这首歌听了一遍又一遍。

她想起她问他为什么做警察,他那句轻描淡写的"我愿意"。

她想起她拿大麻的事和王小美开玩笑时,他生气的样子。

她想起今早他带着伤审讯,灯光下有些疲惫的神色。

这个男人,完全不是他所表现得那么淡漠,他的内心,比谁都要火热。

心念一动,她起身开了房门,却看见程立靠在楼梯口的墙边,静静地抽烟,像是在门外已经站了一会儿。

他侧首看向她:"上次听这首歌,还是三个月前。"

"发生了什么事?"沈寻问。

"队里一位老警察去世了,肝癌,一辈子就扑在缉毒这件事情上。我刚到这里时,是他带的我,就像我师傅一样。"他抽了口烟,眸色深沉,"他四十岁的时候,被毒贩报复,老婆孩子都被撞死了。所有人都以为他会崩溃,但是他又兢兢业业地干了十几年。他跟我说,从他家人去世的那天起,他觉得自己也发生了某种变化,变成一个更好的警察。因为没有了牵挂,所以少了犹豫,少了顾忌,永远都冲在最前面。面对那些锁着的、背后不知是什么危险的门,面对举起的刀枪,他不再有丝毫退缩的念头。"

"所以,你现在也是这样吗?总是不眠不休,拼命往前冲?"沈寻走到他面前，抬头看向他，"但是，活着很好啊。多活一天，就多一点可能。每个人都是肉身，会病、会死、会遭遇横祸，会一觉睡过去再也醒不过来。五十年和十五年有什么区别？关键在于，在遇到喜欢的人的时候，有没有用力抓住他的手；在遇到喜欢做的事情时，有没有全身心投入过，即使会失败。"

那一瞬间，不知是不是她的错觉，他黑色的眼眸里起了波澜。

她走得更近了一些，直到近得能伸出双臂，毫不费力地抱住他。

"程队，辛苦了，"她的声音在他的胸口震动，"即使你等的人不会再回来，你也要努力好好活着。"

这世上男男女女那么多，拥抱和亲吻都太轻易。可能够让我们拿出一生去等待与守护的，少之又少。

这个夜晚，她很想沉溺在这个宽阔温暖的怀抱里，永不分离。但是，她还是松开了手，道了声晚安。

而程立目送她离开的身影，久久未动。

第二天中午吃过饭，程立就打算回局里。王小美看到他们同时到办公室，恨不得冲上来问个究竟，但看到程立面无表情的脸，又把满肚子的疑问都吞了下去。

沈寻看着她和张子宁坐立难安的样子，给她发了条微信：一、程队伤口感染发烧，我照顾了下；二、什么都没有发生。

王小美把手机拿给张子宁看，二人都是一脸失望。

沈寻去完洗手间回来，才发现护手霜可能忘在程立家了。她琢磨着回去拿太麻烦，决定下班去趟市中心。

景清市的百货商场有一些年头了，好在东西还算全，她买到习惯用的牌子。出门的时候天色已晚，商场前面在修地铁，安插了一排蓝色的围栏，要打车得穿过小巷去马路对面。

地面坑坑洼洼，因为下过一阵雨，有些地方格外泥泞。沈寻踮着脚小心翼翼地走，听到包里手机振动，拿起来看，是程立打过来的。

她正要接起来，一旁突然蹿出一个人，一把夺过她的手机就跑。

"站住！还我手机！"她怔了一秒后，拔腿就追了上去。幸好她穿的是球鞋，平时也保持运动，那人个子矮腿短，一时也没能甩开她。

就这样追进另一条小巷，那人突然停了下来，转身看向她。沈寻愣住——是个女孩子，正凶巴巴地瞪着她。

女孩子后面还站着两个高个子的女生，染着浅色头发，涂着很深的眼影。

"把手机还给我。"沈寻冷冷地开口。

其中一个高个子女生看着她："就不给，你能把我们怎么样？"

"拿来，"沈寻伸出手，"你们要钱，我就给钱，但把手机给我留下。"

"程队的女人挺厉害啊，"矮个子女生睨着她，举起手机，"你这里面是有裸照还是什么啊，这么紧张。"

"我不是心疼手机，我里面有工作时拍的照片和记录的东西，你们让我上传到云里就可以，手机拿去好了。"沈寻答。

"你有病吧，还上传到云，"那女孩大笑，"我们就是来教训你的，贱女人，抢别人的男人！"

眼见她拿起手机要往地上砸，沈寻扑了过去，死死抓住手机，但旁边两个女孩上前拽住了她，一个拉她的衣服，一个抓她的头发。她拼命挣扎，却还是眼睁睁地看着手机被砸在地上，摔得四分五裂，那矮个女生似乎还不解气，在屏幕上狠狠踩了几脚。

沈寻见状，眼睛都红了，不管不顾地冲上前，推了她一把，把手机抢到手里。

"神经病！"那女孩摔了个四脚朝天，爬起来就给了沈寻一个耳光，却看见她蓦地抬起眼，那目光像要杀人一样。

"你让乔敏给我滚出来。"沈寻吐出几个字，几乎咬牙切齿。

"你抢她男人还这么理直气壮啊！"一个高个子女生骂，"她犯不着出来见你，有我们给她出气就够了。"

"你告诉她，她这种垃圾行为，根本配不上程立。"沈寻冷冷出声。

"你说谁垃圾？"拐弯处走出一个人，正是乔敏。

"说的就是你，垃圾。"沈寻冷笑。

"你……"乔敏刚扬起手，就看到沈寻身后的人，顿时僵在那里，悻悻地放下手。

"你们在干什么？"程立走过来，看到沈寻脸上的红印和凌乱的头发，黑眸顿时一沉。

"我们就是教训教训她，仗着自己有点姿色、会写点东西就跑到这儿来发浪，"矮个子女生瞅着沈寻，愤愤不平，"不就是投胎投得好嘛，嘚瑟。"

"没想到你这么嫉妒我啊，"沈寻看着乔敏，目光如刀，"你就只会怪自己命不好？你以为我是锦衣玉食的大小姐，什么苦都没吃过？我告诉你，我在你遇到程立的年纪时，被变态绑架，关在地下室里，不听话就拿鞭子抽我，我妈为了找我出车祸死了,我整整看了一年的心理医生,同时也发现我爸不是我以为的那个好丈夫、好男人。我会拼命抢我的手机,是因为那里面有我的工作成果。会写点字?你以为当记者很轻松吗?你们在酒吧鬼混的时候,我在熬夜写稿;为了在群访的时候抢到一个提问的机会,耳环都被扯掉;人们以为的光鲜人物,私下却会对我动手动脚、张着臭嘴要上来搂搂抱抱;出差做调查,怕被人发现要翻围墙,差点摔骨折;住三十块钱一晚的旅馆,老鼠都在床下跑;在国外遇到动乱,差点就没命。"

"这世上每个人都不容易,但人都更关注自己的伤口,"她看着愣住的乔敏,指了指程立,"我喜欢他,是因为我觉得我有能力去喜欢他,我有能力去照顾他,替他分担,是因为在欣赏他的同时,我也会因为这一份欣赏而努力让自己变得更好。如果有一天,你乔敏也变得强大,欢迎你来和我竞争,而不是用这种幼稚的、不上台面的做法。"

她说完转身就走,夜色里的背影单薄却倔强。

乔敏瞅了一眼沉着脸的男人,上前喏嚅着开口:"程……"

"乔敏,我耐心有限,你适可而止。"程立的声音里透着寒意,森冷的目光让人心生惧意。乔敏从没见过他对自己有这么大的怒气,被惊得浑身一颤。

沈寻走到路口,听到背后略带低哑的嗓音:"我送你回去。"

"不用。"她淡声拒绝,甚至没有回头看他。

"你这样,我不放心。"程立眉心蹙起。

路灯下,她一身狼狈。衣服上都是泥污,脸上的印痕更深了,长发也凌乱得不像话,连肩膀上都掉着几根发丝,大概是刚才拉扯掉的。

"我这样是拜您所赐,"她低头看着碎裂的手机,"我的手机壁纸是我妈妈的照片,被她们踩了好几脚。"

她语气里的委屈,让程立的胸口一颤。

"我刚才讲了那么多,说得那么好听,"她自嘲一笑,"其实对你而言,我又比乔敏好得了多少。"

"许泽宁走的时候对我说,也许我喜欢你,只是我老毛病犯了,一直想寻找新鲜刺激,想找一个让我停留下来的理由。也许他是对的,"她的声音里透着疲惫,"程立,你这么好,我不该喜欢你,也许我根本没有能力喜欢你。"

眼前纤细的肩膀,在夜风中微微颤抖,像枝头被雨打风吹的小小花朵,快要支撑不住。程立从未见过她这样一蹶不振的模样,仿佛被抽掉了生气,脆弱、退缩。

他正要上前一步,却见她扬起手,拦下一辆出租车,她拉开车门坐了进去,径自离开。

夜还未深,这座边城的街头已经寥落。不远处只有一摊流动大排档,丈夫在卖力炒菜,妻子一声接一声地吆喝,希望在收摊前多单生意,又不忘拿起并不干净的毛巾,替丈夫擦汗。

他竟然有些眼红。

站在街头,他抽完一支烟,迷雾升腾里藏着一双苦涩黑眸。

他想起她抱着他,语气温柔地说,程队,辛苦了。

还有她说,程立,我喜欢你。程立,你这么好,我不该喜欢你。

他不想承认,她离开时放弃的表情,像一把钝刀子割在他心口,一抽一抽地疼。

手机振动,他接起来,那头是刘征明:"程立,明天跟我去省厅开会。"

他应了一声,挂掉电话,戴上头盔。摩托车低沉的轰鸣划过夜色,渐行渐远。

北京的春天,仍带着清冽的凉意。走出航站楼,迎面而来的风吹乱了头发,沈寻停下来扎了个马尾,就看到李萌的车滑到眼前。车窗下沉,露出一张精致的面孔,红唇黑发,惹得一旁等车的人也纷纷注目。

"北京欢迎您。"李萌冲着她一笑,千娇百媚。

沈寻拉上车门,把背包往后座一扔,找了个最舒服的姿势靠在前座上。

"什么情况啊,灰头土脸的,"李萌边踩油门边瞥了她一眼,"知道的清楚你是出差采访了,不知道的还以为你是沦落红尘历尽沧桑呢。"

"你说你一卖广告的什么时候学会咬文嚼字了?"沈寻轻嗤。

"卖广告的怎么了?"李萌被气着了,"要没我们努力工作,你工资谁发啊?哎,我说你这人犯什么病啊,一回来就呛我。哦,难不成是没能拿下程队,欲求不满了?"

沈寻瞅了她一眼,没说话。

"我跟你说,不要着急,来日方长,"李萌把饮料架上的奶茶递给她,"你不是还要回去嘛,你先帮我把沃森CEO的专访做了,我一路护送你回云南都行。"

"专访时间定了吗?"沈寻问。

"明天晚上或者后天上午,具体时间他们今天会确认。人家CEO去年达沃斯论坛的时候对你印象非常好,点名要你采访他。沃森去年给我们投两百万,今年有意向签一个翻倍的框架,接下来全靠大姐你了。唉,五百强就是财大气粗。"

"也不见得是靠我，他们今年的战略重点定在中国，本来就有宣传推广的需求。"沈寻吸了口奶茶，慢条斯理地嚼珍珠，"你怎么会想起来买奶茶？"

"关键我们也未必是唯一的选择啊，所以周总一听对方提你的名字，立马让我跟郑老师提让你回来援助。至于奶茶，"李萌扬起嘴角，"我估计你在追爱的过程中心里苦，给你加点甜。"

"我谢谢你。"沈寻低头，狠狠喝了一大口。

程立从省厅开完会回到景清，已经是下午五点多了。他先回了趟办公室，看到沈寻桌上干干净净的，没有电脑，也没有她喝水的保温杯。

"小美，她人呢？"他问。

"寻姐吗？"王小美惊讶地看着他，"她早上就回北京了啊，你不知道？"

程立一怔，随即黑眸微沉："我知道，忘了。"

他走到自己办公桌前坐下，摊开笔记本，开始梳理今天的会议内容。

二十分钟过去，握着的笔还是停留在刚开始写下的那行字。手边是王小美沏上的茶，他惯喝的金骏眉，却不知怎么变得格外苦涩。

他面无表情地看向外面那张空无一物的桌子和那把空着的椅子。

窗外，开始淅淅沥沥下起了雨。从天亮下到天黑，从大雨如注到润物无声。

一盏台灯照亮小小角落，办公室里只剩下他一个人。他敛住心神，专心对待手里的档案。

手机屏幕亮起，他心里一动。拿起来看，是新闻APP的整点推送。

门口传来两下敲击声，是刘征明。

"对了，今天一直开会忘记跟你说了，沈寻单位领导说有要紧的事需要她回去一趟，不确定还回不回来，不过我想你应该知道吧，"他在门边打招呼，"还没吃晚饭？"

"嗯，没觉得饿，你先走吧。"程立抬眼看向他，语气淡淡的。

刘征明点头，临走前嘱咐了下："当心身体，伤还没好呢。"

程立放下手中的笔，从烟盒里抽出一根烟，递到唇边，低头点燃，深深吸了一口。

——也许我喜欢你，只是我老毛病犯了，一直想寻找新鲜刺激，想找一个让我停留下来的理由。

脑海中响起一道熟悉的声音。

烟雾升腾,他眯起眼,瞅着手里的卷宗,自嘲一笑。

这些嫌犯的名字里应该再添一个——沈寻。

案情复杂,情节严重。也许,最终会成一桩悬案。

沈寻再回景清,已经是三天后。沃森那边急着要把专访发出来,她就干脆留在北京,把这件事处理完才离开。

从机场到景清,需要将近一个半小时。不过几天,高原炽烈的阳光,竟让她有种久违的感觉。

车开到一半路程时,速度慢了下来,停停走走。

"堵车吗?"她问司机。

"前面收费站临检,估计是禁毒大队收到什么线报吧,"司机很有经验地回答,瞅了下后视镜,"排了这么长的队,真有运毒的,估计插翅难飞了。"

"哦,"沈寻轻应了一声,转而心念一动,从背包里拿出相机,"师傅,我下来走一段,你到收费站再接我吧。"

"好吧。"司机虽然觉得有点奇怪,但还是同意了,还不忘叮嘱,"姑娘,你不要乱拍啊,禁毒大队那帮人规矩挺多的。"

"嗯,知道的。"她点头一笑。

收费站已经不远,沈寻走了七八十米,就看到收费岗亭旁一道挺拔高大的身影。

程立穿着黑色夹克,戴着墨镜,英气逼人。午后的阳光为他的侧脸镶上淡淡金边。沈寻想起来,这令人眼熟的画面,大概出自年纪比她还要大的《壮志凌云》,二十多岁出头的阿汤哥从战机上下来,蛤蟆镜下一张豪情万丈倾国倾城的容颜。

她望着望着,嘴角忍不住绽放笑容,怎么也收不住,像个傻子一样,忘记矜持,忘记负气。

他没有看到她,转头和同事说话。

她举起相机。

突然间,一记炸响绽开,像是哪个调皮孩子点了鞭炮。沈寻跟着手一抖,就听见有人在喊:"是枪!"

又是一声响,沈寻几乎条件反射地同时按下快门,定格的图像里,年轻警察被子弹贯穿的肩头绽放出血雾,融在阳光里,洒出残酷的艳色。

尖叫哭喊声此起彼伏，长长的车队，一时间退无可退，一辆辆车里的人们乱作一团，生怕自己成为枪下无辜亡魂。

"退后，找掩护！"程立暴喝，抬手射击压住对方，一手迅速将伤员拉到警车后方。

江北靠在他旁边，额头上冒出一层汗："特情没说有枪。"

"你按住他的伤口，等救护车来。"程立把伤员交给他，起身绕到警车一侧。

"老大，那儿有个孩子。"张子宁指了指一个方向。

离他们二十米远的路边，一个七八岁的小男孩站在那里，像是吓傻了，拼命地哭，他裤子还没穿好，大概是刚才下车来撒尿。

"在对方射击区，太危险了，"张子宁抹了把脸上的汗，"我去把他抱走。"

程立抬手按住他肩膀。

"我去。"他利落出声。

他正要起身，对面突然闪出一道白色的身影，冲向了那个孩子。那一瞬间，他的眸色骤然一沉，随即低喝："子宁，掩护！"

又是一阵绵密的枪声。张子宁余光瞥见那个抱孩子的人，也是脸色一变："寻姐？"

只见一发子弹就在她脚边炸开，扬起尘土，张子宁的心几乎跳到了嗓子眼，再看一旁的程立，他侧颜紧绷，神色也是异常难看。

眼看沈寻带着孩子连滚带爬地躲到一辆车后面，张子宁才呼出一口气，但转眼又差点被吓得心跳停止。

只见她向前探身，似乎想要往前够刚才掉落的相机。

程立内心暗骂了一声，黑眸紧紧盯着不远处的女人，胸口急速起伏。

但她似乎不管不顾，一心要拿到那个该死的相机。

他咬牙，心里测算了下距离，低声吩咐："子宁，掩护我。"

下一秒，他冲出掩护区域，飞奔向沈寻的方向，几乎同时，子弹从他身侧掠过，他拎起相机，就地打个滚，躲进车侧面，动作一气呵成。

张子宁看得心惊肉跳，握枪的手心满是汗。

狙击手这时已经到位，在警告无果的情况下利落扣动扳机。一记枪响，毒贩车里传来一声惨叫。半分钟后，有两个人举着手下了车。张子宁和几名警察迅速冲了上去，把他们压在地上拷住。

离他们不远的地方，沈寻看着眼前坐在地上的男人，说不出话来。男孩的妈妈来带走孩子，连声道谢，沈寻摆摆手，只觉浑身发软。危险解除，她才有些后怕，察觉自己整个人都在颤抖。

程立咬紧牙关，狠狠地盯着她，一双黑眸里起了红雾，他脸上满是汗和灰尘，让他整个人更显得野蛮和危险。

"沈寻，你真行，"他几乎是从牙缝里挤出字句，"你以为你是谁？英雄吗？你是不想活了吗？为了一个破相机，连命都不要了？"

"我离那孩子近……没想太多。"她被他的怒气吓到，忐忑地开口。

"你脑子进水了吗？我需要你多事？你知不知道你慢一秒，我就得给你收尸了？"程立胸口的火越烧越旺，"你不是滚回去了吗？为什么又回来？"

沈寻看着他，却看到那双黑眸里，清清楚楚的惊慌和恐惧。

原来，他也会害怕吗？他是在为她担忧吗？

这一霎，她满心酸楚。

对不起，让你担心了。

她想开口，却发不出声音。有什么哽在喉中，堵在心口。

见她不说话，他怒意更甚："你给我滚！滚得越远越好！别让我再看到你！"

她却笑了，水亮的眼眸里映着他的身影。

沈寻身后，是蓝天白云，是远处连绵的田野。人声嘈杂，车队又开始挪动，一旁的汽车也驶开。只剩他们留在原地没有动，仿佛电影画面里乱世的一场久别重逢。

他不知道，原来她一个轻轻浅浅的笑，也可以令他惊心动魄。仿佛沉沉乌云，被撕了一道口子，阳光一点点渗入，最后明媚得一塌糊涂。

"沈寻，"他唤她，声音低哑，"你回来干什么呢？"

回到她的世界不好吗？他已经不想再承受失去的痛苦。

"因为这里有你。"她轻轻答。

我之所以寻觅远方，是因为远方有你。我之所以留在此地，是因为此地有你。平淡而漫长的岁月里，总有什么让我们徘徊、困惑、疼痛、不知所措，原来，是遇到了爱。原来，是我遇到了你。

他看着她的眼，好深好黑。

看得她低下头，望着他手里的相机解释："这个相机是我爸送给我的，对不起，给你添麻烦了。"

她都不敢再看他，像只犯了错的小宠物，温顺可怜。

程立无声地叹了口气："走吧。"

第八章
炙热的吻

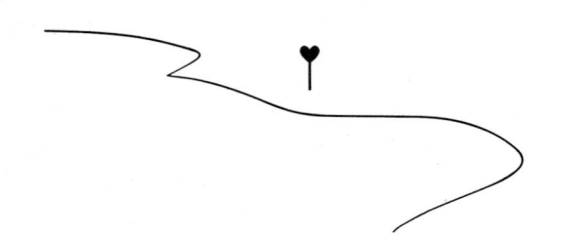

程立把沈寻带回了他家,只丢下一句"好好休息",便径自回了局里。

沈寻知道他忙,加上这么折腾一下自己也确实有点累,便乖乖听话待着。这一晚又是疾风骤雨。

忙到深夜,程立才回来。进门看到客厅只亮了一盏落地灯,娇小的人靠在沙发上睡着了。他经过餐厅,看到桌子上扣着两个盘子,大概是给他留的晚饭。

望着那张沉睡的容颜,他的心里忽然异常宁静。

她手下还压着一本打开的书,他轻轻抽出来,就着灯光看她正读的那页。

——如果仆人们不曾气势汹汹地冲进来把我俩分离,我大概终究也会失望吧,掀翻雪白锦缎,却发现下面只是一碗汤。事已至此,可我心依然难安,我渴望有人暴烈地爱我至死不渝,明白爱和死一样强大,并永远站在我身边。我渴望有人毁灭我并被我毁灭。世间的情爱何其多,有人可以虚掷一生共同生活却不知道彼此的姓名。命名是艰难而耗时的大事;要一语中的,并意寓力量。否则,在狂野的夜晚,谁能把你唤回家?只有知道你名字的人才能。

合上书,他的视线落在她那好看的眉眼上。仿佛不受控制,长指轻轻落在光洁的额头,勾勒那动人的弧度,如恋花的蝶,一路流连,直到那嫣红的唇。

他喉结动了动,眸色更深。

"程立。"两个字,从她口中轻轻逸出,仿佛带着来自灵魂深处的渴望。

狂风骤雨的夜晚,谁能把你唤回家?荆棘丛生的迷途,谁能引领你前进?

只有知道你名字的人才能。

他本要退开的身体，一下子僵在那里。

他等着她睁开眼，睁开那双好看的眼睛，望着他。但她没有，径自沉浸在梦里，那梦大概是美好的，所以她嘴角扬起轻浅的弧度。

是梦到了他吗？

她微微翻了下身，他闻到一股淡淡的香气，是春天的味道。他瞥见茶几上小小一支润肤露，哦，原来是樱花。

他蹑手蹑脚地走到餐厅，把菜端到厨房，拧开燃气炉。他怕微波炉的声音大，会吵到她。

微蓝色的火焰跳跃，食物的香味弥漫开来。程立倚在料理台看向客厅，灯光下那"嫌犯"胸口轻轻起伏，仍睡得酣甜。

他收回视线，垂眸吸烟。

不能想，一想心就乱，像纠缠不清的线团。红色是她的唇，如花瓣般柔软美丽；白色是初见那天踩在地板上的莲足，欺霜赛雪；黑色是她的眼，如璀璨水晶，仿佛有魔力，一望就灭顶。

阳光下她满眼摇摇欲坠的泪和轻柔的声音仿佛还贴在背后，声声不休——程立，我喜欢你。

还有她风尘仆仆而来，说，因为，你在这里。

香烟烫着了手，他骂了一句粗口。

真是魔怔了。

敛住心神，他想到今天的审讯过程，眉头又忍不住紧蹙。

先前看那几个毒贩拼命反抗，就知道棘手，没想到嘴巴那么紧，熬到现在还没吐出半点有用的。人赃并获，整整50千克冰毒，却死活不肯交代。更麻烦的是，本地宗族势力又来闹，要求放人，围在公安局门口吵闹。百来号人，叫骂耍赖，还把照片发到自媒体和论坛上说些歪曲事实的话。舆论沸沸扬扬，一波又一波，上面也连打了两个电话来过问，把刘征明气得直跳脚。

手机振动，他接起来："刘局。"

"沈寻在哪儿？"刘征明劈头就问。

程立怔了一下，瞅了一眼沙发上的人，缓缓答："在我家。"

"在你家？"刘征明看了看一旁的林聿，压低了声音，"她怎么会在你家？你小子对她干什么了？"

"我……"程立被噎住，然后一字一句地答，"我什么都没干。"

"真的？"

"真的。"程立切齿，"领导你大晚上找我是来八卦的吗？"

"八卦你个头，我和林局在市领导这儿汇报呢，"刘征明答，"现在没事了，局面控制住了，要谢谢沈寻。"

"谢她？"程立又看了沈寻一眼，"谢她干什么？"

"你没看她微博啊？"刘征明声音微扬，"她一小时前微博发了张照片，是小郑被子弹打中的瞬间，有网友认出就是今天的抓捕现场，不少大V和媒体都转了，舆论开始向我们这边倒了，嘿嘿，现在我们有足够的耐心跟那帮王八蛋耗了，看谁耗得过谁。"

"哦，"程立深深吸了一口烟，再吐出，"我代你谢谢她。"

"什么替我？你更该谢谢她！"

刘征明批评了一句，挂掉电话，却看见林聿盯着他，微微一笑："沈记者在程队家里？"

"家里"两个字，他加重了语气。

"年轻人嘛，"刘征明呵呵一笑，又怕局长同志对他手下爱将的印象不好，连忙又补了句，"两情相悦，两情相悦，挺好。"

"哦。"林聿淡应，笑了笑。

程立打开微博，搜了沈寻的名字。

她只是发了那张图片，什么都没有说，甚至细心地把小郑的脸打了马赛克。子弹穿过身体的瞬间，绽放的血雾，让整个画面透着触目惊心的壮烈。

转发数已经是四位数，下方的评论里，有为缉毒警喝彩的，有指责毒贩丧心病狂的，也有批评宗族势力不该助纣为虐围堵公安局的。

按了返回键，回到微博主页，他的视线又落在那张小小的头像上。

他点开。

照片上的女孩子应该比现在还小几岁，头发刚及肩膀，短裤背心，细胳膊长腿，奶油般的皮肤，拿着一只苹果刚放到嘴边，侧脸完美，目光不知正落向何处，像是表情迷茫的精灵。

原来那颗苹果，是自伊甸园的智慧树上摘下，是原罪，是最初的诱惑。

"程立。"一声轻唤传来。

他抬起头，看到她拉开薄毯，从沙发上坐起来，揉了揉眼睛，慢慢朝他走过来。

"你回来了呀。"她打开了餐厅灯，声音软软的，带着刚睡醒的温柔。

他这才看到她的膝盖上有块瘀青。

"怎么回事?"他指了指,眸色发沉。

"哦,今天带孩子扑到地上时磕到的,"她瞅了一眼,不以为意,"过两天就好了,反正也不穿裙子。对了,你那位同事怎么样了?"

"抢救过来了,已经脱离危险。"他答。

"那就好,"沈寻点点头,然后蹙眉闻了闻,"什么味?哎呀,是不是你把菜热煳了。"

她急忙小跑到厨房关了火,掀开锅盖后小脸皱起来:"真的煳了。"

"没事,我不饿。"他答,看锅里焦了的菜,"抱歉,浪费你心意了。"

"忙了一天怎么会不饿呢,"她端开炒锅,把一旁的砂锅放上,又打着了火,"你受伤后也没正式休息过。不过明智的我呢,还备了红豆沙当夜宵,一会儿就好。"

她转过头,笑意盈盈。雪白的脸上干干净净,像个天真的孩子。

他没说话,只是静静地看着她。他又闻到了她身上那股淡淡的香气在他鼻尖萦绕,勾弄着他胸口说不清道不明的情绪,仿佛一簇火苗,越烧越野。

"好了。"她从砂锅里盛出一小碗,捧到桌旁搁下,一双洁白的柔荑,在灯光下几近透明。

"尝尝看。"她举起汤匙,递到他嘴边。他低头,喝了一口。

"甜不甜?"她笑着问。他不说话。看着她的眼,很深,很黑,藏着让她心慌的情绪。

"怎……怎么了?"她忐忑地问。

程立起身吻住了她。

兜兜转转,还是躲不过。自己筑的墙,自己推翻;自己说的谎,自己戳穿。

他曾小心翼翼将所有热情藏在冰山下的深海,隐忍不动,但就在这个夜晚,这一霎间,当她将自己一颗心燃作引线,冰山崩塌,海水翻覆,一切不可收拾。

他的吻狂野、坚定、势不可当,让她的世界为此天旋地转。她只能退缩、承受,任他攻城略地。

但他知道,败的其实是他。败得心甘情愿,败得一塌糊涂。

沈寻手里的汤匙掉在地上,发出碎裂的声音。可是她听不见。她仿佛被拽进了深深的海水里,浮浮沉沉,都不由自己。

这样炙热的吻是来自程立吗?她恍恍惚惚,不敢相信。可眼前这双深邃的黑眸,分明是他的;这紧紧抱着她的手臂,分明是他的;这肆意侵占的唇舌,分明是他的；这混着汗水与烟草的气息，分明是他的。

"甜。"不知过了多久，他终于放过她，也终于回答了她刚才的问题。

她却因为他的答案，脸颊红似火。

"我看到了你的微博，"他低声开口，"谢谢。"

"所以，你是因为这个吻我吗？"她怔了一下，语气里有淡淡的失望。

他弯起嘴角。

"如果是为了公事，我不会出卖自己的色相。"他说。

"今天在发那张照片前，我在微博上看到丘吉尔的一句话——If you're going through hell, keep going。"她专注地看着他，轻声开口，"即使你要下地狱，我也愿意陪着。"

"程立，你要不要我？"

在他已经丢盔弃甲之际，她还要给他致命一击。

那妖精还不知死活，柔柔地笑着，细嫩指尖滑过他眉眼、鼻子、嘴唇……他猛然捉住她的手，俯身狠狠吻住那花瓣般艳丽的唇，辗转惩罚、吮吸，想要收了她的精魄。她却也胆大，仰头回应、勾引，仿佛他是她渴望的那滴水。

直到他把她抱到沙发上，扯掉衣衫，滚烫结实的身体压上了她，她才知道怕。

大雨砸在窗户上，又凶又急，就像她的心跳。庞大与娇小，刚硬与柔软，注定力量悬殊。可是兵临城下，再也逃不掉。

他凝视她绯红的脸颊，声音低沉："有过经验吗？"

她微微点头，连耳朵也红透。他勾起嘴角，腰身下沉。

"啊。"她娇呼出声，紧紧捉住他的手臂，指甲都陷进肌肉里。

突逢阻碍，他浑身一僵。

他咬紧了牙关，黑眸里染上恼意。

"有经验？"他讽刺，捏着她的下巴，恨恨地抬起她的脸，"真有你的，沈寻，你连这事也要骗我。"

她不说话，因为困窘，眼里都起了水光，一片潋滟。

"还不承认？"他没有留情，下了狠劲。

"疼……"她终于认输，也坦白，泪水涌上眼眶，摇摇欲坠。

他停住了动作。

"我怕你不要我。"她短促说完，小巧贝齿又咬在唇上，眼睛红红的，脸也红红的。

他忍不住叹了口气，他竟然栽在这个小丫头身上。

"乖……为我忍忍。"火热的目光,像是洞穿她的忐忑,他的声音似诱哄,也似命令。

额前的汗水滴落在她妩媚的锁骨,黑眸泛红,攫住眼前如火般红艳的容颜……明明是初尝云雨,却极有天赋,轻易就叫他难以自持。

他恨这失控感,摸惯刀枪的粗糙指尖也挟了恶意,在柔嫩的身躯上揉捏、拨弄,只怨她,原来也是杀人凶器,要他性命。

风吹雨落,灯光迷离,夜色暧昧。混着她的娇吟与哭求,一遍一遍,惹人心怜。

"沈寻,"他叹息,在侵占中吮吻她细嫩的耳、红肿的唇,"是你惹我,你说,你为什么要招惹我?"

而她,一双水眸如失落云中的月,已望不见满天星辰,意识陷落在千万年前。大概是等了几生几世,才重回到他臂弯间。

凌晨两点。

程立将熟睡的人从沙发上抱起,上楼放到卧室床上。她大概是累极了,他却清醒得很。喉咙发痒,他有点想抽烟,看了看身旁的人,又忍住了。

寂静的房间,忽然传来一声啜嚅。

他怔了一下,转过头,这丫头却又不知道陷入何种梦境,委屈细语。

凑得近了,他才听清她说:"妈妈,你醒一醒……"

那一天也是下着那么大的雨,像上天在落泪,倾倒着整个宇宙的痛苦,无穷无尽。

有人捂住了沈寻的眼。她从指缝间看见白床单下,那一只熟悉的手。那只手,总是带着佛手柑气息的护手霜味,暖暖的,香香的,抚摸她的脸颊、头发。

妈妈,你醒一醒。下雨了,我们快点回家。

妈妈不理她,她急得哭出声来。

有人将她抱起来,藏在宽阔的胸膛里牢牢地护着,仿佛安全港湾,为她挡住风吹雨打。她蜷在那人怀里,安安静静地睡了。

——小猫咪,来,穿上这条裙子,为我跳舞。

阴森森的声音在黑暗的房间里飘荡。

——你要回家?哦,不,这里就是你的家。来,跟着我的节奏乖乖地跳。不要学她们,她们都是坏孩子。

走调的钢琴声,仿佛来自地狱的魔魅之音。

——宝贝,你踩错拍子了。

鞭子划破空气,落在她腿上,锐利的痛楚穿透皮肤。

——不要哭,不要哭,哭了就不美了,就不是我亲爱的娃娃了。

来,继续跳……

"不——"惊恐而短促的呼唤从口中逸出,沈寻猛地睁开眼,对上深潭般的黑眸。

"做梦了?"程立盯着她额上细密的汗珠,目光中带着探询。

她点点头,垂下不安的眼睫,却瞧见他健壮光裸的胸腹,记忆瞬间回笼,炸得她的脸一片通红。

下意识往后退,才发现彼此双腿纠缠,他的体温熨帖着她,那么烫。

"现在才想到逃?"他淡淡出声,嗓音透着性感的慵懒。

"别动。"健臂揽在她背后,挡住了她的去路,牢牢将她锁在他怀里。

"再动的话,"他低下头,在她耳边进行风险提示,"你可能今天都下不了床。"这下,她的耳朵也迅速烧红,整个人都僵住。

"做了什么梦,嗯?"大掌撩开她的头发,托起她的脸,容不得她逃避。

是什么样的梦境,让沉睡中的她都不安得浑身颤抖?

他一早就醒来,心绪难宁,低头看怀里的她——昨晚太失控,小小的人看起来娇弱可怜,满身都是被他蹂躏过的痕迹,他既觉心疼,又想吻醒她,再狠狠欺负。

可是没想到,她在梦里落泪。他可以明确判断,那泪水里,有恐惧悲伤的气息。

"没事,就是做了个噩梦,"她抬眼,语气诚恳,"梦到还在冯贵平家里,遇到那两个人。"

程立深深凝视她,仿佛在分辨她话的真假:"是吗?"

"反正有你在。"她低头,躲开他的目光,脸颊贴上他的胸膛,乖巧如小猫。

"在北京的时候,你把微信名改成了寻宝,为什么?"半晌,他又问。

"以前我妈都这么叫我,"她静静答,"那天突然想她了。"

"她在哪儿?"

"天上,"她沉默了下,轻声道:"我十五岁的时候,她去世了,车祸。"

十五岁……想起她之前说过的话,他黑眸一暗:"那为什么要惩罚你自己?"

"因为是我的错。"他没有再说话。

房间的静寂中,她感觉自己的左手被他的大掌握住,轻轻拉起,然后一个吻落在她腕间的刺青上，那么温柔，却有种灼痛的错觉，仿佛那一年皮肤被刺破的瞬间。泪水涌上了她的眼眶，无声滑落，融入床单。

他身上的气息，强大而温暖，将她包围，让她沉溺。这种感觉，也让她心慌。

"你不要这样，这样会让我……"未说出口的话，堵在喉头。

让我不知所措，想依赖，却又害怕。

"你不用想太多，昨晚的事，我没有后悔，"低沉的声音扬起，他轻轻抚摸她的头发，"但我希望，你再给我一些时间，好吗？"

从清晨睁开眼起，他就一直在想她之间的事。倘若时光倒流，他是否会做出一样的选择？想了很多遍，答案都是"是"。

一切的确发生得太快。这样的沉沦，像一场急性中毒，让他无从预备。但他也清醒地看到，自己是怎样一步步陷入。

他不是一个喜欢逃避的人，只是有些事情悬而未决，需要他来担当和处理。

"无论是对过去，还是对未来，我都还需要些时间。"他低头轻吻她的头发。

"其实你不用太放在心上，"沈寻抬头露出一个轻松的笑容，"都是成年人的游戏，而且像你说的，我在国外长大，对这方面看得很开，你情我愿，彼此享受就好。"

"游戏？"程立盯着她，有一会儿没说话，而后才缓缓出声，"什么意思？"

"你看，你无论颜值、身材……嗯……能力，都属极品，是我赚了。"她打量他身上完美的线条，几乎要吹口哨的样子，"开玩笑说，你要是去出台，肯定是头牌。听说现在好点的市面出台价有五六千吧，你两三万都没问题……哈哈，来，三哥，我的信用卡让你刷……"

她嬉皮笑脸地胡说八道，却在转身看到他越来越阴沉的表情时，瞬间住嘴。

"你信用卡的额度是多少？"他看着她，语气和表情都冷冷的。

"二……二十万。"她感觉到了不妙的气氛。

"哦，算上昨晚的几次，不如今天让我刷爆。"

"什么……意思？"她干笑，瞪着缓缓坐起身的他。

"就是字面上的意思，会算术吗？你自己算。我今天心情好，刷爆了也可以免费奉陪。"他冷笑，俯身封住了她的唇。

"三哥……"她哀求。这样下去，她会疯掉。

他是铁了心要惩罚她。她像被他扔进了火堆，全身都要熔化。

她哭了出来，那声音哑哑的，娇娇的，完全不像她自己。

他咬紧牙关，抵住她额头叹息："你知道错了吗？"

她摇头，像无辜的孩子。

他瞪了她一会儿，还是心软了。抱着她进了淋浴间，他手臂一松，她都没法站稳，索性让她靠在自己身上，帮她洗头冲身，好像突然多出个女儿，需要他伺候。

越想越气，他往她白白嫩嫩的肩上咬了一口，惹得她一声痛呼。

烦死了，真不想理她。一直到洗完澡，程立都黑着一张脸。沈寻也不敢再招惹他，自己躲在浴室里吹头发。

吹完出来，看见他坐在窗边径自抽烟，白衬衫休闲裤，清俊磊落，侧影迷人。只是转过脸瞧向她的时候，却还是冷冰冰的表情。

他这人，最要命的是一双不怒自威的利眸，让他扫上一眼，就仿佛五脏六腑都能被看透。

沈寻低着头，抱起要穿的衣服又往浴室走，就听到他轻嗤了一声："又不是没看过。"

沈寻一恼，脾气也上来了，停住脚步，把衣服往床上一扔："有本事别看。"

说话间，白色浴袍滑落，光裸的身体瞬间闯入程立眼帘，他始料未及，被一口烟呛住，转过头轻咳了一声，才勉强压住。

窗外万里晴空，脑中却是刚才的画面。原本白玉般的肌肤，因为刚洗过澡，漾着浅浅的粉红，还有他留下的情欲痕迹，细柔的腰段，挺翘的臀……他在心里暗骂了一声，冷着脸，继续看外面的风景。

真是个不省心的东西，一缓口气就蹬鼻子上脸。早知道刚才就不该心软，就该好好治治她。

沈寻当然也是怕他的，一时冲动挑衅完之后，瞅着他紧绷的下颚线，迅速乖乖穿上衣服，走到他身旁，软软地唤了一声："程队……"

"别这么叫我。"他不耐烦地蹙眉，感觉心里说不上来的别扭。

怎么好好的一个称呼，到她嘴里就娇滴滴的，那么黏腻。

"三哥。"她又唤了一声，脆生生的。

他眉头微舒："想说什么？"

"我今天得搬到宿舍去。"她申请。

"随你。"他扔下一句。

沈寻收拾好自己的东西上了车，程立一手把着方向盘，仍是一副爱搭不理的样子。

"三哥？"

"嗯？"

"是不是男人都这样，上完床就翻脸不认人了？"她眨眨眼，问得诚恳。

脑中瞬间闪过旖旎画面，程立脸色一僵："女孩子说话注意点。"

"我不是女孩子，"她犀利指出，"经过昨晚已经不是了，拜您所赐。"

他闭嘴，选择不与她逗口舌之快。

他发动车子，连着蓝牙的播放器自动开始播放音乐，是他手机上的歌。

悠扬而带着点哀伤的口琴声响起，一道低哑的男声缓缓地唱：

莎拉，莎拉，这些记忆如此清晰，我永生难忘。

莎拉，莎拉，美丽的姑娘，我心里的爱。

莎拉，莎拉，不要离我而去，不要一走了之。

听着听着，沈寻的视线落在程立脸上，捕捉到了他表情里的局促。

"这首歌是 Bob Dylan 的 *Sara*。"她说。

"嗯。"他答。

"我的微信名里有我的英文名，Sara。"

"嗯。"他清了下嗓子。

"你喜欢 Bob Dylan？"

"一般。"

"你喜欢这首歌？"

"还行。"

"哦，"她拉长了声音，"那你就是喜欢我喽？"

他抿紧唇，不说话。

"三哥，你耳朵红了，"沈寻看着他，还伸出手摸了摸，"哇，好烫。"

程立忍无可忍，刹车停在路边。

"沈寻，你想干什么？"他盯着她，粗声问。

"你是害羞了吗？"她笑，一双眼亮晶晶地凑近他，"程队，你是在难为情哦。你喜欢我，你想念我，你舍不得我。骗子，还说要让我滚。"

她得寸进尺，摘下车里的通信器放在嘴边当话筒："同志们、乡亲们，好消息，特大好消息！程立他——喜、欢、我——"

讲完还不忘把戏演足，自己切换成观众，报以热烈掌声。

"收到了。"江北的声音突然在车厢里响起。

"收到,程队。"另一道陌生的声音也响起,带着笑意。

沈寻傻掉,抬眼看向程立,却看见他黑着脸,把通信器从她手里夺过去挂回原位。"为什么他们会听见?"她讷讷地问。

"这个一摘下来就是通话状态,"程立看着她,觉得脑门都疼,"谢谢你,把我这些年在景清攒下的脸面都丢光了。"

他上辈子是造了什么孽,才会遭此大劫,遇到这个小屁孩?

而且,还会这样无可救药地喜欢上她。

见她低头绞着手指一副痛悔莫及的样子,他又心软了。伸手抚抚她的头发,把她拉到胸口,吻了吻她的额头。

"我是喜欢你,"他轻声开口,"你也要认真点喜欢我,我不要做你的新鲜刺激,也不是在和你玩什么游戏。"

他一字一句,说出这些天哽在心里的刺,还有早上生气的症结。

等沈寻回到局里的办公室,张子宁一见到她就举手做喇叭状叫喊:"同志们、乡亲们,好消息,特大好消息——"

王小美也是笑得前仰后合,全然不顾形象。

沈寻捂住耳朵,简直羞愤欲死。

就这样如坐针毡,好不容易挨到了晚上。她回宿舍楼,看到程立房间的灯关着。她跑去敲了敲门,他确实不在。

她拿出手机想给他发微信,先打了句"你在哪儿",立即删除,又打了句"你在干什么呀",想想还是不妥,又删除。一路慢吞吞地踱回自己的房间,她最终选了一个表情发了过去。

结果是等了整整一个晚上都没有回应,直到第二天早上也没有。到了办公室,她坐下写稿,却听见王小美接起了电话:"程队……嗯,好的。"

大概是他在那头布置什么工作,王小美放下电话就盯着电脑开始忙碌,小脸绷得紧紧的,表情严肃。

沈寻觉得也不好打扰她,于是继续做自己的事情,只是有些心不在焉。

思念是什么感觉?就是你给一个人发了一条信息,在他没有回复的时间里,一次次地看手机。等到中午,他还是没有回她。

狭小的审讯室里,一盏孤灯已经连续亮了七个多小时,桌子一端坐着两名穿制服的警察,另外一端是个穿着米色夹克、面色苍白的男人。黑暗的角落里,还坐着一个身形高大的黑衣男人,半倚在座椅上,安静地听着审讯桌上的对话。

"段志强,我再问你一遍,那几个根雕是从哪里运来的?"

"我不知道,"穿着米色夹克的男人慌忙摇头,"有人打电话给我,让我去星河广场后面开车,我上车的时候,车厢里就装好这些根雕了。"

"一张茶几,一座狮子雕塑,里面藏了2千克海洛因,你跟我说不知道?那你跟人追尾之后逃什么?况且还是别人追了你的尾?"

"我真的不知道,"段志强眼里都是血丝,"有人打电话告诉我,拉一趟给我一万块,我两三个月都挣不到这么多……我知道我可能送的不是什么好东西,我也不敢问……我老婆得了癌症,我需要钱。"

"乔钧,我出去抽根烟,你们也歇会儿吧。"角落里的男人站起,拍了拍一名警察的肩膀。后者站起来:"师兄我和你一起吧。"

从审讯室走出来的程立仰起头,缓缓闭上眼,仰头靠在廊柱上。接近正午的阳光火辣辣的,晒得人皮肤发痛。封闭的视线陷入一片暗红,如火般燃烧的思绪尽头,是一个暌违已久的标记。

从段志强运送的根雕里找出来的两块海洛因,包装上都印着银色狐狸尾巴的标记。王小美的比对已经告诉他,他昨夜见到的狐尾标记,无论是形状还是印泥成分都和三年前见到的一模一样,丝毫不差。

"师兄,你是不是觉得,从段志强身上挖不出什么了?"乔钧等他睁开了眼,递给他一支烟,给他点了火。

"他已经是第三次拉货了,这说明这个贩毒团伙已经比较信任他,一般第一第二次会有人跟货,这次估计没有,但是你们把他带回来一审讯,时间上已经耽误了他交货,对方肯定也察觉了,他已成弃子,所以已经没办法靠跟他去找下家,"淡淡青烟后面,程立揉了揉眉心,"但对方找上他,肯定是知道他老婆要治病缺钱,查查看都谁知道他家的情况,也许会有收获。另外,虽然本地监控条件有限,还是要尽量查到这辆车的踪迹。"

"嗯,这个已经开始了,"乔钧点点头,"这辆货车目前用的是假牌照,固定车牌的螺丝也被磨损得很厉害,估计是经常换车牌,车漆也不是原来的。"

"抱歉啊师兄,本来昨天请你过来是想和你碰下最近我们县在禁毒方面的一些情况,让你给点建议,谁知道半夜突然杀出这么个事儿,害得你也陪我们熬了一整晚。"

"说什么呢,你小子结了婚怎么变得这么娘了,这种突发情况不是家常便饭嘛,"程立弹了弹烟灰,睨着他的目光变得沉肃,"再说,这个线索对我来说很重要,我这趟来得很值。"

乔钧知道他在说什么，眼神也有些激动："师兄，我这边一定会尽力去查。"

"谢谢。"程立深深地看了他一眼，微微颔首。

在陇海县公安局食堂吃完午餐，程立就开车往回走，等红灯的时候，手机进了微信，他拿起来一看，是局里的会议通知，手指下拨，在"寻宝"的头像上悬空了两秒，轻轻一点。屏幕上跳出一个小女孩，踮起脚尖吻一个高个子男生。

昨天他就看到了这条信息，当时在和乔钧他们开会，他也就没回。事实上，他一时也不知道怎么回。点开输入框，他打了个"我"字，停在那里。

后面突然响起催促的喇叭声，他一抬头，已经绿灯了，于是放下手机，踩了油门。

沈寻提着医院的塑料袋，不紧不慢地往宿舍楼走。大太阳晒得她发蔫，也有点心烦气躁。地上有颗小石子，她一脚踢飞，边踢边在心里骂：讨厌，让你不理我。

"你这是去哪儿了？"一道温和的声音在头顶荡起。她抬起头，是林聿。

"去医院，检查上次的枪伤伤口，开了点药。"她举了举手里的袋子。

林聿作势看了看她身旁："咦，你那位程队长没陪着啊？"

"林局，这个你比我更清楚吧，你手底下的人是服务国家人民的，又不是我的保姆。"沈寻没好气。

"为你也是为人民啊，"林聿一笑，瞅着她没精打采的样子，"伤口怎么样了？"

"本来也不大，已经开始好了，就是有点痒。"沈寻朝他挥挥手，"没事我走了啊。"

"等等，"林聿叫住她，一手递给她一袋东西，"你姥爷让我带给你的可可粉，你最喜欢的牌子，前两天忘记给你了。"

沈寻这才有点精神，她接过包装精美的袋子，咧嘴一笑："姥爷真好。"

"我不好？"林聿挑眉笑问。

"林局你也好，你最好了！"她嘟着嘴，扬声道。

林聿的目光突然一闪。

沈寻正疑惑，却看见他朝着她身后淡淡一笑："程队。"

沈寻顿时愣住，缓缓转过身，看见程立的目光掠过她，落在林聿身上："林局。"他的声音有点僵硬，俊颜上没什么表情。

沈寻的心里突然有种不妙的感觉。

"走了啊，"林聿笑了笑，朝沈寻挥挥手，"注意养伤，下次去医院，找个人陪你去。"他朝程立也点了点头，转身离开。

沈寻看向程立，却见他淡淡瞥了她一眼，一言不发地经过她身旁，继续往前走。

"喂！"沈寻小跑着跟上他，"你怎么不理我啊？"

"忙。"他惜字如金。

"忙什么呢？"她跟着他上办公楼。

"保密。"他不冷不淡。

"程立！"沈寻在阳台上冲到他面前，伸开双臂拦住他。

"干什么？"他蹙眉，眼神有点不耐烦。

"你是不是在生我的气？"沈寻试探地打量他的表情。

"你有什么让我好生气的？"他反问。

沈寻瞅着他，嘴角缓缓弯起："你吃醋了？因为听见我说林局最好了？"

程立脸色一沉："我犯得着吗，你爱跟谁撒欢就跟谁撒去。"

"让开。"他手一撩，虽然没使什么劲，但沈寻的手臂被他突然抬起来，原本抓在手里的那袋可可粉飞出了阳台。

只听啪的一声，楼下响起一句叫骂："我去，这谁啊！"

沈寻趴在阳台往楼下一看，张子宁满头满身都是可可粉，几乎变成了巧克力人。

那一霎间，她有点想笑，笑着笑着，又觉得特别难过。

觉察出她的异样，程立把她拉起来，她却挣开他的手，默默往楼下走。

走了半层楼梯，她又抬起头看向他，凝望那张令她心醉情迷的冷峻脸庞。

——为什么你去哪里，消失多久，都不会和我说一声？不会担心因为你没有音讯，我会难过吗？你也会想念我吗？很想很想的时候，会睡不着吗？

那一霎，有很多问题在胸口翻涌，她却始终没有问出口，只是低下头，慢慢消失在他的视线里。

第九章
有没有想我

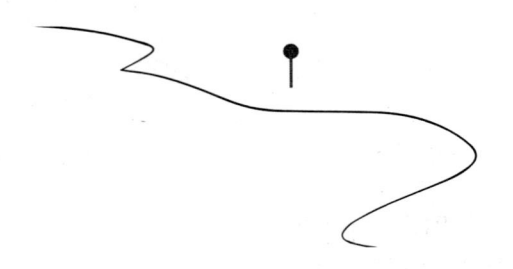

"三哥早。"

"老大早。"

又是新的一天。随着程立踏进办公室,招呼声此起彼伏。

"程队早上好。"礼貌、平静的声音响起。

程立的目光落在沈寻的侧脸上。

她跟他打这声招呼的时候,都没有抬头看他一眼,视线仍盯着电脑屏幕。她的声音里没有任何情绪,不是软绵绵的"程队",也不是那天彼此亲密时,声声娇柔的"三哥"。

即使此刻,他的视线明显停留在她身上,她也仿佛完全没有感知,就像两人之间隔了一堵无形的墙壁。

黑眸微沉,他走向里间自己的办公桌。

隔着五六米,他仍可以看到她玲珑的侧影,细嫩的手指在键盘上翻飞,有时停顿在半空。

脑中又浮现昨天她临去时那一眼,目光那么幽怨。

忍不住眉心一抽,他收回视线,站起身开窗点烟,边抽边看外边。

今夜会不会下雨?会有几人初次踏上吸毒路?明天是不是天晴?边防检查站又会有几人落网?太阳底下无新事。人生就是这样日复一日,总有问题要解,也总有问题出现。这眼前小女人,不该扰他太多心绪。可方才她咬唇思考的那一霎,他竟然想舔住那小小贝齿,深吻住那红唇。

心头一阵烦躁,轻不可闻的咒骂声,从他口中情不自禁地逸出。

你有没有觉得,今天办公室气压好低?张子宁正襟危坐,在电脑的微信页面上敲出一行字。

王小美看向他，默然点点头，也对着屏幕敲字：程队不就是去了趟陇海县嘛，怎么像从北极回来的？感觉和寻姐闹不愉快了，昨天下午我碰到寻姐，她好像眼睛红红的。

张子宁郁闷地回复：别提了，最倒霉的是我，被撒了一身可可粉，洗澡都像巧克力浴，黏糊糊的。你说，他俩到底进行到哪一步了？怎么前天还那么甜蜜，转眼就变天？

王小美回了一个猫咪摇头的表情，表示不知道。

唉，恋爱中的男女啊。

"刘局好。"

两人正聊着，就听江北叫了一声。只见刘征明快步走进来，一边朝他们点点头，一边朝程立那边走去。

"刘局有事？"程立摁灭了烟，抬眼看向他。

"来跟你说声，今天林局召开的会议主要针对我们禁毒工作，小范围人员参与，有重要线索宣布。"

程立点点头："我有些预感，也准备了一些资料。"

"还有，省厅禁毒局、新闻办这个月正在做'无毒青春'青少年禁毒宣传活动，接下来一周要在我市各院校做预防教育，包括去下面的乡镇，"刘征明看了看沈寻，"我想让小沈也跟着他们。"

听到自己的名字被提及，沈寻转过头来，正好撞上程立的目光。心中一颤，她移开视线，望向一旁的刘征明。

注意到她的反应，程立眸光微闪。

他转身看向刘征明，语气淡淡的："随刘局你安排，我没意见。"

"那就辛苦你了小沈，你回去收拾下，我派人把你送到省厅同事住的宾馆，你先去和他们会合。"刘征明走到沈寻身边，拍了拍她肩膀。

沈寻点点头。

待刘征明离开，她先保存文档，然后关电脑，整理充电线，再把一切东西装包。

"寻姐，听刘局的意思，你要离开一周啊，"王小美看着她忙碌，"我会想你的。"

"我也会想你的！"张子宁凑热闹。

江北性格比他们内敛一点："寻姐，乡下条件差，你注意安全。"

"谢谢,"沈寻笑了笑,拎起书包,"我也会想你们的。"

　　她说的"你们"里,也不知都包括了谁。

　　言罢,她朝他们几个挥挥手,快步走向门外,没有再回头。

　　江北朝里面望了一眼,只见程立面色冷沉,低头看着手中的资料,但目光却不见移动。

　　窗外有风,吹起了手中纸页。程立伸手抚平,却没能压下心里骤起的波澜。

　　很好。

　　他终于可以清净了。

　　接下来一周,再也不会有人有事没事在他眼前晃荡,叽叽喳喳,说一些有的没的的废话。再也不会有人,半夜给他发几句无聊的话,肉麻得要死。再也不会有人总是老远偷偷瞄他,那眼神几乎要把他生吞入腹。

　　他该觉得高兴、轻松。

　　可是,为什么他却觉得胸口有种隐隐的闷痛?

　　关了灯的会议室里,只有投影仪青白色的光淡淡地笼罩着参会的人,让气氛显得越发凝重。

　　"三年前,我们市局联合边防武警端掉了境外毒枭'白狐'在境内所有的据点,相信大家对这个标记都不陌生,"站在会议桌前的林聿指了指屏幕上四块印着狐尾标记、包裹着透明胶带的方形物体,表情严肃,"现在根据多方消息——白狐重现,印着狐尾的四号海洛因在我市和邻县都有出现,并且,已经流通到广东、香港。"

　　"过去两年多来,本地截获的毒品基本以散货为主,这种带专属标记的,是规模较大的贩毒集团才会使用的方式,从这几个被查到的情况来看,他们好像主要用车体藏毒和徒步运送,"刘征明看向程立,"你再和林局说下冯贵平身上的线索。"

　　程立颔首,黑眸冷沉:"我们在巴顿客栈附近的山里抓住冯贵平时,他身上带着3千克四号海洛因,并没有狐尾标记,但是,在我的逼问下他透露,他的老大过阵子要去缅甸见白狐。所以,我们当时没有扣他的货,将他放走了,也是想跟出他的上线,但他迅速就被灭了口。不过白林的出现也说明,白狐确实又出现了。根据我们的调查,冯贵平在境内外做一些地板、茶叶和药材干货的买卖,在本市最常去的地方有金铭木材厂、思云茶叶公司、红心干货厂,我已经派人轮流盯着这三个地方,其他他去过的地方也在逐一排查。另外,我们在冯贵平的遗物里发现大半盒城南翡翠酒吧的火柴,而在翡翠酒吧,我们上次搜到了少量毒品,至于翡翠酒吧是散货点,还是和冯贵平的上线有关系,我们还在调查。"

"好,"林聿点点头,双手撑在桌上,俯看着他,"程立,这次针对白狐的行动,由你来负责,局里会全力配合,我也会争取更多的外部支持。"

"程立,你等一下。"等会议开完,大家起身纷纷离开时,林聿又叫住了他。

程立走了回去,看到这位年轻的局长给他递了一支烟,示意他坐下。

他接过来,坐到一旁的椅子上,点了烟抽了一口。

一时间青烟袅袅,两人都没有说话。

半晌,林聿才看着他,嘴角微勾:"时隔三年,有没有信心画一个句号?"

"我一直等的就是这个,"程立淡淡一笑,眉眼间是疲倦,是辛酸,是坚定,"不是什么信心的问题,而是我这辈子必须要做成的事。"

"这么多年,白狐的身份一直成谜,眼下我们遇到的情况,可能比三年前还要复杂得多。越是在这个时候,心态越重要。虽然有旧怨,我也希望你能不为过去所扰,当成一件新的案件去对待。因为,你身上背负的,不只是过去,而是现在和未来。"

迎着林聿意味深长的目光,程立一怔,随即点了点头:"我明白。"

林聿拍拍他的肩,突然想起了什么,朝他一笑:"对了,听说你把我家老爷子给沈寻的可可粉给弄撒了?"

他家老爷子?

程立眉心微蹙,感觉到了一丝不对劲。

"我解释下,我爸,就是沈寻她姥爷,"林聿笑眯眯地说着,看见眼前男人脸色一变,"我,是沈寻她亲小舅。本来想保密,不过我想那丫头那么喜欢你,告诉你她应该无所谓。"

程立蓦然看他,整个人都僵住。

——你吃醋了?因为听见我说林局最好了?

他想起她那天笑盈盈望着他,一副调皮又期待的表情,她那时大概就准备跟他坦白的吧?可是他是怎么对她的?

——我犯得着吗,你爱跟谁撒欢就跟谁撒去。

眼前又浮现她那天站在楼道上仰望他的样子,表情那么委屈无奈。但他始终没有对她软下态度,直到今天他也没有主动开口和她说过一个字。

今早她离开走到楼下时,可有回头望一眼他的窗?没有看到他,会不会难过，会不会失望？算下时间，她可能已经不在市里。这一刻，他竟有点想起身飞奔，去追回她。

可是，他不能。前尘沾血，现事成谜，他有太多太多的事需要去做。

只是在她轻轻从身后拥住他，轻声说一句"喜欢"时，他就知道，他已踏入一个难以逃脱的陷阱。

出了会议室，程立边走边拨通了一个电话："威子。"

"三哥？"那边慵懒的声音带着点不确定。

"是我。"他淡声回应。

"您终于想起我了啊。怎么，回北京了？"

"回个屁，忙着呢，"他望着天边一片浮云，揉了揉眉心，"你那贸易公司倒闭没？"

"哪能啊，哥们儿打架打不过你，做生意那是一把好手。"威子在那头抗议。

"你给我办点事。"

"您吩咐。"

"给我搞一箱可可粉，瑞士的牌子，名字和包装样式我一会儿微信发你。"程立语气利落。

"什么？可可粉？你确定不是可卡因？"威子怀疑自己听错。

"嗯。"

"哥，我是搞服装贸易的，不是做跨境食品的……"

"我不管你用什么办法，一周之内给我送到，"他顿了顿，"五天之内吧。"

"不是，哥，你要那玩意儿干什么啊？"威子好奇极了，"你是禁毒禁腻了，打算搞副业开甜品店？"

"哄女人。"程立扔出简短一句，不理会那头震惊的呼喊，果断挂了电话。

威子握着方向盘，瞪着中控台屏幕上的断线提示，怀疑自己耳朵是不是出问题了。

他没听错吧？哄女人？谁哄女人是买一箱可可粉啊？他程家又不是没钱，什么房子、车子、珠宝、包包不能拿去哄啊……三哥这是喜欢的什么奇葩女人？等等，难道是用于床笫之欢？不愧是三哥……

于是这天中午开始，程立在北京的朋友圈就开始了激烈的关于可可粉的哲学讨论。

"哪位小朋友来告诉我一下，这张图片里彩色的糖是什么？"教室里，一位穿着警服的年轻女孩举起一张海报，在座位间穿梭。

一只只小手都举了起来，努力想得到关注。

"好，这位同学，你来回答。"

被点名的男孩站起来："报告警察阿姨，这不是糖，是摇头丸。"

"非常正确，大家为他鼓掌。"

掌声里，坐在最后一排的沈寻有些惊讶地看向一旁较年长的女警："莉姐，我真的没想到，这边的小学生对毒品都这么了解。"

"环境造人，我们省确实特殊一些，很多孩子很小就对毒品有印象，甚至亲身接触过，"省公安厅新闻办的张莉无奈地叹了口气，"你看右边第三排靠窗的男生，趴在桌上看起来有些内向的那个，班主任说，他父亲吸毒死了，母亲也在戒毒所，他是爷爷奶奶带大的。"

"对于不同年龄阶段的青少年，我们禁毒教育的方式也不一样。对于小学生，我们的目标主要是教他们远离毒品，或者说躲开毒品，所以要让他们了解一些基本的知识，比如毒品的名称和外观特征、毒品对人的危害，等等。尽量让这些意识能一再在他们心里得到强化，随着年龄增长，他们在面对毒品诱惑时也会更有主动防备的心理。"

这时，宣讲的女警打了一个幽默的比方，学生们哄堂大笑。沈寻举起手机，拍下他们笑得前俯后仰的样子。

跟着这次禁毒宣传活动的工作队已经两天，从大学、中学到小学，她听到了不少令人扼腕的学生吸毒的案例，也见到了不少家庭破碎的青少年。

此刻，望着那一张张稚嫩的、灿烂的笑颜，她却觉得心头有点沉重。

"老大，吃饭吧。"江北拉开车门坐了进来，将手里的饭盒递给后座的程立。

"我的呢？我点的红烧肉套餐在哪儿？"张子宁翻着袋子。

"底下！"江北奚落，"瞧你那德行，跟饿死鬼投胎似的。"

"我可是在这里盯了一晚上啊，体力严重消耗，需要好好补一下。"张子宁打开饭盒就开始狼吞虎咽。

"老大不也是陪你盯了一宿嘛，"江北嘴上鄙视，手里还是递给他一罐红牛，"小心呛着。"

"要不说人家是老大呢。"张子宁端着饭盒，回头朝程立谄媚一笑，见后者有一口没一口地吃着，忍不住问："程队，你没胃口啊？"

"嗯。"程立淡淡应了一声。

张子宁意味深长地朝江北眨了眨眼。

"哎，我胡子都冒出来老长了，还有这发型，我去，"张子宁对着后视镜打量了下自己，叹了口气，"幸亏寻姐不在，要不又得数落我了。"

话音刚落，他就从镜子里撞上了一双深沉的黑眸。程立扫了他一眼，又望向窗外。

马路斜对面的大门上方，镶着"金铭木材厂"五个铜字。

她走了两天，他们也在这里守了两天。队里其他的同事，则分别盯着思云茶叶公司和红心干货厂。

"我发微信给寻姐，问问她怎么样了。"张子宁掏出手机，低着头，在程立的视线死角里，露出一个得意的笑容。哈哈，人和人之间能够顺畅地沟通是一件多么美好的事儿啊。气死老大，感觉好爽。

"嗯，她说她挺好的，还问候我呢，"张子宁一边扒饭，一边举起手机，"啊，她发的这个表情好可爱。"

他手机屏幕上，一个可爱的女孩子笑嘻嘻地看着他们，头顶还冒着三个字"你好吗"。

江北忍不住白了他一眼，这小子真是作死的节奏，没感觉后面那位的眼神都要变成刀子了吗？

"去扔垃圾。"一个饭盒从后面丢了过来，砸在张子宁刚要下筷的几块红烧肉上。

"老大，我还没吃完。"张子宁郁闷地回过头，弱弱抗议。

"少吃点，年纪轻轻，都有肚子了。"程立看着他，黑漆漆的眼睛不带一丝温度。

"哪有？"张子宁低头瞅着自己的腹部，一脸委屈。

"赶紧的，让你去就去。"江北催促他，嘴角轻扬——真是个蠢货，撩老大的女人。

程立靠在椅子上，拿起手机。

这两天，他的手机好像变得格外安静。

点开微信，手指又落在寻宝那个名字上。对话页面上，小女孩踮着脚尖吻高个子男生，一遍又一遍。那个女孩子和张子宁收到的那个表情里一样。他按住那个表情，点下"查看专辑"，许多表情冒了出来，画面都是这个小女孩和男生，有说"谢谢"的，有说"我生气了"的，还有说"我想你"的。

他聊微信从来不用表情，因为感觉幼稚。明明文字就能表达清楚的事情，干吗要搞这么多肉麻的东西？

可是手指却像不听使唤一样点了下载。

下载完这组表情，他翻着翻着，莫名有点气闷。他这是干什么？智商也被那个女人拉低了吗？退出聊天页面，他点开朋友圈，随意刷着，却突然间凝眸。

就在两分钟前，沈寻发了张照片。

照片虚化了所有人的脸，是在一个课堂上，看得出来一群孩子在欢快地笑着。

她写了这样的一段配图的文字：

当我们来到这个世界，无不曾以好奇的双眼张望一切，无不曾心怀憧憬想象美好未来，期待在最脏的泥土里开出花朵，在最黑的夜里看到光明。只是后来，是什么让一些人放弃了最初美丽的梦想，丧失了对生活的信心、对人性的坚守？

程立盯着屏幕上的这段文字，薄唇紧抿，低垂的双眸深沉如海。

只有他自己知道，胸口突然起了涌动，仿佛有什么在轻轻颤抖，要破茧而出。

长指抚过那小女孩的头像，他忽然希望，那侧着的脸可以转过头来，看一看他。又想变成她手上那个苹果，离她那么近，可以亲吻她诱人的红唇。

他可以清晰地感觉到她情绪低落。大概是这两天的所见所闻，让她颇有感触。毕竟，她是那么敏感的一个人。

此刻，她也在微信上，却没有和他说话。看来这一次，是真的在生他的气。

罢了，他无声地叹了口气。从来牡丹花下死，做鬼也风流，输一点自尊算什么？重新打开和她的对话，正要打字，却听见江北在喊："老大快看！"

"就是这个人，"张子宁望着不远处正走进金铭木材厂的一个男人，和手机上的照片比对，"前天他也去过红心干货厂。"

"锁定他，查出他的底细。"程立盯着那男人的侧脸，目光如鹰般犀利。

这时有电话进来，他接起："喂，沈队。"

"别来无恙啊，程队。"洪亮的声音自电话那头传来。

"您有何指示？"程立嘴角微扬。

"给你送消息，"沈振飞感慨，"你小子命好啊，摊上个后台硬的局长，把主导权都争取到你那边去了，我武警特勤大队也只能给你做嫁衣。"

"哪能，军警一家亲。"程立淡声道。

"跟我还装，"沈振飞轻哼，"你说他林聿放着好好的军三代不当，非得干警察，想证明啥？他离开他老爷子也没问题？"

"他个人表现配得上他现在的位置。"程立答。

"瞧你那护主心切的样子，行了，不跟你瞎扯了，你也是个放着舒服日子不过的奇葩，"沈振飞奚落完了，声音变得严肃，"我的人在西边靠边境的一个寨子里发现了异常情况，我们怀疑那里可能有一个接货点。"

"是不是有什么棘手的情况？"程立敏感地听出了他声音里的顾虑。

"那是一所学校，有三十多个孩子在那里上学。"

"好的，知道了，"黑眸一沉，程立语气凝重，"你把你们掌握的信息都发过来，我们研究下。"

等到程立再想起给沈寻发微信时，已经是当天晚上了。

他瞅着光标在输入框一闪一闪，却不知道该说什么。对不起？你好吗？在做什么？想着想着，忽然就有点生气。这个死小孩，该不是已经把他忘了吧？不是说喜欢他吗？不是就爱有事没事招惹他吗？不是他一不理她，她就要死要活的样子吗？现在这么安静是什么意思？她是跑到什么外太空了吗？发个表情吱一声有那么难吗？

长夜漫漫，突然就想起那天阳光下，她浴袍滑落，玉雕般的玲珑身段，晶莹剔透。

口干舌燥。他猛地坐起身，把手机丢到一边。

神经病，睡觉。

半夜，他又鬼使神差地拨了一个电话，对方传来关机的提示音。

他一夜失眠。

"我怎么觉得你们老大这几天有点沧桑？"沈寻离开的第四天傍晚，局里一位女同事和王小美从办公楼出来，盯着程立的侧影，忍不住发问。

"还好吧。"王小美看了看她们讨论的对象——线条冷峻的下颚冒出了些胡茬儿，更添了些粗犷。

"嗯，反而有点颓废帅，"女同事感叹，"有颜值就是好，怎么折腾都行……哎，我现在熬个夜，贴几片面膜都补不回来，老了老了。"

沈寻坐在车里，远远就看到了树下的程立。他指间夹着一根烟，袅袅青烟掠过他黑色衬衫，还有那完美侧颜。听到汽车喇叭声，他回头看过来，视线相撞，他瞬间凝眸。

沈寻也没能移开眼——高大的身躯立在夕阳下，远处的红霞给他漆黑的身影镀上了一层金边，散发着温柔的光。车经过，带起了风，吹起他额前的乱发，而那双好看的眉眼，是远山，是大海，是寒夜里的星辰。

刹那间，仿佛时空移转。

他是大漠里的天涯落拓客，立尽残阳，她是古道上马车中的娇人，扶窗望风光，却只望见了他。

原来，这种感觉，叫作思念。

车正好在程立身旁停下，沈寻缓缓下车，却心跳如鼓。他仍站在原地看着她，神色专注。

她被看得有些不好意思，只好低声开口："活动提前一天结束了。"

"嗯。"他淡淡应了一声。

沈寻未再多言，拿起背包往宿舍楼走，只听见身后的脚步声，不疾不徐地跟着，沉稳、有力，每一下都像踩在她心头。

他这是要做什么？是同路，还是故意跟着她？

她咬着唇，假装无视。

待她开了门进屋，反手正要关门的时候，一只大掌牢牢握住了门边，接着，他高大的身躯闯了进来，将她逼到了墙边。

门锁扣住，发出轻微的声响，她的心跳一滞。

他的长指抬起了她的下颚，他的眼里映着她的人。暮色已起，昏暗中的他似卸了平日冷硬的模样，带着一种暧昧的温柔，短短一个眼神相会，就能摧毁她的重重心防。

"沈寻。"他轻唤她的名字。

"嗯？"她眼睫轻颤，难猜他的心事。

"对不起。"他缓缓出声。

她一怔，未料他会直接道歉，但又觉得心酸，侧过头躲开他的碰触："对不起什么？你没什么对不起我的。"

"是我要喜欢你。追人嘛，总归要比被追辛苦一些。"她垂着眼帘，语气清冷。

这些天，她也想开了。她要学会控制自己的情绪，在这份感情里，她应该要更成熟一些。

他凝视着她，一时没有说话。

"如果没什么事，我想先休息下。"她放下手中的背包，开始下逐客令。

"有事。"他语气认真。

她一抬眼，却迎上骤然欺近的英俊容颜，尚未出口的言语被他封入唇中，滚烫的吻比之前要霸道、凶狠得多，他掠夺着她的气息，迷惑着她的心神。

"寻宝，"他在她唇际轻声叹息，"有没有想我？"

竟换了对她的称呼。短短两个字，仿佛透着渴望，勾得她心尖发颤。

她很想央求他，不要这么吻她，不要这么唤她。想好了不理他的，想好了要和他生气的，不能服软……怎么可以，怎么可以就这样轻易溃败投降。

"没有，"她气恼地往后躲，"一分一秒也没有。"

"撒谎。"他盯着她，似笑非笑，语气慵懒，手上一用劲，她整个人已经困在他怀里。真好啊，一低头，一收手臂，他要的就都有了，软玉温香，真实的触感，不是梦，不是想象。

"寻宝刚才吃糖了？味道好甜。"他抵着她额头，声音低哑，像循循善诱的老师，"来，让我再尝尝。"

"你去死，色狼。"她恼羞成怒，伸手要推他，却被他一把捉住手腕，按在墙上。

"哦？"他似是困惑地蹙眉，昏暗中俊美容颜如魔鬼般魅惑，"不如让我自己也了解下，我有多色？"

未再迟疑，炙热的唇舌，尝尽她口中每一处滋味，游移的大掌，恣意欺凌她每一寸柔软，她似被侵蚀了心魂的娃娃，思绪也一片涣散，任他诱惑，任他驱使。

赤裸的肌肤相触，她看到那小麦色皮肤下迸发的肌肉，蕴藏着危险的力量，想躲，却被他牢牢地锁住腰。

"说，有没有想我？"他继续着刚才的问题，执意想要她的答案。

"你呢，有没有想我？"她浑身轻颤，却还是想要同他较量。

"寻宝厉害，都知道反问了。"真是个天真的小家伙，不自量力。他嘴角露出一个邪气的笑容，黑眸眯起，盯着她，仿佛蓄势攻击的猎豹。

她骤然瞪大眼——就在那一霎间，他闯入她的身体。而他却又居高临下地睨着她，停止了所有动作，残忍地欣赏她饱受折磨的样子。那浅浅的痛，那丝丝的痒……她咬着唇，几欲落泪。

"还记得我吗？"他轻轻问，声音沙哑、暧昧。

她双手捉住他的臂，小心翼翼地试探。

"不要考验我的耐性。"他舔吻着她的耳，一字一句。

灼热与充实。她在他的怀里起舞,渐渐放肆。水媚的眸,似无助,似诱惑。

他抱她起身,将她抵在墙上。

"嘘,嘘。"长指抵住她的唇,他轻笑着提醒,"隔音不好,小心被大家听见哦。"

她咬住唇,又羞又急,红了一双眼。

"求求你,救我……"贝齿咬着他的肩,她的声音里带着哭腔。

救我。

她竟然用的是救字。

他在心里忍不住叹息,这个小东西,太会满足男人的自豪感,而她却不自知。

"怎么救,嗯?"他刻意放慢了速度。

"我不知道。"她脆弱地轻吟。

"你知道的。"他俯首,吻住她的唇。

真是爱死了这样欺负她。

可终是不忍心,也忍不住。

彼此都在迷乱中寻求解脱,却又陷入更深更狂的迷乱。

沈寻醒来时,夜已深沉。

清冷的月光透过窗洒在程立脸上,英挺的轮廓在黑夜里少了几分凌厉,多了些柔和。

坚毅的下巴上,冒出了些胡楂儿,是他这些天忙碌的证明。

忍不住伸手,想去揉开他梦里仍然微蹙的眉心,手指刚碰到了温热的皮肤,他就微微一动,睁开了眼。

"对不起,吵醒你了。"沈寻有些歉意。

"没事,已经很好地睡了一觉,"程立看着她,黑暗里,声音低哑,"我好像很久没有睡这么好了。"

沈寻突然觉得心酸,却又不知道该说什么。只是低头埋在他怀里,静静听他心跳,一下又一下,仿佛无边的旷野里坚定的脚步声。

"在想什么?"他托起她的脸,轻声问。

"想你是不是很累。"

还有,这些年走了那么远那么辛苦的路,是否孤单失望。

他似是怔了一下,一时没说话,然后,低声笑了,语气里透着刻意的暧昧:"我累不累,寻宝要不要再亲自确认一下?"

沈寻脸上一烫:"你正经点。"

渐渐熟悉后，才发觉，这个人习惯戴面具防身，多半冷酷示人，有时玩世不恭。

"嗯，正经着呢。"他语气认真，大掌却贴着她的腰线反复游移，流连忘返。

她按住了他的手，在他挑眉那刻，轻声唤他："程立。"

"嗯？"

"我喜欢你，特别喜欢。"

他沉默，黑漆漆的眼睛凝视她。

她却好像并没有期待他的回答，撑起身开了台灯，点燃一支烟，自己吸了一口，放在他嘴里。他深深地吸烟，再吐出。淡淡烟雾绽放在柔和的灯光里，如梦如幻。

"傻姑娘，一辈子很长，你会遇到很多人，话不要说太满。"

"程队是对我没信心，还是对自己没信心？"

"说实话，至少现在我并不能确定，"他伸出手，轻轻描绘她的眉眼，动作温柔，仿佛在触碰稀世之宝，"在你的未来里，是否有我的存在？"

"我的未来有没有你，是我说了算。"沈寻盯着他，有点负气地回嘴。

见他不出声，她急了，伸手捧住他的脸："说，是不是我说了算？"

程立瞅着眼前的小丫头，急红了一双眼，粉白的脸颊气鼓鼓的，像只奓毛的小狗，忍不住叹了口气："好好好，你说了算，寻宝说什么都是对的。"

沈寻这才满意地松懈下来，乖乖地趴在他胸口，仰头贪看他。

"三哥，你长得真好看。是我见过最好看的人。"她有点痴迷地说。

他笑了，嘴角弯起，一双黑眸在夜里灿若星辰。

"颜面都是表象，沈老师不能这么浅薄。"他说。

"喜欢这件事没必要故作深沉，就像饿了要吃饭一样，是最自然的身体反应。"她反驳。

"嗯，寻宝的身体反应……不错。"他轻笑，低沉的声音耐人寻味。

沈寻脸上顿时一热："流氓。"

他握住她的手指，细细把玩。

"说说，我都哪儿流氓了。"他的声音里，透着愉悦的笑意。

"哪儿哪儿都流氓。"她控诉。

"是，我承认。床单都可以给你做证，你看，皱成这样，一定被你抓疼了吧。"

沈寻的脸顿时炸红，一扬手臂指向房门："你滚，回你自己的房间！"

程立握住她的手腕，轻松就把她带进怀里："这样不好吧，用完我就翻脸不认人了?"

　　长指轻轻抚过她臂上的伤口,他又出声:"还疼不疼?"

　　"不疼了,还有点痒,"沈寻的注意力轻易就被老狐狸转移,"你说这种伤会不会留疤啊?"

　　"会,"他答得利落,还不忘补一句,"肯定。"

　　沈寻顿时露出一个郁闷的表情:"要是留了,我就文个身。"

　　"别文什么身了,"在这方面,程立好像挺传统,"留疤就留疤吧。"

　　"你说文什么好呢?"沈寻还是坚持自己的想法,突然间,她眼睛一亮。

　　"就文 Morpheus 吧,代表你,"她笑容羞涩,有点不好意思,"这个词源自拉丁文呢,我跟你说,我们毕业的时候,要唱拉丁文的校歌,我们跟着唱,其实一句都听不懂……"

　　忽然间,她的声音消失在他落下的吻里。

　　她被吻得晕乎乎的,待他退开身,才傻傻地唤他:"三哥。"

　　"嗯?"

　　"你为什么吻我?"

　　"你太吵了。"他数落她,没有告诉她,他的胸口突然泛起连他自己都不懂的酸痛,那痛里,也有甜。

第十章
遗漏的线索

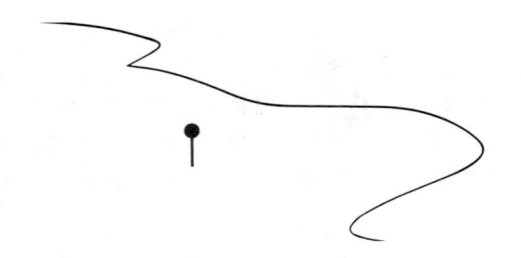

第二天早上,沈寻刚洗漱完就听到敲门声。她本来不想应门,但一慌张,碰倒了牙刷杯,陶瓷杯砸在地上,声音清脆。然后就听到张子宁在外面喊:"寻姐,打碎什么了,没事吧?"

她硬着头皮答:"摔了杯子,我还在洗脸,你找我有事?"

"有人从北京给你寄了一箱东西,我给你拿过来。"

"你就放在门口吧,我一会儿自己拿。"

"箱子挺沉的,我给你搬进去吧,"张子宁仍殷切地等在门外,"没事,你先洗脸,我等着,等你方便了再开门。"

沈寻脑门上冒出无形的黑线,她瞪着房间里那个男人,却见他笑得云淡风轻,好像完全置身事外。

她转过身,慢慢拧开门锁,把门拉开一条缝,朝张子宁干笑:"我这素面朝天的,真不好意思见你,你就放这儿吧,我可以自己拿……"

"寻姐开玩笑呢,你素颜也美若天仙,"张子宁一边贫嘴,一边抱着箱子往里闯,硬是把沈寻给挤到了一边,"再说,哪能让你干这粗——"

"活"字突然卡在嗓子眼,他猛地刹住脚步,盯着前方三米处,手里的箱子差点滑下去砸到他的脚。

"老……老大,"张子宁结巴着开口,表情跟撞到鬼一样,"你为什么躺在床上?"

程立半倚在床头,两条长腿慵懒地交叠着,视线从手机屏幕移到他脸上,声音淡淡的:"床不是用来躺的吗?"

张子宁愣住——这个逻辑,好像没什么问题。

但是，但是！等等！他抱着箱子，内心如经历着一场狂风暴雨——他想问的是，这大早上的，为什么，为什么老大躺在寻姐的床上？而且，衬衫还松了两个扣，一副很风骚浪荡的样子？

"子宁，你要不要放下箱子？"沈寻在一旁弱弱地提醒，"你的手好像在抖。"

"哦。"张子宁仿佛梦游般放下纸箱，杵在原地，看看表情平静的程立，又看看脸颊微红的沈寻。

"寻宝，你要不给他沏杯茶？我看他想留下聊聊天。"程立放下手机，看着沈寻，微微一笑。

"不，不用了！"张子宁差点跳起来，一边摆手一边往后退，一不小心还撞上了椅子，"我不喝茶，我从来不喝茶！"

砰的一声，门被牢牢关上，走廊里响起凌乱的脚步声，渐渐远去。

"这下惨了，他们都会知道了。"沈寻咬唇，窘迫得两只耳朵都发烫，"刚才就让你早点离开。"

"知道就知道，"程立站起身，黑眸静静地瞅着她，"还是你吃了不想认？"他的声音，带着点晨起的哑，仿佛指尖擦过琴弦，令人心颤。

"懒得理你。"沈寻呼吸一窒，躲开他的视线，背过身，去察看那个纸箱。

"咦，我不认识什么叫威子的啊。"沈寻看着快递单上的信息，有点疑惑。

"你打开看看不就知道了。"程立淡然出声，把桌上笔筒里的美工刀递给她。

打开箱子的那刻，沈寻顿时愣住。

箱子最上面密密麻麻铺了一层避孕套，至少有几十盒。

程立觉察出她的异样，低头一看，脸色也是一沉，下一秒他拿起手机，拨通电话就骂："杨威你大爷的！"

不待对方嚣张的笑声扬起，他就掐断了线。

沈寻回过头来，幽幽地看着他："所以，是你朋友给我寄这个？"

程立一咬牙，低咒一声，弯腰拨开那些五花八门、色彩缤纷的小盒子，可可粉的包装露了出来。沈寻数了数，足足十袋。

"三哥，你这是赔罪，还是想胖死我？"沈寻呆呆地看着，忍不住叹了口气。果然是百分百的纯直男啊，简单粗暴。

"胖点好，抱着舒服，"程立一本正经地答，"现在虽然该有的都有，但还是有点瘦。"

沈寻被噎了一下："三哥您费心了……"

她把可可粉都掏出来搁桌上，站起身，把箱子捧给他："这些你拿走吧，够你用几年的了。"

"怎么会？"程立瞅着她那副憋着笑意的小模样，淡淡一笑，语气格外认真，"努努力还是可以加速损耗的，怎么着也得支持国家扩大内需啊，沈老师说是不是？这些经济大道理你比我懂。来，我们分开保管，一人一半。"

一人一半个头！

她真想把箱子扣他脑袋上，可惜受限于身高差，够不着。

他伸手摸了摸她头发，像是给豢养的小宠物捋毛："好了，洗洗你的爪子，去吃早饭。"

沈寻的肚子也应景地唱起了歌，她决定向现实妥协，乖乖跑去洗手。

正洗着呢，却见程立也进了卫生间，仰头灌了一口漱口液，倚着门框漱口，一双黑眸却在镜子里似笑非笑地瞅着她。

最扛不住的就是这人的眼神——沈寻突然觉得卫生间变得狭小起来，周围的温度好像也变高了。

她清了清嗓子，试图找个话题缓解压力："你不洗脸啊？"

过了一分钟，程立低头吐出漱口液，抬手看了看表，才看着她缓缓出声："两个半小时前，我洗过澡，你那时睡得像只小猪。"

小猪睡得真沉，亲也亲不醒。

"你才是猪。"沈寻脸一热，却见他整理好仪容，径自翩然出了门。

到了走廊上，他人高腿长，已经走出十步远，但又像想起了什么，突然停了下来。

沈寻瞅着他宽阔的背影，正纳闷，却见他右手轻抬，手指微微张开。

她心中一动，小步跑了过去，来到他身后，慢慢地、试探性地把自己的左手伸过去，只见那大掌一收，牢牢握住了她的手。

此刻，阳光温暖，枝头鸟儿嬉闹，一阵晨风拂过，花香更浓。

去食堂的路上，迎面撞上局里两个同事，沈寻下意识地就要挣开手，却被程立牢牢握住。等到那两人过去，她已经满脸通红。

"放开好不好？"她乞求。

"是你主动把手给我的。"他淡声陈述。

"明明……""明明什么？"他挑眉，居高临下地看着她。明明是他勾引她。

沈寻气恼地瞪着他，他瞅着她窘迫的模样，微微弯了弯嘴角，放开了手。

沈寻松了口气，跟着他继续往前走。

不知道是不是她的错觉，他俩进食堂的时候，沈寻感觉原本热闹的食堂突然安静了。她抬头，只见程立神色自若，一如往常。即便如此，她还是觉得周遭的目光让她有些不自在，于是拿起手机，假装刷朋友圈。

张子宁他们早就瞅见了他俩，远远地就开始激动。

"江北江北，快看快看，他们来了，是不是不对劲！我早上好像还听到老大喊寻姐'寻宝'！"

"可是感觉不像啊，老大好像还是和以前一样，至于寻姐……她这探头探脑的样子，好像，好像……"

好像一只小宠物，而老大在牵着宠物遛弯儿，一派悠然。

"好像什么啊！"王小美有点急。

八卦间，两人已经到了跟前，张子宁瞅着程立干笑："老大，我给你们去拿吃的，你们要什么？"

"我还是老样子，给她拿一个菜包、一个肉包、一个鸡蛋、一碗粥，还有一碗豆浆。"他话音刚落，大家都一愣。

沈寻弱弱地开口："我吃不了那么多……"

"程队，你不懂我们女孩子，要保持身材。"王小美忍不住帮腔。她心想，老大果然是糙汉子啊，不懂女人心。

程立完全没搭理她，黑眸瞥向沈寻，语气淡淡地："不是昨晚就说饿吗？不用怕胖，再胖点更好。"

江北嘴里的一口豆浆差点喷出来——这话里线索太多了。

他虽然扛住了，但只听扑哧几声，长桌上另外几个队里的同事却没忍住，把嘴里的东西喷了出来。

"去啊。"程立却不为所动，抬头看向还待在原地的张子宁，扬了扬眉。

于是整个早餐时间，沈寻是在大家的眼神围攻下度过的，他们仿佛把她当成罪案现场，翻来覆去地勘探。而真正的肇事者，却云淡风轻地喝着豆浆刷手机。如此情境下，她本来就食不知味，还要铆足了劲吃一堆，所以剩下一个包子的时候，她只咬了一口，就感觉自己实在吃不下去了。

她放下包子，转头看向一旁的程立，目露恳求："我真的不行了。"

她的声音软软糯糯，可怜兮兮，又带着点撒娇的味道，程立瞅着她，眼神一动。

她没有参透他目光的意味，偏偏又补了一句："真的不行了。"

脑中不可控制地闪过昨晚某些少儿不宜的画面，程立揉了揉眉心，发出了一声几不可闻的轻叹，把她手里的包子拿过来，三两口就吃掉了。

沈寻愣愣地看着他滚动的喉结，一时说不出话来，那个包子她咬过啊，他可真是不避嫌……不过，这男人怎么连吃东西都这么性感。

王小美看着他俩的举动，兴奋得小脸发红——这算是间接接吻了吧！

吃过饭，沈寻又跟着程立一路进了办公楼，但他没有进办公室，到了会议室门口，他看了一眼自己的小跟班："沈寻。"

"嗯？"突然被他公事公办、连名带姓地叫，她一时没反应过来。

"我们要开会。"他指指她身后的队员们。

沈寻这才明白，他是要她回避。有些案情在没有水落石出之前是需要保密的，缉毒这一行也有很多秘密的工作安排，而她毕竟是外人。

她无声地点点头，像只乖巧的小猫，轻手轻脚地退到一边，朝大家摆摆手，又朝他摆摆手。转身那一刻，还不忘露出一个明媚的笑容。

程立的目光对着她的背影停留了三秒，就转身走进会议室。

沈寻也没闲着，郑书春临时给她加了一份工作——社里约到一位世界银行副行长写专栏文章，她英文好，让她翻译。

快到十点半的时候，她起身去了趟洗手间。正走进去的时候，听到里面有人在说话。

"听说程立和那个记者好上了，早上有人看到他们手拉着手从宿舍楼出来呢。"

"这么快？看来我们局里这位痴情冰山男也没有传说中那么难以攻克啊。"

"也正常，人都死了三年了，总不能指望他守一辈子。"

"唉，最可怜的还是叶雪，到现在连尸骨都不知道在哪里，慢慢地，也就被人家忘了吧。"

沈寻僵在原地，心里涌起一阵难过，夹杂着一丝怒气。

先后推门而出的两位女同事迎面撞上了她，均是一愣，表情有些尴尬。

沈寻静静地看着她们洗完手，在她们走出去的那刻，突然出声："请不要这么说他。他从来没有忘记过自己想要做的事，过去的三年如此，现在、以后都是，除非有一天，他找到了叶雪，并把凶手绳之以法。"

那两位女同事不由得停住了脚步，回头看向她，神色越发局促。

"叶雪对于他而言，不只是恋人，还是战友，不只是爱情，还有责任，"沈寻停顿了一下，直视她们的眼睛，"他爱我也好，不爱我也罢，都不会影响他的初心。但是，他有权利幸福，即使不是我沈寻，也应该有一个人陪着他，去解开过去的心结,让他好好地生活下去。"

那两位女同事像是被她的话震住了,半响才分别致歉,匆匆离去。

隔壁男洗手间。程立站在洗手池前,久久未动,看到有人进来,才关了水龙头,走向楼梯口,推开防火门。

阴暗的楼道里,打火机发出一声轻响,他那双幽深的黑眸仿佛也蹿起一簇火焰。火光熄灭,青烟升起。他倚着墙,表情晦暗不明。

那道轻柔的、却又坚定的声音在耳边缓缓回响。

——请不要这么说他。他从来没有忘记过自己想要做的事。

——他爱我也好,不爱我也罢,都不会影响他的初心。

他几乎可以想象得到,她说这些话时脸上的表情,带着点羞涩、激动,却又勇敢,就像每次她试图亲近他的时候。

突然间,他觉得胸口有点不适。他不喜欢这种感觉,就像自己的一颗心,被人抓在手里,被看得清清楚楚,这让他觉得很危险。最近他似乎有些沉溺于太过柔软的情绪,而这种状态,会影响他的判断。

他插在口袋里的手碰到了打火机冰凉的金属外壳,指尖触及摩挲过许多遍的熟悉纹路,一股刺痛感从手指直接蹿入心脏。

他掏出打火机,摊开手心,一朵雪花在金属壳面上静静绽放。

他想起很多年前,那个女孩站在篮球场旁,穿着蓝色衬衫和白裙子,双手合在嘴边朝他喊:"程立你好帅!"而后又笑着和朋友们跑开,清脆的笑声随风飘散。

还有他三十岁生日的那晚,她把这个打火机放在他掌心,说:"这朵雪花,只为你融化。"

等程立再回到会议室,大家都察觉到一丝不对劲。刚才出去的时候,他还是非常平静的表情,此刻却似染了一层薄冷的冰霜。在座的都是观察入微的专业人士,对于老大的神色变化,也纷纷开始在心里猜测。

"季柯,你说下翡翠酒吧的情况。"程立点名。

"好的,"坐在江北旁边相貌清秀的男警员点头,"翡翠酒吧那边,从老板邱震到底下的员工,都否认见过冯贵平这个人,我们调了酒吧开业三个月以来的监控录像,发现上个月3月23日、3月24日的录像丢失,酒吧方面解释说是设备故障。我问新设备为什么会出现故障,邱震说没有安装好。但是,我们从酒吧附近路口的交通监控录像发现,3月24日晚,冯贵平和另外一个男人过了斑马线，虽然不能直接确认他们是去了翡翠，但他们的方向是往翡翠去的。"

"你怎么能确认另外一个男人是和冯贵平一起的？"江北看着投影上的视频片段。

"在过马路的时候，他们有过交谈。"季柯答。

"如果是问路，也可能交谈。"江北反驳。

"小美，你怎么看？"程立突然问。

王小美一怔，随即坐直了身体："他们认识。如果是问路，问路人走在后面的话，那他的身体动作会是加快脚步，在一霎间追上被问人。问路人在前面的话，他就会放缓脚步，会有一个等待的动作，但视频里这两个人，从斑马线一头到另一头，整个过程都是匀速的，步伐节奏没有任何异常。"

程立微微颔首，表示认可。

"另外，冯贵平遗物里的那盒翡翠酒吧的火柴，是在他一件黑色外套口袋里发现的，经过比对，这件外套和他当天穿的是同一件，"季柯指了指投影，"所以，我们可以确定，他就是那天去了翡翠酒吧。"

"冯贵平身边那人，可能就是他的上线，"江北看了一眼王小美，目光又落在视频上，"就如小美说的，身体动作会泄露两人间的关系，虽然他们看上去像并肩同行，但实际冯贵平始终在那人身后半步远的地方，就像我和老大一起走，会习惯性走在他后面一点。"其他人也跟着点了点头。

"但是，这个人好像不是王杰。"张子宁蹙眉。

王杰是他们之前发现的在红心干货厂和金铭木材厂露面的男人。王杰是板寸头，有胡子，有点胖。视频上这人戴着眼镜，头发过耳，身材瘦高。

"嗯，是不像，技术鉴定结果应该马上能出来。"季柯答。

"这个人就是王杰。"程立淡然出声，语气却透着一种坚定，"他们'两个人'走路的时候都有一个特点，脑袋微微向左偏。人在走路的时候，很难做到百分之百的端正，有些头部和身体、四肢的习惯性表现，是自己很难察觉的，所以无论怎么乔装打扮，这种习惯都改不掉。"

这时候，季柯的手机振动了一下。他抬头看了一眼消息，脸上充满了惊讶和佩服："结果刚出来，老大说得没错。"

一时间，众人眼里都流露出崇敬之色。这么微乎其微的细节，居然都被程立捕捉到了。这是何等犀利的眼光和敏锐的判断力。

"王杰和翡翠酒吧这两条线都继续跟着，而且要盯得死死的，"程立沉声命令,"子宁,你和玫华今天下午出发去瑶水寨春晖小学,以支教老师的身份在那边侦查可能的接货点。"

张子宁和坐在他对面的女警赵玫华同时点了点头。

这时,程立的手机突然开始振动,屏幕上显示的是"刘局"两个字。他接起来,只听刘征明说了两句,眸色便瞬间转冷。

挂断电话,他望向眼前的队友们,声音冰冷:"冯贵平家今天凌晨发生火灾,整栋楼几乎被烧毁,里面发现了一具尸体。刑警那边提供了法医初步鉴定的情况,尸体确认是李娟的,但她没有生前烧伤症状,是在火灾发生前就已经死了,并且,死前可能遭受过虐待和毒打。"会议室里顿时陷入一片凝重的安静。

数秒后,张子宁看向程立:"老大,这是毁尸灭迹?"

程立目光如冰:"主要是灭迹。"

对方对李娟的严刑拷打,不过也是为了"迹"。

众人比刚才更沉默了,但从彼此交会的眼神里,他们确定了一个事实。

毫无疑问,他们漏掉了某个重要线索。而这个线索,正是这起惨案发生的原因。

程立垂眸思索,长指在手机屏幕上有一下没一下地滑着,忽然一顿,然后他拿起手机拨出一个电话:"你现在立刻到会议室里来。"

那头的沈寻被他语气里的严肃震住,愣了一下才答:"好的,马上。"

沈寻进会议室时,投影上的画面切到了刑警队传来的照片,黑漆漆的废墟里,躺着一具遗体。她扫了一眼,感觉照片里的场景有些熟悉,再看向程立时,他的声音没有一丝温度:"冯贵平家,李娟。"

沈寻浑身一颤,瞪大了眼。

"你去找了李娟后,她说了什么,做了什么,我要你完完全全、原原本本地告诉我们,不要漏掉任何一个细节。"程立看着她,语气几乎是命令式的。

沈寻望了一眼投影里那具焦黑的遗体,胸口一窒,收敛心神,按他的要求讲述在李娟家的情况。

一时间,会议室里大家都沉默着,只有她的声音不疾不徐地响着。

"李娟给我看了一本相册,是之前冯贵平藏在砖厂的。冯贵平喜欢摄影,因为相册里面有很多李娟的照片——半裸的那种,她不好意思交给警方,所以暗自留下了,因为我和她聊得比较开,她才拿了出来。里面也有少数别的照片,风景人物什么的,我有拍几张。"沈寻举了举手机。

"直接导到电脑里,大家一起看。"程立吩咐,眉心已经微微蹙起。

投影里的照片开始切换。

"我拍的时候想着万一写稿时会有用,因为主要是风景照,所以也忘记和你说——"沈寻话还没说完,就感觉会议室里突然一阵骚动,大家都坐直了身子,盯着投影上那张照片。

她跟着望过去,是一个女人在湖边饮茶、水里有倒影的那张。

不知为何,她心里忽然一颤。

"程队,那是——"出声的是年纪比大家稍大的齐副队,他今天刚从省厅培训回来。

"交给技术鉴定。"程立打断了他,声音冷硬。

沈寻低头看着程立。他的面色不是很好,整个人都绷着。

"是不是有什么问题?"她忍不住问,有些忐忑,"对不起我不知道……"

"你现在说对不起有什么用?"程立抬眼,语气凌厉,"你跟李娟说,还是跟我们说?见到了私藏的证物还帮人隐瞒着,你有没有点常识?有没有脑子?"

沈寻被骂得满脸通红,站在原地瞪着他,身上一阵冷一阵热。她见过他冷酷,见过他温柔,但从来没有见过他发这么大脾气,这么刻薄严厉。

他骂完之后,甚至不再看她一眼。她盯着他冷峻的侧颜,感觉自己嘴唇都在颤抖,却说不出话来。

会议室里,其他人的目光都落在她身上,她已经无法分辨他们的眼神是同情还是责备。

——小姐,我的命运都已经被你说中,你还想聊什么,预测我后半生吗?

——谁都认为我活该,是我自己挑的老公。

沈寻想起那一天,李娟脸上苦涩的笑。

是的,终究是她犯了错。

她深吸一口气,逼回已经盈满眼眶的泪水,哽着嗓子出声:"抱歉。"

言毕,她未等程立反应,就快步离开了会议室。

午后,阳光炽热。沈寻一个人躲在墙角的树荫下,和李萌发微信。

"我想北京了,也想你。"她说。

在那里不开心?谁欺负你了?那个程队?李萌几乎是秒回。

毕竟是多年的朋友,一眼看中她的心事,可是,她又不想再聊下去了。

沈寻摁灭手机屏幕,抱住腿,把头埋在膝盖里。

好难过啊。他发火是一方面，另一方面，自己也确实让他失望了。他那么辛苦地查案，她却只给他添乱。

"你听说没，程队的那个女友，叶雪可能还活着。"打火机啪的一声，一个陌生男人的声音响起。

"真的假的？"一个女声惊问。

"禁毒队发现了一张照片，虽然是倒影，但非常清晰，照片上的女人好像就是叶雪，时间标注是去年。"

"好像，就是还没确定？"

"还在等技术结果，但是听说大家看到的时候都震惊了，所以应该八九不离十了吧。"

谈话声渐渐远去，沈寻僵在原地，一动不动。她感觉浑身发冷。怪不得，当时大家的反应会是那样。怪不得，他打断了齐副队的话。怪不得，他情绪反应那么大。

她木然地盯着花坛上视线所及的那一小片水泥地，死死地盯着，仿佛里面藏着什么深奥的秘密。

如果叶雪还活着。如果他还爱着叶雪。那么，她怎么办？

"寻寻。"一声呼唤，如和煦的春风。

她缓缓抬起头，林聿在她身旁坐下。

"小舅。"她唤了一声。

"今天怎么这么乖，叫我小舅？"林聿看着她微笑。

"我想起小时候，你看武侠小说，我跟着看，"沈寻轻扯嘴角，"我跟你一样，最喜欢金庸了。"

"嗯，一直忘了问你，他的小说，你最喜欢哪部？"林聿问。

"《天龙八部》。"沈寻答。

"为什么？"

"里面有个故事，让我特别难过。""什么？"

"阿朱就是阿朱。四海列国，千秋万代，就只有一个阿朱。"沈寻一字一句，想笑，却红了眼眶，"阿紫问姐夫乔峰：'她有什么好，我哪里及不上她，你老是想着她，老是忘不了她？'乔峰说：'你样样都好，样样比她强，你只有一个缺点，你不是她。'"

林聿一时没有说话。

足足过了十几秒，他才摸了摸她的头："寻寻，要对自己有信心。"

第十一章
我的人

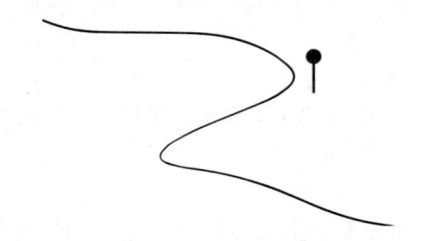

夜晚的小巷里，一道颀长的身影靠墙站着，周围黑漆漆的，只有香烟尾端星点的火光时而亮起，点燃一双幽深的黑眸。

巷口传来脚步声，由远及近，程立这才缓缓站直了身体，看向来人。

"突然找我，有什么事？"祖安走到他身旁，边问边从烟盒里抽出一根烟。

程立没出声，递给他一个东西。

祖安点烟，就着打火机的火光，扫了一眼他手上的东西——是张照片。

火光熄灭，但照片上的画面却深深刻进他脑子里，激得他猛地看向程立。

"我没看错吧，那是叶雪？"他直接问出口，同时夺下那张照片，点了打火机继续看。

"照片上的日期是去年？"他觉得心怦怦直跳。

程立点点头，他看着祖安震惊的表情，眸色越发晦暗。

今天会上，虽然他打断了副队长齐阳的话，说先做技术鉴定，但他自己心里清楚，不会错，那个人就是叶雪。别人也许有迟疑，可是对他来说，那是叶雪啊——她的眉眼，她的侧影，她的一切，他都记得清清楚楚，刻骨铭心。

祖安深吸了一口气："我会尽力去帮你查。"

"辛苦你了。"程立淡声道。

祖安微微蹙眉："三哥，你不对劲。"

"怎么？"

"经过了三年，突然有了叶雪的消息，你好像并不开心。"

"我不是不开心，"黑暗中，低沉的声音缓缓响起，"而是有些不确定，我将要面对什么。"

祖安一怔。

相识多年，他第一次从这个男人的语气里听出了茫然，虽然只是微小的情绪，但足以让他惊讶。印象中，他这位师兄，坚定沉稳，杀伐决断，凡事从不拖泥带水。

"三哥，你好像有了点变化，"他忍不住问，"是什么改变了你？"

程立沉默了下，又点燃一支烟，狠狠吸了一口："没有。"

对于该坚守的事业，他始终坚守。

祖安看着他浸在夜色里的冷峻侧颜，笑了笑，换了个话题："好像有位漂亮的女记者现在和你同进同出？"

"你是查毒贩还是查我？"

"你知道的，我这个人有个毛病，就是好奇。你越回避呢，我就越好奇。我打算找个机会，去会会那位美女。"

"不许你招惹她。"程立语气利落。

"你是基于什么不让我去招惹？"祖安扬起嘴角，"人家又不是你的所有物。"

"她在我队里一天，就是我的人。"

"说清楚喽，"祖安轻声笑了，"你的人，还是你队里的人？"

程立把烟头扔在地上，用力踩了一下："走了。"

"这就走了？"祖安目送着他的背影，"哎，三哥，话还没说完呢。"

高大的身影渐渐远去，在巷口的路灯下，显得格外孤寂。祖安望着，在黑暗里轻轻叹了一口气。

程立回到局里时，已经近十点了。上楼梯前，他抬头望向三楼某一间宿舍，没有灯光，窗内黑漆漆的。他在原地停留了几秒，就转身朝办公楼走去。

办公室里的灯果然还亮着，照亮了走廊的一角。他情不自禁地放缓了脚步。

等走到门口，他看见一个娇小的背影，对着笔记本电脑。是沈寻，她戴着耳机，在跟人打电话，声音轻轻柔柔的。

"我不知道啊，我想，我只能等吧……嗯，小舅也说，要对自己有信心。当然，我心里有点慌，可是是我自己选的人啊，只能去面对……他这个人，怎么形容呢？"她仰起头，好像在微笑，"像个椰子……我才没跟你开玩笑，就是啊，外面很硬，可是内里，很宽广，很柔软。"

"他今天是该生气啦，确实是我的错，这个错误太严重了，说实话，我都不知道怎么再面对他。一方面是李娟，另一方面是叶雪……"

程立黑眸一动——她知道了？

"我是难过，但是，我好像更舍不得他难过，"娇柔的声音变得有些压抑，"有些事情，也许是命运吧，不是我们想怎么样就能怎么样的。而且，我想这些年，没有人能真正体会他的孤独和辛苦，即使我也不能。"

"好啦，我没事，"沈寻状似轻快地笑了笑，对着电话那头的李萌道别，"你快睡吧，我还要赶下手头的翻译稿，晚安，么么哒。"

她摘下耳机，拿起杯子打算再接一些热水，她起身的那刻，程立身形一闪，迅速退到门旁。

宁静的夜里，他靠墙站着，默然听着里面饮水机的声音、她打字的声音。

月光如水，无声倾泻。他仰头望向无尽的墨蓝色夜空，神情深沉。

——我是难过，但是，我好像更舍不得他难过。

——我想，这些年，没有人能真正体会他的孤独和辛苦，即使我也不能。

她方才的声音，在他脑中回响，一遍又一遍。

他感到胸口有些难辨的情绪翻涌着，即使冷静如他，理智如他，也无法厘清。

因为赶着翻译稿子熬了夜，再加上心事纷扰，所以沈寻一夜几乎没怎么睡着，到早上才眯了一会儿，自然也就错过了早餐。等她挣扎着起来，人还是晕晕的，提不起精神，连打了几个哈欠后，她给王小美发微信求助。

程立宿舍的门开着，人却不在，王小美松了口气，接了咖啡匆匆往外走，刚出门就被一道高大的身影堵住了。

"老大好。"她干笑着打招呼。

程立微微扬眉："两杯？"

"嗯……"王小美结巴了，"有一杯给……给江北的。"

程立扫了一眼她手里两个红色的保温杯："他这么娘？"

王小美笑得更尴尬了。

程立伸手拿过她手里那个玫红色的杯子，声音淡淡地："我来替你送。"

沈寻听到敲门声，小跑着过去开了门，一声"谢谢"还没来得及出口，就愣在了那里。

她以为是小美，没想到是程立。

他站在门口，静静看着她，仍是一副波澜不惊的模样。

"能进去吗？"他问。

沈寻侧身往后挪了两步，他也跟着进来两步。

她瞥见他手上的东西，正是自己的保温杯。玫红色的杯身上朵朵粉白色的樱花绽放，其上是他的长指，有一下没一下地轻磕着。

她只觉那细微的磕击声像敲到了她心里。

她垂眸看自己的脚尖，没有说话，胸口却起了风浪。

他现在来看她，是什么意思？

在过去的半天一夜里，他心里想的是什么？念的又是谁？

程立瞅着她发间那小小一旋，徐徐出声："抬头看着我。"

沈寻突然有点气恼，倔强地低着头，声音里带着点不服气："我凭什么听你的？"

"警察问话呢。"他不咸不淡地扔出一句。

"程队想问什么？我已经知道错了，我想自己待着面壁思过不行吗？"

"不行。"

"那我不答呢？难不成你还严刑拷打？"

"主意不错。"

她忍不住抬眼瞪他，却不料那张俊颜已经近在眼前，眼似深潭，眉如远峰，挺直的鼻梁几乎要撞上她的脸。

她吓得忍不住后退了一步，后脑勺一下子撞上了墙，砰的一声，疼痛也随之炸开，瞬间逼出了她的眼泪。

这一哭，就决了堤，混着心里的酸楚和委屈，一发不可收拾。

"躲什么？我还能吃了你不成？"程立叹了口气，大掌轻抚她脑后，"还真鼓了一个包。"

她嘤嘤地哭，边哭边躲着他的触碰："不要你管。"

"不要我管，要谁管？"他反问，温热的掌心像是粘在了她头上，她怎么都躲不开。

"反正我不要你管，你去管别人吧。"她负气地说。

他的动作一滞。虽然很轻微，但她感觉到了，也跟着僵直了身体。

他收回手，把保温杯放在桌上，语气里听不出什么情绪："要是没休息好，就不要强撑着，补个回笼觉吧。我还有事，先走了。"

沈寻盯着他的背影，等他走到门口，忍不住出声："我想问你一个问题。"

"问。"他侧身望着她，站成一道迷人的剪影。

"如果我喜欢别人，你会难过吗？"

他一时没说话，黑眸沉静，深深地锁住她——一个带着些狼狈、带着些羞涩、带着些渴望、带着些骄傲的她。

而沈寻几乎是在出口的瞬间就后悔了。她要的是将心比心，所以冲动发问。她这点浅薄心思，精明如他，岂会看不透？

"你现在真喜欢别人吗？"他淡声反问。

她怔住，然后摇了摇头。

晨光里，他似是笑了笑："那就好。"

他是什么意思？如果她喜欢别人，他会难过？

而他未再多言，身影一转，消失在她视线里。

那一霎间，沈寻突然觉得心酸。她想起年少时读稼轩词，尤其喜欢那句"君如无我，问君怀抱向谁开"，到如今，才真正体会到其中滋味。

原来最难过的，是不能说破。

程立回到办公室时，江北已经拿着一份鉴定报告在等他，见到他后一副欲言又止的样子。

他接过报告，坐到桌前，才缓缓翻开报告，沉默看着。

江北偷眼打量，只见那张冷峻的脸庞神色难窥，只有一双黑眸似乎越发幽深。

"知道了。"他合上报告，放在一旁，"你先去做你的事。"

他的反应让江北有些意外，却也不好多说什么，于是点点头回到自己的位子上。

程立站起身，点燃一支烟，望向窗外。楼下偶尔有人走过，他想起很久前，有人站在下面，在夜色中抬头仰望着他，语气嗔怪地和他打电话——你要是再加班，我就离家出走啦。

他没想到后来他真的弄丢了她。

而现在，她又回来了。

陇海县公安局来了消息，查出段志强运毒的那辆货车是辆赃车，一年多前就失窃了，失主是一家药材厂的老板，往上层层穿透，药材厂属于本省知名企业仲恒集团。仲恒的创始人江仲山两年半前去世，如今掌门人是他儿子，当年江公子出生之际，江仲山正创业不久，故给儿子取名"际恒"。

乔钧说，药材厂靠着家大业大的仲恒，仲恒回复——车丢了就丢了，既然被用作运毒，权当已经报废，如果需要配合调查，一定全力支持。

末了，乔钧在电话那头问还要不要追查，言语间有些迟疑，大概是受了一些压力，要是有什么误会，那就吃力不讨好了。

程立淡声答:"先这样吧,有情况再联系。"

搁了手机,他的视线又落在打印出来的那几张照片上。

杀害李娟的凶手到底想从她口中问出什么?他们毁尸灭迹,想灭的又是什么?那天沈寻和李娟的对话录音,大家已经拷过来听了一遍又一遍,但越听越是疑团重重。如果凶手要找的是那本相册,那他们又是如何得知相册的存在?最关键的线索,是在沈寻拍的那几张照片里,还是另有遗漏?是和叶雪有关吗?叶雪又为什么会出现在冯贵平的镜头里?照片里的她看起来安然无恙,而当初她……她的惨状还历历在目。

合上眼,程立靠在椅子上,脑子里却似走马灯,一秒也不消停。各种线索在眼前迅速撞击、交织、拼凑,电光石火间,他双眸一睁,猛然坐直了身子,拿起手机边拨边起身往外走。"沈寻"两个字只在屏幕上停留了短暂几秒,冰冷的女声就传来——您拨打的电话已关机。

他胸口蓦然一沉。

他打开微信,看到她的留言:伤口沾了水,又有点发炎,我去下医院。

他方才太入神,居然没注意到她的消息。一霎间,黑眸中闪过一丝懊恼,继而是冷厉之色。他抿紧薄唇,疾步下楼。

半小时前,沈寻塞了一副耳机,坐在医院长椅上等待就诊。过了一会儿,她只觉椅子微微一颤,身旁坐下一个人。她懒得搭理,却感觉肩膀被人轻轻拍了一下。

沈寻抬起头,撞上一双琥珀般的瞳仁,那人俊俏的眉眼如古画中的翩翩白衣公子,微勾的嘴角平添了几分邪美。可惜,白衣是白衣,上面却溅了星点的血,仿佛红色的碎花,艳丽得诡异。那血大概是来自他眉毛上的伤口,伤口上鲜血淋漓,他却仿佛一点也不在意。

"美女,听什么呢?"他问,嗓音里带着些慵懒。

沈寻想假装听不见,可那人却不依不饶地盯着她,凤眸带笑。

她只得摘下一只耳机:"莫文蔚。"

"我也喜欢她,"那人挑眉,随即抽了一口气,大概是牵动了伤口,"去年年底她不是刚出了一张新专辑嘛,叫《不散,不见》,名字挺好玩,我最喜欢里面的一首歌叫《哪怕》,估计你也喜欢。歌词有意思——如果有如果,也要这样过。可不是嘛,这人生,哪有多少选择的余地。"

沈寻看着他,忍不住嘴角一弯,轻声笑了。突然间绽放的笑容,映着雪白肌肤上艳红的樱唇，光华流转，是分外夺目的女儿娇。

"你这个人，真能自说自话。"她说。

戴着的另一只耳机里，莫文蔚正好在唱这首《哪怕》——哪怕说相遇，是离别开始。

那人看着她，似是怔住，心神不定。

他仿佛瞬间回到了许多年前，在巷口等他的姐姐站在暮色里，也是用这样温婉无奈的笑，静静地看着他："小安真能自说自话，就怕说得再好听，老爸也要打屁股呢。"当时斜阳低照，点亮了她娇柔的眉眼，是她极好的青春。

后来呢，她形容枯槁，对着他又哭又笑，声嘶力竭："小安，求求你，求求你，你让姐姐去死好不好？"

这时医生在喊沈寻的名字，她摘下耳机走进诊室。等她看完出来，那人在和她错身的时候，又是一副调笑的模样："美女要不要等等我？"

沈寻有些哭笑不得，未再搭理他，径自下楼取药。

走出医院大门，她掏出手机看了看，和程立的对话框仍停留在她说话的那一条，心里难免是有些失落的，但想到他一定在忙，她也未再纠结。

突然，面前停下一辆黑色商务车，她被吓了一跳，料想是自己挡了路，就边往包里放手机边往一旁躲避。低头的那一刻，她听见车门滑开的声音，接着，后颈一痛，黑暗顿时侵袭了她。

无边无尽的黑暗。

狭小的、密不透风的空间。

她感觉连呼吸都困难，想要出声，却发现嘴被胶带死死地封住。

"没人会来救你……"昏沉中，她似乎听到有人在冷笑，抬起了她的下巴。

"真是一张漂亮的脸蛋，怪不得……"一声幽然的叹息，透着令人毛骨悚然的诡异。

——宝贝真是漂亮啊，来，继续跳舞。

不，不。她摇头。

药物作用下，她在梦魇和现实中徘徊挣扎。汗水涔涔，染湿了头发，浸透了全身。谁来带她逃出去？她喘不过气了……

依稀间，她听到手机铃声响起，仿佛暗夜里寻着了光，她拼命地挣扎起来。

"为什么开她的手机？"站在墙角的男人惊讶地看向自己的同伴。对方却没有回答他，只是盯着那亮起的屏幕，上面是一个单词——Morpheus。电话接通的那刻，一记暴喝传来："沈寻，你在哪儿？"

没有得到回应，那道声音瞬间变得狠沉："你是谁？让沈寻接电话。"

啪的一声，重新被关掉的手机又被扔到地上，屏幕摔得粉碎。

"怎么样？"林聿盯着对面的程立。

"电话被挂断了，"程立答，脸色阴沉，"来不及定位。"

"如果寻寻是被劫持了，那对方接电话的这个动作很奇怪，"林聿语气平静，眉头却紧蹙，"再想想别的线索，但是要快。"

"我明白。"

"不，你不明白。"林聿看着他，语气里透着一丝无奈。

程立眸光一动，静待他的答案。

"我怕寻寻会崩溃。她十五岁那年，在英国被人劫持过，"林聿以寥寥数语揭开陈年旧事，"那是一个变态。他收集娃娃，假的、真的，摆在家里陪他玩。寻寻是他看上的东方娃娃。他把她关在黑漆漆的地下室，逼她唱歌、跳舞，如果不那么做，就拿鞭子抽她。我大姐，也就是寻寻的妈妈，为了找她，出了车祸。我不知道这次对方会怎么对她。"

林聿话音刚落，程立的眼里就已充满寒气。

他想起沈寻曾经和乔敏简短地提过那段经历，而那晚她在他怀里，那样的恐惧不安，她说她做了在冯贵平家的噩梦，他知道她是在骗他，这段经历或许是她一生的噩梦。

他深吸了一口气，感觉心脏像被人狠狠抓住，一阵绞痛。她现在正面临着什么，他想都不敢想。

蒙眬中，沈寻感觉到有人在摸她的脸，掌心的温度让她惊恐地摇头，想要躲开他的触碰，那人却一把抱住了她，她恐惧到了极点，挣扎得更厉害，膝盖用力顶向那人的胸口。

"我去！"那人低骂一声，一把拉下了她的眼罩，"是我！"

沈寻重获光明，看向眼前人，那人戴着黑色鸭舌帽和白色口罩，只一双眼睛，让她有点熟悉感。

他又抬手把她嘴巴上的封条也撕了下来："你躲什么？我刚才是要给你撕这个。"

"你是谁？"她问。

那人一愣，然后把口罩摘下来，露出一张俊美容颜——是医院里那个跟她搭讪的男人。

"忘了自我介绍，我叫祖安，祖宗的祖，安全的安。"他扬唇一笑。

"你绑我？"沈寻怒问。

"我绑你？你什么脑回路？"他像听到什么笑话，"你就用这态度对待你的救命恩人？"

沈寻将信将疑地打量着他，却见他不知什么时候换了件黑T恤，胳膊上添了一道新伤，血淋淋的。

"看够了没有？"祖安挑眉，"要不是我给你挡了一刀，你这会儿早就横尸野外了。"

"真的？"沈寻慢吞吞地问，仍有点迟疑。

"假的，"祖安哼了一声，"就是我绑的你，给你打了麻醉针，把你带到这废木屋来，本来打算先奸后杀，转念一想不如和你谈场浪漫的恋爱，于是我给自己狠狠地划了一刀，深可见骨，然后等你醒来，假装英雄救美。"

他越是没个正经，沈寻越是放下了心："你知道绑我的是什么人吗？"

"没看清，都戴着面具，两个人，一高一矮。身手还行，不过不如我。"语气里明显透着嚣张，似公孔雀开屏。

沈寻瞅了一眼他的伤口，把自己的衬衫脱了下来，打算扎在他手臂上给他止血。

"一会儿会有人来接你，"祖安瞅着她说，"你手机还能用，我刚才拨了一个电话出去，拨给了最近打过你电话的人，叫什么Morpheus。"

沈寻一愣，低着头没有说话。

"医生叫你沈xún，哪个xún？酒过三巡？寻寻觅觅？循循善诱？上下旬？"他微笑着问。

"寻觅的寻。"

"嗯，姑娘寻什么呢？寻着没？寻啊……"他的声音里，总是带着点轻佻，这会儿要开始吟上了诗，"闺中少妇不知愁，春日凝妆上翠楼。忽见陌头杨柳色，悔教夫婿觅封侯。"

他盯着她，凤眸里又是暧昧的笑。

沈寻这才注意到他眉毛上的伤口。

"你没处理这里的伤啊？"她问。

"没来得及啊，说了让你等我，你不等，我急着追你啊。"

这人就没有好好说话的时候，沈寻简直无语。她双手用力一拽衬衫袖子，扎紧他的伤口，他不禁抽了一口凉气："轻点哎，挺美一姑娘，下手这么狠。"

有警笛声传来，由远及近，他拉着她站起身："接你的人来了。"

走到外面，几辆警车已经到了屋前。为首的是程立，自推门下车那刻，就仿佛挟着一身戾气，让人不寒而栗。跟在他身后的一行人都举起了枪，对准祖安。

"不是他，他救了我。"沈寻一着急，下意识张开双臂，拦在了祖安身前。

程立瞅见了，面色一沉："让开。"

"真的是他救了我，你看他都受伤了。"沈寻没有让开，反而指了指祖安的左臂。

程立看见裹在祖安手臂上的她那件染血的衬衫，眸光更是冷了几分："你怎么知道他是好人？也许他跟别人合伙劫持了你呢？"

沈寻愣了一下，语气十分坚定："他不是。"

祖安笑了，将双手乖乖举起来，凤眸里却满是得意："她信我。"

他这话显然是说给程立听的。

程立冷冷睨了他一眼，淡声命令："把他带回局里。"

沈寻正要开口，却见程立看向她，眼底藏着嗔怒，她一下子愣在那里。

"第一，闭嘴；第二，你是自己上车，还是我扛你过去？"他缓缓出声，俊颜上乌云密布。

上了车，程立一脚油门踩下去，转眼间把同行的车辆甩得老远。

沈寻抓住安全带，咬了咬唇，还是没忍住："他伤得不轻，是不是先送他去医院再审问？"

"不要跟我说话，"他沉着脸，连看都不看她一眼，吐出来的话像是结了冰碴子，"我心情不好，不想和你说话。"

沈寻一愣，没有再作声，扭头看向窗外。

程立用眼角余光瞥向她，见到一个略显狼狈的人，她长发凌乱，双眼通红，嘴唇几乎快被牙齿咬破。

一时间，他胸口汹涌着，混着怒，掺着痛，还有几许无奈。她怎么会知道，这不到两个小时的时间内，他是什么感受？眼下一腔怒火无处去，恨不得把方向盘都握断，恨不得就这么一路开下去，开到天涯海角，开到世界尽头，把身旁这个麻烦精藏起来，任谁也找不到。他送她去医院检查，又送她回宿舍，全程像在押送犯人，一张脸冷若千年寒冰。

沈寻终是没忍住："你到底在不爽什么？"

他侧首扫了她一眼，冷笑："是了，我怠慢了，应该放鞭炮鼓掌庆祝您活着回来。"

沈寻脸色一白："你至于这么讽刺我吗？"

他盯着她半晌，似是忍耐，又似是犹豫，才缓缓出声："沈寻，你能不能让我省点心？不要总是乱跑？我没那么多时间管你。"

"我都说过了，不用你管我。"沈寻的表情也冷了下来。

"你说的这是什么话？"程立的黑眸里蹿起了怒焰，"不管你，你出事怎么办？你要是有个三长两短，我怎么跟林局交代？怎么跟你们单位交代？"

沈寻讽刺地笑了："原来，你就光想着不好跟别人交差啊。那行，我给你写一份免责声明，万一我有什么事，绝对跟您程队没关系，行了吧？"

"你简直不可理喻。"他瞪向她，脸色发青。

"我说错了吗？在你眼里我算什么？女朋友、一夜情对象，还是临时队友？如今听说老情人还活着，迫不及待地想要把我打发走了吧？"沈寻回嘴，也揭开自己不愿意面对的伤口——就是她想的这样吧，所以他自然是怕她再惹麻烦，自然是没有那么多时间管她。

她只顾着醋意翻腾，言语就难免刻薄了些，没有料到自己的话瞬间激怒了他。程立死死地盯着她，眼瞳泛红，汹涌的怒气在胸口翻涌，抬手捏住她的肩，将她按在墙上，几乎想要拧碎她，吐出每一个字都是咬牙切齿："我怎么招惹了你这么一个不识好歹的东西。"

"对，我就是不识好歹。"她红着眼，仰头迎着他的视线，"我要是先前知道你有一个心尖儿上的人还活在这世上，我是绝不会跟你有半分牵扯的。程队有这些精力跟我置气，还不如赶紧去把人找回来。"

她这番话下来，程立的脸色难看到极点，额头的青筋几乎都要爆裂。

"好，好得很，"他咬牙切齿，"我这就遂了你的愿。"

说罢，他转身就走。

沈寻木然地站在原地，咬紧了唇一言不发，只觉得口腔里一股血腥味，紧握的拳头里指甲扎痛了掌心。

要坚强，沈寻。他要走便走。你要坚强，不许哭。

她命令自己，一遍又一遍。

未料想半掩的门又突然被人一脚踹开，撞击发出的巨响吓了她一跳，还未反应过来，她整个人都被压在墙上。

沈寻恼怒地抬头，却在瞬间怔住——那双深沉的眼眸，竟然微微泛红，像是压抑着无尽痛楚。

"1小时……53分……27秒。"他出声，嗓子微哑。

"什么……"沈寻困惑地开口，突然有点不敢看他。他的语气，让她的心口莫名地发酸。

"从看见你的留言，到见到你的人，"他垂眼，嘴角浮上一缕苦笑，"总共 1 小时 53 分 27 秒。"

她消失的每分每秒，于他都是煎熬。只有他自己知道，有一种叫"失去"的恐惧，怎样萦绕胸腔，令他脊骨发凉。她问他在不爽什么，是，他有太多的不爽——恼怒于自己的大意，恼怒于自己不能时时护她周全，恼怒于她面对眼下的险恶懵懂不觉，更恼怒于自己无法让她信任他这个人、他对她的感情。

太多难以言说、难以理清的情绪，终是化成炙热的吻，几乎要夺走她的呼吸。

"程立……"她试图推开他，却被他紧紧捉住了手，困在更深的怀抱里。

仿佛是几个世纪的时光流转，从身旁匆匆而过，而彼此停滞在某个时点，谁也不愿结束这场缠绵。

"寻宝，"不知过了多久，沈寻才听到头顶传来他低沉的声音，似带着无奈的叹息，"不要再说让我难过的话，好吗？"

她还没有回答，他的吻又落了下来。原来，在这温暖如春的云之南，竟也有落雪般的温柔，细碎无声，万般眷恋——是他的吻，像一片片缱绻的雪花，轻轻飘落在她的眉心。

他……也会和她一样难过吗？

沈寻抬起头，程立却伸手蒙住了她的眼，不让她看见自己眼底的情绪。

她不知道，在这风雨欲来的当口，他必须比谁都站得稳，比谁都看得长远、想得周到，他不能松懈，不能分心，只怕走错一步，就可能面临惨重的后果。

视力受阻，他的心跳声却在沈寻耳里变得格外清晰，那样急，那样重，透着慌乱。她心里的委屈，忽然就消散了，只剩下隐隐的酸疼。

如果，早知道会有今天，会有这样的心痛和煎熬，还愿不愿意在那一天和他相遇？悄然回抱他的双臂，动作轻柔却坚定，已经替她作答——愿意的，还是愿意的啊。

只是为什么，喜欢一个人，会让人生出无限勇气和期望，却又伴随着刻骨的害怕？

"老实交代，你怎么会出现在木屋？"审讯室里，江北表情严肃地发问。

此刻他对面的男人姿态慵懒，手臂搁在桌上，层层纱布下是线条分明的肌肉，修长的手指似无意识地轻敲桌面，行云流水般像在弹琴，听到他的问题才掀起眼皮一笑："我在医院碰上沈小姐，一见钟情，就一路跟着她喽。看到她被人抓走，正好英雄救美。"

"有这么巧？"江北挑眉。

"不信你可以去问她啊，我们在医院聊得挺愉快。"面对质疑，祖安一脸轻松坦然。

"你手臂上的伤怎么回事？"

"和歹徒英勇搏斗呗，怎么样，要不要考虑给我颁个见义勇为奖？"

"见义勇为？"江北轻嗤，将一个文件夹甩在桌上，"别以为我们不知道你的底细，看看，持械伤人、走私……你资历很丰富啊。"

祖安微微颔首，勾唇一笑："过奖。"

这时程立推门而入，江北唤了他一声，让出位置。

"哟，原来您是队长，"祖安瞅着他，凤眸微眯，"请问问完了没有？问完了我可以走了吗？我还想去找沈小姐团聚呢，庆祝下劫后逢生。"

"她跟你不是一路人。"程立淡淡地答。

"哦？那她跟谁是一路人？程队你吗？我看也不见得，"祖安静静看着他，"说到底，咱们俩差不多，有今天没明天，谁知道下一刻会发生什么？区别也就是程队你死叫牺牲，烂仔我死叫活该。可都是死，其实有什么分别？"

程立没接话，黑眸深不见底。

"不过沈小姐不一样啊，她连躺在那个破木屋里，看起来都是干干净净的，那干净是到骨头里的，"祖安嘴角扬起一丝嘲讽的笑意，"程队，我配不上她，你就配得上？"

"你说什么废话呢？"程立没出声，江北却忍不住敲桌子警告。他悄悄瞅了一眼自家老大，只见后者眸光寂静，面沉如水。

"是不是废话，程队心里清楚。"祖安眼里满是桀骜不驯的挑衅。

"说说绑架她的人是什么情况。"程立像是没有听到他的话，径自问他的问题。

"两个人，一高一矮，高的一米八五左右，矮的一米七的样子，身手都经过训练，戴着面具，没看到脸，矮的那个，嗓音有点怪，像戴了变声设备。车是黑色别克GL8，车牌号景B3JK28，不过既然是出来做事，十有八九是假牌。"

"性别？"程立问得简短，没什么表情，眸光里却透着犀利。

祖安却顿了一下，原本在桌上轻敲的手指停在半空，然后才缓缓落下。

"不能确定。"他答。

程立未再多言，站起身，淡声吩咐："让他走吧。"

江北一愣，看着他的背影忍不住出声："老大？"

程立拉开门，侧身看向他："我说了，放他走。"

走廊的灯光落在他半边脸上，他整个人一半浸在暗中，一半浸在明处，只显得他的神色越发深沉。祖安和他对视了一眼，琥珀色的眸瞬间微暗。但他随即又是一脸不正经的笑容，朝江北扬起戴着手铐的双手："有劳。"

关门声响起，手铐发出清脆的开锁声。

祖安低着头，嘴角浮上一丝自嘲的笑。

从来没有人了解，也不会有人能真正体会，你的痛苦与付出。正如没有人知道我在经历着什么。我们都是一样，三哥。

临近傍晚时分又变天，程立坐在车里，静静看着沉云翻涌，狂风骤起，路边行人在阵雨里奔逃。

他等的电话铃声终于响起，屏幕上是陌生号码，接起来却是熟悉的声音。

"才分开一会儿，是不是已经在想我？"祖安在那头轻笑。

"好好养伤。"程立淡声答。

"三哥。"

"嗯？"

"我觉得小寻寻特别好，各种好，要不，你让给我？"祖安慵懒开口，语气里透着点暧昧。

"说过让你别招惹她。"程立答，低沉的嗓音里带着警告。

"幸好我好奇心起，去招惹了，"祖安不以为意地笑，"要不，你今天该急疯了吧？"

"不说正经事我挂了。"几许深沉心思，都在这仓促回避的话语中昭然若揭。

"三哥，一个人喜欢的香水味，是不会轻易变的，"祖安的语气突然沉静下来，"我今天以为我弄错了，但连你都怀疑了，不是吗？如果，真的是我们想的那样，你打算怎么办？"

回答他的，是沉默，然后是电话被挂断的声音。

天空积蓄已久的沉怒终于化成一个响雷，像直接劈在车顶。豆大的雨滴砸在车窗上，迸击出脆裂的响声，仿佛一场壮烈的牺牲。挂在后视镜上的项链，也跟着轻轻颤抖。

程立伸出手，轻轻地握住了它，冰凉的触感自血脉涌入心底。

再抬眼，这座他熟悉的城池，已经在这场大雨中渐渐沦陷、模糊。

程立回到局里的宿舍楼时，天已经黑透。他站在阳台上抽完一支烟，才走到沈寻房间门口。

门上了锁,但对他来说这不是个问题。问宿管员要备份钥匙,大爷连问都没问,反倒是热心嘱咐,不用着急还。

房间很静,也很暗。他轻轻拧亮了桌上的台灯,站在床前。

她睡得很沉。像个孩子,大概在受了惊吓和委屈之后,只能躲到梦里。可也不知道她梦见了什么,眼睫还挂着细碎泪花。

忍不住弯下腰,轻吻住她微湿的眼角。

她可梦见他?梦里的他是好是坏?

命运里的相聚离散,究竟藏着什么玄机?

为何今年,她会来到这里,出现在他的生命里?

无法收场的事,为何要开始?

——三哥,我觉得小寻寻特别好,各种好,要不,你让给我?

祖安的声音,半真半假,又回响在耳边。

她有多好,他当然知道。他的寻宝,哪里都好,好得他舍不得放手让她走掉。

可是这些年,他看透生死,也明白命运不会独独偏爱谁。人怎么可能什么都得到?你选一样,就必须放弃另一样。

此时此刻,他盼她睁眼,眼里只看得到他,也怕她睁眼,怕那眸中的清澈和温柔令他无法招架。

桌上有什么隐隐发光,映亮他幽暗的黑眸。他抬手拿起,是一个不锈钢烟盒,银色的金属面上,刻着几个单词——Perseverance, Love, Enthusiasm, Hope。

坚持,爱,热情,希望。

他用长指轻轻摩挲烟盒,细细把玩。一盏孤灯,照亮了许多暗藏的心思。

谁的坚持?谁的爱?谁的热情?谁的希望?

沈寻在梦中总觉得有一双眼在盯着自己,不离不弃,似要到天荒地老。等她醒来,床前空无一人,只有清晨浅淡的阳光,从窗帘缝透进来。她正要坐起身,才发现掌心有东西滑落。

竟然是一支Tom Ford的唇膏,还系了精致的蝴蝶结。色号是31,名叫Twist of Fate。

命运的转折,又或者说,命运弄人。

第十二章
生日与忌日

"我说过的话你都忘了吗？当初你是怎么答应我的？"安静的贵宾休息室里，只有一道冰冷的男声，听得出那人拼命忍耐的情绪临近发作的边缘，"你让廖生接电话。"

"你是脑子进水了吗？跟着做这种蠢事？"江际恒对着电话再次出声，镜片后的眼神一片森冷，"就算你真是条狗，也不是让你乱咬就乱咬，让你吃屎就吃屎。你记住，看好你的主子，再任性胡来，我先要了你的命！"

"这是跟谁生这么大的气？"陆妍站在门口，柳眉轻挑，"火气这么大，我这房子都快被你烧着了。"

"烧着了他也不是赔不起。"低沉的声音在她身后响起，程立跟在她后头缓缓地走进来。

看见他们，江际恒脸色稍霁："底下人搞砸了一宗生意。"

"钱是赚不完的，动气伤了身可不划算。"陆妍弯腰给两人倒热咖啡，纤指青葱，妩媚妖娆，完事后坐在程立那张沙发的把手上，挺翘的臀部紧挨着他的手臂。

程立抬起手，自茶几上的木盒里取了一支雪茄，却被陆妍夺了去："我来给你切。"

江际恒见状一笑："我怎么没这待遇？"

程立轻轻拍了拍陆妍的肩膀："不喝咖啡了，快去给际恒沏点菊普，给他消消火。"

陆妍踩着双 Christian Louboutin 的鞋子款款而去，留下一路红火绰约的影子。

江际恒的视线从她的背影移到程立身上,接过后者递来的雪茄:"今天这么闲?"

"心烦,到这儿躲一会儿清静。"程立揉了揉眉心,靠在沙发上。

"你怎么又跟陆妍混在一块儿了?不怕你那个小女友吃醋?"江际恒问。

"我几时和陆妍'混'了?又几时有了女友?"程立淡笑着开口,像是听见了什么笑话,"都是麻烦。"

"怎么就麻烦了?"江际恒眼里浮起一丝暧昧的神色,"没按捺住,把人家给吃了?"

程立抽了口雪茄,再用力吐出,一时间,仿佛重重心事都化在这烟雾里。

"难得见你这么为难的样子。"江际恒静静地看着他。

"她跟陆妍可不一样,现在成天跟我哭哭啼啼地瞎闹,"程立眉心紧蹙,"一时没管住下半身,现在后悔死了。"

"她知道叶雪的事吗?"

"知道,哪有不透风的墙?"

"也是,人家还是做记者的,挖消息的本事原本就厉害。"江际恒点点头,"那现在你打算怎么办?"

"能怎么办?想办法打发啊。"

"真这么绝情?"

"别人不懂我的心思,你还不懂吗?"程立低头把玩手里的打火机,语气恹恹的。

江际恒看着那个在程立手里翻飞的雪花标记,眼神也有点飘忽不定:"你一直忘不了她?"

"怎么可能忘?这些年若不是她,我早就厌了这个地方、这些事,没完没了的案子,千篇一律,说什么为国为民的大话,结果,还不是连自己的女人都保护不了?"程立淡淡出声,神色中带着深深的嘲讽,"她一直是我留在这里的理由,无论她活着……还是死了。"

他站起身,缓缓走到窗前,看着外面绵延的绿地。

"明天,就是她的忌日了。"他的声音很轻,像是对江际恒说,又像是自言自语。

江际恒没有接话,盯着他的背影若有所思。

程立回到局里的时候,已经是午休时间了。他远远地看见沈寻靠在树下抽烟,头发绾了个慵懒的髻,有几绺发丝垂落在额前,翠绿色的碎花V领连衣裙,白色球鞋,点睛之笔是那红唇,带着诱惑的艳光,只望一眼便觉鲜嫩可口。

他突然觉得心里说不出来的舒坦。

听见脚步声,沈寻微微抬头瞥了他一眼,然后收回视线,继续看手机,完全无视他这个人。

程立有点无奈,也清楚昨天对她确实恶劣。

见他站在一旁不说话,她还是发了慈悲,水眸静静地瞅着他:"程队找我有事?哦,正好说一声,谢谢你的唇膏,我很喜欢。只是下次半夜进女孩子的房间最好还是敲门,否则被人抓到有损颜面。"

她一边说话,一边噘了噘嘴,却仿佛浑然不知这个动作有多勾人:"说起来,程队好fashion,送女孩子唇膏都那么会挑牌子,难道是送惯了?"

程立眸色一暗:"杨威推荐的,说最近女生都爱这个。"

"那色号呢?"

"我自己选的。"

"Twist of Fate?名字这么矫情,不符合铮铮铁汉的风格呀,还是你想暗示什么?"沈寻笑呵呵地看着他。

程立眉峰微动:"只是觉得颜色适合。"

"女人涂唇膏,一大目的是要诱惑男人来吻。适不适合,程队最清楚。既然这样,难道不该给我一个吻吗?"

程立怔住,缓缓出声:"我道歉。"

"道歉有用的话,还要警察干吗?"她讲出偶像剧里的老梗台词,脸上虽笑着,却还是在和他较劲。

程立面不改色:"警察道歉呢?"

她一愣,瞪了他半响,终是软下态度:"我也越界了,不该说那些话。"

他轻轻叹了一口气。

"沈寻,无论你接不接受,我已经是这样的我了,"他看着她,淡淡陈述,"我不可能把过去尽数抹去,我们都不能。"

"所以呢?"她挑眉。

"我认识叶雪已经十二年。"他说。

"为什么我这么倒霉,今年才遇见你?"沈寻气恼,"如果十二年前你先遇见我多好。"

"好什么?"黑眸里漫上一丝无奈,"那时你才十四岁,还是个小孩。要我诱拐未成年少女?"

　　沈寻一愣,随即甜甜一笑:"叔叔、干爹,喜欢我叫你哪一种?"
　　她的声音那么娇柔,空气里似乎都融了糖,甜腻得很。
　　程立又叹了一口气,警告她:"乖乖的,别使坏。"
　　她却玩上瘾了:"警察叔叔,我迷路了,可不可以跟你回家?"
　　"儿童走失的版本不是这样的。"
　　"我的版本就是这样的。警察叔叔带小女孩回家……"她踮起脚尖,在他耳边说起悄悄话。
　　程立喉结一动,眸光瞬间深邃。
　　几时她变得这样刁钻精灵,天真又邪恶,让他难以招架?
　　敛住心神,他微微退开:"我跟你说一件事。"
　　"什么?"沈寻的神情里瞬间带了防备。
　　"我和刘局说了,你不适合再留下了。"他的语气公事公办。
　　"我的工作还没做完。"她平静出声。
　　"那已经不重要了。"
　　"重不重要,不是你说了算。"
　　"我有权拒绝你的采访。"他声音不大,态度却明显强硬起来。
　　"你算老几?"沈寻轻轻一笑,"程队难道不知道有个词叫新闻自由?而且公安系统又不是直接监管媒体的部门,你凭什么命令我?"
　　原本温温柔柔的小猫,被人踩着了尾巴,一下子张牙舞爪起来。
　　"你知道我是为你好,不要无理取闹。"程立淡声回应。
　　"怎样是为我好?"沈寻漾起嘲讽的笑意,"把我赶出你的世界?"
　　"程立,你曾经说过,你并不能确定,在我的未来里是否会有你的存在。你现在是不是已经确定,我的未来里,不会再有你的存在了?"
　　程立看着她,没有说话,仿佛无声的默认。
　　"我告诉你,程立。在我的未来,一直都会有你的存在。因为,你已经在这里,"她指着自己的胸口,"不是你让我走,或者你离开我,我就能把你从我的心里挖出去。"
　　说着说着,她还是不争气地红了眼眶。
　　程立凝视她倔强的小脸,感觉胸口抽痛。
　　"你需要时间,可以。你要把她找回来,也可以。但我就在这里,哪儿也不去。我陪着你,等你找到了她,再告诉我你的选择,"她轻轻靠在他的胸口,低头藏住眼中的泪意,"程立,你就当我是个赌徒,至少给我一次坐上赌桌的机会。之后是输是赢,我自己承担。但请不要一开始就让我出局。这对我不公平。"

程立仍是什么也没有说,抬起的手似乎想要轻抚她的发,但终是缓缓放下。

第二天,沈寻进入办公室,没见着程立。过了一会儿,她收到通知,林聿找她。

她进了局长办公室,只见自家小舅一身警服,正襟危坐,人模人样。她突然想起当年他因为不肯和小舅妈订婚,被外公抢着手杖追打落荒而逃的情形,忍不住笑了。

林聿看着她可疑的笑容:"肚子里又憋什么坏水呢?"

"没有,我那么乖。"她笑得憨厚淳朴。

林聿轻哼了一声:"你还乖?"

"找我有事?"

"生日快乐,白羊座的小孩。"

"谢谢小舅,有没有礼物?"她跳坐上他的办公桌,跟小时候一样,两条腿晃呀晃。

"你想要什么?"

"要你下属。"

林聿扬眉一笑:"要是在古代,我不介意强行指婚,拿刀架着他拜堂。"

"那我们赶紧一起穿越。"

"矜持点,"他叹了一口气,"你好歹也是我们林家出来的丫头,别人都排着队要你,干吗非得跑这儿来倒贴?"

"他不一样。"说起意中人,沈寻的语气都掺上了羞涩,眼里都开始冒爱心。

林聿只能无奈地看着她:"寻寻?"

"嗯?"

"我要问你一件事。"

"你问。"

"经历过上次劫持的事,我想你应该能意识到,你现在面临的情况比较危险。"

"所以呢?"

"你有两个选择:一、回北京,我会确保你的安全。"林聿的神情变得严肃,"二、留下来当诱饵。"

沈寻静静地答:"我选择和程立在一起。"

"那就是不回北京?"

"嗯,不回。当诱饵也好,再大的危险也罢,我都要和他在一起。"

"如果他拒绝呢?"

"他昨天已经想赶我走了,但这事他说了不算。"沈寻一抬眼,目光咄咄逼人,气势汹汹。

林聿看着她,轻轻叹了一口气。

这才是他们家寻寻的真面目,沈大使的千金,林老将军最疼爱的外孙女,嚣张跋扈起来,谁也镇不住。

"留下来,你可能会受到伤害。"他一语双关。

沈寻微微一笑:"小舅,我已经失去过最爱的人,你觉得还有什么样的痛苦能比得过当初?"

林聿眸光一震。

"的确,程立过去的那个世界,我没有参与,也走不进去。所以,这些天我一直在想,我能为他做什么。那就是,我要陪着他,把令他痛苦的那个世界打碎,把他拉出来。我不想去评价或猜测他和叶雪的感情,我只想以自己的方式好好爱他。即使最后还是失去,我也不会后悔。"

"我该说你长大了吗,寻寻?"林聿看着她,神色中颇有感触,"如果我是程立,现在应该在打喷嚏。瞧你这杀气腾腾的样子,我怎么觉得他惹了大麻烦了?"

"没错啊,就是杀气腾腾、磨刀霍霍、坑蒙拐骗,无所不用其极。"沈寻笑得甜美,"小舅,这些你当年的泡妞秘籍,我很受用。"

今天生日,也适合演场好戏呢。

晚上程立回到局里时,办公室的灯还亮着。他推门而入,看到江北他们几个还在。

"三哥,你回来了?"江北站起身跟他打招呼,手里还握着罐啤酒。

"嗯。"他轻应一声,扫了一眼周围。

桌上剩了一小块蛋糕,还有两个数字蜡烛倒在纸盘上,啤酒罐还未来得及收拾,一番热闹后的狼藉景象。

"谁过生日?"他问出口,心里却陡然一震。

数字蜡烛已经告诉了他答案。

"寻姐过生日。"季柯出声,确认了他的猜测。

江北忍不住开口:"三哥,刚才看到沈寻去了天台,好像情绪有点低落,我觉得她今晚和我们庆祝也是强颜欢笑,毕竟……你不在。"

程立没吭声,下一刻高大的身影已经消失在门外。

宽阔的天台,有个小小的身影抱着自己的肩膀,小脑袋埋在膝间,成了一座孤单的塑像。

程立缓缓走了过去,脚步很轻,因为不知怎么开口,竟害怕打扰她。

他到底是惊动了她,沈寻抬起头,一双眼如浸透了清泉,鼻尖微红。

朗朗月光下,她是坠落凡间的小狐仙,爱上了凡人,却又得不到回应,趴在那里,低眉垂眼,满腹哀怨。

他突然觉得胸口胀满了酸涩。

"你回来啦?刚才他们同我开玩笑,叫我嫂子,"她低着头,声音娇柔,"我知道你心中的老婆人选不是我,可我听着还是高兴。"

"我今天等了你一天,真巧啊,没想到她的忌日竟是我的生日。可我大概连替身都算不上。我刚才在这里吹冷风,想了想,我和你认识才不到一个月,说是走在了一起,其实全靠我耍赖撒娇、死缠烂打。"

"所以呢?"他声音微哑。

"我不知道。"她抬头看着他,满眼茫然凄惶。

"你不知道什么?"他低哑出声,锐利的眼眸盯住她的人。对于她的迷乱和迟疑,他没来由地恼怒。

她那股不撞南墙不回头的劲儿呢?她那种看到他就会两眼放光的眼神呢?不是昨天还信誓旦旦地说,哪儿也不去,就想陪着他吗?

她又低下头,仿佛没有听到他的问题。

"你就当我没来过,那应该并不难吧……"她喃喃地说,像是自言自语。

他呼吸一窒,心里突然有了一丝惧怕。他弯下腰,托起她的脸:"你在说什么?"

她朝他笑,一身酒气。

"连……连许泽宁都知道给我订蛋糕,可是你把我忘得一干二净,我讨厌你……"许是酒意上头,她结结巴巴地控诉,迷蒙的眼没有焦点,像在看他,又不像在看他。

"三哥……"她唤他,声音软绵绵的,"不爱是不是也有不爱的好处呀?"

可以随时开心,也可以随时放弃……"

"可是,我好难过呀,我一想到放弃,"她撇着嘴,捂着自己的胸口,眼泪汪汪的,"这里就要痛死了……"

程立看着她,只觉喉咙发紧,心脏似被人狠狠地揪住。

沈寻扶着栏杆摇摇晃晃地站起来,她的身后是万家灯火。程立看得心惊,将她拉进怀里,牢牢地护住。

"你说,如果我今天从这里掉下去了,你会不会难过?"她趴在他的胸口柔声嘟哝。

"不会。"

"为什么?"

"因为你是蠢死的,不值得。"

…………

程立摸了摸她微凉的手臂,皱眉:"我带你回去。"

他不由分说地抱起她,大步往楼下走。沈寻搂着他的脖子,像只慵懒的小猫,轻轻吻着他的侧脸,一下又一下,仿佛怎么吻都不够,甚至放肆地伸出小小的舌尖,偷袭他的耳朵。

"不怕人看到?"他呼吸不稳,耳根泛红,"再捣乱我就把你扔下去。"

"你才不会。"她一边说着,一边还有些担心地搂紧了他。

他忍不住叹了一口气。真是个孩子。

不过几十级台阶,她在他怀里随着他的步伐一颠一颠的,他宽阔的胸膛,就像幼时的摇篮,舒适、安全。

"三哥。"她鼻音轻柔。

"嗯?"

"我希望这楼梯没有尽头。"

"那是恐怖片。"

她咯咯地笑:"讨厌,你怎么一点也不浪漫?"

"恭喜你终于认清现实。"

"小舅今天也说让我走。"

"他说得没错。"楼梯转角的黑暗里,他的声音平静得近乎绝情,"你走吧,你不属于这里。"

程立一时没听到回应,以为她睡着了。

下了最后一级台阶,远处的夜空突然燃起几簇烟花,不知谁家在庆祝喜事。

烟花渐散,他低下头,看见璀璨斑斓的光影都落在她的眼中,光影慢慢淡去,只剩下他的影子。

"你说的我知道,"她的声音轻轻柔柔的,"可是程立,你在这里。所以,我也会在。如果你不离开,那么,我也永远留下。"

"留下做什么?"他问。

"做你的妻子。"她答。

程立脚步微微一滞。

她却似酒意上涌,倦了困了后,缓缓地闭上眼。

只有这样迷醉的姿态,才敢说出灵魂深处的渴望。不知道听的人有多感动,说的人自己却先红了眼眶。所以要藏起来,嘘,不要让他发觉。

程立把她放到床上,她却悠悠转醒,迷蒙的水眸凝视着他。

"我告诉你一个秘密,"她搂住他的脖子,拉近彼此间的距离,笑容神秘,"我今天送给自己一个礼物哦。"

"什么礼物?"他问。

沈寻抓住他的一只手,放在她的腹部,缓缓向上滑动,上衣跟着被拉起,雪白的肌肤一寸寸裸露……视线落到某一处,他浑身一僵。

左侧浑圆的下方,原本无瑕的肌肤上,文了一个词——Morpheus。

黑色的字体,还泛着红。

"文身师说,我手臂上的伤口还没好,不适合文在那里,所以,我就换了一个地方。"她看着他,笑容甜美地举起手腕,"我妈妈叫林莲,所以我把这朵莲花文在了这里,而你,你在我心上。你说,妈妈会不会怪我偏心?"

"痛吗?"他目光涌动,瞬间哑了嗓。

"痛,我没有用麻药。"她可怜兮兮地点头。

"为什么没用?"

"因为……喜欢你就是这么痛啊。"她轻叹,用最无辜的眼神,说出最天真的话,编织最狡诈的诱惑。

一贯冷静的程队顿时失了言语,落在她胸口的长指轻颤,暴露了他的情绪。

她却拉住他的手,按在那个位置。

手掌之下,是鲜活的心脏,一下下地跳动,仿佛在声声唤那个名字,Morpheus,Morpheus。他几乎有种掌心被灼伤的错觉。

而她贪婪地凝视面前这张冷峻的容颜——亲爱的墨菲斯,我的梦神先生,你赐我妖艳迷人的爱情,摄我灵魂,惑我心智,使我成瘾,让我在这一场美梦里流连忘返，却没有告诉我，在你自己的梦境里没有我。

可是，我怎么可能就这么放过你？这一场相遇，已经让我成为过河的兵卒，只能向前。所以现在，就让你进入我编织的梦吧。一场我倾尽所有也要让它成真的梦。因为舍不得放手，舍不得离开，所以，即使是一条荆棘路，我也要走下去。

"我，沈寻，以这个文身起誓，我要永远陪着程立，无论祸福贫富，无论伤病死亡。"她笑，眼波潋滟，似最美的湖水，要将他溺毙，"所以，我恳请你，做我的丈夫。"

言毕，她微微起身，认真地、虔诚地吻上他的唇，虽然蜻蜓点水，却似用尽全力完成了一个最郑重的仪式。

在他蓦然怔忡之际，她再次合上眼，安心地沉入梦乡。留下他，在深沉的夜里，像失了心魂的雕像，久久未动。

程大队长又度过一个难眠的夜晚。但一到天亮，仍像打了鸡血一样，早起去敲某人的门。

足足过了半分钟门才打开，露出一张刚打扮完的小脸。

黑眸静静地凝视她——到底还是年轻，无论前晚怎样醉生梦死，第二天仍可以明艳动人。程立突然间有些感慨，方才自镜中，他看见自己眼下有淡青与细纹，源于睡眠不足，果然是岁月不饶人。

沈寻愣愣地看他："你怎么来了？"

"看看你酒醒了没有。"他淡淡地答，显然对她语气里的意外感到不怎么满意。

"嗯，好像是喝多了……头有点疼。"沈寻揉揉脑袋，"你昨晚去哪儿了呀？我都没等到你，我记得我和江北他们喝了酒，然后去天台吹了吹风……就是死活想不起来怎么回来的了。"

"想不起来？"他声音很轻，眼神有点怪异。

"难道是你送我回来的？"她抬起头，望着他猜测。

"是。"他紧紧盯着她，挟着一种山雨欲来的危险气息。

"啊？"沈寻窘迫地笑，"噢，难怪你知道我喝醉了，可是我怎么一点印象也没有……"

"一点印象也没有？"他低声重复，黑眸中闪过错愕，还有深藏的恼怒，"你昨晚对我说过什么，你不记得了？"

"我对你说过什么？"她瞪着迷茫的大眼。

"你在生气？为什么啊？"沈寻看着他紧绷的下颚和阴沉的脸色，忐忑地追问，"我是不是说了什么惹你不高兴的话了？如果有，我道歉……"

他瞅着她足足十几秒，才冷冷地回答："没有。"

"下楼，你该吃饭了。"他沉声命令。

沈寻眨眨眼，看着他一张冷脸。

说得她好像除了吃饭就无事可做了一样。还是，他更想说"你该吃药了"？

看来程队的侦探功夫还不到位，在英国混了这么多年，英国酒吧的威士忌文化那么强，浸淫久了也能浸出些酒量。喝醉断片儿？拜托，还以为她是涉世未深的小女孩，沾一口Mojito（莫吉托鸡尾酒）就脸红？

哎……听，咔嚓，有冰块悄悄崩裂的声音，冰山大人啊，你努力hold住，小心内伤。

"真的没事吗？"沈寻狐疑地看着他，白净的面孔上呈现出最关切担心的表情，像病床前的孝顺晚辈。

程队不说话，低头点上火，一心和香烟谈恋爱，当她是透明人。

"你抽烟这么狠，小心得肺癌啊警察叔叔。"

她边说边霸道地取下那支烟吸了一口，又还到他嘴里，仿佛完全没注意滤嘴上留了一圈口红印记，贴上他的唇，要多暧昧有多暧昧。

他侧首看着她，黑眸深沉："我媳妇才有资格管我。"

她"哦"了一声。

程立等她下文，结果没有。她转身拿起她的包，又忘记手表，匆匆戴上，一派忙忙碌碌的样子，之后慌张地抬起头："我好啦，可以走了。"

他沉默地站在门边，晨光里侧颜清俊，眼神深邃，紧抿的薄唇却泄露了淡淡的无奈。

她弯起嘴角，轻轻一笑。

你不知道，我等了这么多年，就为等一个你。来日方长啊程队。

程立边走边狠狠地抽完一支烟，却也排解不了心头忽起的郁闷。

——如果你不离开，那么，我也永远留下，做你的妻子。

——我沈寻，以这个文身起誓，我要永远陪着程立，无论祸福贫富，无论伤病死亡。所以，我恳请你，做我的丈夫。

那么甜美的话语，那么毒的诱惑。

而她，居然忘了。

大好清晨，空气清新，他却觉得胸口憋得慌。

他怎么会被这么没心没肺的小东西下了蛊。

他正要扔烟头，却看到滤嘴上红艳的唇印，视线陡然一滞，顿时想入非非，十秒钟脑中放完一部艳情片。

他一抬头却见始作俑者正欢快地奔向点餐处，一看就有好胃口。

呵，简直气得牙根都要咬碎了。若不是大庭广众，真想把这小孩的屁股打开花。

吃早饭时李萌通过微信发来两张照片，是两件连衣裙，不同的颜色和样式，然后打电话给她："昨天追求者送的，给你留一件。"

"大牌潮款啊，追求者很大方嘛。"沈寻调侃。

"深蓝色这件给你，今天就给你寄过去。"李萌说。

"为什么是这件啊？"她问。

"这件显老，你穿正好配你三叔。"李萌答得一本正经。

沈寻被牛奶呛到。

她抬头看见程立面无表情地瞅着她，眼底黑漆漆的。

三叔……这个称呼好像还不错。

她扶额，挡住自己抑制不住的笑容。

挂掉电话，李萌仍以微信发来问句：三叔到底哪里好？

沈寻想了想，回了几个字：冷静沉稳中透着点骚。

叫人心痒。

一张长桌前，程立坐中间，沈寻低眉顺眼地守在他左手边的一角，听他们开会讨论。她面前是摊开的笔记本，跟着会议内容勾勾画画了两页，俨然半个警务人员。林聿听说她生日却独自跑出去文身，把她骂了个狗血淋头，遂下令将她纳入程立的保护范围，差点就补上一句"7×24小时贴身看守"。

她瞅见程立长指轻轻敲击桌面，知道他犯了烟瘾，只是会议室里还有怀了孕的同事，他必须克制。只见他低头，端起咖啡又喝了一口——这已经是今天的第三杯了。

突然间，沈寻很想伸出手，抚平他眉心的褶皱。

桌上电话会议的设备铃声响起，连线后张子宁的声音传来："季柯，我已经用微信发过去了几张照片。"

半分钟后，随着投影上图片的切换，张子宁开始汇报他和赵玫华在瑶水寨春晖小学了解的情况：

"校长叫李林，今年五十七岁，年轻的时候曾被分配到景清市光明小学做数学老师，瑶水寨是他老家，他四十岁的时候回到这里，办了这所春晖小学。目前学校有三十六名学生，主要是寨子里家庭条件比较差的孩子，前几年的学生，也基本读到小学毕业就不再继续上学了。学校的作用主要是让这些孩子有一定的文化基础，帮助他们到社会上工作。固定的老师就是李林和他二十三岁的女儿李真，学校目前还是能够得到一些公益机构的支持，也一直有支教的老师陆续过来。除了我和玫华，现在学校里有一位支教的女老师方可，上海人，已经在这里工作了半年，9月要去美国读研，现在处于 gap year，此外还有一位本地的老师，主要教手工和音乐课，每周来两次，叫玉而。"

耳边响起的名字让沈寻手上的笔骤然一滞。

她望着照片上女人的大半边面容——虽然是子宁他们匆忙之间抓拍的，但那妩媚的眉眼和微笑，正是她认识的那个玉而。

"怎么了？"程立敏锐地注意到了她的反应，利眸盯住了她。

"我认识她，"她指了指照片，"她是巴顿的老婆，巴顿客栈的老板娘。"

"没错，玉而也是这么介绍她自己的。"张子宁在电话那头确认。

"巴顿是我之前在英国的同事，在客栈里他把玉而介绍给我认识。"沈寻补充。

程立淡淡地应了一声。沈寻看着他——不知道是不是她的错觉，她仿佛看见他低头的瞬间，眼底风起云涌。

"程队，目前我们还没有发现什么异样，但我们已经按你之前的交代，偷录了李林、李真、方可和玉而的教课内容，也翻拍了他们的教案，今天晚点我会都发给季柯。"

"好，先这样，你们继续观察。"程立吩咐，随即看向沈寻，眸光耐人寻味："沈老师，要麻烦你陪我再去一趟客栈了。"

沈寻一怔，点了点头。

"所以，你觉得有问题？"林聿倚着办公桌，看着坐在一旁的程立。

后者抬眼看向他："客栈有没有问题还不好说，边境的客栈向来是缉毒的监控重点，他们应该不会在客栈有什么具体行为。但客栈里的人，值得去会一会。"

"照你之前跟我说的情况来看，确实巧合和疑点太多。"林聿点头，"烟盒的事情，寻寻还没发现吧？"

"没跟她说，在这件事上，她越自然越好，"程立起身弹了弹烟灰，"好在她没什么烟瘾，白天从来没有把烟盒带到办公区域来。"

"也算是运气，那晚被你发现了。"林聿感慨。

"送她这个东西的人，心里很矛盾。"程立吐出一口烟，眸光深沉。

  Perseverance, Love, Enthusiasm, Hope.
  坚持，爱，热情，希望。

看上去满满的正能量。但是倒过来首字母相连——HELP。

是在求救。

他发现了烟盒里的窃听器，是一个微型回拨设备。对方可以主动选择窃听的时机，只要发出讯号，设备就会自动回拨到对方手机，将烟盒周围的声音传过去。

这些天，沈寻身边发生的事情，对方究竟知道多少？是否包括在冯贵平家她和李娟的所有对话？究竟是谁在窃听？又是谁想求助？

那一夜在沈寻的宿舍，当他发现烟盒的秘密后，他盯着她沉睡的容颜，千头万绪。但任何一个念头都令他不安。

"女儿家长大了，有自己的主意，我做长辈的也没办法。虽然寻寻心甘情愿做诱饵，但是……"林聿看向他，表情严肃，甚至带着点警告，"不管你打算怎么做，我都希望你把对她的伤害控制到最低。"

"我尽力。"程立摁灭烟头，声音低沉。

男人间的承诺，只言片语，却抵千钧。

第十三章
最该禁的毒

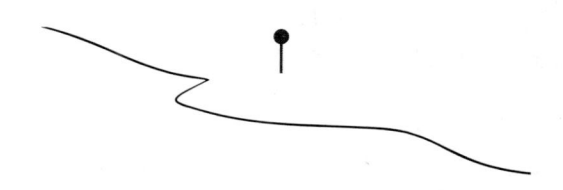

"你怀疑巴顿?"去客栈的车上,沈寻忍不住问程立。

"我没有说过。"他淡淡地瞥了她一眼。

"故弄玄虚。"沈寻没好气地回,拧开瓶盖抬头喝水。

"你就当我带你去约会。"他视线望着前方,抛来轻描淡写的一句。

沈寻被水呛到,接连咳嗽了几声。

"稳住了,小朋友。"他的声音里有笑意。

"程队是在撩我?"她反击。

"你还需要撩吗?"

言外之意,不撩就已经主动上门,兴风作浪。

沈寻被他堵得说不出话,索性扭头看风景。

"想好怎么和巴顿说了?"他又问,安静的车厢里,嗓音如大提琴,低沉悦耳。

"说我马上要走,接下来可能要驻外,不知道下次什么时候见,所以再去和他聚一聚。"她又有点犹豫,"他们会相信吗?"

程立嘴角微勾:"他们信不信不重要,你只需要找一个表面的理由。"

"你打算怎么介绍我?"他又问。

"我男朋友,"她转过头看着他的侧颜,"还有,禁毒大队队长。"

"嗯,如果他们真有问题,未必不知道我的真实身份,如实说也没关系。"他顿了一下,"至于男朋友……可以。"

"什么可以?"沈寻眼睛一亮,直勾勾地望着他。

"可以就是……可以。"他淡淡地答,目不斜视。

沈寻瞪了他几秒,继续看风景。喊,真无趣,多说一个字也不肯。

巴顿见到她,自然又是热情地拥抱相迎。亲吻沈寻脸颊时,他看见一旁高大的男人正缓缓摘下墨镜注视他们,眉眼刚毅深邃。

"Sara,这位是?"他笑容玩味。

"Morpheus,我男朋友。"她答。

"很有趣的名字。"巴顿惊讶地挑眉,伸出手,"您好。"

"幸会。"程立同他握手。

玉而撩开纱帘从后厨出来,浅棕色的眸含了一抹柔媚的笑:"Hi,Sara,又见面了。"

她看了看程立,又看向她:"可以哦,比巴顿帅,进步了。"

沈寻不由得笑了:"小心他骄傲。"

四个人一起共进晚餐,边吃边聊。巴顿开了一瓶酒,在他们面前晃了晃:"retsina(松香葡萄酒)配同样来自希腊的 Morpheus,怎么样?"

沈寻不怀好意地瞅了程立一眼:"好啊,让我试试千年的味道。"

程立和巴顿碰杯,温和地笑:"她这是嫌我老。"

"Sara 刚才说,你的工作是禁毒?"巴顿问他。

程立点头。

"很危险的工作,"玉而抿了一口酒,看向他,"当初为什么会选这个?"

"也不是从小立志,好像不知不觉就走到了这步。"程立看着她,"人生就是顺势、尽力。"

"顺势?"玉而轻轻一笑,"你看起来不像这么认命的人啊。"

"怎样才算不认命?"程立骤然抬眸,唇角勾起,似笑非笑,灯影下侧颜完美。

沈寻不经意间回首,捕捉到他这一霎的神情,心跳顿时漏了一拍。

真是要疯了,她几乎想猛拍桌子,这些年走南闯北,什么帅哥没见过?怎么碰到他,还是一副没见过世面的样子?太丢人了。

玉而没有回答他的问题,反而扬眉看向沈寻:"你男朋友很有意思。"

沈寻忍不住呵呵笑,怎么办?感觉像小时候考试拿第一,格外骄傲。

"你这客栈开了多久了?"程立不理会身旁的小花痴,径自问巴顿。

"四年多。"

"生意看起来还不错。"

"马马虎虎。"

"喜欢这里?"

"算是。"

"因为她?"

巴顿看了一眼玉而,点点头。

"玉而是混血?"

"是,中缅混血,妈妈是中国人。"

"喂,喂。"沈寻趴在桌上,隔着酒杯望着他,"你这是查户口呢?"

程立看着她微红的脸颊,伸手过去摸了下:"这么点酒就这么烫?"接着把她整个人拉到怀里,声音低柔:"要不要回去休息?"

沈寻乖乖点头。

程立叹了一口气,表情似无奈、似宠溺,又看向巴顿夫妻:"抱歉,我带她上去。"

回了房间,沈寻仍抱着他的腰,腻在他怀里不肯离开。

"松开手,好不好?"程立低头,伸手托起她的脸。

"不好,你身上的味道好好闻。"她耍赖,嗓音绵软。

"嗯,千年的味道,来自古希腊。"

"你真记仇。"

"看得出,巴顿和你关系不错。"

"我喜欢过他,他是我入行的师傅,"沈寻坦白,"不过他就当我是小孩,我和他之间什么也没发生过。"

"嗯,我知道。"程立笑了笑,"你们有没有发生过什么,我最清楚。"

沈寻的脸一下子红了:"警察叔叔耍流氓。"

"怎么会?警察叔叔专治坏蛋小流氓。"

"我哪儿坏了?"沈寻抬头瞪他。

"哪儿都坏,坏透了,哪儿都欠收拾。"他声音低沉,暧昧的语气让她全身发烫。

这人,总是这样,冷起来像冰,有时又突然不正经,让她完全无法招架。

"怎么不说话了?舌头不见了?"他俯首问,"来,让我检查下……"

炙热的吻,带着点葡萄酒的香气,缠绕着她的唇舌与呼吸。

沈寻咬了一下他的嘴唇。

他轻轻一颤,大掌在她臀上不留情地拍了一记:"袭警?不要命了?"

她吃痛，一脸委屈地看着他，浸了酒意的水眸格外勾人。

程立却不领情，健壮的双臂将她困在床上，漆黑的眼里跳跃着危险的火焰。

沈寻咬住唇，可怜兮兮地望着他，似求饶，又似诱惑。见他不为所动，便起身吻住他的嘴角，温柔试探。

程立额上已有薄汗，紧盯着她红艳似火的容颜。

"长本事了，嗯？"他的呼吸渐渐不稳。

"三叔教得好。"沈寻的表情羞涩又得意，像个讨赏的学生。

程立一怔，几时变成了三叔？可心里居然也有一丝隐隐的受用感："那继续啊，让我查查你功课做得怎么样。"

…………

木床吱呀轻响，承载着喘息、汗水、哀吟、低笑，晃荡出旖旎的时光。

桌上的烟盒仍泛着冷冷的光，见证着这一切。暧昧的声浪，隔着电波，拧碎了一颗被嫉妒和痛苦缠绕的心。

缅甸山林间一幢三层的别墅里，茶杯摔碎的声音划破了夜晚的宁静。

红褐色的液体弄脏了白地毯，像是暗沉的血迹。

"那天为什么不给她个教训？"说话的人怒极，拿起一个骨瓷碟子又砸在对面人的身上。

金边白瓷碟狠狠地飞上穿着黑色西装的健壮身躯，又弹落在大理石地面上，被摔得粉碎。

黑衣男子似乎没有看到自己胸前的一片茶水渍，像尊毫无知觉的沉默雕像。

"哑巴了？我跟你说话听见没有？"尖锐的质问声再度响起。

"我的首要工作是让你安全离开，"木然的声音，仿佛机器人，"再说，动了她并没有好处。"

"我的事几时需要你多嘴了？你不过是江际恒养的一条狗。"

被骂狗的男人眉毛都没有动一下："叶小姐，您该休息了。"

坐在沙发上的女人抬起头，一张素雅白净的脸，如夏日清荷的姿色，可那双美眸里，却盛着怒火。

"你出去，让我一个人待会儿。"

男人丝毫不动。

"我让你出去听见了没有？"纤指一挥，茶几上几近完成的拼图顿时迸散，散落在地。

"怎么这么大的火气？"一道温和的声音自门厅响起。

江际恒缓缓地走到沙发边上，坐下来，伸手捏起一块拼图："好不容易拼起来，就这么弄坏了，多可惜？"

"我乐意。"

江际恒微微一笑，看着身旁的女人："小雪，你脾气越来越坏了。"

"那你希望我怎么样？要不要我现在跪下来，替你换鞋、奉茶，叩谢你的恩情？"

叶雪看着他，嘴角勾起，眼里有一丝嘲讽。

"不需要？"她站起身，"不需要的话恕我失陪，我困了。"

她迈步的瞬间，江际恒一把捉住她的手腕，把她拉回沙发上。

"刚才这么精神，看见我就困了？"他脸上仍是淡淡的笑，但笑意却未及眼底，手上也用了狠劲。

"你要我跟你聊什么？"叶雪也不反抗，任他紧紧地捏着她的手腕，"聊我怎么继续帮你做大生意？"

"是啊，"江际恒盯着她，"两个毒贩能谈什么？你不会天真地以为，你还能回到他身边吧？"

"我真好奇，他要是知道了你的情况，会是什么心情？"见她脸色一僵，江际恒松开手，姿态放松地仰靠在沙发上，"不过也不是没有可能——他也许会来找你呢。"

见她沉着脸不吭声，他又开口："毕竟，当初他爱你爱得死去活来，你说，我们要不要期待一场不爱江山爱美人的戏？"

叶雪看着他，沉默了几秒，然后冷笑："好啊，那就一起等着，不过，我怕你吃醋呢，毕竟，你那么喜欢我。"

言罢，她起身，头也不回地离开客厅。

江际恒在沙发上久久未动，然后坐起身，捏起桌上散乱的碎片开始拼图，样子格外专心。

当他在一处空缺处犹豫时，一旁的黑衣男子捡起地上一块碎片，递到他的面前。他抬起头，看向那人："廖生，她真的很乖，你说是不是？"

廖生仍是沉默。

江际恒似乎也没有期望他的回答，径自忙他手里的事情。

他嘴角始终噙着一抹笑，镜片后目光却渐渐阴冷。

——我把你找回来，拼凑完整，等你苏醒，不是为了让你回到他的身边。

沈寻夜里醒来，看见窗边倚着一道伟岸的身影。

他指间夹了一支烟，不知在思量什么。挺直的鼻梁，深邃的眉眼，坚毅的下巴……月光下，那张容颜有种鬼魅的英俊。最要命的是他衬衫半系，露出坚实的胸膛，上腹肌肉的线条若隐若现，如果即刻拍照留存，绝对是可以登上时尚杂志封面的大片。

沈寻凝望他，有些痴了，却又觉得心酸。

是什么让他辗转难眠，在深夜里抽闷烟？

她不敢猜，也不敢细想。眼见他低头掐灭烟，她赶紧闭上眼，假装仍在睡觉。只听见他的脚步声轻轻接近，在床边停下。

他似乎没有动，一直站在原地。他是……在看她？

沈寻一动也不敢动，努力保持呼吸的平稳，可是心跳却忍不住加快。

额前的碎发被他轻轻撩开，她几乎可以感觉到他指尖的温度。

一个如羽毛般轻柔的吻印上了她的唇，稍纵即逝。

不知为什么，她有点想哭。

好想睁开眼，看看他此刻的表情，也想问问他，为什么要有这样的举动，他这个人会不会像这个吻一样，那么温柔，却迅速消失。

但她什么都没做，也什么都不能做。

临睡之前，程立又看了一眼手机里祖安传来的照片。

那是去年春天，江际恒从一家医院出来，推着轮椅，轮椅上坐着一个女人，黑发如云，容颜清秀。

他退出相册，摁灭屏幕，房间里的一切陷入黑暗，只剩清冷的月光，落在他那双深沉如墨的黑眸里。

清晨醒来，沈寻就对上一张俊俏的容颜。睡梦中的程立，看上去不似平时那样冷酷，而且他睫毛很长，让杀伐果断的一个人，显出了温柔无害的气质。

最诱人的是鼻梁到唇峰，线条太完美，让人舍不得移开眼。

她忍不住在心里叹了一口气，要说从外貌匹配的角度，她在他面前也是要甘拜下风的。

视线向下，是他健壮结实的上半身，完全没有一丝赘肉，即使在睡梦中，每一寸肌肉似乎都蓄满力量，离得这么近，她看得眼睛发直、喉咙发干、心跳加速。

"好看吗？"一记低笑传来，跟着略显沙哑的嗓音。

她抬起头，便撞上程立带笑的黑眸，他目光里满是促狭。

她脸一烫，嘴上却不认输："好看，要给钱吗？"

"怎么老跟我谈钱，是觉得免费的服务不到位？"他轻笑，低头吻了下来，伸手扣着她的后脑，贴着她的唇缓缓吮咬，温柔辗转，缠绵许久，直到她几乎喘不过气才松开。

"好吃吗？"他又问，嘴角扬起邪魅的弧度。

"不理你了。"她要起身离开床，却被他长臂一勾，又困到他的怀里，后背紧紧地贴住他滚烫的胸腹。

感觉到异样后，她浑身一僵。

她蹬着脚把他往薄被外头踢："出去，色狼！"

他低头咬住她粉嫩的耳朵，声音越发暧昧："还没进去呢，怎么出去？"

沈寻听了这话，简直要疯掉。还没有时间抗议，就已经被他压在身下。

"程队是不是太不节制了？"她伸手抵住他的胸膛，作苍白的提醒。

他却俯下身，在她耳边暧昧出声："一会儿受不了的时候，叫我三叔，我爱听。"

她顿时满脸通红，侧过头不看他。

程立却捏住她的下颚，把她的脸扳正，深深地凝视她。

"乖，让我好好看看你。"

长指落在她的额头上，一路向下，仿佛在仔细勾画她的眉眼，用心铭记。

"寻宝很喜欢我？"

"不是很喜欢。"

"嗯？"

"我爱你。以前没有爱过谁，但是我爱你。"

"我有什么好？"

"再不好，也是我爱的程立。我这辈子最爱的程立。"几乎是孩子气的宣告，却光明坦荡。

"会一辈子都记得我吗？"明知不该问，不该起贪念，却情不自禁。

"为什么要忘记你？"

他弯起嘴角，轻轻笑了。目光里，盛着浓浓的情绪，仿佛是怜惜，也有不舍。

为什么他要用那样的眼神看着她？

沈寻突然有点心慌。正欲发问，他却捂住了她的眼睛，突然间狠狠进入。

他的动作近乎粗暴，以最狂野的攻势，迅速击溃了她的思绪。

掌心之下，是她明亮清澈的眼，是细腻无瑕的肌肤。她是他的心魔、他的妄念、他的海洛因、他的一场美梦。半生起伏与生死，竟都抵不住她这一句——为什么要忘记你？

早知如此，当初就不该留下她。徒增烦恼，也徒增牵挂。

禁什么毒？最该禁的毒，明明是她。可是，纵然有太多唏嘘，太多不甘心，人生事，又有多少可以真正由我们任性。

一场抵死缠绵。沈寻埋在他的肩头，像倦极了的小猫。

"程立。"她轻声唤。

"嗯？"

"你知不知道当初我为什么自杀？"

"为什么？"

"我参加完我妈妈的葬礼，在回家的路上，看到我爸和他的女朋友。"

他沉默了一下："那不关你的事，以后不要为别人伤害你自己。"

"这些年我都没和他说过一句话，其实我很想念他。"

程立低头轻吻她的额头："我明白。"

"你能不能答应我一件事？"

"无论多坏的情况，都要告诉我。因为无论走到哪一步，我都愿意陪着你。"

他怔了一下，只是笑了笑："不要胡思乱想。"

这时有微信提示音响起，他拿起电话。

张子宁跟他汇报最近的情况，他静静地听，然后打下一行字：她都教孩子什么手工？

子宁回复：我翻了下教案，最近有金刚结手链，里面是中空胶管，外面缠彩线的那种，还有抱枕、小布偶挂件。做完之后，会有人来收这些东西，卖掉的钱她就分给孩子们当零花钱，孩子们都挺喜欢上她的课。

他又打出一个问句：收货的是什么人？

子宁：瑶水寨的人，叫陆华，在附近镇子里有个杂货店，我打算周末去看下。你不用去了，还是守在学校，我会另外安排人盯着。他发出这条消息后，放下手机。

"你觉得玉而有问题？"沈寻轻声问。

"还不知道。"他答得含糊，转身拍了拍她的俏臀，暧昧一笑，"还舍不得起床？"

上午的客栈餐厅空荡荡的没什么人，大概是住客都外出游玩了。程立下楼时,看到巴顿在吧台后面,仔细地擦着红酒杯,擦过一圈,就举起来看看有没有什么痕迹,确定光亮洁净,再把杯子倒挂在头顶的架子上。当他又拿起一个杯子时,不小心碰倒了旁边一个,程立上前一步接住了杯子。

"谢谢。"巴顿朝他挑眉微笑。

"Sara 说你来自康沃尔?"程立倚在吧台边,指了指墙上一张海岸风景的照片,用英文说,"那里的夏天很美。"

"没错,你去过?"巴顿问。

程立点点头:"还是中学的时候,有一年我做交换生去了伊顿公学,假期去过康沃尔。那次虽然时间仓促,但是印象深刻,总想着再去一次。"

"是该再去。"巴顿看着眼前的男人——他一口标准的英式口音,有着令人无法忽视的坚毅外表,又带着低调的贵气,想来出身应该很好。

"有时候我们以为很容易回去的地方,也许再也没有机会回去。"程立看着他,淡淡出声。

巴顿动作一滞,缓缓擦完手中那个杯子才看向他:"我已经走得这么远,早就没有想过再回去。"

"可以吗?"程立抽了一支烟出来。巴顿把火柴推给了他。

程立点燃烟,徐徐吐出一口,语气平淡得像跟老友聊天:"Help……为什么送那个烟盒给 Sara?"

巴顿放完最后一个杯子,看向他:"那并不是为我自己。"

"即使为了你想保护的那个人而伤害到 Sara?"

"所以,我尽力给了提示。"巴顿脸上闪过一丝愧疚,"如果你真的遇到一个爱她如生命的人,你会懂得我的心情。"

"即使你们走的是一条错误的路?"程立抬眼,目光犀利。

"有的人生来就有她无法对抗的命运。"巴顿答。

"因为她姓段?"程立弹了弹烟灰,神色平静,"你是在果敢遇到的她?"

巴顿一怔,随即自嘲一笑,表情像是如释重负:"你果然都猜到了。"

"我不是猜,我是判断,"程立看着他,语气低沉,"三年前,我经手了一桩案子,所有死掉的人、涉及的人,他们的人际关系,我都记得清清楚楚。果敢有个毒枭,叫段文宣,死在当时的枪战里,他有个女儿,叫玉而。"

"Morpheus,你经历了那么多,应该能够体会,很多事情不是光靠黑与白就能说得清楚。"

巴顿倒了一杯柠檬水递给他,声音温和:"我是去果敢拍纪录片的时候遇到了玉而,那年她才十六岁。我看到她时,她穿着紫色的裙子,戴着草帽靠在树上睡着了,像朵可爱的非洲堇,安静温柔。我情不自禁地偷拍了她。按下快门的那一霎,她突然睁开眼睛望向我,慌张又好奇。就是那一霎……"他笑了笑,眼神有点迷蒙,仿佛陷入了回忆,"这些年,我几乎走遍了整个地球,看过许多人一辈子都看不到的美妙风景,可是我知道,千山万水,都抵不上她那一眼。你明白吗?"

程立一时没说话,只是静静地看着他。

"我明白。"良久,他缓缓出声,"巴顿,爱一个人有两种方式,送她上天堂,陪她下地狱。"

"当我再和她重逢的时候,我知道,我只能选择后者。"巴顿微微一笑,"你呢,你怎么选?"

程立摁灭了烟,嗓音微扬:"玉而,你说我会怎么选?"

吧台后的帘子一掀,玉而走了出来。

"程队果然敏锐。"她冷冷一笑,美眸里夹着恨意,"不如我现在就送去你下地狱。"她举着枪,对上了程立的额头。

"光天化日的,这么冲动?"面对黑漆漆的枪口,程立眉毛都没动一根,"小心被人卖了还帮人数钞票啊,小姑娘。你看见的、以为的,就一定是真实的?"

"你什么意思?"玉而语气不稳,手也有点颤抖。

"不如去问你老板。"

"玉而。"巴顿按下她握枪的手,将她揽在怀里。

这时手机振动,程立拿起来,是季柯发来的微信:陆华的店里也搜出证据。孩子们做的金刚结手链、抱枕里,都藏着海洛因。

他看完,放下手机看向玉而:"你做过什么事,你自己心里清楚,我也清楚。如果你这辈子还想有机会再见到巴顿,就带我去见你老板。"

玉而脸色苍白,却露出一丝嘲讽的笑容:"看来,程队是做了第二个选择。"

程立没说话,眸色深沉。

"你们都在啊。"温柔悦耳的声音自楼梯处响起,沈寻迈着轻快的步子走到程立身旁,"写了一上午的稿子,有点饿了呢。"

程立摸了摸她的头,嘴角微扬:"我给你做东西吃?煎个pancake?"

沈寻眼睛一亮,双手握在胸口,一副馋猫般的期待模样。

"材料都有。"巴顿在旁边开口:"玉而,我们还有枫糖浆吗?"

玉而握枪的手背在身后，微笑点头。

"我爱死你们啦！"沈寻笑着推程立，连声催促："快去快去。"

奶油的香气在空气里蔓延，高大的身影浸在阳光里，有种不真切的温暖的感觉。沈寻望着，突然有点害怕，害怕这眼前的光影会似烟云般消散。

她走到料理台前，看那双骨节分明的大手，握着硅胶勺，将调好的面液缓缓地倒在平底锅上。一旁成品的煎饼，泛着点焦的金黄色，格外诱人。

他的样子很专注，仿佛在琢磨着什么艺术品。

沈寻忽然觉得鼻酸，自他身后抱住了他的腰。耳朵里，听到了他稳健有力的心跳声，真好。

"怎么，饿得体力不支了？"沈寻的脸贴着他的背，他的声音隔着宽厚的身躯传来，格外低沉。

"觉得愧疚，程队握枪的手，竟要给小的摊煎饼。"

"练练手，以后我失业了，就开个煎饼摊。"

"养我吗？"

"养不起。"

"我很难养吗？"她不满地抗议。

一个盘子递到她眼前，煎饼上淋了枫糖浆，闻起来分外香甜。

"吃吧。"程立淡声道。

沈寻的注意力被胃部主导，捧着盘子，吃得心满意足。

"寻宝。"许久，他的声音缓缓扬起。

"嗯？"

"我们到此为止吧。"

她抬起头，看到他倚在料理台旁，点燃了一根烟。

"你刚才点烟，我没听清，你再说一遍。"她放下手里的盘子，语气平静。

"你该回去了。"他看着她，眼底无波。

"回哪里？"

"回北京，回你该在的地方。"

沈寻走到他面前，静静地凝视他："你是在跟我告别吗，三叔？"

自他深沉的黑眸里，她看见小小的自己，连她脸上的失望都看得清清楚楚。

"因为叶雪？"她问，用力抑制自己声音里的颤抖。

"不完全是。"他的语气仍是平静得可怕，"我们本来就不是一路人。只是恰巧相逢，在一起了一段时间。以后，还是各有各的路要走。"

"意思就是一夜情喽？"她喉咙发干、灼痛，是从心头一路蹿上来的疼。

他不看她，轮廓俊美如神祇。这个男人怎会令她如此着迷？现在，她终于尝到了苦果。

是啊，其实她的想法就是那么市侩天真，像许多童话和电影里那样，幻想自己是无数女人中最特别的女人，可令野兽变王子，令坏男人从良，朽木逢春。以为她是他生命里唯一的光，以为他一定可以因为她而改变。

却不知，在他眼里，这场缘分已经走到了尽头。

"三叔。"她轻唤，抬手轻抚他的眉眼，语气格外温柔，"你是不是爱上我了？"

"你这么觉得？"他未置可否，永远进退得宜。

"我宁可被真相伤害，也不要被谎言欺骗。"她答。

他看着她，眸光渐冷："我喜欢你，但从来没有爱过你。从头到尾都没有。"

沈寻沉默地看着他，缓缓收回手。

"我知道了。"她静静退开身，"我尊重你的选择。"

她的平静，让他微微拧眉："寻宝？"

"不许再叫我寻宝。"她看着他，神色清冷，"这个名字，以后只有我的丈夫能叫。"

——为什么要浪费时间在我身上？

——沈寻，我没有心了，你想要的，我给不了。

——我并不能确定，在你的未来里，是否有我的存在。

自始至终，他给的答案，都清清楚楚。她眼见他挣扎过、沉溺过，也自然知道，他终究会做出自己的选择。她应该感谢他，无论如何，作为她生命里真正意义上的第一个男人，给了她一场刻骨铭心、意乱情迷的爱情。

他有他的心结、他的从前。说什么感同身受，都是妄言。谁能真正体会他走过的路，受过的苦？旁人的观感都是自以为是，换作是他们自己，未必撑得下来。她也不例外。

所以她不会再逼他，但也不想就这么放弃。

人生不过一趟，读书、工作、嫁人、生子。她想就任性这一次，豪赌这一次，不论输赢。

只因遇见了他。只因是在这个地方，某个房间的匆匆一面。她愿意用一生去等待，或者——忘记。

第十四章
另一条路

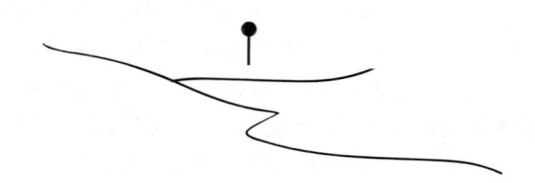

回程的路上，沈寻从副驾驶改坐到了后排。

程立对此没什么反应，一路专心做司机，仿佛迷上眼前枯燥又无尽的路途，目不转睛。

车窗外的风声呼啸而过，车厢内却有种令人窒息的沉寂。两个人像又回到最初的相识，客气疏离。

沈寻看着他，看他宽阔的肩背，上臂结实的肌肉轮廓，后脑利落的发梢，还有侧颜分明的下颚线。

她第一次爱上的竟然是这样一个男人。

如此温柔，如此绝情。

从他说出那句"到此为止"，她就知道，他的决定很难被改变。

胸口不可名状的焦躁和难以控制的失落，拧得她五脏六腑都要移位了，可是她只能忍着，努力维持一个安静的表象。

手机振动，屏幕上跳动着李萌的名字。

沈寻接起，那头雀跃的声音就响起来："你什么时候回来呀？难不成就留在那里嫁给你三叔了？"

她骤然一怔，喉咙哽住。

下意识地抬眼，却从后视镜里撞上了一道幽深的视线。程立正看向她，面色如水。

他应该是听到了李萌的话。

她垂下眼帘，轻声说："快回去了。我现在有事，晚点打给你。"

挂断电话，她靠在座椅上，望向窗外掠过的风景。

她像是快要哭出来了——程立从后视镜里看向那张苍白的容颜。

他也想过不要放手放得这么快，可是追寻数年的线索已经清晰，他总要了断，也总要让她走。

他想起初次遇见她，昏暗的房间里她仰着一张莹白如玉的小脸，眼里透露出了不安与恐惧，却仍是强撑着，格外倔强，就像此刻一样。

他还清晰地记得昨夜她咬着唇，被他欺负得眼泪汪汪的样子。这样美好的人，她最初、最纯真的激情，是为他而绽放。以后，她的男友或者丈夫，看到她胸口下那一个 Morpheus 的文身，会做怎样的猜想？

他挪开视线，远眺连绵的青山。世界这样大，相聚别离分分钟在上演。她终会拥有一份幸福平静的生活，用不着他操心。

下车的时候，沈寻头也不回。程立扶窗目送她的背影，亦是沉默。

忽然间，她转过身，对上他的视线。

"程队，劳驾你亲自给我订票再送我走，明天下午，谢谢。"她利落地命令，语气中透着股大小姐的任性。

他微怔，随即出声："好。"

他没有下车，点了一支烟，尼古丁入肺，麻醉着胸口若有似无的怅然。

长指在旅行 APP 上点选，地点、日期都选好，航班信息跃入眼帘，满满一屏幕。早一班或晚一班又有什么区别？多留一小时又能改变什么？该走的总要走。

S, H, E, N, X, U, N.

用拼音一点点打下这个名字，忍不住轻念出声：寻，寻。

终是一场没有结局的邂逅。

他猛抽了一口烟，退出 APP，给王小美打电话："给沈寻订明天的机票。"

第二天，沈寻正收拾行李，王小美找上门来。

"寻姐，你和程队是不是发生了什么事？"她一脸失落与惊愕，"为什么你要走，而他要辞职？"

沈寻叠衣服的动作骤然停滞，睁大眼望向她。

程立要辞职？

她脑中一片空白，下一秒她已经跑出了宿舍，向办公楼而去。

局长办公室里，向来温文和煦的林聿也少见地沉了脸色，盯着对面的男人。

"我刚把这么重要的案子交给你，你现在跟我说要辞职？你觉得我能同意吗？"大概已经经历了一番不甚愉快的交谈，他的语气隐隐透着怒意。

"林局，恕我直言，你同不同意，我都已经决定了。"

"程立，你过分了！"林聿猛地一拍桌子，"你堂堂一个禁毒大队长，突然玩这出，你有没有考虑过影响？"

"人各有志。"程立的声音不带一丝情绪，像一粒油泼不进、水浸不入的铜豌豆。

"见谅，林局，我会安排好交接工作的。"言毕，他头也不回地走向门口，撞上了急匆匆跑来的沈寻。

他淡淡瞥了她一眼，继续往前走。

"程立！"沈寻追了上去，拉住他的手臂。

"刚才你和小舅的话我都听见了。"她看着他，"你为什么这么做？"

她还是头一回见到小舅发这么大的脾气，不只小舅，恐怕局里上上下下都会震惊和失望，当然，也包括她。

"我想我不必向任何人解释我的选择。"他声音漠然，"抱歉，我还有事，先走一步。另外，我就不送你了。"

"我可以接受你说我们之间结束，但不能接受你堕落！"心里一急，沈寻拽住他，说出了口。

"堕落？"他轻笑了一声，深沉的黑眸看向她，"请问沈老师，怎样算是积极向上？怎样又算是堕落？我走自己的路，和别人有什么相干？"

"你希望我是什么样的人？一腔热血为国为民、马革裹尸死而后已的英雄？抱歉，令你失望了。你的笔下怕是写不出这样一个程立。"他的语气里带着清晰的嘲讽和疏离，"之前你问过我，为什么会千里迢迢来到这里当警察。我回答过你，我愿意，就是凭心情。做这份工作，也许下周就会添个新墓碑，上面写着：程立，1981 到 2015。但我不是怕死，我只是厌倦。"

沈寻抓着他臂膀的手缓缓松开、滑落。她怔怔地望着他，说不出话来。

他可以选择像他父兄一样，驰骋商场，做让人仰望的精英。也可以做个衣来伸手、饭来张口的富二代，醉生梦死。

可他偏偏不，这个男人，他一身反骨。他下定决心要做的事，没有人可以拦住他。

包括她。

沈寻感觉胸口有股寒意蔓延，越来越冷，冷得发痛。

"我是因为叶雪才来到这里的。她死了，我找凶手；她活着，我要去找她。

就是这么简单。"他静静地说完这一句,没有再看她,径自离去。

程立的寥寥数语,却让沈寻在原地足足愣了十秒,像是一桶冷水从头浇到脚,又瞬间成冰。直到眼睁睁看着他的身影消失在走廊尽头,听到他的脚步声在楼梯间越来越远,她才猛地缓过神来,连忙追了过去。

脚步赶不上一颗太急、太慌的心,剩下几级台阶的时候,她一脚踏空,整个人摔了下去,脚踝瞬间传来一阵剧烈的疼痛。

她却顾不上,只是撕心裂肺地喊了一句:"程立!"

他转身的那刻,分明是要上前,却收住迈了半步的脚,站在那里看着她。看着她磕破的膝盖,看着她狼狈的模样。

天空不知什么时候飘起了细雨,绵绵密密,打湿了他的发,那双浸在水雾里的黑眸,越发显得苍茫。

他站在那里,仿佛荒原里一棵高大孤独的树。

沈寻忍着没哭,表情倔强地望着他:"你告诉我,我们还有没有机会再见面?"

程立终是缓缓走了回来,俯身扶起了她。

"我不知道。"低头的瞬间,他轻声开口,"但是我想,没有必要了吧。"

"好像扭到了,我带你去医务室。"他说着打算抱起她。

沈寻却挡住了他的动作。

他抬眼看着她,微微蹙眉:"不要孩子气。"

在他的目光中,沈寻拉起他的手,放在她胸口之下。

那里是他的名字,她的心脏。

她一个字也没有说,只是静静地看着他,仿佛要把他的样子,镌刻到自己心里。在他身后,漫天细雨无声洒落,像是在替她哭泣。

察觉到心跳的节奏传达到掌心的那一霎,程立抽开了手。

"寻寻,怎么了?"林聿的声音在楼梯转角处响起。

沈寻转头看向他:"小舅,我脚好像扭到了,麻烦你带我去医务室吧。"

她抓住扶手,微微退开身:"不打扰你了。"

这话分明是说给程立的。

沈寻甚至没有再多看他一眼。她低着头,看到他的黑色球鞋果断地离开了她的视线,毫不留恋。

白色 SUV 的庞大车身,如风般掠过大门,留下一路引擎的轰鸣。后视镜里,映着一双黑眸,似望着车后某一处,又似空茫一片。

程立想，那丫头大概是真的生气了。没有跟他说再见，甚至没有再多看他一眼。

这样也好，这样对谁都好。

——程队，听说被人救命，应该以身相许。

——你当你是白素贞？

——没有，许仙完全 man 不过你。

——就是顺手，不用客气。

脑中像不受控制地开始回放曾经的对话。他抿紧唇，油门一踩，任声音湮没在胎噪与风里。

并不安静的寺庙附近，有熙熙攘攘的游人，或拍照留念，或双手合十祈祷。程立久久伫立，不跪不拜，仿佛一道与世隔绝的剪影。

——你告诉我，我们还有没有机会再见面？

轻柔的询问，在心头响起。

他抬头仰望佛像，那一张慈眉善目的容颜，千万年间已经阅尽世人的悲欢。

我们的罪与孽，时候到了，总要还的。生死有命，祸福在天，容不得人太贪。

寺庙庭院中有一口古井，石头上的雕纹已经模糊不清。

程立打开手机相册，翻到一张照片。那是第一次相遇时，他为了确认沈寻的身份，拍下她的照片。因为猝不及防，那双明亮的眼睛里，带着防备和慌乱。仿佛夜路上，被车灯突然照到的小鹿。

这么久以来，两个人并没有合影。有一回，她是想给两人自拍的，只是他没有配合，躲掉了。

长指悬于半空良久，终是落下，点了删除。

几乎是同时，手机响了一声。他点开微信，一行文字跃入眼帘。

——我也等你三年。

他凝视半晌，最后手一挥，将手机扔进了深不见底的井中。

走出寺门上车前，程立回了下头。细雨绵绵，暮钟回响，远处青山如黛，街头嬉闹的孩子们追逐着跑远。

2015 年的这个春天，和往年并没有什么不同。

除了遇见你。

遇见你后，好像一切都不一样了。

这山，这水，这街道，这市集，这寺庙，都不一样了。

它们告诉我，你来过。

那一天，当王小美看着沈寻朝她挥了挥手，独自背着包走进安检通道时，眼泪突然就涌了出来。她不知道沈寻为什么还能向她露出一抹笑容——明明那笑容像美丽的泡沫，脆弱地强撑着。她也不知道自己为什么这样难过，是因为见证了一场明明那么美好，却又突然结束的爱情，还是失去了一位她敬重的战友和领导？像是仍不死心一般，她掏出手机，手指在屏幕上反反复复地滑动，但那个叫"坚守"的小群里，再也找不到叫 Morpheus 的人的头像。

机场上人来人往，各有各的方向，各有各的归处。一场不说再见的邂逅和陌生人的一次眼神交会似乎也并无什么差别。

咖啡店里，墙上的小黑板上写着花花绿绿几个字：本地咖啡豆。

沈寻顿时失神。

她想起第一次在程立的宿舍喝咖啡，清晨的阳光里，他侧首看着她，目光沉静，空气里有迷人的焦香味。

那画面仿佛还只是昨天。

我们何以信誓旦旦地说未来，明明知道有的人离开，或许就是永远地失去。

眼中隐隐有些涩意，她低下头，不愿让旁人发觉自己的失态。

"抱歉，我拿错了你的咖啡，还没喝。"一旁有人推过来一个纸杯，语气抱歉。沈寻低头说了声"没关系"，接过杯子，小口啜饮。苦涩的味道在口中漫开，发烫的液体让舌尖有些刺痛，像是谁一次次辗转霸道的吻。

如今，连喝一杯咖啡都能醉到想起他。

果敢老街集市。

五颜六色的遮阳伞下，摆着各种小摊。来往摩托车的马达声、喇叭声和讨价还价的人声混杂在一起，此起彼伏。

"要吗？很便宜。"一个妇人举着一串香蕉向程立招呼。

他摇头，锐利的目光下意识地扫过整筐黄绿相间的香蕉。

职业病犯了，从前办案时，他们就遇到过利用香蕉运毒的情况。毒贩把香蕉开了缝，往里面塞海洛因，再用胶水封住。那次检查完的后遗症，就是大家每回看到香蕉就忍不住多看几眼。

许多事情已经成了条件反射，也像是一种难以根除的瘾。

循着玉而告诉他的路线，他穿过两条小巷，走到一户普普通通的民居前，白色的墙面已经有些剥落，露出了红色的砖头，一扇没有上漆的木门虚掩着，门上有个黑色水笔画的笑脸，像是哪个淘气的孩子留下的涂鸦。

程立推门而进。

院子里坐着两个人，一个是老妇人，正在洗衣服，看见他进来，只是面无表情地看了他一眼，又低下头继续做自己的活。另一个是身材魁梧的男人，一身黑衣，看到他之后，缓缓地站起身开口："程先生？"

程立微微颔首。

"老板说，让我先给您带一句话，您听完了，再决定要不要跟我走。"黑衣男人盯着他。

"你说。"程立神情淡漠。

"你要是去见她，那往后就要走另一条路了。"

程立闻言，嘴角微扬。

"进这道门前，我就想清楚了。"他语气平静，"而且，这条路与那条路之间，又有什么区别？到最后，大家结局都一样。"

有人二十岁未满横死街头，有人挨到九十岁卧病在床浑身生蛆无人照顾，有人生下来不足四个月就被吸毒发狂的父亲摔死，而他尚且不知道一旁被砍一百多刀、血肉模糊的一堆叫作"母亲"。造物主惯看人间玩笑，而人们陷于种种悲欢，乐此不疲。短不过一霎，长不过百年，想想也是无趣，不是吗？

黑衣男人沉默了一下，然后上前仔细搜他的身，确认没什么异常后，伸手递给他一个眼罩，同时出声："我叫廖生。"

一路车程将近三个小时，廖生全程没有说过话。程立姿态放松地靠在座椅上，脑中根据车子的移动默记大概的方向。

被解开眼罩时，他听到有两个女人在讲缅甸语，说的是衣服已经都洗好，有几件需要熨一熨。淅淅沥沥的是雨声，挟着热带的潮气，扑面而来。

重获光明的那一刻，他微微眯起眼，看到窗前坐着一个人，侧面朝着他。视线渐渐清晰后，那人也转过头来，身后是葱郁枝叶，在雨里轻轻摇摆，风微微吹起她的发，带来淡淡的香。

四目相对，程立连一丝惊讶的表情也没有。

"你还是爱用那款香水。"他静静地说。

"因为最初那瓶是你送的。"

二十岁生日，一个女孩子最美好的年华。夏夜的路灯下，她握着那瓶他送的娇兰 SHALIMAR，手心都紧张得出了汗。

不仅是因为收到礼物而兴奋，更因为这是彼此的第一个吻。

一千零一夜，多么美丽的名字。可是，当岁月模糊了从前，再美的爱情故事,也是他人口中的传说。个中滋味,只有当事人才清楚。

"叶雪。"程立缓缓抬手,触上女人的脸,黑眸深沉如墨,"真的是你吗?"

仿佛被他指尖的温度烫着了一样,叶雪浑身一颤,眼中起了一层雾意。

"是我。"她答,语气有些不稳,"你……你还好吗?"

"你问的是什么?"程立轻扯嘴角,"我现在的感觉?一路换了五辆车,坐得有点腰酸背痛而已。还是,你问的是我过去的三年好不好?"

叶雪怔住。

她抬头看向那张熟悉的脸庞,这个男人,在岁月中越发英俊,最要命的却是他深邃眉眼间的那一抹疏离,那唇间仿佛是漫不经心的笑,叫人看上一眼,就轻易动摇。

"既然活着,为什么不让我知道?"他点了支烟,一手插进口袋,看着她,语气低沉、温和。

那一霎间,叶雪仿佛看见多年前那个年轻的大男生,倚在篮球架下,一手托着球,一手撑着腰看她,邪气地笑。

她如鲠在喉。

"你知不知道,我一直在等你?"他又问,如提刀的刽子手,却温柔相逼。

"我已经不是从前的我了。"叶雪深吸一口气,轻声道,"如今的局面……你想象不到。"

"是吗?有多糟?比死了更糟吗?"程立嘲弄地一笑,走近她,"你知道我这三年是怎么过来的吗?嗯?"

叶雪被他逼得后退了一步,满眼挣扎:"那她呢?我亲耳听见你和她……"

程立盯着她,像是听见了什么笑话,眼里的嘲讽更深:"不这样,你怎么肯出来?"

"叶雪,你不是第一天认识我了,刚在一起的时候,你就知道,我不是什么纯情处男。如果你期望你不在的这三年里我完全守身如玉,那我要说抱歉。可是,你在我心里是什么位置,你知道。你要是不确定,现在就可以让他们杀了我,就当我没来过,我们也从没有遇到过。"

他退开身,目光冰冷,离去的步伐没有一丝犹豫。

"三哥!"叶雪语气急促,自背后抱住了他。

程立僵在原地。

他忽然想起那一天的阳光下,一双细小的手臂环住他的腰,那个小丫头轻声地说:"程立,我喜欢你。"

那时，她的泪沾湿了他的衬衫，那种柔腻的感觉，像是烙在了他的背上，让他害怕。即便是此刻，那种害怕的感觉，还是那么明显。

他闭了闭眼，深吸一口气，转过身，凝视眼前失而复得的面容。青葱岁月里珍藏的美好，曾经相互依偎的温暖，此刻都已经回到他的怀里，他有什么资格再贪其他？

雨过天晴。清澈的蓝天下，是一望无垠的红花绿叶，随风招展，美得令人窒息。农妇们在其间穿行，两三个小孩子笑闹着，举着木质手枪，嘴里模拟着噼里啪啦的枪响，从屋前跑过。

如果不是那朵朵红花妖娆得刺眼，这是一幅再正常不过的田园风光图。

三碟小菜，两碗米饭，很是家常。叶雪拿起桌上的酒瓶，给彼此斟满："三哥，我从没想过，还有机会和你好好吃一顿饭。"

程立抿了一口酒，静静地看着她："往后日子还长。"

"你不问我这三年做了什么吗？"

"是种了果树，有一大片稻田，还是做玉石生意？"程立淡淡一笑，"难道你以为我会天真到问这些吗？这个地方，还能做什么？"

眼前那片美丽的植物，在中国种植五百株以上就是犯罪，却在这片贫瘠的土地里，开得漫山遍野，分外妖娆。

贫穷和战乱，让这里的农民没有太多选择。他们有的是受雇，有的是主动种罂粟。对他们而言，更重要的是自己的生存——家庭是否可以温饱，孩子是否能够读书。外面世界的毒品泛滥，他们并不关心。

"眼前的这些，是你过去几年里用生命去反对和斗争的东西。"叶雪打量着他的神情。

"你知道，当初我是为你来的云南，也是为你留下的。"程立凝视她，目光专注，"你会在这里，本就是我的责任，如果说有什么错，也都是因我而起。"

"那并不意味着你要陪我留在这里。"

"我想不出有什么更好的方式，能够解决我们之间的问题。当我知道你还活着，我唯一的念头，就是找到你。"程立拿起筷子，给她挟菜，"这三年，我经常会做梦，梦到你浑身血淋淋的样子。"

那场爆炸，他计算错了，误了时机，没有料到她会被毒贩拖住。

"现场炸得惨不忍睹，遗留的血液中组织验出了你的DNA，我没有放弃。"他声音淡淡的，"后来，有人匿名寄来一张你血肉模糊的遗照，我还是没有相信。我总觉得你会回来。"

叶雪怔怔地看着他，说不出话来。

"雪姐姐！"一个七八岁的小女孩爬上台阶，跑到了桌子前。

"莉莉，"叶雪揉了揉她的头发，笑道，"上完今天的课了？"

女孩朝他点点头，乌黑的眼睛又看了看程立。

"邻居家的孩子，她在附近寺庙的学校里学中文。"叶雪向他解释，转头又问莉莉："今天学什么了？"

她语速很慢，大概是担心女孩听不懂。

女孩纤细的手指在桌面上轻轻画着，写出两个字，生涩地读出来："过去。"

叶雪眸光一滞，又问她："你知道这个词什么意思吗？"

女孩点点头，想开口，好像又不知道怎么表达，最后表情羞涩地说了一句缅甸语。

叶雪下意识地看向程立，后者也望着她，眸光深似海。

她知道他听懂了。长期在边境，他也会一些缅甸语。

莉莉说的是，无法再拥有的。

过去已逝，无法再有。

她看着眼前的男人，仍是记忆中英俊的脸庞，但她却有种感觉，仿佛他身上有什么东西，让她觉得陌生而隔阂。即使此刻，他就坐在对面，不到一米的距离，她却有一种不真实的距离感。

是岁月吗，是彼此没有相守的时光吗，还是有其他什么人、什么事，让他改变？

"好了，乖乖吃饭。"像是窥透出了她的心思，他语气温和地哄她。

她点头，将心头纷乱的思绪，一起咽到了肚子里。

山林里的夜，格外安静。程立冲了个澡，走进卧室打开电视，是新闻节目。他换了个台，是纪录片，女主播讲完一句话转过身，拉远的镜头里扎着马尾的背影纤细轻盈。黑眸微微一闪，他放下遥控器。

过了一会儿，外面忽然传来嘈杂的人声。他起身拉开门，不紧不慢地走到阳台上。

"你个贱人，居然敢抢老子的渠道！"院子里的地灯亮了起来，照出花坛边一张张凶相毕露的脸。来人有七八个，为首的那个男人穿着花衬衫，皮肤黝黑，正指着叶雪叫骂。

"岳雷哥你说笑了，我哪敢去抢您的渠道，只是人家说我这边货好，非得跟我合作，我也觉得挺不合适的。回头我一定替您说说情，实在不行，您就降降价。"叶雪披着紫色丝质的睡袍，笑得温柔。

"你少跟我装，靠狐媚手段占了彭寨的工厂不说，现在直接断我财路，还想跟我发浪？"岳雷冷笑着看她，一双三角眼里盛满恨意，"当初昆哥一开始就该毙了你，也不至于丢了自己一条命。他哪会想到你这么厉害，现在还能爬上魏叔的床——"

话音未落，枪口已经逼上他的眉心。

叶雪握枪指着他，方才笑吟吟的表情荡然无存，美眸中只剩一片冰冷。

"怎么，被我说中心虚了？"岳雷也不怵，仍是轻蔑地笑，"你有本事就开枪。"

"你以为我不敢？"叶雪盯着他，手上用劲，枪口压上了他的额头。

忽然，她微微一笑，在夜色里显得格外魅惑，水眸里漫上清晰的杀意。

岳雷表情僵住，刹那间，一只大掌压下了叶雪的枪。

"廖生，不用你多事。"叶雪看向阻止他的人，语气不悦。

"犯不着。"廖生静静地开口，高大的身形切入他们中间。

叶雪僵持了一下，才缓缓放下枪。

这时，手机振动声响起，岳雷接起电话。

不知电话那头的人说了句什么，他脸色悻悻地看了叶雪一眼，应了几声，放下电话。

"这次我饶了你，早晚有一天我要收拾你。"他伸手指了指叶雪，一脸愤恨地离开。

刹那间，一记枪声突然炸开，岳雷身旁的一个手下捂着手臂惨叫起来，他惊怒地抬起头，看到叶雪举着枪，夜色里还有尚未散去的青烟。

"这次我饶了你。"叶雪笑看着他，重复他的话，语气很轻，却格外狠厉。

看着岳雷他们走出大门，她转过身，却因为阳台上的身影凝住脚步。

她抬头望着程立，一时没有说话。程立也望着她，指间忽明忽暗的一点星火，映着一双星辰般深邃的黑眸。

"出来抽支烟，要回去睡了。"他淡淡一笑，"你也早点休息，别熬夜。"

即使睡眠中也保持警觉，程立在房门被打开时就已经睁开了眼。等人影到了床边，他也闻到了熟悉的香水味。下一秒，温热柔软的身体依偎上了他，带着异乎寻常的热情。

"雪儿？"他微微蹙眉，下意识叫出了过去对她的昵称。

回应他的是一个急切的吻，仿佛带着无尽的渴望。他握住了叶雪的肩，将她拉离自己："怎么了？"

她的情绪似乎有些失控。

黑暗中，叶雪的声音软弱却又焦躁："抱我。"

程立感觉到有温热的液体滴在了他的胸膛上，他心中一颤。怀里的这个女人，让他熟悉又陌生。就在今晚，他看到了她以前从未有过的一面，那样绝情、狠辣，但此刻，他又深切地感觉到了她的不安和绝望。

是什么改变了你？你到底经历了什么？他盯着那张近在咫尺却又看不真切的容颜，心里的疑惑渐深。

"三哥。"魅惑而带着点沙哑的声音，在他胸腹间轻轻扬起。时空似乎在瞬间错乱，回到二十多岁的夏天，彼此的汗水浸透了衣衫，她纤细的指掐紧了他的背。窗外的霓虹映入房间，桌上的书被风吹得唰唰翻页，街对面的商店里，歌手咬词不清地吟唱："为你翘课的那一天，花落的那一天，教室的那一间，我怎么看不见。从前，有个人爱你很久。但偏偏，风渐渐，把距离吹得好远。"

什么是现实？什么又是梦幻？真真假假，假假真真，或许，人生原本就是一场又一场的梦。

"你知不知道你在做一件极其愚蠢的事。"电话那头，男人肯定的句式里是压抑的怒意。

"我在做什么，我很清楚。"叶雪靠在阳台上，望向天际的朝霞。早晨的风带着点凉意，她拉了拉睡袍，语气有一丝不耐烦，"如果没有其他事，我挂电话了。"

"拜你所赐，我最近会做一些调整动作。"

"你不用瞎紧张，关于你，我一个字都不会提。"叶雪轻嗤了一下。

"你不提他就不知道了？你自己心里清楚，他到你身边，绝对不单纯。"

"那你想怎么样？"

"除非他彻底站在我们这边。"

"怎么算彻底？"

"总有办法证明。"

叶雪握着挂断的电话，在阳台上愣怔良久，直到身后玻璃门被人轻轻叩响。她转过身，看见程立握着一瓶水，静静站在门侧。他英俊的脸庞上仍有未消的睡意，线条凌厉的下颚上长出了胡楂儿，越发显得性感。简单白色的T恤包裹着壮实的肩臂，随他仰头喝水的动作，紧绷再紧绷，单是肌肉的线条，已散发浓浓的荷尔蒙气息。上天造人，果然有偏爱。

"早。"他淡淡出声。

她忍不住微笑："早。"

"这一片都是你的？"程立的目光落在她身后。

叶雪循着他的视线望去，初升的朝阳下，一望无垠的罂粟花随风起浪，美丽如画。

"不是我的，是归我管。"她轻声答，走进卧室，"我们去吃早餐吧。"

"我让阿姨煲了点汤，估计你胃还是不大好？"叶雪盛了一碗汤，递到程立手上。

他接过，低头喝了一口："嗯，吃饭还是不大规律。"

"现在没那么忙，可以规律起来了。"叶雪看向他。

"怎么，你想把我养成小白脸？"程立迎着她的视线，嘴角轻扬。

"没个正经。"叶雪瞪了他一眼。

"你以后有什么打算？"程立开口，看着她拿着汤匙的手。洁白细嫩，哪像昨夜刚开枪伤过人的样子。

"你问这个干什么？"叶雪抬头看向他。

"看看我能为你的以后做点什么。"他语气认真，目光专注。

"你不需要做什么。"叶雪的声音突然有些僵硬，"也没有必要。"

"为什么这么说？"他不依不饶，"我总不能什么都不做，就这么闲着。当然，我也可以带你离开这里。"

"我们能去哪里？"叶雪自嘲一笑。

"世界之大，总有落脚之处。"程立答。

"我不可能离开这里。"

"那就回答我刚才的问题。"程立步步紧逼。

"没错，他要留下，总得做点什么。"叶雪还没来得及回答，餐厅门口传来一道低沉的声音。

她脸色一变，不由自主地站起身来。

"丫头，你慌什么，你看他就比你淡定，还继续喝他的汤。"缓缓走近餐桌的男人，穿着灰色的衬衫，黑色的长裤。他两鬓斑白，眉目间已有清晰的风霜之色，却有着如鹰般的眼眸，挺拔的身形并未被岁月压弯。

明明是不速之客,他却更像是这幢房子的主人,姿态慵懒地在一旁坐下,笑着看向程立:"说说看,你打算做什么。"

程立面色沉静:"我叫程立,请问尊姓大名?"

男人挑眉:"魏启峰。他们都叫我魏叔,你也可以这么称呼我。"

程立微微颔首,波澜不惊:"幸会。"

"这小子有点意思。"魏启峰笑了笑,看向叶雪,"怎么不跟我介绍下?还得我上门来认识。"

叶雪表情一僵:"抱歉,还没来得及。"

"没事,正好一起吃早餐。"魏启峰摆摆手,"有没有多我一份?哦,我差点忘记了,我还带着一位客人。"

"岁数大了,记性就是不如从前。"他一边感慨,一边朝门口喊:"把客人给我请过来吧。"

说是请,却是两个彪形大汉推着一个头戴布罩的人走了过来。

魏启峰起身,亲自上前替人解开头罩,动作轻柔得像在揭开什么珍贵的收藏。

当他的身形移开,那位"客人"的面目暴露在众人视野里时,叶雪顿时怔住,又立即看向程立,却见他仍一动不动地坐在原位,只是眉间微微一蹙。

只听他淡然出声:"魏叔把她带来是什么意思?"

"请沈记者过来采采风。"魏启峰浅笑开口,目光如炬地看着他,"本来还可以早点,路上耽搁了些时间,好在沈记者在机场喝了一杯咖啡加海乐神,一路相当配合。"

低着头的沈寻咬紧了唇,感觉到一丝血腥味漫进了口腔。

海乐神,也就是三唑仑,可以混在酒精或各种饮料里,口服后使人迅速昏迷。

是她大意了,可令她难过的不是懊恼,而是她此时根本没有勇气抬头面对眼前的人。几乎从刚才她听到他声音的那刻起,她就浑身发冷,如坠冰窟。

"叫沈寻对吧?"魏启峰伸出食指,抬起她的下颚,语气亲切得仿佛一位满怀关爱的长辈,"见到你喜欢的人,怎么不打声招呼呢?"

被迫抬起头的沈寻,在触到程立目光的那一霎,脑中一片空白。几乎是同时,热意就涌上眼眶,她死死咬唇,将泪水逼了回去。

多么滑稽的情境。他和另一个女人穿着家居服,有说有笑,温馨地吃着早餐,而她是一副连日颠簸、未曾梳洗的狼狈相。程先生怕是昨夜软玉温香,休息得太好,看上去精神焕发,气色极佳。她应该怎么做?笑着对他说一句"恭喜你终于得偿所愿，寻回心心念念记挂的佳人，祝你从此儿孙满堂，一生幸福"？

"您说笑了。我和他不过是逢场作戏，早已分手。我知道他的选择，也尊重他的选择。"她静静开口，语气清冷，"难道您这把年纪还沉迷言情剧，期待一场死缠烂打的戏码？"

"这么说，是我多事了？怎么办？"魏启峰也不动气，看向程立，"不如给她一针，让她自生自灭？"

沈寻脸色一白。

程立神色镇静："魏叔，她留在这里，对我来说是个麻烦，对你来说也是。你应该查过她的背景。"

说出这一句，他甚至未多看沈寻一眼，仿佛对于这个麻烦，实在头疼至极。

"那你想个法子处理。"魏启峰盯着他一笑，笑意却未及眼底，"小子，你是警察，你说，我凭什么信你？就算你脱掉了那层皮，你也要让我看看你的心到底是什么样。"

他站起身，拍了拍程立的肩，看向叶雪："我走了，改天你们去我那儿吃饭，嗯？"

言罢，他挥挥手笑着离开，像一位再慈爱、宽厚不过的长辈。

叶雪早已没了胃口，拿起手中的电话："廖生，把人带走。"

程立却径自用餐，似乎盘中的点心堪比米其林三星水准，引他一心一意地认真享受。

直到半分钟后他才接收到叶雪带着探究与不快的目光，却只是淡淡出声："我会处理。"

该怎么处理？

程立推开房门，望着蜷在床畔的小小身影，一步步走近。

他居高临下，俯视她缓缓抬起的容颜。彼此目光交会，仿佛一场无声的拉锯战。

"程立，你可不可以告诉我，你是在演戏？"沉默许久后，终于是她缴械投降。

她可以配合啊，反正也不是第一次。她想起那次在翡翠酒吧，他忽然牵住她的手，明明还不熟，但那指间的灼热温度，仿佛她是他的掌上明珠。

他蹲下来看着她，看她一张雪白的小脸，虽然发丝凌乱，略显憔悴，但仍是漂亮得不可思议。

这样一个人，不应该来到这里。

她的命运，是顺利念完书，有一份喜欢并擅长的工作，同事友爱，上司器重。嫁给一个温柔优秀的男人，每天替他选衬衫、西服，踮起脚给他系领带，一起吃早餐，等到下班出门时，他已经开车等在路边。如此安稳一生，无忧无虑。

沈寻与他对视，猜不透那双深沉的黑眸里上演着什么故事。

终于，他低头轻轻一笑，那笑里是嘲讽，却不知嘲弄着谁。

"你笑什么？"沈寻沉不住气，问出声。

他静静地看着她："笑你蠢。"

言毕，他头也不回地离开。留她对着空落落的房间，失魂落魄。

"你喜欢她吧？"叶雪倚窗而立，指间的香烟已烧出半截灰，却没有一点吸过的迹象。

程立抽走那根烟，弹了弹烟灰，放到自己嘴边，深深吸了一口，再缓缓吐出。袅袅青烟掩住他半边眉目，只听低沉的声音扬起："你介意？"

一副慵懒的好嗓子，说着撩人的语句，叫人听得越发心痒难耐意不平。

"怎么会不介意？"叶雪伸手，掌下胡楂儿扎手，却让她流连忘返，更有真实感。

他不躲不避，侧首看她，一双黑眸似笑非笑："不高兴了？"

"第一次知道你和她在一起，恨不得立刻跑到你面前。"叶雪嘴角轻扯，透露出一丝不快的心情。

"她之于你没有什么夺爱之恨，只是个因为工作认识的朋友。"程立拉下她的手，语气淡然。

"你睡过她？"

"是睡过。但那和过一辈子是两回事，不要胡思乱想。"他揉揉她的头发，声音温和，"我失去过你，不想再痛一回。"

爱这种东西，毒过海洛因，最怕拥有过，再失去。如果是那样，还不如不拥有。

叶雪依偎进他的怀里，紧紧搂住他的腰，听他稳健的心跳，一下又一下，就当声声许诺。

人人都只有一双手，一个怀抱，只够抓住眼前，其他的不过是妄念。

第十五章
身在地狱

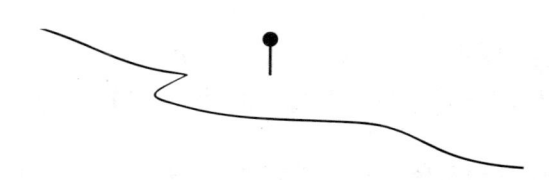

到这幢房子已经一天一夜,沈寻被锁在房间里,除了用餐、沐浴和如厕,其余时间一只手都被铐在床架上。其间和她接触的就是两个人,一个是位年纪五十多岁的妇人,华人长相,专门给她送餐。另一个是位身材高大、皮肤偏黑的男人,主要做的事情就是给她解手铐、戴手铐。两人都不跟她交流,只是态度还算客气。

这一夜沈寻睡得并不好,天没亮就醒了。被铐着的手臂因为长时间保持同一个姿势,有些发麻。她盯着天花板上繁复的花纹,居然也是一朵朵罂粟的模样。脑中像走马灯一样,上演这段时间的画面。从到云南之后的一切,都像在做梦一样,她从未体会过那么深刻的甜蜜,也不曾感受到那么难过的挫败。说不害怕是假的,她心里清楚,也许下一刻她就会死在这个地方,或者被逼染上毒瘾,那样的话比死了还惨。她也计算过无数次,照目前的情形,她独自逃跑的可能性为零。

有人发觉她失踪了吗?如果有,会是谁先发现?是小舅还是郑书春?至于沈晋生……她扬起嘴角自嘲一笑。十五岁那年,她被那个变态抓住,关了整整两天两夜,到最后被救出,他都没有出现在她面前。她是从新闻里看到他当时有公务在身。父亲这个词,对她来说是个奢侈品。

房间里并没有钟表,沈寻无法获知确切时间。大概又过了一小时,门被从外面打开,那个男人来给她解手铐,妇人也端了早餐进来。

"虽然我不知道我能在这里活多久,但如果你们不介意,不如告诉我你们的名字。"她揉了揉暂时解放的手腕,看着他们开口。

男人的目光在她脸上停留了两秒,静静出声:"廖生。"

妇人并没有回答她，放下早餐就走了出去。

"她叫曼姨。"沈寻洗脸的时候，廖生突然开口，"她儿子在中国贩毒时被抓住，判了死刑。"

沈寻的动作停滞了一下。

这顿早餐，她完全失去了胃口，几乎都没怎么动。

曼姨把餐盘端回厨房时，在楼梯遇到了程立。他扫了一眼餐盘，神色漠然地下楼。

叶雪起得稍晚了一些，到楼下客厅的时候，看到程立正倚在沙发上看电视，她瞅了眼屏幕，是一部缅甸的家庭故事连续剧。

"你什么时候开始喜欢这种题材了？"她倒了杯水，坐到他身旁。

"练练缅甸语。"程立答。

"真打算留下？"叶雪问。

"除非魏叔愿意放你自由。"他侧脸看向她，"我打算问问他，要什么条件。"

叶雪迟疑了一下："可能性很小。"

"因为他是你爸？"程立声音淡淡的。

叶雪握杯子的手一颤，眼神震惊："你……你怎么会知道？"

"你扎起头发的时候，后脑发际线和他的一样。"程立接过她手中的杯子，放在茶几上，"还有你的手，指甲、关节和他的也是一模一样。"

"基因果然强大，对不对？"他微微一笑，看她下意识地摩挲手指，"别人看不出来，我怎么会看不出来？"

叶雪看着他，不自在地绷直了身体，脸色有点苍白。

"还不打算跟我说实话吗？"程立缓缓追问。

"你猜得没错。"叶雪深吸一口气，迎向他那双锐利的黑眸，"起初我也不知道。"

"我只想确认这点，至于其他的，我不会勉强你，那是你的隐私。"程立收回目光，看向电视屏幕。

"我跟你说过，我跟我妈不亲。不，应该说，她不亲近我。从小我由我外婆带大，别的小孩牵着父亲的手喊爸爸时，我连看都不敢看。"电视机略显嘈杂的声音背景里，叶雪的声音慢慢响起，"但是我羡慕他们有一双坚实的臂膀，可以把他们高高举起，或者搂在怀里，替他们挡风遮雨。我妈更多时候就是把自己关起来画画儿，而且从来不允许我踏足她的画室。有一次我偷偷闯进去，看到大片大片黑色的罂粟，里面藏着一张恶魔的脸。"

听到这里，程立微微蹙眉。

"我不知道那个恶魔是谁，但我觉得，我妈拿到癌症诊断书的那一刻，一定如释重负。别人眼里避之不及的绝症，对她而言反而是解脱。病入膏肓、神志不清时，她都不愿意见我。从她惊恐的眼神里，我甚至怀疑，我到底有多么面目可憎，才会让她像见了鬼一样。我想来想去，也就一种可能，我长得像她心里的恶魔。"叶雪嘴角扬起一个自嘲的笑，"我外婆年轻的时候在西南联大读书，大概是看得多、经历得多，比她那个年纪的老人都要通透，她跟我说：'人各有运，你有你自己的人生，不要让他人影响你，即便是你的母亲。'"

她讲到这里就停住了，他们彼此清楚，再讲下去，就是她和魏叔怎么相认的了。察觉到了她的挣扎，程立并未催促她，径自起身从茶几上拿了烟，走到窗边点燃。烟还没放到嘴边，却被叶雪夺了去，她深吸了一口，夹着烟的手指微微颤抖。

"怎么了？"程立问，眸光深沉。

叶雪的眼眶忽然就红了，她扭头望向窗外，程立却伸手抚住她的脸，逼着她与他对视。

她再也忍不住，埋首在他胸口，眼泪流了出来。他淡淡开口："说吧。"

那场爆炸里，程立计算错了，误了时机，让她被毒贩拖住。但她并没有被炸死，只是多处骨折。被残余的毒贩团队带走后，一个叫吴昆的头目占有了她，用尽各种方式折磨她。

她终于能站起来的那天，她杀了吴昆。用的是偷藏的水果刀，整整六十多刀，一直到她力气耗尽。当她被吴昆手下拖到走廊里的时候，身上还沾着吴昆的血，在地上拖出一道长长的血痕。

在走廊的尽头，拖她的人停下了，像是被谁拦住了路。然后，她看到了魏启峰。他俯身看着她："这么厉害，杀了可惜啊，不如留下来帮忙。丫头，你是想死，还是帮我做事？"

这个男人问她的时候，清俊斯文的脸上还挂着一丝笑容，却有着一双冷血动物般的眼睛，她被他盯住的时候，就像被毒蛇咬住，或被催眠了一样，她点了点头。而她心里也只有一个念头，她要活下来。

等她痊愈出院的时候，魏启峰来看她。他指了指她手上的一根皮绳："哪来的？"

"我外婆给的，我妈留下来的。"她答。

"你妈不在了？"他问。

"是外公外婆把我抚养大的。我父母都是画家，一起写生的时候碰到泥石流，没能躲过。"她继续答。

"你妈妈是画家没错，你怎么会跟她姓？"他又问。

"我外婆说，我爸爸也姓叶。"她忽然有点忐忑。

他笑了笑："是吗？"

不知道是不是自己的错觉，叶雪觉得他的笑容掺着冷意和嘲讽。

魏启峰盯着她，就着清晨的阳光仔细地打量着她。许久，他才轻轻吐出一句："可真像你啊，叶白。"

"你怎么会知道我妈的名字？"她有些惊慌。

"你妈是个愚蠢的女人，当初千方百计地想要从我身边逃走，"他冷冷一笑，"到头来，老天还不是把你送回来了。"

断断续续地讲完这段，叶雪已经满脸是泪，嘴唇也抑制不住地颤抖。

程立叹了一口气，把她揽进怀里。过去的三年里，他虽然不相信她就这么死了，但也想象过无数次她可能经受的遭遇，但从来没有想过她会面临这样的情况。

"三哥，你告诉我。"叶雪退开身，双手抵在他胸口，"我这一双手，杀过人、贩过毒，怎么可能再回去？更别说，我的父亲是个大毒枭。"

"我现在所做的事情，和我受过的教育完全相悖，我曾经反抗过，但他说，我只有两个选择，要么自己吸毒，要么替他做事。因为，即便我是他女儿，他也不能完全信任我。"

"除非，你和他是一样的立场。"程立嘴角轻扯，"只有你选择和他走一样的路，他才会信你，难怪你会得到重用，也难怪其他人会误会你和他有暧昧。对了，那个岳雷是吴昆的手下？"

"嗯。他们并不知道我和魏启峰的关系。"叶雪自嘲一笑，"他这样的人，注定孑然一身，何必沾亲带故，多一个亲人，就是多一个弱点。毕竟，除了警方，他还有其他对手和敌人。缅甸虽然不大，但也不是他一个人的地盘。即使是我，也不过是一颗用来制衡底下势力的棋子罢了。相信我，他不会让我走的。"

"那么，我也留下。"程立淡淡地开口。

叶雪抬头看向他，目光震动。

"如果我要留下，也会面临和你一样的选择吧？"程立看着她，"或者，我的选择更糟。"

"沈寻，就是他对你的测试之一。"叶雪盯着他，"他说让你处理她，不会给你太多时间。如果等到他动手……我知道他的手段。"

"去年有个警方的卧底被他抓住了，你知道他做了什么吗？"她吸了口烟，徐徐吐出，仿佛在缓解心情，"他把那个警察怀孕的老婆抓了过来，让十几个人侵犯，那警察边哭边磕头求饶，满脸血泪，简直不成人样……最后，夫妻俩的尸体被拖到山上，喂了狼狗。"

程立没说话，只是低头点了根烟，看向窗外。

"三哥，不管你有多喜欢她，她会遇到的最坏的结果是什么，你心里清楚。我也帮不了你什么。从你选择来到这里就和我一样，都已经身在地狱里了。"看着烟雾里那张坚毅的侧颜，叶雪凄楚一笑，轻声开口。

程立看向她，眸光微动。他伸手从口袋里掏出那根套着三色戒圈的项链，递到她眼前："三年前你挑中的，但我没来得及给你的礼物。"

叶雪接过项链，摊在手心，一时间仿佛捧着什么易碎的东西，一动也不敢动。

"沈寻第一次看到这条项链时，问起过你。"程立语气轻淡，"我说你牺牲了，找凶手这件事，已经困扰了我三年。你知道她说了什么吗？"

"什么？"叶雪问。

"她对我说，那么，就别留到第四年。"程立垂眸，狠狠吸了一口烟，"她是个意外，本不该和我们有交集。"

这个意外，就像他的人生里出现的一个 bug。如果不去解决，他也不知道会面临什么。而有的 bug 有能力让系统完全崩溃。

叶雪静静地看着他："我明白。"

这一天晚饭，沈寻仍是没怎么吃东西。等到曼姨和廖生离开后不到十几分钟，门再次被推开，却是程立。

他穿着灰色的 T 恤和牛仔裤，就像那天去翡翠酒吧执行任务的行头。记忆瞬间回笼，沈寻不争气地想起在狭小的工具间，彼此呼吸交融，她擦上他的唇……一时间，心乱如麻，却也心痛如绞。

"你绝食？"他居高临下，语气不善。

"我不是绝食，只是没胃口。"她坦诚相待，却瞥见他的目光分明存疑。

"放心，我不会自杀。我会好好活着，活得长命百岁，万一程队哪天失足罹难，看在相识一场，我一定会到你坟前烧纸，用美金冥钞，诚意满满。"红唇贝齿，字字歹毒。

他一时噎住，盯着她半晌，气极反笑："很好。"

"让我猜猜，程队已经不满足于小鱼小虾？小舅从前跟我说过，查案这种事也会上瘾，越危险越兴奋。怎么？孤身入毒窟，是不是很刺激很嗨？"她仰头看着他，壁灯的光辉下水眸清亮，"抓几个毒贩，截获一些毒品算什么？遏制源头才最要紧，对吧？比如说，毒资的通道、洗钱的网络？看那位魏叔来头不小，莫非早就是FATF锁定的人物？"

程立盯着她，黑眸深沉如墨。

然后，他缓缓蹲下身，凝视她莹白如玉的小脸："自以为是的人最讨厌。"

"想让我闭嘴？"沈寻不躲不避，迎上他的目光，"那、亲、我、啊。"

她扬起嘴角，居然笑了，笑得那么得意，那么娇媚。

程立表情僵住，随即咬了咬牙关。

这一霎，彼此靠得这样近，差一点就要额头相抵，差一点就要呼吸交缠，但他胸口喷薄而出的却是无法排解的暴躁，对于未来难以掌控的恐惧。她清澈的目光，她无畏的模样，是最锋利的剑，轻易刺穿他冷静的盔甲。他不懂，眼前这副娇小身体里，到底藏着什么巨大的力量，让她这样胆大妄为，不知死活地挑衅和逗弄？

晚间有风，无声掠过她鬓角，每一缕凌乱的发，都飘扬着欲说还休的心事。灯光清冷，却为她眼底添了一抹夜色的璀璨。

他竟不敢直视她的目光。

以为这短暂相遇，只能是心底珍藏，从不敢奢望来日方长，等她再出现眼前，才知道，他还是贪。

贪她偏执的痴心，贪这有她的世界。

沈寻全然不知他那一霎心思辗转，只见他冷冷地站起身，一张脸如覆着冰霜："你发够神经没有？"

"我很清醒。"沈寻仰望着他，声音很轻，却很清晰，"从头到尾，我都很清醒。我生日那天，我也没有醉。那晚我对你说的话，每一个字都是清醒着说的。我装醉是怕你会拒绝。"

"那又怎么样？我永远都不可能像喜欢叶雪那样喜欢你。"程立看着她，神色漠然，"我只希望她能够重获自由。"

"哪怕因此让我失去自由？"沈寻问。

程立看着她："对于你，我不会不管，只要你配合。"

"配合什么？配合你娶别的女人吗？"沈寻嘲讽地笑，"那你不如现在杀了我好了。"

程立眸光一沉，表情已有隐忍的意味。

"真是好笑，谁是第三者还不清楚吗？"门口传来一道声音，叶雪披着性感的蕾丝睡袍，嘴边噙着一丝冷笑，望着他们。

程立还未开口，却听到沈寻出声："是好笑，男人要是真对女人有渴望，管她穿的是维秘还是La Perla，一条棉白短裤，他都觉得是禁欲美，性感到爆。"

她抬着小巧的下巴，笑意盈盈："你知不知道，程队最喜欢我穿他的衬衫？哦，对了，有一回他还捧着我的脚趾夹住烟，眯着眼缓缓地吸，谁想到一张冰块脸下，居然那么放浪？"

眼见叶雪变了脸色，她却火上浇油："不信，问他呀？"

她朝站在一旁的男人努努嘴。

"住口！"叶雪上前，一记耳光抽向沈寻的脸，粉嫩的脸颊顿时烙上清晰的指印。

"激怒我有什么好处？"叶雪咬牙切齿，"别以为我不敢动你。"

沈寻舔舔嘴角的血丝，骄傲的笑容映入那双深潭般的黑眸里。下一秒，美眸一眯，她忽然起身，用没被铐着的手狠狠回了叶雪一个巴掌。

大概是没有意识到她会反击，连受过训练的叶雪都没来得及反应，一时间气得脸色发青，正要往前，却被程立拉住了手臂，揽到怀里。

"你先回去。"他语气温和，安抚她的怒气。

叶雪瞪了沈寻一眼，转身离开。

"我看到了什么？邦妮和克莱德？现实版鸳鸯大盗，真让人感动呢。"沈寻挑眉看着程立。

他冷冷地看着她："你以为你是谁？在这里撒野？"

"跟你说过，放聪明点配合，学不乖？"程立捏紧她下颚，"你可能没弄清楚，你在这儿是个什么角色。"

下一秒，他把她拎起来，推到床上，背对着他。

"你做什么？"注意到他解皮带的动作，沈寻惊恐地挣扎。

"做什么？"他冷笑，"让你认清楚自己的身份。"

沈寻感到腰间一凉，赤裸的肌肤暴露在空气里。下一秒，是拉链声，他的灼热贴了上来。她顿时如同被钉住的蝴蝶，不停地颤抖。

"程立，我会恨你。"不相信他会对自己做出这样残忍的事，却也无法逃脱他的钳制，她放弃挣扎，从牙缝里挤出这一句。

"寻宝……"几不可闻的叹息，在她耳畔微微扬起。

她浑身一僵，以为是自己的错觉。

"乖……为我忍忍。"他贴着她的耳朵，一字一句。

时空挪移，仿佛回到初次，他也是这样安慰她，无奈又温柔。泪意瞬间冲上眼眶，但她咬住唇，拼命忍住。

这一场几近粗暴的折磨，仿佛几个世纪般漫长。她看不到身后那双黑眸里盛着的复杂情绪，还有门外悄然窥视的目光。

沈寻再睁开眼，月光凉薄。以为不会有眼泪，脸上却有枯干的痕迹，火辣辣地疼。

从前的种种都记得吗？

记得。记得他轻吻她腕间刺青，那样怜惜她旧日伤疤。如今，他赐予她痛，为了另外一个女人，毫不留情。

"既然是这样，当初为什么要招惹我？"仍是不甘心，她忍不住问，语气僵硬。

程立倚在窗边抽事后烟，面目在迷雾里模糊不清，只听他声音淡淡："沈小姐大概记性不够好，我可有说过一句我爱你？"

"从始至终，你招惹我。"八个字，是他对彼此相识一场的总结。

她想起与他初次，他轻吻她耳边，叹息："沈寻，你为何要惹我？"

是的，从头到尾，他提醒得清清楚楚，是她识人不清。

"程立，你这个人渣。"讲出这一句，心血都枯竭。

他一步步走到她身边，嘴角微扬："是你天真，沈寻。"

被逼到绝地，她积攒了最后一点力气，狠狠抽了他一个耳光。

他被打偏了脸，却舔了舔嘴角血丝，缓缓转过头来，冲她浪荡一笑，仍是颠倒众生的英俊眉眼。

"将来如果有机会再见，我一定当你是路边垃圾。"垂落身侧的手无法抑制地颤抖，她微笑，笑中带泪，表情娇柔，放的却是狠话。

"等你活着离开这里再说。"他顿了两秒，淡淡地笑，语气不以为意。

那些心动，那些缠绵，都已随风去，不值一提。

若干年月后，谁会记得，在这云之南，她遇见过他。

"你让他们给我解开手铐，我要洗澡，"程立走到门口时，沈寻冷冷出声，"我嫌脏。"

他的脚步顿了一下，却没有回头。等廖生进去后，他站在楼梯口，握紧栏杆，指关节发白，低垂的黑眸里，泄露了藏得深刻的痛楚。

——我爱你。以前没有爱过谁,但是我爱你。
——我有什么好?
——再不好,也是我爱的程立。我这辈子最爱的程立。
她当初说这些话的场景,仿佛已经是很久很久以前了。
那时候,她的眼神那么美,带着固执,带着忐忑,带着满满的温柔。不像刚才,她轻轻问他为什么时,那样的眸光,是一颗陨落的星辰,划过绝望的暗夜,燃烧掉最后一点璀璨的光。
从此,长夜漫漫,他再也见不到这样的美丽。
叶雪说得没错,他们都已经身在地狱。身在地狱,才渴望那光。才会怕,那光也熄灭。

"是吗?他这么做了?还算没让我失望,"魏启峰听着手下人的汇报,点点头,"让曼姨继续盯着。"

"际恒,你刚才都听见了?"等手下离开,他转头看向一旁陪他喝茶的男人,"这能成事的男人,对自己的欲望应该收放自如。想要的时候就要,不想要的时候就利落干脆。什么都不沾,那才不正常;沾了放不下呢,那又是弱者。"

"魏叔说的是,但对于程立,我还是持保留意见。"江际恒替他斟茶,语气里带着迟疑。

"我也不会这么快相信他,还需要多摸摸他的底,"魏启峰端起杯,喝了一口,"不过这小子呢,如果用得好,是个人才。"

江际恒点了下头,眉心却微蹙。

"对了,黄伟强那边是不是约了我们谈生意?"魏启峰想起了什么,"什么数?"

江际恒举起五根手指:"但他们希望手续费能降一个点。"

"一个点?"魏启峰轻嗤了一声,"他们要有本事,就去找别的渠道谈。"

"可不是呢。"江际恒也轻轻一笑。

"这次就安排在阿雪那里吧,让她也熟悉下,反正这些生意,她早晚也要知道。"魏启峰嘱咐。

"好。"江际恒应声。

"你是不是为了程立的事和她闹得不愉快?"魏启峰瞅着他,"这丫头脾气犟得很,你要是对她有心,要注意方式,别跟她对着来。"

"顺其自然吧,"江际恒垂眸,"这种事情勉强不来。"

阳光下慵懒的午后，马达的轰鸣声划破了宁静。墨绿色的越野车上，跳下一个头戴黑色鸭舌帽、身穿卡其色裤子和白色背心的年轻男人。

瞅见走廊上站着的人，他嘴角轻扬，琥珀般的眸子里漾起笑意："魏叔，幸会，我是祖安。"

一边握手，一边又递上包装精致的木盒："听说您喜欢雪茄，托人从古巴弄了一些，希望能入您的眼。"

魏启峰打量着他，表情愉悦："不错啊，早听说黄总有个得力干将，没想到这么年轻。"

"魏叔过奖了，您扬名立万的时候，我还不知道在哪儿呢，您叫我小安就好。"

魏启峰点点头，给他介绍身旁人："这是叶雪。"

顿了顿，他像是想起什么，侧首又叮嘱："阿雪，你把程立也叫过来吧。"

眼见程立落座，祖安的脸色却是凝重了一分："魏叔，您身边的人我多少打听过一些，这一位我好像没什么印象？"

"嗯，他之前是警察。"魏启峰淡声开口，笑意未变。

"魏叔，您这就吓到我了。"祖安猛然坐直了身体，目光直勾勾地盯着程立。

"哎，不用紧张，"魏启峰拍拍他的肩膀，"要我说，警察只是研究规则，罪犯才是制定规则的，换个角色，不是更有趣？阿立，你说对不对？"

程立微微颔首："魏叔给机会，是我的运气。"

"不知道您之前在何处高就？"祖安仍是不依不饶的样子。

"景清市局。"程立答。

"您缺钱？"祖安看着他。

"不缺钱，从小就没缺过，"程立抬眼，轻轻一笑，"缺刺激，行不行？"

"是吗？"祖安挠了挠眉毛上的疤痕，从口袋里掏出一小包东西，撕开倒了点粉末在桌上，再看向他，"我们厂里出了新产品，请您帮忙试试？"

"魏叔！"叶雪神情骤变，急促地轻喊出声。

魏启峰摆摆手，微笑着看向程立："阿立，人家愿意把生意送上门给我们做，我们也得表示点诚意，对不对？"

叶雪的脸色发白，正要上前，却被程立按住手臂，听到他语气平静地开口："没错，我试试吧。"

他嘴角噙着一丝淡淡的笑，在众人的目光中，俯身凑向那小撮白色粉末。

"您是第一次吧，但姿势还挺老练的啊。"等他坐了回去，祖安笑着开口。

"见了那么多回，看也看会了，"程立一双幽深的黑眸盯着他，仍是笑，语气却清冷，"我的诚意你看到了，那是不是这笔生意的价格就由我们说了算？"

祖安怔住，随即鼓掌大笑："好，好，魏叔，恭喜您，身边又多了个厉害角色。"

魏启峰抽了口雪茄，伸开双手同时拍他们两人的肩膀："要我说，后生可畏，以后就看你们年轻人了。"

过了一会儿，祖安起身说去洗手间。叶雪瞅见他离开的背影，再也按捺不住，看向魏启峰："您为什么要让三哥碰白粉？"

魏启峰看看她，又看向程立："是我让的吗？"

"雪儿，"程立伸手抚住她的手背，平静地安慰，"是我自己的选择。我选择了你。"

"选择我，就要这么做？"叶雪激动地反驳，"我不想以后跟一个毒鬼在一起！"

"如果是那样，我尊重你。"程立神色淡然。

叶雪愣住，半晌才开口："你什么意思？"

"就是字面上的意思。"程立答。

叶雪瞪着他，随即看向魏启峰，语气不是很好："您还真敢用他？"

"用，怎么不敢用。他知道怎么查我们，当然知道怎么让我们不被查。"魏启峰在烟雾里眯着眼，夹着雪茄的手指点了点太阳穴，"做我们这行，靠的不是枪，是脑子。阿立，你说是不是？"

程立点头，笑意却未及眼底。

有多少人游走在黑与白边缘，有多少真真假假的信息，有多少人表面正义内心却已腐烂，有多少人挣扎在地狱边缘试图给自己的心留下干净的最后一角……这些，他怎么会不清楚。

"倒是你，雪儿，你是对我没信心，还是对你自己没信心？"魏启峰笑了笑，补充了一句。

叶雪脸色一僵，没有说话。

"小安，下午让他们带你转转，留下来吃晚饭。"见祖安回来，魏启峰扬手招呼。

祖安爽快地答应。

彭寨制毒工厂。葱郁丛林掩盖下的房子里，正在忙碌的工人中有男有女，见到他们后面无表情，继续做着手上的事情，仿佛已经在日复一日的工作中丧失了所有好奇和热情。

祖安拈起桌上一块包装好的海洛因，打量了下："大名鼎鼎的白狐四号，我们黄总可是非常羡慕你们家这货呢。"

"黄总做冰也是有一手。"叶雪微笑。

"所以，白狐是？"祖安问。

"白狐不是一个人，"叶雪答，目光却落在程立脸上，"确切来说，谁管彭寨的工厂，谁就是白狐。本来三年前，魏叔不想再用这个标记，但我觉得，已经做出了名头，就这么放弃了可惜。"

"原来是这样，"祖安挑眉，笑看着她，"那我算是幸运，今天能有机会见识这里，和白狐本人。"

瞅见祖安和他们拉开了一段距离，程立淡淡出声："你让白狐重现，只因为你刚才说的理由？"

"三年前和你们……和我们交锋的结果，让魏叔有些脸面无光，是我坚持重新启用，刚才说的是理由之一，还有，我希望你发现我，"叶雪停顿了下，又开口，"其实，我很矛盾，同时也不希望你发现我。"

"如果希望我发现你，为什么又要做灭口的事？"程立问，语气依旧平静。

"这类小事，有时候并非出于我命令。下面人有自己的判断空间和行为余地，我并不会过多干预。"叶雪答。

"巴顿给沈寻的烟盒，是你让他装的窃听器？"

"他的客栈，会出入形形色色的人，但凡有可能会让我们获得一些消息和线索的，我们都会暗地里做些安排。沈寻的身份是知名媒体的记者，到云南不排除会做禁毒相关的报道，有可能会接触一些信息。"

"他现在人呢？"

"和他女人一起埋了。魏叔的命令。"叶雪沉默了下，抬眼看向他，语气里不带任何情绪。

程立一时没说话，只是深深凝视她。

那些人被灭口，确实都不是出自她的命令，但他们在她口中，只是"这类小事"。

"这个工厂应该轻易不让外人进来，为什么今天让他来参观？"程立看向不远处的祖安，又出声。

"看我心情。"叶雪缓缓答，轻扯嘴角。

晚餐时分，岳雷也过来了，还有两个程立没见过的缅甸人，也是魏启峰的人。他们各自都带了两三个手下，还有两个打扮得妖艳妩媚的本地姑娘。

席间岳雷先是绷着一张皮笑肉不笑的脸，魏启峰调和了几句，他才和叶雪碰了酒杯，面色缓和下来。祖安却像在自家地盘一样如鱼得水，一边和大家其乐融融地推杯换盏，一边搂着两个姑娘，把她们逗得娇笑连连。

不到半个小时，他就摇摇晃晃站起来，指指楼梯："多了，头晕，我去洗把冷水脸。"说罢就自己跌跌撞撞地离了桌。

他这一去却消失了快十分钟。等到叶雪先觉得不对劲，打算让人去看时，却听见一声女人压抑的惊叫。程立拿着筷子的手微微一滞。

魏启峰将他的反应收入眼底，随即吩咐众人："去看看怎么回事。"

声音是从沈寻的房间传出来的。

大家过去的时候，沈寻正衣衫不整地缩在床边，目光慌乱，只见祖安一记耳光抽向她："臭婊子，你不就是让人玩的吗？还敢咬我？"

这一掌下去，沈寻的脸颊当时就红肿得吓人，连嘴角都渗出血丝。

瞧见大家在门口观望，祖安扭头一笑："魏叔，我刚才想进这房间休息下，见着她了，我掂量着，她被铐在这里，多半就是个玩具，正好，长得还挺对我胃口，没想到这贱人不识抬举，还咬我。"

他举起手臂，上面有一圈不浅的牙印，显然咬的人下了狠劲。他瞅着牙印，似乎是越看越气，弯腰狠狠捏住沈寻的脸颊，怒道："老子不办了你，就跟你姓！"

"这不是给你安排了姑娘嘛，谁让你非得受这个气。"岳雷奚落。

"你别说，她越跟我来劲，我就越不能放过她，"祖安笑了，语气却是凶狠又邪恶，"看她硬，还是我'硬'。"

"这可有点麻烦。"魏启峰揉揉眉心，似乎有点苦恼的样子，"这女人，我可是交给阿立处理的。阿立，你怎么说？"

程立看向窝在角落、正红着一双眼瞪着他们的女人，而她的眼神从愤怒渐渐转向恐惧和绝望。

"我还是听魏叔的。"他沉默了下，缓缓出声。

"既然这样，那你就当给小安送个见面礼。"魏启峰笑了，拍拍他的肩，抬头望向祖安："小安，咱们先喝酒，完了你把她带走就成，后面有的是时间。"

祖安眉开眼笑："谢谢魏叔，谢谢立哥。"

"程立你听着，"待众人要离开的时候，沈寻突然开口，她声音很低，却很清晰，透着一股决绝，"只要我活着，我就不会放过你。"

"嗯，听见了，"程立望着她，黑漆漆的眼睛不带任何情绪，"对了，你那位朋友巴顿，他已经死了。"

沈寻瞪着他，瞬间红了眼。她看着那张熟悉的英俊面孔，心痛如绞。她知道，他在提醒她，她面对的是一群怎样残忍的人。他们可以前一刻还和蔼可亲地教小朋友识字，下一刻就眼也不眨地撞死过路的陌生人。也许下一秒，她就会和巴顿一样经受同样的遭遇。

脚步声纷纷散去，她坐在昏暗的房间里，一动不动，像座没有知觉的雕像。不知过了多久，房门被人推开，沈寻下意识地抬手挡住刺目的灯光，看到祖安大步流星地走进了房间，她顿时浑身紧绷。

当他的手碰到她的那刻，她就开始拼命挣扎，却被他死死制住，耳边忽然传来微乎其微的一句："我带你回家。"

她动作一滞，几乎怀疑自己听错，却见他朝她眨了下眼。

"怎么，不想跟我走？"他解开她的手铐，一把将她扛到肩头，边往门外走，边在她臀部狠狠拍了一掌，"还不老实？看我回去怎么治你！"

沈寻则是一路挣扎捶打，直到被他狠狠扔到车上。

"立哥，我看这妞还有点舍不得离开您呢。"祖安拉开车门，挑眉调侃。

他这么一说，在场人的目光都落在程立身上。

程立双手插着口袋，面无表情，过了数秒才开口："不管怎样，留住她的命，将来也许有用。"

祖安一怔，随即向他竖了个大拇指，浪荡一笑："有道理，听您的，我会克制，我会克制。"

听出他话里的含义，岳雷一行人的目光也扫过车内蜷缩着的沈寻，露出不怀好意的笑容。

马达声轰鸣，划破夜色。月光下的罂粟田中，疾驰的汽车仿佛一叶小舟，在连绵起伏的海面上逐渐远去，消失。

叶雪看向一旁的程立，拉住他的手臂想要跟他说话，他却躲开，语气轻淡："我有点累了，先去睡了。"

瞧着他头也不回的背影，她想追上去，魏启峰却叫住了她："雪儿，他有点情绪也正常。"

第十六章

光与暗

　　凉爽的夜风从车窗灌了进来，沈寻环着肩膀，缩在副驾驶座上，无声无息。只有一双拼命压抑着泪光的水眸，凝望着外面深蓝的夜色。

　　"小寻寻，又见面了。"车窗升起，封闭的空间里，祖安的声音清晰温和。

　　他伸手指了指后面："有个急救箱，里面有冰袋，可以敷下你的脸，抱歉我下手重了。"

　　沈寻却没有动，语气冰冷："你是什么人？"

　　祖安目光幽深："我也不知道我是什么人。"

　　这些年，游走于地狱和人间，有时候他也不知道自己是人是鬼。

　　"你和程立早就认识。"沈寻直接用陈述句。

　　祖安嘴角微扯："没错啊，不是因为你认识吗？"

　　"是吗？"沈寻冷冷一笑。

　　"你今天跟他扔下的那句话挺狠。"祖安感叹，无视她的质疑。

　　"因为是真心话。"沈寻回答，语气里带着嘲讽。

　　祖安忍不住看了她一眼，月光下，她的脸色苍白，目光空茫。

　　是真心话。她确实觉得痛苦，真的恨。因为她的心，做不到他那么硬。即使觉得他的所作所为也许并非出自真心，但也接受不了他那样冷酷的面目。因为同样的伤害，如果来自你爱的人，程度是会放大几百倍甚至几千倍的。

　　祖安一时没说话，却开了音乐。

　　夜风掠过车身，衬着莫文蔚寂寥的嗓音，夜色更显苍凉。

　　哪怕再仓促

我要拥抱你
哪怕说相遇
是离别开始
哪怕再孤独
水落会石出
哪怕说相遇
是离别倒数
噢
如果你在这
…………

沈寻突然伸手，把音量调到无声，车厢顿时陷入静寂，只剩单调的轮胎发出的噪声和风声划过耳畔。而心头的旋律，却一时徘徊不去。

"我也没想到，我们会这么快又一起听同一首歌，"祖安似乎并不介意她有些粗暴的行为，"记得我们第一回见面的时候，我就跟你说过，人生没有多少选择余地。"

"我没有心情和你谈人生，"沈寻打断他，目光紧紧盯着他的侧脸，"你直接告诉我，是不是程立让你带我走？你们到底在搞什么？"

"猜得还挺准，"祖安瞥了她一眼，"没错，今天在工厂的时候，他和我聊了几句，说你不属于这里，你在对他来说是个麻烦。"

"麻、烦。"沈寻重复着这个词，轻嗤了一声，"那你为什么要帮他呢？"

"我是生意人，你说我为什么？"祖安挑眉，"程队还是有些家底的，也愿意大方地解决你这个麻烦，再说，我还可以找你那位小舅谈点条件不是吗？"

沈寻一时没说话，脸色苍白如纸。

祖安看着她，想起今天在工厂里，程立跟他的对话。

——她性子直，心里有事藏不住。怕疼，也爱哭，你尽快把她带走。

——三哥，如果有必要，我可不可以打她？

——可以。

在他问出那句话时，程立沉默了好一会儿，才吐出了"可以"两个字，他也没有错过那双深沉的黑眸里一闪而过的痛楚。

其实他也挺纳闷的，眼前这个女人，到底哪里吸引了三哥，那家伙明明都消停了那么久，却偏偏栽在她身上。

曾经，他也遇见过喜欢他喜欢得要死要活的姑娘，不过他一直不怎么搭理，因为麻烦。他连自己明天是死是活都不知道，怎么给别人承诺？可他清楚，程立虽然外表冷硬，但心底很软，所以一直让自己背负着太多东西。对叶雪是，对沈寻也是。

"瞧你这表情，还是对他余情未了啊，"祖安语气轻佻，"小寻寻，我觉得你还是放弃吧，不要成为他的负担。"

"我从来都没想要成为他的负担。"沈寻冷冷地回，"抱歉，我不想再提他。"

她扭过头，望向窗外苍茫夜色，感觉筋疲力尽。

"行，不提他，"祖安撇撇嘴，"不过我跟你说，我还不能马上把你送回国。他们会怀疑，所以接下来几天，你得乖乖做我的伴游女郎。"

"去哪里？"

"先去蒲甘，我也有点事处理。"

沈寻微微一怔。

蒲甘，万塔之城。她记得很多年前，巴顿跟她说过，要去那里看看。她想，蒲甘的风光他应该已经见到了，不知道临死的时候，他有没有后悔过当初踏上这片土地。

她靠在座椅上，疲惫地闭上了眼。这段时间发生的事情，就像做梦一样，明明才这么点时间，却像几个世纪那样久。

因为舟车劳顿，抵达蒲甘的时候，沈寻病倒了，高烧不退。半梦半醒的昏沉间，她仿佛听见有人在她耳畔低语——寻寻，再给我一些时间，好吗？

她拼命摇头，伸手想要抓住他，却抓了个空。

"三叔！"她忍不住喊出声，也蓦然惊醒。睁开眼，视线所及处只是灰色的天花板。

她环顾四周，发现自己身处一间简陋的木屋。房间里没人，隐隐听到外面有孩子的读书声。

她坐起身，下床时感觉四肢无力，身体还有点虚弱。打开房门，刺眼的阳光顿时劈头盖脸地砸了下来，她下意识抬手挡住，好一会儿才适应。

原来她是住在了一座寺庙的后院。她缓缓地沿着走廊往前，午后的木地板踩着有点烫脚，直到进了寺庙，才稍微感觉到一丝清凉。

殿堂一角，七八个孩子在叽里呱啦地念书，有两三个举着书，小脑袋却一颠一颠的，显然克制不住困意打起了盹。只听一声咳嗽，这几个孩子立马睁开眼坐直,声音高了一度,卖力地念书。发出咳嗽声的是名老僧人,大概是他们的老师。但这样的"警醒"并没有起太大作用,过了一会儿,孩子们又开始跟小啄木鸟似的打盹,有个孩子干脆趴在桌上,不管不顾地酣睡起来。

沈寻望着,嘴角不由得浮起一丝笑意。

这时候,有的孩子发现了她,纷纷交头接耳,偷偷地瞄她,有调皮的甚至朝她做起鬼脸。老僧人感觉到了,于是站了起来,目光威严地看向孩子们。沈寻感觉自己影响到了他们,有点不好意思,转身准备离开。谁知孩子们却清脆地喊: "DADA,DADA。"

"他们在跟你说再见。"正当她困惑时,祖安不知什么时候走到了她旁边。

"哦,"她点点头,朝孩子们挥挥手,"DADA。"

"终于笑了。"祖安瞅着她的神情,嘴角轻扬。

沈寻收敛了笑意,看着他:"这两天谢谢你的照顾。"

"也好,省得我还要演霸王强上弓,病了是个好理由。"祖安耸耸肩。

沈寻一怔,压低了声音:"有人跟踪我们吗?"

"说不定,可能性很大,"他抬手摸了下她的额头,"烧退了。"

"这是你的住处?"不习惯他的接触,沈寻往后退了一步,指指木屋。

"一个落脚的地方,"祖安答,"我和这里的僧人认识,有时候我会给孩子们教算术。"

"祖老师,"沈寻嘴角轻扬,有些意外,"看不出来啊。"

祖安挠了挠眉毛,似乎有点不好意思:"打发时间。"

沈寻注意到他右边眉毛上有道浅浅的疤。

察觉她的目光,祖安下意识地又摸了摸那道疤:"这还是第一回见你时留下的。血都快流进眼睛里了,程队还审讯我,然后你知道我跟他说了什么?我说他配不上你。他当时脸上没什么表情,估计心里气得不行。哈,现在想想还觉得爽。"

意识到沈寻神情微变,他举手投降:"抱歉,不提他了。"

"没事。"沈寻低下头。

事到如今,她无法自欺欺人。

歌里唱,如果有如果,也要这样过。

是啊,就算会预见到今天,在相遇的时候,就可以控制住自己的喜欢吗?

"午饭时间已经过了,饿不饿?我给你带了点吃的。"祖安举了举手中的**餐盒**。

祖安给她带的是鱼汤，炖得很清淡，但是格外鲜美。连日来，沈寻第一次胃口很好。她低头喝着汤，视线不经意地落到他T恤下摆，看到星点红色。

"怎么回事？"她指了指那点血迹。

"没事，跟人动了下手，已经摆脱了。"祖安答，神色镇静。

"你遇到麻烦了？有人在跟着我们？"沈寻追问。

"你怎么这么敏感？"祖安瞅着她叹气。

"职业习惯。"沈寻放下汤匙看着他。

"放心吧，我会保证你的安全，"迎着她的目光，祖安吊儿郎当地举手发誓，"毕竟，我指望着靠你发达呢。"

"那你最好别死，要死也等把我送回去再死。"沈寻利落出声。

祖安被噎住，缓了一下才开口："你这也太现实了。"

沈寻看着他："彼此彼此。"

是是非非，真真假假，她已无力再分辨，索性只看眼前路。于是低头乖乖喝汤，有一点温暖算一点。

祖安盯着她头顶的发旋，另起话题："你做记者，去过很多地方吧？最喜欢哪里？"

沈寻抬起头想了一下："北欧吧，北极圈外，冬天的时候。"

"为什么？"

"好像全世界都是雪，到处白茫茫一片，很干净。"

"干净……"祖安眸光微动，"有机会，我也去看看。要不要一起？"

"可以，我收费。"

"嗯……好吧。"

傍晚时分，祖安又离开了。他没有告诉沈寻要去哪里，只是让她安分待着，不要外出。

他这一去，就是一夜一天，到第二天晚上才回来。

沈寻见他沾着灰尘略显凌乱的外套，没有多问，给他倒了一杯水。

祖安接过去，仰头一干而尽。瞧见她担忧的眼神，他却咧嘴一笑："姑娘，麻烦回避下，我要洗个澡。"

沈寻走出木屋，在门口台阶上坐下。夜色下的寺庙，只剩下黑漆漆的轮廓。庙檐之上，是皎洁的月亮，还有散落的星辰。

情不自禁地，又想起在卫生院的那个夜晚，她忐忑地给程立发那些诗句。收到他微信那一霎间的激动和喜悦，仿佛至今还在心头，不争气地悸动着。

人们常常以为，坚持才是坚强，其实有时候，放弃才是坚强。放弃，需要克服失去的痛苦和恐惧。但是，她就是这么没用啊，一想到要把这个人从心里拿掉，就难过得不知如何是好。

大概过了十分钟，祖安的脚步声在身后响起，他换了身衣服，在她身旁坐下，发梢还湿漉漉的，有水珠淌在他鬓角，缓缓滑下，显得他一张脸越发邪美。

"你长这么好看，不去当明星可惜了。"沈寻挑眉，由衷肯定。

"那你要不要跟我约会？"祖安嘴角轻扬，夜色里眼神清亮，"拯救下单身男青年，让他多发挥下剩余价值。"

"未来还远，说什么剩余。"沈寻微微一笑。

"谁知道呢。"祖安轻笑了一下，眸光渐深。

沈寻察觉他眉眼间一丝怅然，但不知道该说些什么，只好沉默着转过头，看向远处的夜空。

"小寻寻，你知道吗，你长得很像我姐姐。"祖安又出声，瞥见沈寻愕然的目光，他笑了，"不是说你比我老，是说你们都挺好看的。你看我这张脸，就知道她颜值绝对不低对吧？"

"她叫什么？"沈寻猜测，"祖宁、祖静，还是祖平？"

"祖静，"祖安答，"我记得我中学暑假时她带我去上海玩，去了静安寺。她说我俩的名字都在寺名上了。"

"那她现在呢？"沈寻看着他低垂的眼睫。

"嫁人了，"祖安沉默了下，看向她淡淡一笑，"现在挺幸福的。"

"那很好啊。"沈寻点点头。

"嗯，"祖安也点头，然后站起身，"好了，早点休息吧，明天带你去看日出。"

第二天清晨，天还黑着，沈寻就跟祖安到了瑞山陀塔。观景平台已经聚集了许多游客，各种肤色与发色，说着不同的语言，都是因为听说这里有世界上最美的日出。

沈寻跟着祖安，在人群中穿梭了一会儿，在某一处驻足。

"三年前，就在这个地方，我和一个第一次见面的朋友一起看日出。我们站在陌生的人群里，看着太阳慢慢升起，像许多第一次到这里来玩的游客一样。"祖安看着她，轻声开口，"看，就是这样的景象。"

如仙境般缥缈的薄雾里，无数佛塔如海浪里的礁石，隐隐若现。渐渐地，天际漾起亮光，太阳缓缓露出，霞光把雾气染成了玫瑰色的薄纱，笼罩在庄严肃穆的塔身。不远处，热气球冉冉升起，错落地点缀着天际线，掠过一个个塔尖，渐渐挂上浅橙色的天空。
　　一切美得几乎让人落泪。
　　沈寻屏住呼吸，被眼前的景色深深震撼。
　　"原来最美丽的风景，是在光与暗的交界。"她轻轻叹息。
　　"小寻寻，你有没有听过一句话？"祖安低声问。
　　"什么？"
　　"在残酷的世界战斗，最让人热血沸腾的，不是克敌制胜，而是在漫长的征途中，找到并肩作战的人。"
　　那次，他和程立静静地站在人群里，他的心里，响起的就是这句话。
　　沈寻感觉到他话语里的情绪，心口也是一颤。
　　"其实，真正黑暗的东西，不会在阳光下暴露，只有走进黑暗，才会发现。"祖安没有看她，视线落在远处。
　　三哥的心情和处境，他都懂。这一刻，他希望眼前这个女人也能懂，但又希望她永远不懂。
　　沈寻先是怔怔地望着他晨光里的侧颜，然后，缓缓地笑了。
　　"是呢，"她轻声开口，"结果是输是赢，不重要。是生是死，也不重要。重要的是，有一起战斗的人。为了同样的目标、同样的理想而挣扎、奋斗。"
　　听到她这一句，祖安情不自禁看向她。
　　她正好侧首，一绺垂落的鬓发在朝阳微光中轻扬，唇际有一丝浅笑，眼里漾着淡淡温柔，轻轻松松就描绘出一道动人风景。
　　祖安瞬间凝眸。
　　"小寻寻，我好像突然有些后悔。做个普通的人多好，娶个像你这样的老婆，每天三餐吃饱，舒舒服服晒太阳。"他笑了笑。
　　那样多好，管他岁月无情，繁华无尽，黑暗无边。
　　只可惜啊，命运容不得人任性。
　　不过数秒间，他沉了脸色，拉住沈寻的胳膊："我们该走了。"
　　沈寻警醒地回头，见不远处的人群里，一个脸上带疤的男人正望向他们。眼神交汇，那人目光里的阴狠让她不寒而栗。那一霎，她脑中忽然闪过一个画面。
　　"他们来得比我想象中快。"祖安语气急促，拉着她在人群里穿梭。
　　"他们是谁？"沈寻忍不住问，又回头看了下，"我见过那个人，在景清的翡翠酒吧。他为什么要追你？他是谁的人？"急速的奔跑中，她的脑子也在飞速运转，忽然间，一个大胆的念头闪过，激得她脚步都猛地一滞。

"怎么了？"祖安拽了她一把。

"江际恒！"沈寻瞪大眼看向他，"那个刀疤脸是不是江际恒的人？"

祖安抓着她的手一紧，步伐却加快了。

见他不出声，沈寻确定了自己的怀疑，但她心里也涌现了更多疑问："你和江际恒有什么过节？"

"你的确是个好记者，敏感度和推测能力一流，"这个节骨眼儿上，祖安居然还不忘夸奖她，"我简单跟你说下，江际恒对魏启峰起了二心，他吞掉了我老板要洗的钱，陷害我。我现在应该被黑白两道在追。如果你被警方带走没有关系，我已经安排好，他们也不会动你。但我要确保你不落在疤温手里。"

"江际恒对魏启峰起二心？"沈寻跟着他下台阶，呼吸开始急促，"他在替魏启峰洗钱？疤温就是现在跟着我们的这个人吗？"

"聪明，"祖安又夸她，脚步越来越快，"小心！"

他猛地把她往身后一拉，沈寻只瞧见一把明晃晃的匕首在眼前划过，还没来得及反应，祖安的右臂已经被划出一道血淋淋的口子。在周围游客的尖叫声中，祖安一脚踢向迎面挥刀的歹徒，抬肘重击那人面部。他用的是泰拳招式，出手利落狠绝。

眼见后头疤温越来越近，祖安拉起沈寻继续下台阶，佛塔台阶陡峭，还有不断往上攀爬的游客，严重影响了他们的速度，这时候，又有一名歹徒从游客中蹿出，手里拿着砍刀，直直朝祖安劈了过来，祖安松开手，一边躲一边暴喝："你先下去！"

沈寻没有迟疑，以最快的速度在人群里钻空隙下台阶，踩上平地的那一刻，她却看见右前方有个男人朝她冲了过来，她看了下四周，抢过一个女游客手里的矿泉水瓶砸了过去，趁那人躲闪的时候，从他身侧钻了下去，但还没下两级台阶，她的后领就被人狠狠揪住，勒得她几乎喘不过气来。她往后伸手，试图掰开抓着她衣领的那只手掌，却又被身后那人一把揪住头发。尖锐的疼痛瞬间蹿上头皮，她全身的重量都悬在那把头发上，她越挣扎，痛得也越厉害。忽然间，头顶一松，身后那人号叫了一声，自上头摔了下来，她还没反应过来，祖安已经一把架起她，声音利落："走。"

跌跌撞撞离开了瑞山陀塔，当他们坐到车里的那一霎，马达轰鸣声在四周响起，六七辆摩托车围住了他们。祖安面色冷酷，猛踩油门，硬生生冲出一条路。

沈寻瞧见他右臂的伤口处,鲜红的血不断渗出,流淌下来沾湿了他的衣袖,又一滴滴落在他腿上,牛仔裤上也沾了一片触目惊心的红,不断漾开。他却像毫无知觉,专心盯着路前方和后视镜。

"我们去医院吧,你的伤很严重。"沈寻越看越心惊,忍不住开口。

"不用,乖乖坐好。"祖安简短出声,指了指她前方的置物盒,"替我拿个东西。"

沈寻掀开盖子,伸手进去,摸到一把枪,冰凉的金属感让她浑身打了个冷战。她抿紧唇,把枪递给祖安。

"幸亏我是个左撇子。"祖安接过枪冲她一笑,生死攸关还不忘打趣。

沈寻还没顾上开口,后方一记爆响,挡风玻璃顿时出现一个弹孔。她瞪着那个小洞,来不及发出的惊叫声憋在喉中,让她的嗓子干涩得发痛。

"趴下。"祖安命令她,按下她的脑袋,又迅速扭身,往后面开了两枪。

汽车以疯了一样的速度往前奔驰,枪声却没有断过。沈寻压抑住胃部的涌动,感觉自己的侧脸上湿漉漉的。她知道,那是祖安的血。泪水忽然漫上眼眶,她伸手去擦,眼前却反而一片模糊,又用衣袖擦了几下,视线才恢复清明,而她瞧见自己的手背上血迹斑斑。

这一霎,她突然感到了一种极度的后悔——或许,她真的如程立所说,是一个麻烦,对程立而言是,对祖安而言是,对所有人而言都是。

有警笛声传来,自远而近,还有人用扩音器重复喊着她听不懂的缅甸语。沈寻微微起身,听到后面摩托车的马达声似乎渐渐淡去。

"你可以起来了。"祖安拍了拍她。

"是警察来了吗?"沈寻坐直了身子,却看到他苍白的脸色,"你有没有事?"

"我没事,"祖安摇了摇头,目视前方,"你跟他们走吧。"

"那你呢?"沈寻意识到不对劲。

"我是什么身份?怎么能跟警察走?"祖安笑了笑,唇色越发青白,"进去了更糟。"

"小寻寻,让我抱下。"他又开口,揽住了她,却把枪指在了她的太阳穴。

沈寻顿时僵住:"你要做什么?"

"没子弹了,别害怕,"他在她耳边轻声道,"乖,配合下,我们演好这出戏。"

听到他这一句,沈寻本欲挣扎的手臂缓缓松开,垂下的手却碰到一片湿漉漉的衬衫，她低下头，看到他腰侧已经被鲜血浸透。

"你中弹了？"她声音不稳，整个人也抑制不住地开始颤抖，"祖安，你到底是什么人？"

"当然是坏人啊。要不怎么拿枪对着你？"他的声音温和，仍带着玩世不恭的味道。

沈寻深吸了口气，缓缓问出声："三年前和你在瑞山陀塔看日出的那个人，就是……"

剩余的字，她没能说出口。祖安的手指按住了她的嘴唇。

"嘘，小寻寻，不要猜，不要多想，活得简单点。"祖安看着她，微微一笑。

那个笑容，却让沈寻的泪水瞬间涌了出来。

她知道，自己猜对了。

"祖安，放下枪。"

清晰的中文忽然从扩音器里传来，那嗓音让沈寻猛地抬起头——不远处的警车旁，站着一道熟悉的身影，是身着便装的林津。

"小舅！"她喊出口，却发现自己喉咙嘶哑，发不出声来，取而代之的是汹涌的泪水。

她急忙扭头看向祖安："是我小舅，没事的，我们一起去见他啊。"

祖安钳制着她的手却没有松。

"我已经不行了，送你一程也好，"他声音温和，每一句却又像用尽他全身力气，"小寻寻，有件事我骗了你，我姐姐没有嫁人。很多年前她就死了，吸毒……你可不可以答应我，每年去看一看她……她的墓碑，在景清的南山。"

他的呼吸已经越来越重。

"我不！"沈寻浑身冰凉，又急又慌，"要去你自己去！"

"祖安，我再次警告你，放下枪。"林津沉肃的声音再次传来，添了几分严厉。他身边的缅甸警官也发声督促。

沈寻看见他们的后方，有狙击手架起了枪，已是瞄准姿势。

"祖安，你放开我，这样你很危险！"她呼吸急促，试图挣开他的束缚，却见他开始踩油门，往前闯去，她大惊失色，"停下来！"

"小寻寻，祝你和心上人能白头偕老。"轻柔的一句，在沈寻头顶飘起。她听见林津发出一声暴喝，然后，她就什么也听不见了。祖安突然松开了她，她的身体歪向一旁，那一霎间，她感觉到有温热的液体溅在了她脸上。

沈寻看见阳光从车窗里洒进来，落在祖安琥珀色的瞳仁里。他的眼里，有尚未消散的笑意，掠过她的影子。那眸光里的情景，像他们早上刚看过的日出，佛塔晨光里，浮云掠影，寂静温柔。

她感觉自己好像瞬间被抽离了意识，飘在了半空中，看着呆若木鸡的自己，静静靠在座椅上的祖安，还有慢慢围过来的警察们。

都说蒲甘随手所指处尽是佛塔，步步遇菩萨。为什么，没有一尊菩萨愿意怜悯，出手阻止眼前这悲剧？

一个半月后，北京。

电梯门叮的一声，在十二层缓缓打开。午休时间，写字间没什么人，但她走到最里面时，迎面还是碰上一名女同事，对方惊讶之色溢于言表："回来了？身体还好吧？"

"挺好的。"沈寻微笑点头，没有停下脚步，也打消了对方想要进一步寒暄的念头。

走廊尽头，她敲了敲磨砂玻璃门。

"进来。"郑书春的声音不疾不徐地传来，能听得出有一丝不快。

沈寻推门而进："不好意思，打扰你午睡了。"

郑书春正要从沙发上起身，抬头见是她，精神立马上来："你怎么来了？来，坐这儿。不是说明天才上班吗？我本来还想说明天周五，干脆让你再休息两天，下周一来呢。"

"再休息下去，浑身都要生锈了，"沈寻轻轻一笑，"这几年都被你虐习惯了，你忽然走温情路线，我反而觉得不自在。"

"少给我贫嘴，"郑书春敲了敲她脑袋，瞅见她手臂时目光却一滞，"都怪我，早知道那么危险，当初就不应该让你去。"

沈寻循着她的视线，看到自己手臂上那道疤，是那次和程立追人时留下的弹痕。伤口恢复得还行，疤痕已经很浅了，只是有时还是会发痒，也不知道是不是错觉。

"也是有收获的。"她抬头，声音平静。

"这倒是，虽然没有赶上禁毒日的专题宣传，但上周发出来后，又配合微博微信的发布，你这篇报道已经引起广泛关注了。我看你自己那个微博号的粉丝量也是一下子涨了上百万，好几个媒体圈的朋友都找过来，想给你做专访。"郑书春一说起报道，又兴奋起来。

"我都跟新媒体那边说过发的时候不要@我的号了，现在可好，最近光刷微博转发和评论都刷不过来,我干脆都不看了。"沈寻有些无奈地叹气。

"那怎么行呢,必须得好好经营你自己的品牌,后续做别的报道也更有影响力啊,尤其那些转发你报道的大V,你要注意和他们的互动,都能带动流量的,"郑书春指点着,眼见窝在沙发上的女孩可怜兮兮地合掌求饶,白皙的锁骨分明,她顿时心一软,"不说你了,这段时间怎么瘦了这么多?都没好好吃饭吗?"

"有啊,我有按时吃饭,"沈寻摇头,"就是睡眠不大好,不过吃药就会好点。"

"安眠药还是少吃,"郑书春叹气,又想起来,"你还没说你今天来干什么呢。"

"我拿下我的相机。"她在景清机场被掳走时,行李被留下了,辗转送到了林聿手里。在医院休养时林聿都还给了她,她拷下了照片,发现相机有点问题,就给了摄影同事去维修,顺带也方便编辑部选照片。

郑书春点点头:"那你去吧,他们也该吃完饭回来了。"

沈寻起身,朝她摆摆手:"那就明天见啦。"

"寻寻,"她走到门口时,郑书春突然叫住她,"你是不是喜欢上了一个人?"

沈寻的脚步顿住,转头看向她,没有说话。

"你相机的照片,有一个人,出现了很多回。"瞅见她沉默的神情,郑书春忽然后悔起自己的多事。

沈寻轻应了一下,走出她房间。那一声"嗯"太轻太模糊,让郑书春怀疑自己是不是幻听。

拿了相机,她避开人流开始多起来的电梯,走楼梯下楼。整整十二层,空荡荡的楼梯间,只有她自己的脚步声,一下又一下地回响。

——三哥?

——嗯?

——我希望这楼梯没有尽头。

——那是恐怖片。

——讨厌,你怎么一点也不浪漫。

——恭喜你终于认清现实。

——你说的我知道,可是程立,你在这里。所以,我也会在。如果你不离开,那么,我也永远留下。

她骤然停住脚步，脑海中的声音也戛然而止。

在马路边等红灯的时候，她拿起手机，漫无目的地刷微博，又是几百个@跳了出来。原来是一个当红男明星转了她那篇报道。

那名男明星在转载时引用了她文章里的一句话——迄今为止，人类对于外部世界的探索，已经到了一定的水平。但对于自身的认识，或许远远不够。

他评价她的文字：平静、残酷、温柔。

报道在微博上被新媒体部的同事处理成了偏文艺风的图文，配着全文链接。她再一次点开。

那些照片，明明来自她的镜头，却令她熟悉又陌生。照片下方，细碎的文字描绘着简短的故事、漫长的人生。

刘×，二十六岁，警察，抓吸毒人员的过程中被车撞伤，下肢终身瘫痪。

宋×，二十八岁。十九岁时在酒吧和刚认识的朋友玩，蹭吸了冰毒，二十岁开始经历了两年的强戒。二十六岁在蜜月旅行期间住过三家酒店，都因身上有吸毒记录被检查，一个月后丈夫家里提出离婚，两个月后她复吸。

罗心雨，十四岁。她母亲因为父亲吸毒离家出走，父亲逼她买毒、吸毒，如果不从，就用烟头烫她。她是唯一要求披露自己正脸和名字的被访者，希望母亲看到她满是伤痕的手，可以回来看她。

....

她摁灭屏幕，把手机放回口袋，点了一支烟，抬头望向对面的街道。

转眼就到初夏。北京的风还有点凉意，但姑娘们都已经迫不及待换上轻衫短裙。她低头看了眼自己穿的灰T恤和工装裤，还是去年买的，或者是前年？一旁有个大学生模样的男生伸手在她眼前晃了晃，表情激动："你是沈寻沈老师？"

沈寻吐了一口烟，礼貌一笑，表情轻淡："你认错人了。"

男生不屈不挠，低头从手机里翻出一张照片，举到她面前："怎么会不是你呢，你看，就是啊。"

那张照片，是社里发她那篇报道时配的。

她挑眉："还真像哎，但确实不是，抱歉。"

绿灯亮起，她抬步混进人流，背影利落。

厚重的窗帘掩住了午后的阳光，静谧的房间里，只开一盏台灯，茶几上的蜡烛微微闪烁，散发着淡淡的香气。

"何医生，你换了蜡烛，味儿和上次不一样。"沈寻躺在软榻上，轻声开口。
"嗯，上次你说你喜欢佛手柑，这款成分里面有。"何与心答，"放松。"
"难怪……"沈寻轻喃，深吸了口气，闭上眼。
"最近睡眠还是不好？"何与心问。
"老做梦。"
"梦到什么？"
"梦到自己一次次中枪。"
"开枪的人是谁？"

沉默。

"还梦到什么了？"
"雪，好多雪，到处白茫茫的。"她轻声答。
"这个季节的缅甸没有雪。"
"我答应要陪祖安去北极圈的。"
"那并不是你的错。"
"是我的错。"她语气平静而固执。
"那等到下雪的时候，去一趟北欧好了。"
"嗯，今年去。"
"还想做什么？"温柔的声音，逼迫着最深的渴望。
"想见一个人。"

想回到那个春天般温暖的地方，回到那个装醉的夜晚，看着那双寒星一样明亮的眼睛，肆无忌惮地和他告白，听他说一声愿意。

"谁？"

她抿住唇，把那个名字压在心底。

"小舅妈，你有没有看过一部电影？"她问，换了称呼，语气轻软。
"什么电影？"
"我昨天看的，刘德华的《龙在江湖》。"
"好像有点印象，很老的片子了吧。"
"嗯，里面有个女的叫 Ruby，是刘德华老婆 Cindy 的闺密，她提醒 Cindy 说，'男人做事不要妨碍他'，可 Cindy 没听她的警告，结果自己被撞死了，还害分心的刘德华被砍了一刀。"
"寻寻。"何与心伸手摸了下她的头发，"有什么心事就说出来，别憋着。"
"没事，"沈寻微微一笑，仰头看向她，"从前我妈告诉我，无论遇到什么事，都不要乱了生活的规律，要好好吃饭，乖乖睡觉，我记得。"

她没有跟何与心说，昨天她还发现，那部电影还有另外一个名字，叫《没有明天》。

片尾梁咏琪对刘德华说，我想得很清楚，我们没有可能。然后利落地离开，再也没有回头。

她多羡慕这样的决心和决绝。

"你爸回国了吧。"何与心扯开话题。

"嗯，晚上要和他吃饭，好像还约了其他人。"沈寻答，这才想起来似乎应该换身衣服。

换作从前，她是排斥参加应酬的，但现在，她需要被安排的生活，让她可以少一些时间胡思乱想。

所以，她也接受林聿的安排，每隔三天就到何与心这里来接受心理咨询。

其实很好笑，她连她的心都找不到了，怎么问心事？

目送着沈寻的身影混进了人群里，何与心拿起手机拨号。

电话那头，林聿温和的声音传来。

"寻寻刚离开我这儿。"她柔声开口。

"昨天我给她打电话，她说她还好，听起来语气倒是恢复了以前的生气。"

"她现在每天都要吃抑郁药，这哪儿叫好？哪儿叫恢复了？"何与心轻叹，"她还是有很重的心结，对不起，是我没用。"

"不怪你，"林聿沉默了半晌，"解铃还需系铃人，但是那样的可能性我也说不准。说实话，做这行这么多年，我从来没有后悔过自己的决定，但这次，我……"

他止声，如鲠在喉。

"我明白，我会尽力，"何与心觉得有些心酸，"你也注意安全。"

第十七章
再相遇

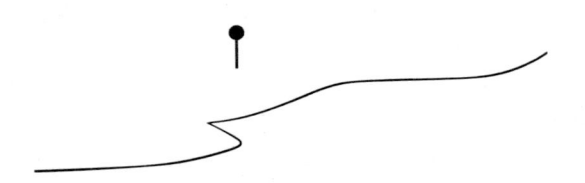

沈寻到包间时，里面只有沈晋生一个人。她顿时明白，他是故意跟她说早了时间，想父女二人相处一会儿。

"爸。"她叫他，隔着一个座位放下了手袋。

"你坐我旁边，你宋倩阿姨不来了，她台里临时有事。"沈晋生淡声道，目光扫过她的衣着，眼神里透着几许满意。

沈寻并未觉得多欣慰，她从小就已经习惯，她这个外交官父亲，最讲究"得体"二字，而她每次同他一起出席交际场合，都感觉自己像被系了蝴蝶结的礼盒。

"怎么瘦了这么多？"第二眼看她，沈晋生皱了眉头，"林聿跟我说了，你这趟吃了不少苦。"

"没事。"沈寻轻声答，目不转睛地看服务员替自己斟茶。

"当初我就不赞成你做什么记者，都是你外公惯着你，"沈晋生又重复老话题，"像你宋倩阿姨一样，做个女主播不也挺好吗？"

沈寻笑了笑，没说话。

那有什么好？照着别人写好的剧本念，连笑容都掐分算秒地适宜，何其无趣。

不过沈晋生喜欢就好，或许他的工作和主播也有异曲同工之妙。她已经长大，不似从前，早就懒得争辩。她有时候想，当初沈晋生怎么会看上做导演的妈妈呢？大概生活太按部就班，所以被自由的灵魂吸引？但到后来，还是忍不住要把她圈禁在他狭小的天地里，只做他的沈太太。她的傻母亲该是有多爱这个男人。

"跟你说话，你在听吗？"沈晋生不满地提醒。

"在听，但目前不打算换工作。"她答。

"你年纪也不小了。"沈晋生的语气难得地透着点迟疑，似乎接下来要说的主题不是他擅长的。

"你不是想要给我安排对象吧？"沈寻半开玩笑地侧首，在瞧见他表情时顿时一愣，"真的？不会就是今晚吧？"

没待沈晋生回答，门口传来几声礼貌的叩击声，一位气质温婉的中年女子走进来，身后跟着一位二十多岁的年轻男人。

"老同学，咱们真是多年不见了啊，"她笑着同沈晋生打招呼，"不好意思，迟到了。"

"没有没有，是我们来早了，记得上回见面还是在你巴黎家里，你的那幅画我可一直珍藏着呢，"沈晋生轻拍了一下沈寻肩膀，"陈岚，给你介绍下，这是我女儿沈寻。"

沈寻只得站起身，微笑颔首："阿姨好。"

"这孩子长得真好看，"陈岚看着她，眼里有惊艳，转头拉了下她身后的年轻男人，"晋生，这是我那个不听话的儿子，杨威。"

"沈叔叔好，久仰大名。"杨威恭敬地同沈晋生握手，朝沈寻也是眨眼一笑。

这男人一看就是那种从小淘气的孩子，但面相很好，这种别人做也许会显得轻佻的表情，在他脸上出现却格外自然。

一顿饭，四个人吃得还算气氛融洽。陈岚是个画家，虽然娴静婉约，但酒量却很好，故友相见，和沈晋生开了两瓶红酒，相谈甚欢，到后头聊得好像都忘记了儿女相亲的主题。

杨威也是自来熟的性格，和沈寻聊了一会儿，嫌圆桌隔得远，干脆坐到她旁边天南地北地瞎侃。但他始终保持彼此间的距离，并总是能及时给沈寻续茶，痞痞的表面，但有良好修养。

"我跟你说，我有个特别好的哥们儿，特别帅，特别有性格，以后有机会介绍你认识，"他开始诉说他的朋友，"不过前段时间我寄了一箱东西给他，把他给气的呀。"

沈寻端着茶杯的手停住。杨威，她突然想起来，她似乎听过这个名字。

"你说这人也是，哄姑娘不买包包首饰，居然买一箱子可可粉。然后我就捎带了些私货，把他给气的呀，你知道我捎带了什么？"

她抬眼看向他："避孕套。"

杨威一愣："嘿，神了，你怎么猜到的？"

"你寄给了我。"沈寻轻声开口。

"我去！"杨威瞪大眼，忍不住喊出声。

快递是他的助理联系程立给寄过去的，他以为收件人就是程立。

"杨威，你干什么呢！嘴巴不干不净的。"陈岚听见了他的脏话，蹙眉斥责。

"没事，阿姨。"沈寻微微一笑，"我给他讲了个笑话。"

是可笑啊。到哪里也逃不开那个人的影子。

"你是程立的女朋友？"杨威瞅了一眼陈岚和沈晋生，低声问她。

再一次从别人口中听见这个名字，让沈寻觉得有种千山万水的恍惚。

——你告诉我，我们还有没有机会再见面？

——我不知道。但是我想，也没有必要吧。

她想起那天在景清市局彼此最后的对话。

她究竟是他的谁？她无法回答。

"你知不知道，两个人之间最惨的关系是什么？"她盯着酒杯，双眼微微湿润。

杨威表情凝重起来，摇了摇头。

"是未完，不待续。"

那个饭局，让杨威出现在沈寻的人生里，当然，不是能进一步发展的相亲对象，而是个兄长一样的男性朋友。虽然这个兄长有点闹腾，有时候比她还孩子气。但是有个人经常跟她胡说八道，拉着她各种组局、蹭局，也算生活多了点调味料。有时候在酒吧遇到她被人搭讪，杨威会立即挡住对方，说辞千篇一律——干吗呢，不想活了，敢泡我嫂子。第一回听他这么扯的时候，沈寻还愣了一下，有点心酸，后来也就麻木了。反正杨威也清楚，他的哥们儿已经很久没有联系过他，就像人间蒸发了一样。只是他们也似乎形成了一种默契，从来不提他的去向。

不知不觉到了7月，又是一年夏天。大概是考虑到她的状态，郑书春不再安排她出差，只是派一些国际性的选题，让她发挥下英文特长，做一些电话或邮件采访。要么就是利用下她的知名度，做一些音频和视频新媒体策划跨界节目。沈寻不爱露脸，视频几乎都拒了，只选择了一家这两年迅速发展起来的音频平台，做一档脱口秀类的节目。一方面她喜欢这家创业平台的风格，另一方面搭档晓乐也对她的胃口。

"沈寻，就刚才那个听众的留言，我来问下你，你觉得你理解的爱情是什么?"这一天,节目当中,晓乐突然问了她这个问题。

沈寻愣了一下,然后笑着答:"爱是恒久忍耐,爱是恩慈,爱是永无止息。"

晓乐顿时抗议:"你这也太不诚恳了,拿《圣经》搪塞我们,不行。"

留言栏里也跳出一些用户的实时抗议。

"好吧,我想想,"沈寻敛了笑容,声音平静,"对我来说,爱情是什么?我觉得,不是一时间的意乱情迷,不是单纯想要得到、占有,或者被需要。而是你对一个人的喜欢,让你一个瞬间接一个瞬间,一天接一天,你的内心、意志、行为都在发生变化。区别在于,那是正向还是负面的变化。对我来说,我喜欢着一个人,他让我成长,让我变得更好。"

晓乐看着她,心里有些异样的感觉,嘴上忍不住追问:"你们在一起了吗?"

沈寻沉默了下才开口:"我觉得,他一直在我身边。"

她能做的,就是在远方用自己的方式支持他,支持和他一样用自己的青春、热血在默默奉献、牺牲的那群人,致敬他们的理想和心愿。

做完节目下楼走出大门时,沈寻发现外面已是瓢泼大雨。每年这个时候,北京都会有强降雨,早上她也听到了雷电预警,结果出门还是忘记带伞。她正琢磨着上楼借把伞,转身却看见晓乐和两个男人走了出来,其中一位是这家平台的创始人于俊,另一位四十岁左右样子,气宇轩昂。于俊跟她打招呼,随便介绍那人:"沈寻,这是成亚控股的程总,也是我们投资人。"

程成伸出手:"久仰大名,你那篇报道令人印象深刻。我弟弟也在一线做禁毒工作,所以我挺有感触的。"

沈寻一怔,一时忘记和他握手。

程成并不介意她的怠慢,不动声色地收回手,笑了笑:"我弟弟叫程立,不知道沈记者认不认识?不过云南这么大,也不一定能碰到。"

沈寻喉咙发紧:"认识,我还知道您送给他一台 La Marzocco,我喝过,做的咖啡味道很好。"

"是吗?"程成眼神惊讶,随即扬眉一笑,"那真是太巧了,幸会啊。"

这时,一辆黑色的轿车驶到楼前台阶下,司机开了门,撑着伞走到程成身边等候。

"沈老师,不如让我送你一程?"程成抬手指了指车,语气诚恳。

沈寻点点头:"那就麻烦程总了。"

她同于俊和晓乐告别,司机先把她送进车里。她抬眼看见司机又替程成撑伞,把他送上车。

坐进来的那一霎，程成肩膀上稍微淋了点雨，他抽了张纸巾，将外套上那点雨珠轻轻擦干。沈寻忍不住想，这几步路，如果是程立的话，可能不用司机撑伞，自己就淋着雨上车了。

想到这里，她眼前又浮现出程立的样子。一回是那次去玉河镇的路上遇到大雨，他淋湿了，却只关心她有没有感冒，还有一回是他辞职的那天，漫天细雨里，他离开的背影孤独决绝。

所有的记忆，所有的画面，甜中掺着苦，让她忍不住想起，却又不敢再多想。这种滋味，就像身体里藏着一道无形的伤口，那么痛，却无从修补。

"空调会不会冷？"程成轻声询问，温文有礼。

沈寻摇摇头："挺好的。"

眼前这个男人，衣着考究，举止优雅，相貌并不算多么英俊，但胜在气质。

"您和程立长得不像。"她开口。

"我猜沈老师是想说，弟弟英俊如电影明星，怎么哥哥相貌如此平平？"程成侧首看着她，微微一笑。

"我不是这个意思，"瞅着他略带调侃的眼神，沈寻有点不好意思，"您叫我沈寻就好。"

"没关系，我早就习惯了。从他上小学开始，喜欢他的女生都会找我给他传递情书。我曾经乐观地以为十封当中好歹有一封是给我的,结果全是给他的。"

"为什么不直接给他啊？"沈寻好奇。

"这小子从小就不大爱搭理人。"

沈寻想象着程立小时候的样子，忍不住弯起嘴角。

"真的没有给您的情书吗？"沈寻放松下来，和他开起玩笑，"我觉得您也不差啊。"

"嗯，幸好一百封中有一封是给我的，最后那个女孩子做了我太太。"程成笑了，"你看，所以量不重要，得看质，他收到过那么多情书，也还没成家。"

"是呢。"沈寻笑着笑着，有些怅然。

"他工作特殊，忙起来没日没夜的，一般都是他找我，说起来我也有一阵没和他联系了。"程成的语气略带感慨。

沈寻点点头，没接话。她抬眼看向车窗外，大雨如注，天地茫茫，一如她的心境。

此时的程立，正坐在夜总会的包厢里，揉着眉心听人吵架。

"三哥怎么教我们的？出来混要用脑子，不要以为你流过点血、断过几根骨头、有胆砍人就以为自己多了不起了，"隆重得过分的水晶灯发出耀目的光线，仍刺不穿房间里的烟雾升腾，一个光头壮汉扬了扬夹烟的手，指着桌旁一个低头的男人，"让你找个小孩都找不到，我留着你有什么用？"

熊海缩了缩脑袋，几乎要跪到地上："波哥，再给我五天时间。"

"五天？"光头男啪的一声砸碎了手上的酒瓶，拎起碎裂的瓶口对上熊海的脸，"你还有脸提五天？我告诉你，最多两天，我要是见不着黄伟强他儿子的尸体，死的就是你！"

"葛波，够了。"程立微微坐起身，语气透着点疲倦和不耐烦。

"三哥，"光头葛波对他很恭敬，"你是不是伤口又不舒服了？要不先回去歇着吧。"

"我本来打算在这儿休息的，结果你们来了。"

程立抬起头，面无表情地瞅了他一眼，葛波顿时有点尴尬地直起身："不好意思三哥，是我打扰了，应该让娇娇好好陪你的。"

他朝程立旁边的年轻女人递了个眼色。得到指示，娇娇这才敢挪过去，斟了一杯酒。她刚捧上前，程立就淡淡出声："伤还没好，喝茶吧。"

"怎么这么不懂事呢？"葛波不满地朝娇娇嚷嚷，又踢了踢熊海，"去，赶紧给三哥弄茶去。"

熊海连忙点头，几乎连滚带爬地出门了。

这边娇娇也是连声道歉，端起杯子就要喝酒谢罪。

程立抬手挡下来，语气温和："女孩子家少喝酒。"

娇娇嘴一撇，眼里浮上了一层泪雾，有欢场女子演戏的本能，也藏着几分真的感激。她看着眼前这个英俊而沉默的男人，心里有点小小的躁动。这地方来来去去的男人很多，但难得有像程立这样的，外表出众不说，也从来不难为女人。更难得的是，他每次来，只点她的名，这让其他姐妹格外眼红。

想到这里，她不免有点得意。扬起下巴，她抬着迷蒙的眼，伸手轻轻抚摸他的侧颜。

"可惜了，多了道疤。"对着他脸上那道刚结痂的伤口，她忍不住叹息。

程立吐出一口烟，眯起眼看着她："我又不打算靠脸吃饭，有条疤有什么关系。"

灰蓝的烟雾里，他嘴角微勾，轮廓有种落拓的邪魅，娇娇看得失神，也看得心痒。终是按捺不住，她贴近他，大胆吻上那性感唇角。

他并没有躲,只是微微侧首,吻得漫不经心。他喜欢的那个女孩子,有和娇娇相似的侧脸,但被他轻轻一亲就会脸红。

"要我说,三哥脸上多了这道疤,更有男人味儿了,"葛波感叹,"不过真是险啊,两发子弹,一颗差点打中脑袋,一颗离心脏就差那么点距离,三哥你大难不死,必有后福。"

"后福?"程立往后靠了靠,要笑不笑地看着他,"什么福?"

"你是魏叔的救命恩人啊,"葛波瞪大眼,"就岳雷哥跟了他那么多年,也没那勇气替他挡子弹,他以后一定不会亏待你。"

"我恰好离得近罢了。"程立抽了口烟,仍是风轻云淡的笑,"换你也一样。"

葛波干笑了下,挠了挠头:"我不知道……反正三哥你是真爷们儿,我服你。要不是你,就这次我们和黄伟强干这一仗,我没准都没命回来。"

这时熊海也端着茶壶回来了,听到他们的谈话,也连连点头称是。

"黄伟强的儿子,我要活的。"程立并不在意他们的奉承,径自吩咐。

"为什么不斩草除根?"葛波不解地问。

"有些事情我还要弄清楚。"程立缓缓开口。

"什么事要弄清楚?"门口传来一道声音,包厢里的人纷纷站了起来。只见魏启峰缓步进了门,身后跟着他自己的贴身保镖、叶雪和廖生。

程立要起身迎接,魏启峰抬手制止:"你好好坐着。"

"伤还没好,就不要抽烟,"魏启峰走到程立身边坐下,抬手把他指间的烟夺了摁灭,语气分外亲切,"说说看,你怎么想的?"

"我来这儿时间不久,前因后果也不那么清楚,对生意也不熟,"程立抬眼看下他,语气轻淡,"就是觉得有点蹊跷,这么多年,您和黄伟强井水不犯河水,难得做一回买卖,就出了岔子。"

"嗯,只是黄伟强这条命是在我手上丢的,这血洗也洗不干净了。"魏启峰嘴角噙着一丝笑,低头看着自己张开的双手,仿佛上面真的沾了血一般,"我也想过,那个祖安跟了他这么多年,为什么现在才动他的钱?听说被一枪爆头,这么利落,像是谁急着要灭口。"

淡蓝色的灯光下,程立面无表情,神色甚至有点冷酷:"出来混,有欠有还,谁又撇得干净呢。"

魏启峰点点头,又问:"黄伟强的儿子叫什么?"

"黄汉钧。"葛波凑上来回答。

"嗯，你们用点心把人赶紧找到，找着了让你们三哥好好审审，"魏启峰拍了拍程立的肩膀，站起身，"我先走了，年纪大了，在这乌漆麻黑的地方，闷得慌。"

"魏叔，先跟您说一声，我下个月打算回趟北京，老爷子过生日。"程立徐徐开口，撞见叶雪有些惊讶的眼神。

"是吗？老爷子多少岁了？"魏启峰问。

"今年整七十。"程立答。

"哦，七十大寿，那应该回去一趟。"魏启峰点点头，又问，"不怕被盯上？"

"被谁盯上？"程立看着他，黑眸沉静。

"谁？"魏启峰挑眉，"警察啊。"

"我有做什么吗？"程立问。

魏启峰一怔，而后才朗声大笑："对，对，你说得没错。好吧，你自己看着安排。"

"怎么，你也要跟我一起走？"瞧见叶雪也跟着起身，魏启峰有些意外，"不陪陪阿立了？"

"晚上约了人，本来今天也是有事找您，顺便跟着过来。"叶雪答。

魏启峰瞅了瞅她，又看着程立笑了笑，转身离开。

程立低头玩着手里的打火机，表情专注，仿佛没注意叶雪离开时有意踩得有些响的高跟鞋声。"三哥，雪姐是不是吃醋了？"娇娇轻声问，有点怕，又有点高兴。

程立轻扯嘴角，瞅着她微微一笑："你说是就是。"

"阿立这小子有点意思，有潜力。"坐上汽车，魏启峰似乎有些感慨。

"他怎么了？"叶雪问。

"别人像他这个境遇，应该是避嫌，他倒是坦荡，想走就跟我说走。"魏启峰道。

"那你不怕他飞了啊？"叶雪撇撇嘴。

"这不有你在吗？"魏启峰看着她一笑，"好鹰要熬，费些时间也应该，我有这个耐性。"

"小心您被啄了。"叶雪泼冷水。

"这是怎么了，在跟阿立闹脾气？"魏启峰坐直了身子，打量她，"刚才我就觉得你不对劲。"

"没有，我跟他有什么好闹的。"叶雪否认，望向窗外，过了一会儿又轻声开口,"我就是觉得,好像有点不认识他了。"

她想起一个多月前那场火拼,黄伟强因为他丢了的那五千万来找魏启峰理论,本来双方的开场还算平静,不知谁突然就开了枪,她被廖生护在角落里,亲眼观看一场近距离的血腥厮杀,也是第一次,她看见那个她从青春时期就迷恋的英俊男子,可以多么狠戾冷酷。炙热的阳光下,温柔流淌的清泉边,他白衫黑裤,满身是血,仿佛一幅妖异的画。

她想,那样的他,大概震慑了所有人,包括魏启峰。因为在他们所在的世界,斗的就是狠,就是残酷,就是谁可以不顾一切。

"你刚才说晚上约了人,约的谁?"魏启峰问她。

"江际恒,"叶雪收回思绪,淡淡地答,"他说想见我。"

魏启峰瞅着她的侧颜,陷入沉思。

"三哥,陪我唱歌好不好?"舒缓的前奏里,娇娇举着话筒柔声央求。

程立抬眼看到屏幕上的歌名——《许愿》。

他笑了笑:"不会,让葛波陪你。"

娇娇不情不愿地把话筒递给旁边的葛波,但嘴巴一张,立马投入到歌唱里,倾情演绎。她嗓子不错,葛波一个糙汉子唱起歌来也是有腔有调。程立又点了根烟,静静地吸,静静地听。

> 我喜欢回味
> 记忆的美
> 让人懂得感谢
> 你现在让谁
> 听你喜悦
> 陪你掉眼泪
> 嘿 好久不见
> 请你许个愿
> 要感情不再那么容易变
> 让心不被距离拉得太遥远
> ············

"三哥,你有什么愿望?"娇娇唱完,兴奋地举着话筒,凑到他嘴边。

她像个记者在做采访。

程立的眼神有一霎恍惚,话筒里放大过的声音淡淡地在房间回响:"没有。我已经拥有很多,走一步算一步。"

娇娇点点头,似懂非懂。

葛波又唱起一首老歌,声音是刻意的凄凉夸张。

> 当你见到天上星星,可有想起我
> 可有记得当年我的脸,曾为你更比星星笑得多
> 当你记得当年往事,你又会如何
> 可会轻轻凄然叹喟,怀念我在你心中,照耀过
> 我像那银河星星,让你默默爱过
> 更让那柔柔光辉,为你解痛楚
> 当你见到光明星星,请你想起我
> 当你见到星河灿烂,求你在心中记住我
> ············

程立掂着茶杯,低下头,似笑非笑。

不,不,希望你不要想起我,也不要记住我。

我的愿望是,希望你忘记程立这个人渣。

举杯至半空,似遥遥相敬。

寻宝,祝你嫁个好老公,幸福平安过一生。

音乐声那么大,盖住了他的心事。他也笑自己,没喝酒,怎么就有点醉了。

时至8月,这一年的股灾已从1.0版本升级到2.0,连楼下茶餐厅的服务员阿姨张口闭口都在提救市。

沈寻每回走出写字楼时,都忍不住担心,下一秒会不会有输红眼的跳楼者从天而降,落在她面前,或者正好砸到她。她的想象并没有成真,毕竟,贪生是人类本能,绝大多数人再苦再难挨,都会怀着一丝希望过下去。

"是奶茶不好喝?那看来我也不用点。"一道清朗的声音在头顶响起,沈寻回过神,看到程成站在桌边。

"不是,在想一点事情。这里的奶茶很好喝,"她不好意思地笑了笑,"这么巧你也在。"

"上午在附近和别人谈点事,经过这家餐厅,看到你坐在里面,心想也许

可以借上次顺风车之恩，蹭你一顿饭。"程成微笑着打趣。

"我的荣幸。"沈寻做手势请他坐下，"我推荐牛腩饭和奶茶可好，再配一份白灼芥蓝？"

程成扬眉："感谢。"

"程总看来心情不错，难得啊，股市最近哀鸿遍野。我看端菜阿姨都在讲希望救市。"

"其实人生最要紧的是会自救，一要看大势，二是清楚自己在做什么。你看历史哪有一次救市成功过？只不过跌得缓慢些罢了。清醒止损，才有机会。"

"倘若是执迷不悟呢？"

"总要触底的，痛不痛自己知道。"程成喝了一口柠檬水，抬眼看向她。

沈寻愣了一下，点点头。

"你摔痛过吗？"她问。

程成沉默了下才答："有。上次跟你提过做了我太太的女孩子，后来变成了我前妻。"

"抱歉。"

"不用抱歉，我只是在陈述一件事。"程成答，表情平静，"我听过你那天做的节目。"

"哪天？"

"就是我们见面的那天。"

"哦。"

"你说的一句话，挺有意思。"

"什么话？"

"浮沉有定数，而定数来自预见和伏笔，来自日常态度和处事方式。"

"你一定想，年纪不大，怎么讲话这么鸡汤。"沈寻忍不住笑。

"不是，作为一个年纪略大点的人，我觉得说得很有道理，"程成退了退身，让服务员将餐盘放在他面前，"倘若有什么事情结果不够好，那是因为我们自己在过往处理时就存在问题。"

"可你也说，有时候要看大势，听天由命。"沈寻看着他，眸光沉静。

程成微微一怔，看到午后阳光落在她白皙的侧脸上，有一种珍珠般的美好光泽。

"你很有趣。"他笑了笑。

沈寻看着对面的男人，却有些恍惚。命运多么神奇，她在遥远的云之南遇见了程立,不知何时会再见,此刻却又和他兄长一起,在浩大北京城里一间嘈杂的小餐厅吃饭。

嗨,你知道吗?我遇见了你的哥哥,你的亲人。他应该和我一样,也见识过你坏坏的笑容,发脾气的样子。可是,我却不能告诉任何人,我喜欢过你,事到如今,我还是那么那么喜欢你。

那天聊过才知道,成亚控股的新大楼就距离沈寻公司两个路口远。程成像是突然发现这家茶餐厅的美味,一周连着两次和她一起吃饭。

沈寻觉得,程成和程立这两兄弟是真的不大像。不只外表,还有性格。程立孤傲、沉默、坚韧、粗糙,只有离他近了,才能发觉他藏着的细腻和柔和。而程成却是外表温文谦和,内在果断。当然,他如果是优柔寡断的人,成亚也不会在他手里风生水起。

"为什么叫成亚?"她好奇地问。

"我有个妹妹叫程亚,她在美国。"程成答。

"那程立——程队呢?"她脱口而出。

程成顿了一下,看向她:"我父亲创业时,还没有程立。"

"有三个优秀的孩子,你父亲一定很欣慰,"沈寻接话,"老爷子身体还不错吧?"

"嗯,下周五就整七十岁了。"程成答,像是突然想起了什么,"会在我投资新开的一家牛排餐厅庆祝,你常年在国外,口味一定比我们精准,愿不愿意帮忙来试试菜?"

沈寻怔住,感觉有些突兀,还没回答,程成又开口:"程立也应该会回来,正好你和他也认识,多点人庆祝,老爷子也高兴。"

"这样……我看下我时间。"沈寻没有立即拒绝。或许,她潜意识里也不想拒绝。毕竟见到程立,是一个太深的诱惑、一个深植入骨的诱惑,在每一个辗转难眠的夜里都折磨着她,吞噬着她。

"程成对你有意思吗?"李萌听到这件事时,直接发问,"他爸过生日,总归是件私密的事,会邀请你参加,感觉不像把你当成普通朋友了。"

"他还说了让我帮忙给新开的餐厅试菜。"沈寻答。

"这才体现出作为奸商的厉害之处不是吗?想要更进一步,又附上看似名正言顺的理由。"李萌笑得意味深长,"沈寻同学,我看你搞不好要遇见兄弟争风吃醋的戏码,好刺激。"

沈寻拎起抱枕砸向她:"去你的。"

"我是认真的，"李萌坐起身给她分析，"成亚的市场总监Lisa姐跟我是朋友，她之前跟我八卦，程成从两年前离婚后，一直没有固定女友，偶尔有些暧昧花边新闻，也都是觊觎他的女方主动传扬，更没听说他主动接触过什么女人。"

"你们真够八卦的。"沈寻叹气。

"主要是Lisa姐见不得我单身，一直怂恿我去勾引她这位老板。"李萌翻了个白眼，语气有点遗憾，"可惜听说他身高一米七五，你知道的，我选男友的标准向来要一米八以上。"

沈寻一愣，想起来程成程立兄弟俩的身高差也是明显。

"怎么样？到底去不去？"李萌抿了一口梅子酒，打量好友，却见沈寻咬着唇，眼神空茫。

她叹了口气："这样，当晚我也去那家餐厅，如果你无法应付，摔杯为令，我便去救你可好？"

沈寻点点头，如在街头迷路又被寻获的儿童。

一顿晚餐，却让沈寻在穿衣镜前耗费两个钟头。白裙会不会太素？毕竟是吃饭，万一沾到一点污渍就不完美。黑裙又太庄重，最近气色不算好，也许会显得人越发苍白吧。不知不觉，床上堆了一堆试过的衣服，她抱肩坐在地板上，焦虑得像读书时即将要面对期末考试，真的，考试也没有那么难。

视线落在墙角的箱子上，那里还是林聿让人从云南送回来的行李。她把箱子拉过来，慢慢打开，从里面挑出在景清时穿过的那条玫红印花长裙。她还记得当她穿着这裙子走向程立时，夜色里他眼中一闪而过的惊艳。那时，她的心里洋溢着甜蜜与得意。

迟疑着穿上，又涂了红唇，镜中女子明艳如画。仍是旧日容颜，却换了心境。最是人间留不住，朱颜辞镜花辞树。前路茫茫，她突然不敢再想。这一生究竟该托付给谁，或者谁也不可托付？那样利落说等他三年，又是哪里来的信心？许泽宁不好吗？杨威不好吗？为什么不是张立、李立？为什么让她动心的，让她恨得无可奈何的，只一个程立？

一旁手机进了微信，是程成发来的，说快到餐厅了提前告诉他，他出来接。

下车时，程成果然已经在餐厅门外等候。他一改平日的商务风，穿着白色Polo衫，卡其色休闲裤，显得格外清爽。看到沈寻拎着裙摆上台阶，他倾身诚恳评价："非常美。"

沈寻笑了笑，心跳开始加速，通往包厢的走廊并不长，她却有种想要转身逃跑的冲动。

"这里。"程成推开一扇木门，轻拍她的肩带她进去。

包厢里坐着三桌人，大概都是关系比较近的亲友，见他们进来，目光都不约而同地落在他们身上。

那里并没有那道她熟悉的目光——沈寻忽然松了口气。

"程成可是很久不带女生出席了啊，不介绍下这位是谁吗？"席间一位长辈打趣。

程成只是微笑招呼，并未作解释，等到把沈寻带到父母面前，才介绍："爸、妈，这是我朋友沈寻。"

"谢谢你来参加我的生日会。"程筑虽然年至古稀，但目光炯炯有神，他笑着同沈寻握手，程老太太方颜蓉也笑着热情招呼。

"大哥，快带沈小姐坐下吧，程立你也来。"说话的女子应该是程亚，沈寻根本顾不上仔细打量她，却因为她的话瞬间僵直了背脊。

"嗨，大家好久不见。"低沉的声音在她身后响起，裹挟着千山万水而来。

她竟不敢回头。

"你小子居然最迟，要罚，"程成转身看向弟弟，却又皱起眉，"你脸上这道疤怎么回事？"

"擦伤而已。"程立淡淡一笑，用下颚点了点沈寻，"快让沈老师坐下吧。"

西餐厅是长桌，沈寻坐在程成身旁，正对着程立。刚上头盘，她已经食不下咽。他似乎胃口不错，专心对待盘中餐，表情风轻云淡。

"所以沈寻跟我们家程立也认识？"程筑笑呵呵地问。

"认识。"她微微一笑，迎上对面那双黑眸，只用一个词就讲完所有故事。

亲友们也没再好奇，毕竟对于他们而言，比起远在云南，向来沉默寡言的程家次子，更新奇的是程家长子在离婚后首次带女孩子回来。在座大多是生意场打拼的人，只言片语间，就已经了解推测到沈寻的家世背景，热心的都开始在打赌婚期。

席至中途，程立起身离开，大概去抽烟。沈寻看看四周，大家也开始觥筹交错互相走动，她也走出包厢。

餐厅后面的庭院很安静，沈寻一眼就看到程立。月光如河流，在彼此之间静静流淌。

他穿了件墨蓝色的衬衫，同色休闲裤，站在暗处。周身的亮光，也就是腕间一只手表,还有手上夹着的香烟。他的衣服总是低调冷清的色调,却总是能穿得那么好看妥帖。

他看着她,没有打招呼的意思,也没什么表情,仿佛见到一个陌生人。

她一步步向他走近,他站在原地,沉默地看着她。

"新手表?挺好看。"终于还是她弃械投降。

"我哥送的。"他答,"他每次买表都买两只。"

"哦,"沈寻嘴角微扬,"当初做什么警察呢?十年辛劳都换不来一只表。"

"我已经辞职了。"他答,眼睛黑漆漆地望着她。

"缅甸这么点地方,装得下程队的雄心壮志吗?历史上的大毒枭们,手下的军队都不及成亚的员工多吧。"

大概是听出了她语气里的刻薄,他眉间微微一蹙,却没有说什么。

离得近了,沈寻才发现他瘦了不少。他原本五官轮廓就分明,这样清减下来,反而显得他多了几分清秀的书卷气。

她忍不住暗嘲自己昏了头,居然对这样一个在腥风血雨里浸染的男人生出这样的形容。

"你脸上的疤怎么回事?"她问。

"说过了,擦伤。"他又狠狠抽了一口烟,呛着了,轻咳了几声,他下意识地捂住胸口。枪伤那种撕裂的痛,在过去几个月里,一直困扰着他,即使伤口已经愈合,那隐痛也仿佛还在,就像一团不为人知的黑暗。

"你知道这不是我想问的。"沈寻直视他的眼睛,那里宛如深海,什么都看不见。

他不说话。沉默变成一场最残忍的折磨,在这样的等待里,沈寻感觉自己像一个黔驴技穷的小丑。她突然心慌起来。

"对不起,我也许不该来。"她轻轻开口,声音里带着窘迫与疲惫,下一秒,她转身快步离开。

一股蛮力猛地拉住她,她撞进了他的怀里,呼吸里尽是他的气息。

他离她那么近,那么近。仿佛她一抬头,他的吻就会落下来。就像从前一样,粗暴、缠绵、温柔。

但是,什么都没有发生。他只是缓缓松开她。

沈寻等着他的审判。

他垂眼,语气轻淡:"我哥不错。"

"什么不错?"她声音有点颤抖。

"作为男友，作为老公。"他笑了笑。

"是吗？"沈寻气急反笑，"程立，你是以什么立场说这样的话？"

他的笑容渐渐隐去，黑眸里却仍没有一丝情绪："毕竟我们处过一段。"

"处过？"像被突然捅了一刀，沈寻抬头看向他，脸色发白，"你现在连喜欢这两个字都不敢说吗？"

一名服务员经过，忍不住回头打量他们——多出色的一对男女啊，但气氛似乎有点不对。

"告诉我，说这些话的时候，你的心会痛吗？你真的一点感觉也没有吗？"一抬头，灯光透过彩色复古玻璃，洒成一片血色，染红了沈寻的眼底。

"你要不要，现在就喊我一声嫂子？"她一字一顿，逼他，也逼自己。

"如果你想听，没问题，"他静静看着她，"我先回去了。"

"你去过瑞山陀塔看日出对吗？你是不是很爱那里的风景？"对着他的背影，她喉咙哽住，几乎难以成言，"那你知不知道，无论你有多么爱那里的风景，我都爱你更多。"

他停住脚步，背脊挺直，却没有回头。美式餐厅偏暗的装修风格，衬着迷离的灯光，让他整个人显得有点不真实。

"你不是说过吗，如果有机会再见面，就当我是路边垃圾，那样挺好的。"他似乎是笑了笑，声音平静且温和，"该说的话，我也早就跟你说清楚了。"

沈寻一张面孔苍白如纸："早知道是这样，当初我绝对不去云南。"

他走进门的那一霎，似乎是回头看了她一眼，似乎又没有。

沈寻有点恍惚，忍不住想这会不会是最后一次见面了。生了这念头，却又让她害怕起来。

再回到座位，程成脸上已有隐约的酒意，但仍然不忘关切地问她菜式是否合口味。对面的程亚大概是因为许久没见弟弟，凑近程立不断聊着什么。

李萌发了微信过来，一个问号。

沈寻回了一个丧气的小人表情，就接到了李萌的电话，那头是刻意带着撒娇的声音："寻寻，我醉了，带我回家吧。"

挂断电话，她同程成打招呼："实在抱歉，我闺密也在这家餐厅，喝醉了在找我，可能我得先走一步了。"

说话间，手机又开始振动，屏幕上"萌萌"两字不断闪烁。

程成未再挽留，沈寻同程筑夫妇、程亚和程立也打了招呼，拿起手袋匆匆离开。程立瞥了一眼她离去的背影，低头喝茶，垂眸间掩去眼底的情绪。

第十八章
很久以前

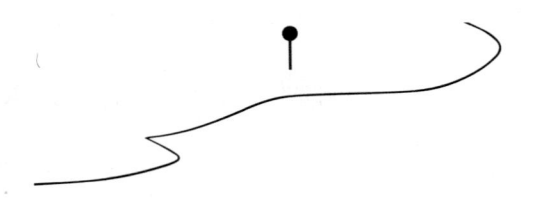

　　深夜，又下起雨。整座北京城都陷落在苍茫之中，落地窗上的水珠映着对面高楼的霓虹，迷离一片。

　　半杯威士忌，一支烟，越想沉醉却越清醒。轻柔的女声自茶几上的手机传来，在夜色里格外清晰。

　　——对我来说，爱情是什么？我觉得，不是一时间的意乱情迷，不是单纯想要得到、占有，或者被需要。而是你对一个人的喜欢，让你一个瞬间接着一个瞬间，一天接着一天，你的内心、意志、行为都在发生变化。区别在于，那是正面还是负面的变化。对我来说，我喜欢着一个人，他让我成长，让我变得更好。

　　——你们在一起了吗？

　　——我觉得，他一直在我身边。

　　他没有告诉她，他偷偷听过她的音频节目。在深夜里，一遍一遍，听她的声音，仿佛吸毒，上了瘾，失了心。每次听完，把记录删得干干净净，再听，再删，反反复复，直到所有声音都刻在了他心里。

　　可这些日子里听到的所有，都不如今晚她亲口告诉他的那几句那么惊心动魄。

　　——你去过瑞山陀塔看日出对吗？你是不是很爱那里的风景？那你知不知道，无论你有多么爱那里的风景，我都爱你更多。

　　她今天说，早知道是这样，当初她绝对不去云南。可她不知道，他们在很久很久以前就遇见了。

　　十三岁时，他做交换生去英国学习。临行前一天，他无意间发现妈妈抽屉里的秘密。那是一份孤儿院的证明,上面有三张照片,一个是两岁的他,另外一对男女他从未谋面。他第一次知道,哥哥姐姐是龙凤胎没错,但他不是妈妈生的老三,他是爸爸战友的孩子。

离开北京,独在异国他乡,他突然就害怕了。爸妈会不会不要他,会不会就把他扔在这里不管了?是不是那次他太调皮,把班上的同学揍了,他们才生气地把他送到国外?大哥说好了假期要来看他的,为什么没来?

在海德公园,他被人偷了钱包,坐在长椅上,觉得全世界只剩下自己。一个小女孩举着冰淇淋走近他。她短胳膊短腿,却想学他坐上椅子,他只好出手相助,她笑着把冰淇淋递给他,靠在他身边,小短腿一晃一晃的。

——你不要哭好吗,我把冰淇淋给你。

她奶声奶气地说。

时隔多年的边境客栈,他看到钱包里那张陈年照片,小小女娃穿着蛋糕公主裙,靠着美貌少妇,并排坐在公园长椅上,眉眼弯弯,笑咧了嘴,露出缺了两颗的洁白牙齿,手里举着比自己面孔还大的冰淇淋。

原来那时的小寻宝,还在换牙,却已经那么漂亮。

这些年,只有那一刻,他向一个陌生小女孩泄露了自己的心迹。只有她看到了他的眼泪。

后来再也没有人明白,为什么他会千里迢迢到云南。在他人眼里,或许觉得他不羁,或许觉得他反骨,或许觉得他痴情,只有他知道——他的亲生父母,以壮烈的方式永远留在了云之南。他没有机会见到他们,但他想用他的方式了解他们。

但是今晚,他知道,沈寻始终都懂,所以她说——无论你有多么爱那里的风景,我都爱你更多。

在他一生中最黑暗的时光,有一个女人这样偏执地爱着他。

只是她不知道,他爱她。

落地窗上,映着一张痛楚的俊颜。

我爱你。

他咬牙惨笑,低下头,衣角空空,再也没有白嫩小手,死皮赖脸捏在那里。

我在很久很久以前就爱上你了,沈寻。

你知不知道,我可以为叶雪死,却愿意为你生。纵然这向生的过程,如地狱般痛苦、煎熬。

因为,你比海洛因还毒。

上午十点半，酒店楼下珠宝店店长像往常一样送完小孩上班，却见手下店员双颊通红、眼神激动地望着她。

她皱眉："眼线都花了，什么情况？"

年轻店员扬了扬手中小票："店长，你最喜欢的那枚钻戒被人买走了。"

店长呆住："买家是不是刚才与我擦肩的那位黑衣男？"

店员连连点头，不胜唏嘘："方才我见他那气势，哪里像要买戒指，更像来抢劫的，谁知他一句话也没问，指了指戒指就直接刷卡。哎，同样是女人，怎么有人就那么好运。我男朋友炒股炒输了，昨晚跟我讲三个月不让我买新衣服，真是，分手算了。"

店长伸手朝她脑门弹了一记："专心做事，少做白日梦。"

年轻人就是天真，哪里知道生活深浅。瞧那位买家沉着一张脸，半分喜色也无，也许是被逼婚，也许是上门女婿奉命买戒指，大家都是关起门过日子，努力成就表面繁荣，私下藏着各自苦衷。

窗外，只见那男人站在车水马龙的街头，兀自低头抽烟，静默成一道孤独剪影。

"程先生？"并无特色的嗓音，在一旁响起。

程立的视线从建国路上的车流收回，落在眼前人身上，微微颔首默认自己身份。

"听说您来北京，魏先生说让我来认识下您，交个朋友。"微胖身材、平淡五官的男人伸出手，"鄙人马天。"

"我不随便交朋友，也不需要太多朋友。"程立淡淡答。

"我只需要您帮个小忙，"马天笑了笑，"我知道成亚旗下有家国际物流公司，和加州奥克兰港有货运往来，我想要一点信息，魏先生说你可以帮我。"

"我在成亚并无职位，也从未参与具体业务。"程立弹了弹烟灰，抬眼看着他。

"您有股份，而且，您一位老同学就在这家物流公司做副总经理，去喝一杯茶聊天叙旧应该很容易，"马天脸上的笑意越加诚恳，"我也知道您姐姐在波士顿有个可爱的小家，真意外，家底雄厚却只住中产阶级普通社区，大概太爱她那位朴素的教授老公。"

程立转过头，没有说话，一双黑眸冷冷看着他。

马天脸上的笑容渐渐有点挂不住。

"马先生，"在诡异的沉默里，程立终于开口，"你杀过人吗？"

马天愣了一下："我是律师。"

"哦，那就是没杀过？"程立吐出一口烟雾，轻轻挠了挠脸上那道疤，"你知道杀人什么感觉吗？"

"不知道。"马天语气僵硬。

程立微微一笑，目光牢牢锁住他的脸："我知道。"

"是魏先生叫我——"马天表情不佳地开口，却被程立拍了拍肩膀："好了，我知道了，我问问他给我什么礼物做交换。"

他缓缓笑开，露出洁白牙齿，英俊模样引得路人侧目，以为是撞见什么明星。

夜晚的仰光。叶雪拿起手机看了一眼，顿时怔住。

"怎么了？"江际恒问。

"魏叔让我考虑和程立结婚的事。"

"是吗？"江际恒抬眼看向她，微微一笑，"耽搁了这么多年，该结了。"

他低头吃沙拉，动作优雅。

叶雪看着他，欲言又止。

"这家餐厅很难订，我也是托朋友才留了一桌，"江际恒放下刀叉，拿起酒杯摇了摇，"怎么不吃？是菜不合胃口，还是不高兴见到我？"

"际恒，我知道你喜欢我。"叶雪缓缓开口。

"嗯，你一直都知道，"江际恒笑容未变，镜片后的眼神意味不明，"那又怎么样呢？"

他转过头看向不远处的亮光，轻轻叹息："大金塔真是壮观。"

"我记得小时候，我爸爸带我来仰光，我们在街上走，突然就停电了，四周黑漆漆的一片。整座城市只剩下大金塔在夜色里光芒万丈，璀璨得像在梦里一样，"他的视线落在叶雪脸上，语气异常温柔，"这里的人觉得世界上金子最宝贵，就把金子献给佛，指望着来换来世的幸福。要我说，真是蠢，这辈子的事都说不定，还下辈子？自己都救不了自己，还指望别人？"

"小雪，走近一个人，和走进一个人的心是完全不同的，"隔着举起的酒杯，他的视线幽深，"这种本质的区别，你也能体会，对吗？"

"你想说什么？"叶雪僵直了身体。

"他已经不爱你了，"江际恒冷冷出声，"你心里清楚。"

"这不关你的事，"叶雪站起来，"我先走了。"

"不关我的事？"江际恒起身上前，捉住她手腕，"如果不是我，你早死了，早就被扔在山沟里了！"

"放开我，你弄疼我了——"叶雪用力挣扎，碰倒了酒杯，江际恒却怎么都不放手，她往后一躲，另外一只手压在了杯子上，碎裂的声音伴着她的痛呼同时响起。

"该死的！"江际恒松开钳制，抓住她流血的手检视，瞧见一道不浅的伤口，视线顿时冰冷。

见叶雪眼里噙着泪不说话，他抬手将她鬓间碎发仔细挽到耳后："小雪，你乖乖的，好不好？"

她语带委屈："我知道他不再爱我。"

"没关系，你有我，"江际恒轻吻她的头顶，"你乖乖的，我保证一切都会好起来。"

那语气异常温柔，却让叶雪不寒而栗。

江际恒在十九岁时，并不相信一切都会好起来。

仿佛一夕之间，父亲交好的某银行分行长受贿被抓，江家资金链断掉。他在国外的学费与生活费无着落，只得回来，眼看着父亲四处求助，受尽冷遇。最难堪的是讨债的上门，拍着他的脸奚落——这么细皮嫩肉的男孩子，不如去夜总会，替你爸分忧解难。对方眼神里的猥琐和掌心的湿汗，让他冲到卫生间吐得昏天暗地。

他在最绝望时用仅有的钱买了车票去北京找叶雪。

她说有事，约的是晚上六点见面。

他按捺不住地先去了校园，看到人声鼎沸的篮球场上，白裙女孩和同伴激动地喊加油，看到进球高兴地跳起来，那一抹灿烂的笑容在夕阳里美得夺目。

他想起年少时骑车载着她，山路上洒满星光，她坐在他身后唱歌，唱错了词，也是那样开心地笑，吵醒了路边栖息的鸟儿，惊扰了温柔的月色。

只是眼前她的笑，是为篮球架下另一个人绽放。

原本是两个人的见面，却成了三个人的晚餐。

他还没有开口，叶雪已经担忧地看向他，说知道了他家的事。

他低头看见自己衣袖上沾了一点灰，透着风尘仆仆的狼狈，越看越碍眼。

再抬眼时，却见她的目光落在那个叫程立的男生脸上，后者点点头，我给我哥打个电话，他能帮些忙。

程立的语气很平静。

没有半分鄙夷，也没有半分不愿，也没有过分的热情。但就是那种平静，那种从容，那种得当，刺痛了他。

他忽略了叶雪脸上宽慰的神情，笑着致谢，并拒绝。

他连夜离开了北京。月台上呼啸而过的风，来来往往的人群，有小孩哭闹，有妇人埋怨，有人大声打电话，问钱怎么还没到账。千人千面，个中滋味，谁又在乎谁。

回到云南家中，桌上只有母亲留的一张纸条，说不必找她。医院打电话来，说中风的父亲需要他付医药费和住院费。

他看着镜中自己一张憔悴却清秀的面孔，突然就笑了。

从来笑贫不笑娼，债主当前，容不得人矫情。

走出家门时，却被人拦住。对方名叫王杰，问他，有一尊玉佛要出手，能否在他家拍卖行拍卖。

他迟疑着点头。他只要活下来，体体面面地活下来，无暇去管眼前路将通向何方。

第二年秋天，地方报纸开始刊登仲恒接班人如何力挽狂澜，尽显商业天赋。

有时天堂地狱一线间，只是人们分不清，究竟什么是天堂，什么是地狱。

如今三十三岁的江际恒，午夜梦回时看到镜中的自己，仍会听到有个声音在说，你真可怜，不过是他人手里捏着的棋子。

他会摇头冷笑，不，没钱才可怜。

而且，他不会一直做棋子。

本该属于他的，他会尽数要回来。

时光流转，他想要的基本已经在他怀里，只差一点，就差一点。

连着下了三天的雨，却没有什么凉意。连风吹过来，都带着一股潮热的感觉。三五个孩子赤脚在田地里追逐，溅了满身的泥巴，其中有一个冲到了屋檐下，被持枪守卫呵斥了回去。

魏启峰朝佛像拜了拜，上了一炷香，转身招呼程立一起坐下。

"魏叔。"他身旁一人轻喊了他一声，表情有些尴尬。

"嗯，是王杰啊，"魏启峰抬眼瞅了下这人，仿佛完全没注意他已经等了足足半小时，"你来了，好像好一阵子没见你了吧。"

"是，"王杰连连点头，"一直比较忙。"

"看来是真忙,忙得都快把我这个老头子忘了,"魏启峰径自切雪茄,"拍卖行和赌场的生意还好吗?"

"还不错。"王杰回答,语气恭敬。

"生意比去年少了三成,算不错?"魏启峰瞅着他一笑,"是不是找到别的更赚钱的门路了?告诉我,让我也多学习下。"

"魏叔您说笑了。"王杰额上沁出一层薄汗,笑容有些勉强。

"我说笑?"扔在桌上的雪茄刀发出一记突兀的声响,魏启峰敛了笑容,眼神冰冷,"我看你都忘记自己姓什么了吧!"

眼见王杰扑通一声跪在地上,程立收回视线,低头专心喝他的杯中茶。

人在江湖,有身不由己,也有不知履足,他日可以为利称兄道弟,来年也可以为利异心别起,不过是种瓜得瓜,种豆得豆。死心塌地当条狗,自然有狗的安稳命运,但就怕认不清主人。

手起刀落处,几盆清水冲刷下,一切又干干净净,风平浪静。只是抽着雪茄的魏启峰望着连绵罂粟田失了神,鬓角斑白似乎又多了一些。拳怕少壮,再凶狠的人也怕老。曾经手握刀枪、满身伤口也不曾迟疑,只因深信自己就是那王,可以一世嚣张富贵,不就是以命搏命、以血还血地斗狠。

但谁能想到,如今科技飞速进步,连生意花样都与时俱进,层出不穷。你以为西装革履的金融精英,正坐在高楼大厦里喝着咖啡、管理基金,但那密密麻麻跳动的数字里藏着黑色阴影;又或是看似正常不过的跨境贸易,进口商闷声发大财,只不过是躲在暗处的好伙伴给了优惠的汇率便利。

他抽了一口烟,眯起眼睛:"阿立,你知不知道,我从前养过一头老虎。"

程立转了转茶杯,微微笑:"老虎不好养吧。"

"嗯,小时候很听话,大了就开始伤人了,有一回把我也挠了,"魏启峰撸起长袖,给他看右臂上几道痕,"看,不浅呢。"

"然后呢?"程立问。

"被我杀了,拉走卖掉了,"魏启峰揉揉眉,看向他,"不好死,费了我好几颗子弹。"

程立点点头:"现在老虎也不多了吧。"

"你要吗?"魏启峰微笑,"你要我送一头给你。"

"还是算了,"程立也笑,"到我手上怕也活不久。"

"黄汉钧那边有什么进展吗?"魏启峰问。

"前天在景清边防被武警特勤大队抓了。"程立答。

"有办法打听到消息吗?"魏启峰问。

"很难,特勤大队队长沈振飞我比较熟。"程立语气利落。

魏启峰静静注视他数秒:"阿立,你真的适应这种转变吗,从兵到匪?"

"您要听实话吗?"程立笑了笑,"我会说,魏叔您说个数,怎样才能放雪儿自由。"

"跟我谈条件?"魏启峰挑眉,"我知道你家里有钱,可是小子,魏叔我呢,虽然喜欢钱,但更喜欢按自己放心的方式挣钱。再说,你看这里多好,山清水秀,不像你回北京老家还吸霾。"

程立沉默了下,望了一眼屋外:"魏叔,雨停了,我们出去走走?"

魏启峰点点头,摆了摆手,守卫并没有紧随着他们,而是落下十几米的距离在后面跟着。

走出一百米开外,魏启峰侧首看向他:"有话要跟我说?"

程立笑了笑:"雪儿跟我提过,你每隔两个月都要去瓦城一座寺庙和那里的老僧人下棋,最近一年一直让她跟着同去。她说,那寺庙普普通通,老僧人也没有什么出奇,茶也不怎么好喝,但沏茶的小僧人,那双手却长得和她的一模一样。"

魏启峰脚步没有停,只是伸手摘了一片叶子,捏在指间缓缓地揉着。

"外界传你无儿无女,所以冷血无情。可这么多年拼着命挣下来的身家,你真的舍得百年后就这么放手?分给底下一帮不怎么成器的下属,最后难免四分五裂,被他人蚕食;留给雪儿,说到底还是可能便宜了外人。"

"您心里清楚,强留着雪儿,未必留得住。但她要是知道自己有个弟弟,无论如何都是要护着的。那孩子什么时候翅膀硬了,能接班了,就是她能自由的时候。"程立目视远方,声音不疾不徐,"而我,如果想要她自由,就得陪她一起等,对吗?"

魏启峰扔了叶子,负手看向他:"你知道你和雪儿像在哪儿吗?"

程立没说话。

"在一个'情'字上,"魏启峰微微一笑,"有情,就不自由。"

程立看着他,一双黑眸深不见底:"这次我配合马天,是递一个投名状,但不代表以后还会这么合作。我不希望我家人继续牵扯进来,今后我只做我自身能力与资源范畴内的事,雪儿所要面对的责任,我会和她一起担负,除此之外,您不能再要求我更多。"

魏启峰凝视他半晌,朗声而笑。笑着笑着,他突然觉得有些苍凉,转身看向不远处那些持枪的卫士，护得住城池，却护不住一颗起了畏惧的心。亡命之徒开疆拓土，有底线者才能守江山。而年近古稀的他，看似操纵着他人，却也不过是被命运操纵。

眼前这后生，不贪权、不缺钱，偏偏为一个女人困住脚步，不知是痴傻，还是入戏太深。但不管怎样，他还有时间，有大把光阴可以熬，有很多机会可以从头再来，还不能体会，人生路走到最后，就是在一条死胡同越走越深，一点也无转圜的余地。

二人在回去路上，碰到疾步而来的岳雷，他一脸汗水，表情焦虑。

"怎么了？慌慌张张的。"魏启峰蹙眉看向他。

"魏叔，你要相信我，"岳雷有点语无伦次，"我真不懂怎么回事，我账上突然多了一千万，你知道，我有一百个胆子也不敢做什么乱来的事情。"

"黄伟强出事，那个祖安账上也就多了八百万，你比他还多了两百万哪？"魏启峰不疾不徐地抽了一口雪茄，朝他微笑。

岳雷一听这话，脸都白了："魏叔，我真的不知道什么情况，这钱突然就冒了出来，我也没查到打钱的是谁。"

"嗯，天上掉馅饼，这大好运气应该放鞭炮祝贺啊，不如晚上去赌场，肯定大杀四方。"魏启峰仍是笑。

岳雷扑通一声跪下："魏叔，您千万别误会，我这就让人把钱转给您。"

"来路不明的钱，我可不敢接，"眼看岳雷因为他这一句急得快抓狂，魏启峰抬手扶了他一把，"行了，起来吧，你前阵子不是跟我说有些关系要打点嘛，就从里面拿五百万去吧，剩下的，你家小英要结婚，就当婚庆费花掉好了。"

岳雷狠狠磕了两个头，连声致谢。

程立撑着额旁观，面无表情。

魏启峰却看向他："倒是你，阿立，你和雪儿打算什么时候把婚事办了？"

程立瞅了一眼岳雷，淡淡一笑："也快了，先沾沾岳雷哥的喜气。"

"欢迎下周来我家喝喜酒，"岳雷看向他，"听说你帮魏叔做了笔大买卖，兄弟们都很佩服。"

"以后还要大家多帮忙扶持。"程立客气地颔首。

雨后的天空清澈，连月光也分外清朗。

程立叼着烟，静静地靠在窗台上，只有微蹙的眉心泄露他略微波动的情绪。

掌心里的电话振动，他接起来："是我。"

电话那头传来林聿冷静利落的声音:"岳雷上周添了一批军火。"

程立黑眸一沉:"知道了。"

"你自己小心。"林聿嘱咐了一句,就挂断了电话。

程立关掉手机,卸了卡,却看到楼下有车灯照过来。他迅速将手机卡放在外套的暗袋里,换上桌上另一张卡。

两分钟后,身后传来脚步声,熟悉的香水味扑入呼吸,嘴边的烟却被拿了去。

"上回吸毒没成瘾,怎么烟却越抽越凶了?小心得肺癌。"叶雪顺手将烟蒂摁灭在窗台上的烟灰缸里。

程立心底一动,有点恍惚。

——你抽烟这么狠,小心得肺癌啊警察叔叔。

软软糯糯的声音,忽然响在耳边。

他笑了笑:"回来了?有没有吃晚饭?"

"吃了,"叶雪打开行李箱,"我在仰光给你买了件新衬衫,后天岳家婚礼上可以穿。"

"我有衬衫。"程立说。

"黑色的吗?你以为参加葬礼啊,小心岳雷记恨你。"叶雪奚落。

"他本来就不喜欢我。"程立挑眉。

"去试试。"叶雪拆开包装,把衣服递给他。

程立走到浴室,脱了身上原本穿着的外套和T恤,换上白衬衫。他刚洗过澡,镜中的自己头发仍是湿漉漉的。

他突然有点失神。

上一次穿白衬衫是什么时候?是那晚他回到家,一个小傻瓜为他做了饭菜,在灯下等他等到睡着。

"怎么了?"叶雪的声音在浴室门口响起。

他回过头,一双黑漆漆的眼眸似浸在雾里。明黄色的灯光勾勒出他高大轮廓和英俊容颜,白衫黑裤,磊落迷人。

叶雪看得也有些痴了。

她上前两步,踮起脚,轻吻他唇角,抬起手臂钩住他颈项。

她感觉到他身体的反应,抬头时却看见他的眼里藏着一丝清冷,仿佛思绪陷落在某处。

她主动退开:"你穿这件很好看。"

他点头:"谢谢。"

他解开衬衫纽扣，露出肌肉线条分明的上半身，又迅速套上T恤。

叶雪眼睛一眨不眨地看着他的动作："魏叔说，希望我们尽快成婚。是你的意思？"

他看向她："四年前我就求过婚。"

"隔了那么久，你当初说过什么我都忘了，"叶雪盯着他的神情，"你不打算再求一次吗？"

程立正在拉T恤下摆的手停滞了一下。

"自从我们重逢后，你从来都没有说过一句你爱我。"叶雪拿起他挂在门把上的衬衫，低头系扣子，"你只是说，你现在这样是你的责任。所以，你陪我在这里，只是因为歉疚，只是想赎罪？你告诉我，你的心呢？你的心真的在我身上吗？"

"你不要多想。"程立僵直了背，看向她，"四年前我说过一句想娶你，现在仍然一样。"

叶雪没说话，专心系完剩下的纽扣，走到房间把衬衫挂在衣橱。

程立走到窗台边，又点了一根烟。

月光笼着烟雾，烟雾里藏着他的表情。叶雪觉得自己像着了魔，浑身一阵冷一阵热。她举着枪对准了他。

"三哥，我们已经认识了那么久啊，"她声音凄惶，"你让我怎么甘心？"

冰冷的枪口顶在额头，那一丝凉意直直地渗进了心底。程立突然觉得心里陷入一片沉静，还有一种说不出的疲倦。或者，一切都停止在此刻也好。

"我可以接受你不爱我，但是，我接受不了你爱上别人。"

"是，我已经爱上别人。"

他看着她良久，终于讲出这一句，语气平静利落，仿佛天经地义，一点商量的余地也没有。

"你也许这辈子都见不到她了。"像是瞬间失去了力气，叶雪握枪的手有点颤抖。

"我知道。"他轻声答，眉毛都没动一根。

即使再也见不到，他也觉得足够了。

一霎情动，却要赔上一生，观众都在笑，不划算啊。不划算又怎样？局中人心甘情愿扑火。是因为，当年在海德公园里，小小的她靠在他身边，奶声奶气地叫他不要哭；是因为，景清的那一晚，她要求过，无论祸福贫富，伤病死亡，他要做她丈夫。

谁能猜得到呢？他和沈寻相识得那么早，早得根本就不该再相遇。而在她求婚时，即使他很想答应，也没有资格答应。

"其实你何必来？"叶雪发出一声嘲讽的笑，缓缓放下枪，面如死灰，"我也不是非你不可。"

汽车引擎声刺破夜色逐渐远去，程立望着消失在夜色里的红色尾灯，眸光沉郁。

夜里，他做了一个梦。梦见自己站在一条河边，怎么都动弹不了。而那条河，是血红色的。

他猛地睁开眼，发现自己出了一身汗。房间里黑漆漆的一片，仿佛另一个深沉无边的梦境。

卧底连牺牲都是见不得光的。他到云南的第二年，费了很大的力气，才找到了他父亲当年牺牲的地方。那是一条清澈见底的河。不过当地的老人说，有一年河里被扔进了两个人，好像一对夫妻，那女的还怀着五个月的身孕。当时河水都被染红了，把村子里洗衣服的女人们都吓得够呛。

有时候命运就是这么蹊跷。他只是早生了两年，就这么衣食无忧地活了三十多岁，到了今天，而他那个弟弟或者妹妹，却来不及看一眼这个世界，就已经永远消逝，毫无痕迹。

他拧开台灯，看了下床头的手机，十二点三十五分。这个时间，习惯熬夜的那个人应该还没有睡。

鬼使神差，他起身下了床，从衣服口袋里摸出那张手机卡换上。手指按下数字，完全没有迟疑，那个号码，已经熟记于心。

寂静的深夜里，绵长的嘀声，仿佛比一夜还长。程立屏住呼吸，感觉到自己的心跳开始加快。

响到第七声的时候，他摁断了电话，盯着仍亮着的手机屏幕发呆。那光亮终于暗了下去，他眼里的光也黯淡了。黑漆漆的屏幕映着一张模糊不清的面孔，他冲着那人一笑，嘴角带着一丝嘲讽——程立，你想什么呢？你还有什么资格？

沈寻在浴室擦头发的时候，听到卧室柜子上手机振动的声音。她想着这个点应该是李萌，或者就是喜欢夜生活的杨威，就没有急着接，想吹完头发再打回去。

等她回到卧室拿起手机，却看到一个陌生号码，95开头，像是国外打来的。她放下手机拿睡衣，打开衣柜门的瞬间，一个念头蹿进心里，让她整个人都打了个激灵。她重新拿起手机，上百度搜国家代码，一行一行地扫过去，手都有点颤抖。终于，她的视线冻住——95，缅甸的代码。

——缅甸这么点地方，装得下程队的雄心壮志吗？

那晚，她嘲笑他的那句话，顿时在脑海里响起。

是他吗？会是他吗？在这样的深夜里，忽然想要给她打个电话，还是，他遇上了什么事？

一时间，思绪如麻，心跳也乱了节奏。她急急地拨了回去，没人接听。枯燥的嘀声一下又一下地响起，让她等得心焦。

那头的程立，握着手机，看着那个号码一直闪烁着。他一动不动，像座雕像。仿佛一场拉锯战，她不依不饶，他死死坚守。终于，他有了动作，却是将手机放在了胸口，感受着那振动，就像感受着她在远方的呼唤。一声，又一声。

他还记得她拉着他的手，按在她心脏之上，那样的震动，就像在唤着那个刻在她肌肤上的名字，Morpheus，Morpheus。

终于，一切安静。而他的心，仿佛失去了所有的重量。

他垂眸，坐起身，准备关机。

电话就在那霎突然又打进来，他猝不及防，手指正好按到接听。他整个人都僵住，感觉后颈都瞬间起了一层薄汗。

"你敢挂。"明明低柔的声音，却透着一股狠劲，威胁着他。

他忍不住弯起了嘴角。

"说话。"她蛮横地催促。

"是我。"他轻声开口。

那边沉默了几秒。

程立无声地叹了口气。他几乎可以想象得到她拼命忍住眼泪的样子。

"你为什么不睡觉？发生什么事了吗？"她终于开口，问出的话却像寻常聊天。

"不小心碰到电话。"他答。

"哦，这样啊，"她配合他的谎话，"那我睡了。"

"嗯，晚安。"他说。

那头又是一阵沉默，在程立以为她要挂掉电话的时候，她突然开口："我很想你。"

声音涩涩的。

"嗯，我知道了。"他答，声音温柔。

我知道，因为我也很想你。在这仿佛没有尽头的黑暗时光里，在每一个偷听你声音的深夜里，在看到每一条新闻标题下方的记者署名时。
　　"我给乔敏在798找了一份工作，在我一个朋友的油画工作室，她要从打杂做起，并不轻松，但她做得很开心。"
　　"谢谢。"
　　"她聊起你，建议你早点结婚，否则到四十岁还光棍，会被人笑话。"
　　"知道了。"他轻应。
　　"程立，你要不要回来娶我，一个易拉罐拉环就可以求婚。"
　　他没敢接话，鼻中酸涩，独自收藏胸中泪水。
　　"我上周买了一台一样的咖啡机。我有间小公寓，墙壁刷的是浅灰色，衬着很好看。"她继续汇报，仿佛认真做功课的孩子。
　　"餐桌呢？"他问。
　　"嗯？"
　　"餐桌是什么颜色的？"
　　"白色的。"她答，"现在用的床单是深蓝色的，窗帘也是白色的。还有个小阳台，天气好的时候，可以坐在外面喝咖啡。"
　　他静静地听，想象着那画面。
　　"三哥。"她突然唤他。
　　"嗯？"
　　"你是在另一个时空跟我通话吗？"她问。
　　他愣住，一时间没明白她的意思。
　　"我有时候觉得，我和你的故事，好像发生在另一个平行空间一样，我因为什么时空扭曲的原因，被震出来了。我好担心，我永远也没法跨越回去了。"她的语气平静，却带着一丝茫然。
　　他喉咙哽住，说不出话来。
　　"或者，我等你回来找我吧。你信不信，我做饭水平有进步？"
　　"我信。"他低声回应，因为她这一句，眼眶发热。
　　窗外，一轮明月，悄然偷听相隔几千里的心声。千万年间，亘古不变的月光，已经映照无数悲欢离合，隐秘心事。

第十九章
字母 S

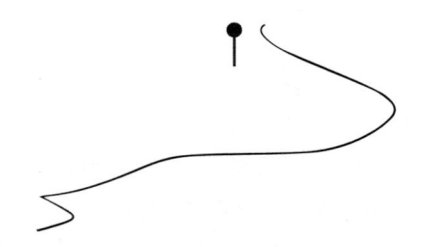

岳雷女儿的婚礼办得很是热闹。新娘金装玉饰，虽然不是什么大美人，但眉眼也是耐看的。新郎好像是个会计师，文质彬彬，在老丈人面前毕恭毕敬。岳雷大概是心情很好，喝了不少酒，等魏启峰要离开的时候，他说话舌头都有点打结了。

"行了，你回去吧，不用送我了。"魏启峰拍拍他肩膀。

"魏叔，这、这些年你怎么待我的，我、我都记得，"岳雷凑近他，一身酒气，"无论如何，还是要谢谢你。"

"行了，我知道了。"魏启峰摆摆手，转身上了车。

岳雷站在车窗外，微红的脸上挂着笑。

"您怎么了？"车至半程，叶雪看了一下上车后就闭目养神的魏启峰，忍不住问。

"没事，有点累了，"魏启峰睁开眼，"你和阿立早点把婚事办了吧。"

叶雪轻应了一声，没说话。

车速这时突然放缓，司机看了一眼外面汇报："三哥的车停下了。"

魏启峰示意他停在程立的车旁，按下车窗："阿立，怎么回事？"

程立坐在车里，脸色不大好："胃突然有点不舒服，没留神撞路边石墩子上了。"

"是不是老毛病又犯了？"叶雪推开车门下车，走到他那一侧，"我看这车也没法开了，要不你坐我们车吧？"

"是啊，阿立，你跟我们一起吧，先送你去趟医院。"魏启峰示意司机，"去扶下他。"

一百米开外，副驾驶座上的岳雷盯着前方那三辆黑色轿车，眼神凝重，完全没有刚才的醉意。

"他们改道了，不是回去的路。"他拿起电话汇报。

"你先跟着，"电话那头的人淡声吩咐，"我把疤温他们从埋伏点调过来。"

"但是马上就要进镇上了，再不动手可能没机会了。"岳雷的额头沁出一层汗。

"那你就瞅准点，嗯？"那人冷笑一下。

"知道了。"岳雷挂断电话，盯着前方越来越近的车，深吸了一口气。

程立瞥了一眼后视镜，面色深沉，朝司机低声道："再快点。"

司机有些为难。魏启峰平日出行，都是五辆车，他的车行在中间，前面两辆，后面两辆，坐的是随从，方便保护他安全。

"阿东，超过他们吧，尽快去医院。"魏启峰吩咐。

就在他们超过前车，到最前面的位置时，后面忽然传来一阵密集的枪声。

叶雪脸色一变，扭头望向后方，只见最后那辆车已经失控，撞到路边树上，几声枪响后骤然爆炸，腾起一团浓重的烟火，车内人想必已没有生还的可能。

又有几辆车穿过烟雾紧紧跟随，那熟悉的车身让她眉心一蹙。

她掏出手枪："好像是岳雷他们。"

她讲出这一句，目光落在魏启峰脸上，却见他神色淡漠，似乎是笑了笑。

这时程立按下车窗，探身在外，凝神瞄准，两记枪声后，远远传来刺耳的刹车声和撞击声。

他们的车也晃了晃。

程立坐回位置："阿东，你专心开车，不要分神。"

他的声音没有一丝波澜，沉静得近乎冷酷。

叶雪忍不住看向他，阳光掠过他棱角分明的脸庞，为他的眉眼描上了一层光晕。远处是即将坠落的夕阳，燃烧着红火的光亮，近处是他浸在阴影里的侧颜，一低首就是电影画面。这样的男人，任谁遇到都愿意与他上演一场人生故事，无论结局是喜是悲。

冰冷的枪管握在手中，是避无可避的现实，也是他那晚平静却坚定的一句——我已经爱上别人。

既然他义无反顾，她便亲手写就彼此这结局，输也要输得好看。

"阿立，你还好吗？"魏启峰居然还有心情问他的情况。

程立微微侧首："我没事。"

"我记得前面左转靠山脚有座寺庙,阿东你叫上屠光的车,以最快的速度跟我们一起开过去,其他的人继续往前走。"

阿东点头,拿起对讲机。

到了路口,两辆车迅速转了方向,向山脚驶去。

一条蜿蜒的小河,自山涧缓缓而下。湖边缀满绿草鲜花,姹紫嫣红,在夕阳的余晖里,映着寺庙的白墙金顶,交融出一幅安静美丽的景象。

魏启峰坐在河边的石头上,不知想着什么,听到身后纷乱的脚步声,并没有回头。

"魏叔你寻了个好帮手,叫我损兵折将,"岳雷走到他身边,语气有些不耐烦,"人呢?"

"谁?"魏启峰抽着雪茄,"这些年我身边来来去去,不就是你们这几张面孔?"

"程立和叶雪呢?"岳雷又问。

"你知道大丽花有什么寓意吗?"魏启峰却像没听见他的话,指了指手边一朵紫色的花,"除了大吉大利,还有个意思——背叛。你挑女儿婚礼闹事,也不怕血光污损了喜气。是有多大的惠利,让你连小英的幸福都不在乎了?"

"婚礼好,大家喝得酩酊大醉,少一些人捣乱啊。魏叔你是出了名的心狠手辣,怎么现在开始扮慈父,也难怪我们出生入死跟了你这么多年,现在要给你女儿、女婿做白工。"

魏启峰抬眼看了看他,笑了笑,眼底满是讥讽。

他脚下走的是条什么路,他清楚得很。今天是他魏启峰,明天也会是其他人,当初他不也是把别人踩到泥里才上位的?只是眼前这后生脑子不够用,到哪里都是替别人数钱卖命的货色。

"把东西交出来。"岳雷有些恼了,举枪对着他。

"什么东西?"魏启峰冷笑,"谁要?谁想要就自己来拿。"

"魏叔说得没错,"一道温和的声音传来,江际恒缓步走到他俩面前,按下了岳雷的枪口,"是我想要。"

"际恒,我自认待你不薄。"魏启峰盯着他。

"魏叔看到我好像一点都不意外?看来早就防着我了,嗯?黄伟强父子真是不中用,老子搞不定你,孬包儿子不想着为父报仇不说,还吓得跑到中国去,给人逮了个正着,也是,他们不蠢的话,也不会中我的计。"江际恒蹲下身,姿态十分恭敬,"您是对我不薄,所以我想报答您的恩情,让您早点休息。您看,我们做个交易,您把我想要的东西交给我,我就让您安心过晚年,海岛深山,您想去哪里都行。"

"际恒你这么有本事,还需要抢我的东西?我是老了,但还没有老糊涂。我给了你,我对你还有什么价值?"

"那就是没得商量了?"江际恒站起来,轻笑了一声,拍了拍岳雷的肩膀,"送魏叔上路。"

岳雷的枪口刚抵上魏启峰太阳穴,江际恒却又叫住:"这里是寺庙,还是清静点好,疤温,你喜欢用刀,就用刀吧。"

他转身朝魏启峰微笑:"魏叔,可能有点疼,你忍忍。"

魏启峰终于变了脸色:"江际恒你这个——"

他没能发出声音。因为疤温捂住了他的嘴,而他的喉咙一松,有温热的液体瞬间喷涌而出,洒在脚下的大丽花丛,黄的、紫的、粉的花瓣,瞬间都变成了红的。

入夜的山林,越发深沉。偶尔有禽类发出凄厉鸣叫,越显惊悚。月光之下,隐约可见两个人影在树木间穿梭。

程立听到一声轻哼,停下脚步:"怎么了?"

"被什么东西划了下,"叶雪答,"没事,继续走吧。"

"我看下。"程立拉住她,就着调到最低的手机屏光亮,检查她右腿的伤口。

"有点深,需要处理下。"他蹙眉——伤口有将近两厘米深,还有血不断渗出来。

"没有关系。"叶雪挡住他。

"听话,"程立的声音温和却坚决,"你先坐下来,我来包扎。"

"离中缅边境已经不远了,翻过这个山头就到了,"程立低头仔细检视,"要是失血过多或者感染才麻烦。"

"命都可能会丢了,还操心这个?"叶雪忍不住嘲笑。

"你不会死。"程立抬起头,缓缓出声,夜色里一双眼如寒星般明亮。

叶雪怔住。

她看着月光下他英俊的轮廓,忽然觉得鼻酸。

"三哥。"

"嗯?"

"你记不记得,上学时有一次我要参加演习,我有点紧张,你怎么叮嘱我的吗？"

"我说什么了？"

"你说，不要为倒下的人停住你的脚步，因为那样可能会让更多的人倒下。"她微微一笑，"我希望你也一直可以这样。"

程立手上的动作一滞，抬眼看向她。

"今天魏叔让我们离开的时候，你有些犹豫，为什么？"叶雪迎向他的视线，"是有什么想问他的，还是有什么东西让你挂念？"

程立没说话。

"祖安留给你的证据还不够吧，"瞧见他因为自己的话眸光一动，叶雪从口袋里掏出个东西，摊开手，"你是不是想要这个？"

那是魏启峰一直戴着的一块怀表。

"打开看看。"叶雪把表递到他眼前。

程立沉默了数秒，拿起表打开，里面是空的。

他看向叶雪，目光越发深沉。

"这里面，原本有个U盘，记载着他所有洗钱交易的信息，所有的合作伙伴名单。"

"U盘呢？"程立问得直接。

"我已经交给廖生，他去瓦城找我弟弟了。"

"你信他？"

"凭我救过他，凭他喜欢我，"叶雪看着他，笑容有些寥落，"我信他，就像我信你一样。我知道你来这里，不光是为了我。你会得到你想要的东西，但有条件，第一，必须你本人去见廖生，他才会给你；第二，确保我弟弟的安全，我希望他这辈子可以过简单平静的生活。"

"你为什么不自己去？"程立盯着她，语气低沉。

"那晚和你不欢而散，是真伤心，也是演一场戏。"她缓缓出声，却没直接回答他，"你记不记得我跟你说过，当初我杀了吴昆？其实吴昆不是我杀的，是江际恒，那几十刀，都是他动的手，只有最后一刀，是他握着我的手捅的。际恒早就不是当初的他，我也不是当初的我，只有你，始终没变。"

"包扎好了，可以走了。"程立仿佛没听见她说的话，要拉她起身。

"不着急，你听我说完。"叶雪抽回手，没有半分要离开的意思。

"走，他们已经追上来了。"程立蹙眉催促，不远处树林里，已经有几簇亮光，正在慢慢逼近。

"我这样走不远的,我也累了。"叶雪语气轻柔,没有半分慌张,"有些话再不说,就没有机会了。"

"你什么意思?"程立看着她,神色微沉。

"三哥,我已经在谷底,本不该让你也陷进来。可是当我听说你与沈寻的种种,我真的嫉妒得发狂。我希望你能幸福,又不希望你忘记我。我希望你离开,又希望你留下。现在的我,就是怀着这样矛盾的心情,一天天生活着。但我也越来越清楚,我们等了彼此这三年,互相不亏不欠。在我们最美好的年纪里,我们遇见并且相爱,已经足够。但我回不去了,回不到从前的我,更回不到你身边,"夜风里,她的声音显得格外苍凉,"我和际恒从小玩到大,我比谁都更了解他。如果我活着,他一定会杀了你。如果我死了,他不会杀你,因为他会让你生不如死。可是你要答应我,不管多么痛苦,都要活下去。就像你曾经叮嘱过我的,你也一样,不要为我停下,也不要为祖安或者任何人停下,你要一直坚持下去,只要你活下去,我们就都不会白死。"

一声清脆的枪声,划破了山林的寂静,栖息的鸟被惊动,纷纷展翅逃向夜空。

程立站在原地,仿佛瞬间成了一尊雕像。

一切发生得太快,却又像慢镜头,一遍一遍在他脑海里回放。

——你要答应我,不管多么痛苦,都要活下去。

温柔的声音,仍然还在耳畔萦绕。就像那一年,她站在篮球架下,腼腆地给他递上一瓶水,轻声说,怎么办,程立,我喜欢你。

她躺在那里,穿着她最喜欢的白色裙子,像睡着了一样,笑容温柔安静。

——不要为我停下,也不要为祖安或者任何人停下。

——只要你活下去,我们就都不会白死。

他从来不知道一个人举枪对准自己的动作可以这么迅速、这么坚定。枪响的那刻,他自己全身的血液都像是被迅速抽离,而心脏却还在剧烈跳动,裹挟着灼热的、撕裂的疼痛,要冲出胸口。这种感觉,和他之前看到祖安的照片时,是一样的。

他们都离开得这么决绝,连一个让他挽救的机会也不给。

身后,突然响起一阵喑哑的笑声。

程立缓缓转身,看到江际恒带着一行人走了过来。他径自经过程立,直愣愣地望着叶雪,蹲下来轻轻抚摸她的脸,露出了一个比哭还难看的笑容。

"她真是到死也要跟着你啊……"他笑着笑着,缓缓抬起头看向程立,目光阴冷,"可我,偏偏不让你们相聚。"

"刚才叶教授跟我们分享了威尼斯画派的一些作品，他也提到自己最喜欢的画家是提香，沈寻你呢？"晓乐看向坐在一旁的女人，见她有些心不在焉，就伸手拉了拉她的衣襟。

"哦，提香，我很喜欢他画的《西西弗斯》。"沈寻回答。

"是吗？第一次听到女孩子说喜欢这幅画，"叶教授好奇地接腔，"西西弗斯毕竟是个悲剧且有点绝望的角色呢。"

"其实我是因为看了加缪的《西西弗斯的神话》，才对这幅画印象更深的，"沈寻缓缓开口，声音温和，"在别人眼里，巨石是一种重负，一次又一次往山上推，是很绝望的事情。但西西弗斯未必会这样想吧，这个巨石，就是他的世界，他的命运。为了要爬上山顶，不断地斗争，或许让他觉得很充实。向着高处挣扎，本身足以填满一个人的心灵，就像置身阴影，去寻找光亮。"

她说这些话时，脸上笼着录音室里暖色系的灯光，有种动人的温柔，连晓乐都看得微微失神。

"嗯，一切都还没有也从没有被穷尽过。"叶教授也忍不住引述了加缪的一句话。

沈寻抬眼看向他，微微颔首。

"今天的节目效果还是很棒，你真是什么话题都能驾驭，什么嘉宾都能搭配啊，"分别的时候，晓乐一边刷听友评论一边称赞，看沈寻不说话，忍不住又问，"你是不是有心事？感觉您今天做节目时候说的那些话也是意有所指。"

沈寻摇摇头："就是有点累了。"

出了一楼大门，李萌的车已经在楼下等着了，副驾驶座探出一个脑袋，是杨威，朝她做了一个鬼脸。

沈寻了然一笑。

这家伙自从见了李萌，魂就跑她到身上了，只是以往追姑娘从无败绩的他这回偏偏栽了跟头，索性使出千年缠功，恨不得天天找由头相见，从此沈寻见李萌时也必然见到他。

"说说吧，怎么了，"开上车，李萌从后视镜瞅了她一眼，"我们刚听完你的节目，你可是话里有话啊。"

沈寻低头看着手机不作声。

那个缅甸的号码，已经一个多月没有来电。他不先打过来，她也不敢打过去。

"想三哥了？"杨威转身看向她，她抬头望向窗外闪过的高楼大厦，仍是沉默。

杨威摸了摸鼻子，瞅了一眼李萌，又欢快地喊起来："郭德纲的相声听不听？"

"你给我消停点儿，要听你滚去天津听。"李萌从 CD 切换成电台，低柔的女声缓缓在车厢内扬起。

  有一段走过的路我不会忘
  有一个爱过的人放在心上
  过去的那一场美好时光 我选择收藏
  别勉强 要我遗忘
  …………

"喜欢有期限吗？"沈寻突然出声。

李萌没听清，调低了音量："你说什么？"

她摇头："没什么。"

她真想把她对程立的喜欢，藏到一个罐子里，可以封起来，埋在很深很深的地方。因为一直装在心里的话，她的心要闷坏了。

闭上眼，她靠在后座上，想象着他的模样，感觉到深深的疲倦。

程立，我多么想念你。可是，我却没有机会对你说。

我多少次梦里，都梦见你穿着黑色衬衫，坐在黑暗里，可是，你的脸上，有温柔的光。我还要等多久呢？你什么时候回来找我？

11 月末，北京已是深秋景色。何与心在上班的车流里，接到林聿的来电，他很少在白天给她打电话。当天晚上，她安排完手头的工作，飞到了昆明。

第二天，林聿亲自开车带她到景清戒毒所。

"所里我都打好招呼了，有什么需要，你可以找接我们的小许，"下了车，他一边领着她往前走一边叮嘱，"他还没有过生理脱毒期，但我担心他的心理状态，你帮我好好看看。"

"知道了，我会尽力的，"何与心抬眼看向他，"也是为了寻寻。"

"程队，有人来看你了。"小许带她走到一个房间前，礼貌地敲了敲开着的门。

"你进去聊吧，我就在门口等着。"小许压低声音和她讲。

何与心颔首，走进房间，但在走进去的刹那，她的脚步一滞。

她看到了整整一面墙的字母——S。

"程立,您好。"她打招呼,看向背对着她的男人。他很高,但也很瘦。她见过他的档案照片,但当他转过身来时,她发现他本人要比照片上清减很多。她并不意外,因为能够从非人的折磨中活下来,本身就是个奇迹。

怎样击溃一个正常人?连续一个月,给他注射海洛因,控制剂量,是为了让他活着,却让他成瘾,再饱受毒瘾的折磨。林聿说,他被救回来的时候,昔日的几位年轻下属看到他的样子,都忍不住号啕大哭。

"您好,"程立看着她,神色淡然,"您是?"

"我是何与心,心理医生,"她自我介绍,又补充,"林聿的爱人,沈寻的小舅妈。"

她说这句话时,仔细盯着他的表情,发现他眉心微蹙了一下。

"林局费心了,"他抬了抬手,"请坐。"

"你写的吗?"何与心指了指墙上的字母。

"嗯。"

"每一次想自杀的时候,就会在墙上写一个她的姓?"

"她的英文名,也有 S,Sara。"

"为什么写英文字母不是中文?"

"因为控制不住手,写中文太费劲。"

"只写了一面墙?"

"何医生。"她犀利的提问方式,让小许忍不住打断他们。

"没事,"开口的是程立,他淡淡一笑,"让她问吧。"

"有一次差点拿笔自我了结,被他们没收了。"他继续回答问题,指了指小许,后者不好意思地挠了挠头。

"哦,这样,"何与心低头记笔记,"我从前在加州读书,每次去旧金山金门大桥,都忍不住停留一会儿,那里的海水、峭壁、天空,都营造着一种壮烈的气氛。尽管桥上有巡警,想轻生的人们还是会想尽各种办法,偷偷地跳下去。金门大桥的停车场常年停留着无人认领的汽车。你说,活着到底有多么难过,才会让他们那样坚决地选择离世?"

"活着是人类的本能,但对有些人来说,活着的痛苦大于对活着的渴望,所以会想要跨过那条界线。"

"这是你的状态吗?"何与心看向他,阳光洒在他身上,半是光明,半是阴影,因为清瘦显得越发鲜明的轮廓,勾勒出造物主的偏爱。这个男人,即使在如此境地，也有种落拓的迷人。

"我还没去过旧金山，"他并没有回答她的话，"不过我去过英国的多佛白崖，听说那里也是很多人选择轻生的地方。但二战的时候，英国海军每次回国，看到那个白崖，都会很高兴，因为那意味着看到了家。那时有首歌叫 The White Cliffs of Dover。"

"好听吗？"

"好听，"他轻声念出几句歌词，发音标准，声线动人，"抱歉，记不全了。"

"不如现在听听看。"何与心打开音乐应用，搜到了歌，点开播放。一时间，婉转优雅的歌声在房间里扬起，带着那个年代独有的节奏，有种沧桑的温暖。

两个人都没有再说话，只是静静地听着。

> 我永远不会忘记那些勇敢面对暴风骤雨的人，
> 他们眼里的希望之光。
> 即使我已远去，
> 仍可以听到他们在说，
> 太阳升起来了。
> 当黎明来临的时候，
> 等着瞧吧，
> 明天，蓝色知更鸟将翱翔在多佛的白色悬崖上。
> 从此以后，
> 会有爱与欢笑，
> 还有和平。

音乐声停止的时候，程立低声开口："谢谢你，何医生。"

"不，谢谢你，让我听到了一首很美的歌，"何与心看着他，"我想，我可以和林聿说，他应该对你放心。"

这个男人的坚强和他内心藏着的光与热，超乎他人的想象。

"有件事也需要拜托你，"程立顿了几秒，像是犹豫，但仍是开口，"不要告诉沈寻我的情况，等我好了，我自己会去见她。"

"你知道她在等你就行。"

"我一直都知道。"

她说她买了和他同款的咖啡机，还说她做饭有进步。他是真的想去她那个小公寓看看，坐下来一起喝杯咖啡、吃顿饭。

"那么，欢迎早点回来。"何与心同他握手。

那一霎间，她清晰地看见，他那双黑色的眼睛里起了波澜。

一个月后，在江北的陪伴下，程立去了趟瓦城。在魏启峰提到的那座小寺庙里，他见到了廖生和叶雪同父异母的弟弟。小僧人朝他恭敬地行礼。

程立看着眼前这个眉清目秀的男孩，说了声抱歉。

小僧人抬头看着他，眼神清澈："您不用歉疚。她的母亲、外婆、一个她不愿意承认的父亲都不在了。而曾经爱过她的男人，心里也有了别人。这世上并没有什么让她留恋的理由，死去未尝不是一种解脱。"

程立微怔："那你呢？她将你托付给我。"

"托付？此生谁可以托付谁？怎样又算安宁？我在这里很好，也没有人可以打扰我，"小僧人微笑，脸上是成年人都难有的淡定，"红尘风景，均是隔世浮光。于她，于你，我都是过客。"

他转头看向一旁的男人："廖生哥哥，你把东西给他吧。你也该走了。我们就此别过。"

廖生交给程立的信封里，有一个U盘，还有叶雪写给他的信。

他在湖边坐下，静静地读。

三哥：

　　小时候读过一首古诗："欲寄君衣君不还，不寄君衣君又寒。寄与不寄间，妾身千万难。"

　　那时候不明白是什么意思，现在终于懂了。

　　对我而言，沈寻，就是那件衣服。

　　我怕我把她给你了，你就不属于我了。可是如果我不给，我又怕你难过。原谅我，自私地把这一切交给命运。当然，当你看到这封信，一定历经了许多苦痛，但也必然有能力去找回她。

　　而其实，无论寄或不寄这件衣服，我都已经永远失去你了。

　　仍要说句，我爱你。

　　为你在岁月中始终不变的赤子之心。

——叶雪

程立把信纸折成一只小船，放上湖面。一阵轻风拂来，纸船晃悠悠的，渐行渐远。寺庙里钟声忽而扬起，深远绵长。洁白的水鸟从湖畔跃起，掠过金塔白墙，飞向蔚蓝的远空。

第二十章
我只要你

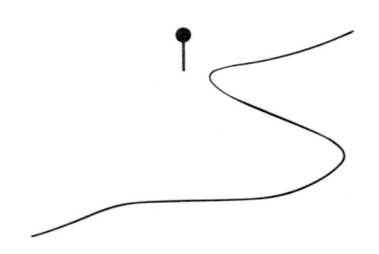

又是一年除夕。

沈寻这天并没有特意装扮,穿了一身运动装,套了件羽绒服就去吃饭。宋倩向来不爱沾油烟气,平时家里有阿姨做饭,年夜饭也是在餐厅订了一桌,也就是三个人,包厢却是十二人的大包,反而显得有些冷清。但毕竟是主持人出身,最会应付的就是冷场,宋倩一见到她,各类话题就不停。

"你看你,有身材有脸蛋,怎么穿得像个男孩子,我前段时间去意大利刚买了两件 Max Mara 羊绒大衣,白色那件回头拿给你,特别好看。"她蹙眉打量沈寻的运动装,"Lululemon 的设计是简洁,但这样穿还是差点女人味啊。"

"白色我穿不了,出去跑采访,也不禁脏。您还是自己留着吧,您穿白的才好看呢。"沈寻微笑摆手。

"现在还跑采访?我上次就跟你爸说,把你调到台里来,先做出镜记者,然后再上节目。我听过你做的那档音频栏目,还不错,上电视一定也没问题。"宋倩一边给她建议,一边给沈晋生拣菜,"你少喝点酒哦。"

沈寻乖巧地点头,以防引出她更多话题。

"我听说成亚的程成在追你?"宋倩喝了一口汤,又想起另一茬事。

沈晋生闻言看向女儿:"有这回事?"

"没有,就是吃过几次饭。"沈寻答。

"他风评还不错,也很有能力,就是离过婚,"宋倩看向丈夫,"这点上,咱们寻寻会吃亏点。"

"要找还是尽量别找离异人士吧。"沈晋生微微蹙眉。

沈寻低头喝汤,忍不住暗自叹了口气。瞧他们这架势,仿佛她和程成真的已经谈上了恋爱似的。

"嗯，郭台长他儿子过年从深圳回来了，我见过。小伙子单身，一表人才，名校出身，自己创业拿到C轮，听说正要准备上市，要不我和郭台长说下，初七前安排个日子让他和咱们寻寻见见？"宋倩拿起手机翻朋友圈，递到沈晋生面前，"你看，正巧郭台长下午发了张家庭合影，怎么样，这男生看着挺精神吧？"

沈晋生戴上老花镜，仔细端详，点了点头："嗯，是挺端正。"

沈寻扶额："爸，宋姨，咱们先好好吃饭吧。"

"寻寻，你不要嫌我烦哦，我像你这个年纪的时候，也是不操心结婚的事，一心工作，后来就耽误了，还好后来遇上你爸爸……"

沈寻放下汤匙，清脆的磕击声响起，房间顿时陷入安静。

"我知道了，谢谢您提醒，"她抬头，语气礼貌，眼里却没有笑意，"抱歉，我吃饱了，先回去了。新年快乐。"

她站起身，穿上外套往外走。

到了走廊，身后传来门响，沈晋生追了过来："寻寻。"

她转身，看着表情有点尴尬的父亲。

他拎着一只纸袋，递给她："这两瓶红酒很好，别人送给你宋倩阿姨的，她说让你带上，可以和朋友一起喝。"

沈寻沉默了几秒，才缓缓接过来："哦，对，她不让您多喝酒，那我就不客气了，替我跟她说声谢谢。"

春节期间的北京城，一下子变得空荡荡的，马路畅通无阻，平时灯火通明的高楼大厦也变得暗淡，只有红绿灯寂寥地闪烁。

在斑马线前等待的时候，手机播放器切到下一首歌，熟悉的旋律顿时在车厢里萦绕。

记忆会模糊

心却更清楚

哪怕说相遇

是离别开始

如果有如果

也有这样过

如果没有你

何必要有我

....

沈寻握着方向盘,觉得浑身发软。

——小寻寻,我好像突然有些后悔。做个普通的人多好,娶个像你这样的老婆,每天三餐吃饱,舒舒服服晒太阳。

——小寻寻,祝你和心上人能白头偕老。

在远处的夜空里,她仿佛再次看到那双琥珀色的眼眸,那里,有阳光,有笑意,有她的影子。

不知哪里传来的喇叭声,惊了她一下。

她慌忙踩下油门转弯,下一秒听到外面有刹车声,接着砰的一声,她整辆车都震了下。红蓝色的灯光在车窗外不断闪烁,她抬手遮了下眼睛,脑子还是蒙的。然后就听到有人敲她窗玻璃。

她按下车窗,一位有点娃娃脸的警察瞪着她:"姑娘你怎么回事啊?灯还没变呢,就瞎转弯?警车你也敢撞,你这算不算袭警啊?"

"灯没变吗?"沈寻迟疑地重复,抬头看了眼前方,果然,这时候灯才刚绿。

"你是不是喝酒了?"警察狐疑地看着她微红的眼眶,打量着她有些失魂落魄的样子,"哎,是喝酒了吧,车里这么严重的酒味儿。"

"没,我没喝酒。"沈寻连忙辩解,转头看见原本放在副驾驶座上装酒的纸袋已经栽到了座位下面,她拎起来,两瓶酒碎了一瓶,大概是刚才撞车的时候磕的。

"您看,是酒瓶摔了。"她指了指湿透的袋子。

"那你眼睛怎么那么红呢?"警察不依不饶。

"我眼睛——"沈寻怔了下,"刚才想起点事儿,有点难过。"

"哎哟,哭了啊,失恋?"警察睨着她,"你就编吧,可劲儿编,你看你杯托上,这不还放着啤酒罐呢?你是看我不是交警,没有酒精测量仪就想蒙混过关是吧?"

"什么啤酒罐?"沈寻扭头一看,恨不得当场打电话把杨威骂个狗血淋头,"这是昨天我朋友喝剩下的,我忘扔了。"

"行了,我没那工夫陪你在这儿编故事,跟我回派出所吧,"警察指了指他的车,"你自己看,你说你这大过年的,我好好执着勤,你给我整出这么大一个坑。"

沈寻瞅着那个坑，有些心虚："我赔您钱行吗？"

"钱？钱是重点吗？"警察又瞪她，"我告诉你，喝酒开车才是大事，赶紧的，跟我去派出所清醒清醒。"

沈寻自认理亏，也实在说不过这位，乖乖跟他回派出所做笔录。

"把身份证拿出来给我看下。"娃娃脸警察命令。

她为难地抬起头："我没带，要不，我回去取下。"

"叫你家里人来接你，证明下你的身份。"警察头疼地揉揉眉心。

沈寻叹了口气，给林聿打电话。

电话接通，那头却是噼里啪啦的声音，有点嘈杂。

她一脸委屈地和林聿汇报完事情始末，他却在那头不厚道地笑了："你可真行啊丫头，大过年的把自己弄进去了。"

"是不是亲舅舅啊，"沈寻无语，"赶紧来救我，我闺密、朋友都回老家的回老家，出国的出国了。"

"我在十渡陪我媳妇和儿子放烟火呢。"林聿答。

"您可真够浪漫的，放个烟火跑那么远干吗？"沈寻扶额，这个宠妻宠娃狂魔真是让她醉了。

"这不城里不让放烟火吗？"林聿的声音在烟火响声里有些模糊，"你等着，我找人去接你。"

"这大过节的，你找谁接我啊，麻烦别人不好吧。"

"人家不嫌麻烦，你就等着吧。"没等沈寻再开口，林聿已经挂了电话。

"什么情况啊，美女？"警察瞅着她打趣。

"一会儿有人来接我。"沈寻闷闷地开口。

"行吧，那你去那边坐着等吧。"警察指了指走廊上的长椅。

沈寻不敢违令，乖乖走到那里坐着玩手机打发时间。

玩着玩着，手机只剩20%的电了，发出低电量提醒。走廊里没暖气，也有些冷。她有点急了，给林聿发语音："你找的人怎么还没来啊？"

"来了。"这一声，不是来自手机，而是来自几步远的地方。

沈寻整个人都僵住——那样熟悉的声音，带着千山万水的遥远，却又那么清晰。

她缓缓抬起头，看到走廊那头，一道高大修长的身影，静静伫立。那人戴着顶黑色鸭舌帽，脸庞陷在阴影里，只有淡淡的灯光笼罩在他身上，描出一层朦胧的金边。

沈寻一动也不敢动,连大气也不敢出,生怕眼前是镜花水月,她一个不小心,那道影子就散了,消失了。

那人缓缓走过来,光影明暗,掠过他的脸,直到英俊的眉目渐渐清晰。他俯身看着她,轻轻一笑:"沈老师,我又来救你了。大过年的,犯什么事了?"

她喉咙哽住,深呼吸才发出声音:"我撞了警车。"

"哦,看来袭警的毛病一直没改。"他弯起嘴角,眼里是深浓笑意,还有小小的她。

"哎,你谁啊?"娃娃脸警察走了过来。

"冬瓜,是我。"程立摘下帽子。

"三哥?"被叫了小名的刘冬瞪大眼小跑过来,"怎么是您啊,这都好几年没见了啊,您不是在云南吗?这姑娘什么人啊,让您大晚上跑来拯救?"

程立顺着刘冬手指的方向,看向坐在长椅上的小人儿,淡淡一笑:"我媳妇。"

沈寻愕然抬头,却见他转头从容地和刘冬解释:"本来今年没打算回来过年,临时决定回来,家里也没备什么酒菜,她说出来买,我等啊等,也没见她回来,原来是被你逮这儿来了。"

"抱歉抱歉,"刘冬尴尬地挠挠头,走到沈寻跟前,"嫂子,您早说您是三哥的媳妇啊,他当初还辅导过我呢。"

沈寻的脸颊和耳根都因为他一声"嫂子"发烫泛红:"是我不好意思,我一定会赔偿的,但我真的没喝酒。"

"是是是,嫂子怎么会喝酒,三哥肯定管着呢,"刘冬哈哈一笑,"行了,你们早点回去吧,车子的事今天不急。"

"好,给你添麻烦了,过两天我来处理。"程立拍拍他的肩,拉起沈寻,"走吧,我们回家。"

他的手很自然地牵住了她的,肌肤相触的那一霎,他掌心的温度让沈寻眼眶发热。

"钥匙给我吧,我来开。"走到车前,程立淡声吩咐。

沈寻点头,坐到后座。

程立自后视镜看了她一眼:"怎么不坐前面?怕我吃了你?"

"前面……酒瓶摔碎了,湿了。"她解释。

"地址?"他打开导航。

沈寻报给他听,又想起他方才那句"我们回家",心跳失速。

空荡荡的城，一路飞驰。车厢静寂，只有窗外的风掠过，试图偷听两人心事。彼此都没有言语，仿佛一场一别经年的暗战，竟不知如何开局。想道一声别来无恙，可又怎会无恙。

沈寻拉高了运动服拉链，几乎将半个脑袋都埋了进去，低着头，心里有些懊恼——早知道他会来，真不该穿得这么随便，宋倩说得没错啊，完全没点女人味儿。别说口红了，连润唇膏也没有抹，脸色会不会太苍白。应该光鲜靓丽地出现在他面前的，结果完全像个自暴自弃、灰头土脸的怨妇。

唉，算了，反正她狼狈的样子他见的也不是一回两回了。再抬起头，却撞见后视镜里他貌似漫不经心的目光，那双眼眸黑漆漆的，意味不明。

一条长安街走过无数遍，今夜却有完全不同的感觉。端庄的路灯都有旖旎气氛，肃穆红墙都添了几分浪漫。

沈寻深呼吸，肆无忌惮打量他的侧颜，看见那一道疤痕，终是忍不住，倾身伸手去摸。

他早已察觉她的动作，不躲不避，任她指尖温柔流连。

"三叔。"她唤他。

天南地北，这一声轻轻的呼唤，像羽毛一样落入他心湖，却掀起惊涛骇浪。

"嗯。"他压下情绪，语气平静。

"你怎么才回来啊？"她问。

"不是说要等我三年嘛，这不一年都还没到呢。"他缓缓开口，嗓音低沉。

"那怎么回来了？"她又问。

"有人说要让我尝尝她做的饭，参观下她的小公寓。"

"我没说是年夜饭啊。"

"年夜饭也不麻烦，有饺子吗？"

"有的。"

"我还是第一次年夜饭吃速冻饺子，"厨房里，程立看着沈寻从冰箱里掏出来的食品袋，微微蹙眉，"沈老师，你涉嫌虚假宣传，被市场监督管理局发现是要罚款的。"

"还好公安条线管不到这个。我看到了，你这表情叫嫌弃，"沈寻从地上纸袋里取出幸存的那瓶酒，"配一瓶奔富葛兰许，不算寒酸了吧。"

"好吧，"程立摊摊手，"我来烧水。"

等到一盘乏善可陈的速冻白菜猪肉水饺摆上餐桌，沈寻终于觉得有点不好意思："抱歉，就让你吃这个。"

"没事,还有别的菜。"他喝了口酒,幽深的目光落在她脸上。寒星似的黑眸,似笑非笑。

"什么?"她问。

"Sara。"他轻念,嗓音微哑,格外性感。

沈寻怔住,含在口中的酒液刚咽下,双颊就已经烫得通红。

她起身往厨房走,嘴里念叨:"你要醋吗?还有蒜,要不要蒜泥?"

他跟了进来,低沉的声音就在她身后:"要醋,不要蒜。"

"啊,我还是弄点蒜泥吧。"她手下的动作慌慌张张,试图找点事情做。

"平常我会蘸点蒜泥,今天不用了,因为……"他按下她忙碌的手,转过她的身体,将她牢牢锁在灶台和他之间,"这么久没见,不要吻一下吗?至少,我很想。"

她抬头,撞见他浅浅的笑。

他一笑,便温暖了整个除夕夜。

她并没有落荒而逃,而是勇敢迎接他的挑衅,抬起头,仰着一张明媚诱人的面孔,带着点酒香的呼吸,轻轻地、转而霸道地吻上他的唇。

"寻宝……"他满足地叹息,辗转承接着她的吻,而后反客为主。纠缠的唇舌间,藏着无尽思念和灵魂深处的渴望。细细碎碎的吻又烙上她的眉眼、她的鬓发、她的脸颊,最终仍是那双嫣红柔软的唇,他日日夜夜魂牵梦萦的所在。这一刻,万丈红尘落尽,漂泊多日的身心终于归位,他终于回来,回到这明亮世间,回到这温暖灯火处,回到她身边。

2016年的春晚打破了空间格局,在北京之外还设了分会场,要"东西南北中,全民大联欢"。山河万里,是数不尽的合家团圆、欢声笑语、繁华烟火。电视里登台晚会的明星们嗓音比任何时候都要响亮,而在程立怀里的沈寻却哑了嗓。

这一夜,她是他失而复得的宝玉。久别重逢,他像是发现了她更迷人的地方,铁了心地探究、钻研,要她绽放更绮丽的风情。而她是蛰伏许久、破茧而出的飞蛾,一心扑向属于她的火,心甘情愿地燃烧。

当整座城终于渐渐安静,天色也透出微蓝色的亮光,他才饶过了她,却仍把她娇小的身躯紧紧地锁在怀里,不肯放手。

"寻宝?"他轻声唤。

她迷迷糊糊地应着,努力想睁开眼,却又慵懒地闭上了。

他失笑,吻了吻她的眉心,关了台灯。

早上八点半,床头柜上的手机振动。程立拿起来看了下屏幕,下床到客厅接电话。

"哥。"乍一开口,他的声音有点哑。

"刚醒?你昨晚饭吃了一半去哪儿了?害得我被妈念叨了一晚上,你也知道,麻将三缺一,她当然不爽,程亚又不能顶上。"程成在那头数落,"我餐厅刚空运来一些生蚝,你中午过来一起吃?"

"生蚝啊,"程立看了一眼卧室,嘴角弯起,"生蚝好啊,不过我不过去了,要不你送到我朋友家来?"

"什么朋友啊,你是在哪儿过夜呢,"程成蹙眉,"行吧,难得你回来一趟,你哥我就兄弟友爱下,送货上门。"

"好嘞,谢谢程总,地址我发你。"程立挂掉电话,瞅见电视屏幕上映着自己的笑容。

回到卧室,被窝里的人还酣然梦中,羽扇般的睫毛,秀气的鼻尖,粉艳的唇。他忍不住低头,火热的舌探了进去,寻着了她,勾出她一声无意识的娇吟,摄人心魂,什么动人的曲儿也比不过。

于是一发不可收拾,恣意采撷她呼吸里的甜。直到她备受其扰地睁开蒙胧的眼,忍无可忍地控诉:"程立!"

"小的在。"他轻笑,声音里带着点痞气。

她羞愤地抬头,却迎向他温柔如水的眼眸。那一霎,她看痴了,几乎要叹息——一个经历了那么多腥风血雨的人,竟然拥有这样清澈的眼神。

"寻宝,你再这么看我,会出事的。"他一本正经地提醒。

"出什么事?"她挑眉,"有事我就报警。"

"嗯,收到,这就来。"他捉住她的手,按住了一处。

掌心的灼热让沈寻脸上发烫:"流氓。"

一踢腿,想要把他踹下床,谁知他动作更快,轻松捉住她的脚丫,握在手里细细把玩。

"家里暖气很足啊,怎么脚这么凉。"他皱眉。

"我从小冬天脚就凉,穿多少衣服也不管用。"她答。

"哦,云南天气暖和,我没发现,"他像是自说自话,"我没发现的地方还有很多啊。"

沈寻听出他语气里的暧昧,想要收回脚,他却不让,她只好起身去推他的手臂,掌心却感觉异样。

"这是怎么回事？"她盯着他手臂上密密麻麻的针眼痕迹，心里一沉。

"没事，都过去了。"他松开手，语气轻淡。

"你不说我也可以问小舅。"她不依不饶。

"叶雪自杀了之后，江际恒关了我一个月，让人给我注射了些东西，"他摸了摸她的头发，"不用担心，已经戒得差不多了，现在在巩固期，我哥给我在北京找了个不错的康复中心。"

"还没完全好，是吗？"沈寻声音僵硬。

"嗯，还需要些时间，所以不能天天和你见面，也要定时打卡。"他笑，捏捏她的脸，"放轻松，不要绷着个小脸。"

她不说话。过了好一会儿，才抱住他的腰，紧紧地搂着，仿佛一松手他就会消失似的。

"三哥。"

"嗯？"

"你要是再丢下我，我就真的不要你了。"她威胁，语气软软的。

"好。"他轻应，低头吻她的发。

这时门铃响起，沈寻连忙退开身，一边穿上睡衣一边叮嘱他："可能是我爸，你先躲屋里别出来。"

没等程立说话，她已经慌慌张张地跑出去了。

门一打开，面面相觑的两个人都愣在那里。

"沈寻，你怎么在这里？"程成到底年长见得多，先恢复镇定，找回了自己的声音。

"这……这是我家，"沈寻答，脑袋有点蒙，"你怎么知道地址的？"

"我告诉他的。"一道慵懒的声音传来，程立走到门口，把她拉到身后，接过程成手里的保温箱，"谢谢哥，你要不要一起？"

程成打量了一下他随意系了两颗扣子的衬衫，心里了然，半笑不笑地眯起眼："难怪程亚说那天吃饭的时候觉得你俩不对劲，原来在这儿等着给我下马威呢。"

程立微微颔首致意，姿态优雅。

"沈寻，"程成朝站在程立身后手足无措的人打招呼，又指了指眼前的程立，"我提醒你下，此人爱吃醋，小心眼，建议慎重考虑。"

沈寻下意识点点头。

"瞅见没，人家点头了。"程成拍拍弟弟肩膀，"我走了，你好自为之。"

门还没合上,他就听见一句羞恼的话:"程立,你幼不幼稚?!"

他按下电梯,无可奈何地摇摇头——可不是,幼稚!嘚瑟!

被批评"幼稚"的男人完全不以为意,抱着肩吩咐:"你说过要请我喝咖啡。"

沈寻笑了笑:"好啊,正好新买了一包咖啡豆,有点酸。"

言罢,她指指卫生间:"去刷牙。"

身高一米八五的幼稚鬼乖乖走到卫生间,一会儿又探出头:"寻宝,为什么你会有两个刷牙杯?"

"许泽宁在欧洲买的,"沈寻认真对待锅里荷包蛋,顺口就答,"死贵,他有钱烧的。"

她还没放下锅铲,一张英俊面孔已经在眼前:"他住过这里?"

他语气严肃,目光锋利,似审问犯人。

沈寻忍住笑:"是啊。"

程立抿唇不说话,径自往回走。

"哎,"她连忙拉住他,"骗你的,他向来喜欢送成双成对的东西给我。"

"臆想症,"他淡淡吐出三个字,"把那小子送的东西都丢掉。"

"他好歹也算我半个哥哥。"沈寻无语。

"你从今往后只有一个哥,"他答,"叫'三哥'。"

沈寻举着锅铲投降。

刚煮好的咖啡,捧在掌间还有点烫手。

"是云南的咖啡豆。"沈寻开口。

程立点点头,杯中白雾升腾,让他的一双黑眸显得有些蒙眬。

彩云之南,对他们彼此都有着深刻的回忆和特殊的意义。对他而言,尤其是。灿烂的青春,澎湃的热情,血与泪,爱与恨,都交织在那片土地里。

"当时,是不是很痛?"沈寻伸手,轻轻按住他胸口,掌心之下,是他枪伤的疤痕。昨夜她亲眼看见,这道伤离心脏有多近。

"是痛,但更怕这么死了,再也见不到你。"他的眸光,深深锁住她的容颜。

"昨天开车的时候,我突然想起了祖安。他最后跟我说,祝我和心上人白头偕老。在蒲甘的时候,他始终没有说出你的名字,但我知道,他说的人就是你。"沈寻喝了口咖啡,靠在阳台栏杆上,望向远方的天际线。

北方冬日的阳光,没有南国那么热烈。高楼大厦鳞次栉比、繁华夺目,而她却突然怀念瑞山陀塔宁静的清晨。

"我答应他一起去北极圈外,还有去景清南山看他姐姐。"

"好,开春的时候,我陪你一起去,"程立低沉出声,将她揽到怀里,"也去看看他,让他会一会你的心上人。"

沈寻眼里一酸,嘴上却硬着:"谁说你是我的心上人?"

"你婚都求过,这会儿不认账了?"他轻笑,静静看着她绯红的侧颜,又想起了什么,眉心微蹙。

"怎么了?"她问,没有错过他的表情。

"没事,忘了个东西,"他低头吻她眼睫,唇角微扬,"下次带给你。"

多么幸运,能遇到这么好的她,也多么幸运,来日方长。

正月十四,年快要过完。程立在康复中心度过了一个惯常的上午,在吃午饭的时候接到了林聿的电话。

放下手机,他慢慢喝完一杯茶,拨通了程成的电话。程成原本在天津开会,当时就赶了回来。

下午六点。路对面,程立坐在黑色商务车里,看着川流不息的大厦门口,终于走出一个纤细的身影,她似乎被外面的气温冻到,缩了缩脖子,把围巾系紧了一些。他凝眸,瞬间恍惚。所有人都面目模糊,只剩下她,仿佛一朵小小的玫瑰,静静绽放在这喧闹拥挤的世界里。

原来等这些岁月,就为了等这远远一眼。

多么想将这一朵摘下,放在胸口,从此永不分离。

忽然间,久违的疼痛似乎又开始侵袭,噬咬骨头,他难受得弯起腰,视线开始模糊,那朵红艳的玫瑰渐渐褪色、消失。

他深呼吸,等着自己慢慢平复。他知道,这只是心理反应。

手机里收到一条微信语音,点开是她温柔的声音,带着愉悦笑意:"不是说要来接我吃晚饭吗,人呢?"

有点事,明天好不好?他缓缓打下一行字,发出去。

"好吧,那我自己安排,晚上打电话哦。"软糯的声音又传来。

程立收起手机,淡淡出声:"走吧。"

绿灯亮起,沈寻跟着人群往对面走,看到一辆黑色商务车调了个头,迅速驶离。闻到尾气味,她蹙眉捂住了鼻子。

车厢里,程成的表情难得有点烦躁。

"你确定要回云南吗?"他忍不住又问了一次。

"嗯,"程立低应,脸色有些苍白,"该了断了。"

"非你不可吗？那个江际恒就是个神经病，你都被他折磨成什么样子了？还不够吗？好不容易被救出来，好不容易恢复点了，还要回去？"程成再也压不住火气。

"有人质在他手里，他指明要找我。"程立语气平静。

"他就是要你——"一个"死"字哽在程成喉头，他又咽了下去。

"你现在远远看人家一眼有什么意思？有本事你去找她啊，告诉她你要去干什么，让她好好等着你回来，"程成抬手指着窗外远去的大厦，"送死你倒是勇敢的，找她你怎么就怂了？"

"哥，"程立轻声开口，"没有人不怕痛，也没有人真的不怕死，可是，对有些人来说，有比活着更重要的使命。祖安是，叶雪是，我爸妈……也是。"

程成愣住，半晌才道："你什么时候知道的？"

"上初中的时候就知道了。"程立答，他瞅着程成僵硬的脸色，微微一笑，"放心，你永远是我亲哥，我永远爱你。"

"滚蛋，少肉麻！"程成呵斥一句，转过头望向窗外，眼眶有点红。

他想起当初爸妈把程立领回家时，他还是两岁的小娃娃，黑亮的眼珠，特别讨喜。不到一星期，就已经会冲到他身边，抱住他的腿连声喊哥哥。这一晃，他就变成一个风里来雨里去的铮铮铁汉了。

"哥，你不会感动哭了吧？"程立笑了笑。

"你小子是皮痒了，很久没尝过我拳头的滋味了吧？"程成瞪着他。

"嗯，还真是怀念了，"程立又笑，眉眼清俊，"等我回来，随便你怎么收拾。"

元宵节当天，程立失约，他的手机像是去了外太空，怎么都打不通。沈寻参加家庭聚餐，席间宋倩再度提起郭台长的儿子，她无视沈晋生不悦的脸色，专心扮演失聪。

吃过饭，她匆匆告别，但也不想回家，躲到酒店六十三层喝咖啡。

电话仍是打不通，她沉默地刷手机。眼前跳出当前最热新闻，是某当红明星出轨的丑闻。纤指轻滑，下方有几条关联新闻，一条是女白领深夜乘车遇害，一条是昨夜边境破获重大毒品和洗钱案，警方虽有伤亡，但胜利收场。

沈寻给林聿发了条短信，摁灭手机，继续喝咖啡。

"寻寻。"不知过了多久，林聿在她对面坐下，大概是奔波劳累，样子有些憔悴。

"小舅，"她轻应，"刚给你点了一杯他们新发明的鸡尾酒，你要不要试试？"

"他回不来了。"林聿推开她递来的酒杯。

"谁？"

"程立。"

"哦。"她淡应，仿佛听见陌生名字。

林聿将一个绒布盒子推到她面前。

"他说，那次你喝醉说要他娶你，他答应了。但他欠你一枚戒指，因为求婚的事，应该是男人来做。如果他活着，他会亲手给你戴。如果他死了，就当没有这回事，不必告诉你。但我想，还是给你比较好。"

沈寻只沉默了一秒，就抬手把戒指盒打掉，冷笑："他脑子有毛病吧，他算老几？就算他回来，我就一定会嫁给他？这种浑蛋我会稀罕？"

林聿看着她，眼里是震惊和担心："寻寻？"

"小舅你很无聊，浪费我时间。"丢下这一句，她转身就走，不理会林聿，也不理会那枚从绒布盒子里滚出孤零零躺在地上的戒指。

"小姐，你有没有事？怎么一直在发抖？"电梯里，有人关切地问。

还没有等到回应，就见她缓缓滑倒在地。

"医生说，是情绪太激动，休息一下就好。"

"我们都先出去吧，让她静一静。"

终于安静下来了。

又有人敲门，一声接一声，很烦人。

沈寻不情不愿地下了床，拉开房门。

眼前是熟悉的眉眼，程立穿着和初见时一样的黑衬衫，高大英俊。

"原来你没有死？"她捶他胸膛，"人渣，浑蛋，骗子！"

他笑着看她："我想回来看看你。"

"我很好。"

"嗯，你要一直很好，乖乖地生活。"

"我错了，"沈寻紧紧抱住他的腰，"我不应该骂你，也不应该扔掉你的戒指，我以为你再也不会回来了。"

他笑了，摸摸她头发："寻宝，你喜不喜欢我送你的戒指？"

"喜欢。我会问小舅要回来，毕竟那么大一颗钻石。"

"我媳妇比较金贵,钻石当然要大颗的。"

"什么金贵,听起来好土。"

"因为是闪闪发光的寻宝啊,"他笑,"答应我,你要一直这样下去。做一个漂亮的、开开心心的、闪闪发光的寻宝。"

"好,"她点头,"也要有你照着才发光啊。"

"嗯。"

他摸着她的头发,笑得那么温柔。

然后,他的笑容渐渐淡去,整个人也像陷在了云雾里。

"三哥?"她傻傻地喊,"你要去哪里?"

回答她的,是满室寂静。

她猛地睁开眼。

门牢牢关着,房间里只有她一个人。

"三……"声音骤然哽在喉咙中,泪水失控,瞬间模糊了视线。

蒙眬中,仿佛又听见他叹气,不要哭。

不知过了多久,手机铃声响起。

电话那头是程成的声音:"沈寻,我今天下午飞昆明。我想,你不用去了。可能是我们程家和你没缘分,你以后好好生活。"

她轻声答:"我知道,他刚才来找过我,他说让我好好的,我会听话。"

电话那头的程成似乎一时失了声音,沉默了一会儿,才哑着嗓子和她道别。

两年后。

维港的夜流光溢彩。灯光旖旎的酒吧里,是醉生梦死众生相。

"不好意思,Lee路上堵车,耽搁了,刚进电梯,让我先跟大家说一声道歉。"

"没关系没关系,慢慢来。"

"是啦,怎会有关系。新一轮融资还等着Lee出手,要是BP能入他眼,等到天亮都可以。"

"切,听说那位有灰色案底,但是家底厚,有父兄照拂,一转身就变成知名投资人,还是命好会投胎啊。"

沈寻看着旁人的八卦嘴脸,只觉无趣。管他李先生还是黎先生,都是所谓衣冠楚楚的商界才俊,发蜡抹得头发根根竖起,皮鞋锃亮,名表袖扣,千篇一律,想想都乏味。她更想回到酒店,早点洗洗睡。只等李萌从洗手间回来,她便离开。

她低头玩手机，没注意有人过来和众人一一打招呼。待发觉时果然看到一双擦得极亮的手工皮鞋，一路向上，无趣的羊毛西裤、黑衬衫……视线蓦然冻住。

时光倒流，回到那一年的云之南，边境小客栈的房间里，男人穿着黑色衬衫，整个人都坐在黑暗里，一双冰冷锐利的黑眸漫不经心地看着她。

他问，你是谁？从哪里来？到这里做什么？

此刻，来人看着她，一手伸过来，淡淡地笑，同她讲粤语："幸会，我是Morpheus Lee。"

她看着他，说话不客气："这位先生你迟了太久，不要罚酒吗？"

"实在抱歉，"他低沉的嗓音带着历经万水千山的温柔，"没想到路这么远。"

她点点头，替他斟了酒："大家都在等你，慢慢喝，失陪。"

等他喝完，她已经悄然离去。

他追出门，在走廊尽头的落地窗前寻到那道美丽背影。

"小姐，你也在等人吗？"他问。

"是。"

"等了很久？"

"差一个月就三年，你说久不久？"她轻轻一笑，眼神迷离，"你知不知道，全世界的机场我最喜欢香港赤鱲角。云雾之下，有山有水，让人看不清，却特别迷人，就像我爱过的一个人。去年生日的时候搭夜机，雨珠滑过舷窗，映着暗夜里的灯光，像许多流星划过。"

"你有没有许愿？"

"许了。"

"什么愿望？"

"希望他爱上我。"

"我想，他一定爱你。"

"为什么？"

"你值得。"

她轻轻一笑："晚安。"

转身那一霎，却被捉住手腕。

"对不起，冒昧了，但能不能让我知道你的号码？"英俊容颜表露的真诚能够轻易摧毁女人的心防。

她递了名片，却未再停留。

深夜，手机屏幕突然亮起。有陌生号码发短信过来：Hi, Sara, 如果你还没有男友，可否考虑我？Morpheus.

她没有回复。

这一晚，她做了个梦。

梦里有人轻轻唤她，寻宝。他的怀抱，那么温暖。

当年8月，沈家嫁女。

时值盛夏，阳光灿烂，一路繁花。沈寻身披样式简单的白纱，那样漂亮。新郎穿黑色西装，高大英俊，温柔地吻她。

人群中有女生看到花童捧来的戒指，羡慕地惊呼："哇，好大一颗钻石。"沈寻低头微笑，镜头定格她的笑容，那么开心，整个人闪闪发光。

没有人捕捉到她垂眸间眼角那一闪而过的晶莹。

——我媳妇比较金贵，钻石当然要大颗的。

——什么金贵，听起来好土。

——因为是闪闪发光的寻宝啊。

——答应我，你要一直这样下去。做一个漂亮的、开开心心的、闪闪发光的寻宝。

——好，也要有你照着才发光啊。

——嗯。

也许每个人都会遇到一个没办法在一起的人。那种强烈的感情，令你无法抗拒、无法自拔，到最后，却必须经历撕心裂肺的分离。你选择将之弃于身后，以为可以让你继续好好往前走，但你会发现，那种始终耿耿于怀的痛，才是支撑你走下去的最大动力。

嘘，没有人知道，这世上，我只要一个你。

我是这浩瀚星球上的渺小，也知这漫长时光里的孤寂，而令我坚强的，是记忆深处的你。

无论岁月变迁，无论物是人非。

你，在我心里。

"寻宝？"

"我愿意。"

番外一
给你的信

三哥：

两年零两个月不见了。你好吗？

今天我在景清街上闲逛，看到有个老伯在卖字。有意思的是，每幅字都是卷着的，买家不知道自己会买到什么。我像抽签一样拿了一幅，打开一看，上面是句诗——浮生暂寄梦中梦，世事如闻风里风。

我把这幅字带到了南山祖安的坟前，烧给了他。我想，像他这样潇洒不羁的性格，应该会喜欢这样的诗句。如今他和他姐姐相邻，也一定很开心。

而我呢，一见到"梦"这个字，就忍不住会想起你。就像有些人固执地爱喝某些年份的酒，我想我会终生怀念某一年春天，沉醉在一个永远也不会醒的梦里。

你前年说过，开春会陪我来见祖安，让他会一会我的心上人。去年你忘记了，今年你仍然没有来。

你好像总是在失约。我向来讨厌不守信用的人，唯独对你，我一忍再忍。

上周我参加了许泽宁的婚礼，新娘非常漂亮。过年的时候，李萌也被杨威这痞子娶回家了。她经常会和我抱怨婚后生活不如当初想象，而我总是笑着听听。我们一起泡吧时，遇到我被人搭讪，杨威也不会再像以前那样拦住对方，说我是他嫂子。但他们都不知道，我没有再想过结婚这件事。因为我想象不出来，如果和我结婚的那个人不是你，生活会是什么样子。因为心里对此毫无概念，所以我觉得一个人过也挺好的。

有时我会想，如果你永远也不回来了怎么办？又或者，有一天你回来了，但那时我已经老了，没有现在这样年轻、漂亮，我还要不要见你？

甚至我也会想，是不是我的名字起得不够好。寻寻觅觅，却始终找不到你，找不回你。

抱歉，我又像个怨妇一样开始碎碎念了。

其实，因为工作很忙，所以我也不曾全神贯注地想念过你。或许你也一样，忙着做自己的事情。我明白的，每个人都带着自己的过往和责任前行。有些事情只能独自背负和解决，就算拥有一个再相爱的人，也未必能一起分担。

你先忙。

飞机要起飞了。虽然晚点至半夜，但正好够我在这云之南，给你写下这封信。

邻座没有人，如果我闭上眼，可以假装你在身边。

晚安，三哥。

虽然你没有说过再见的时间和地点，但我会一直这样等。

你的寻宝
2018 年 4 月 5 日

番外二
此生待从头

（1）

　　暮色侵袭之时，天空突然下起雨来。起初是星星点点地飘洒，不过一会儿，整个小城都陷入了湿漉漉的苍茫之中。街上行人渐稀，被雨水浸湿的路面，映着各色灯光，泛出寂寥的旖旎。

　　陆嵋一边穿外套，一边朝正专心洗杯子的女孩挥挥手，在后者抬起头望向她时，利落地叮嘱："我看这雨停不了，已经过了八点半，应该没什么人来了，你早点关店下班吧。"未等女孩回应，她又扬眉补充了一句："放心，工资照算。"

　　"谢谢老板，不差这半小时，"周未朝她一笑，"我收拾下，准点再走。"

　　"那行，你路上小心，要是雨大就别走回去了，打个车吧，我给你报销。"陆嵋拿起车钥匙，离开时又叮嘱了一句。

　　周未点点头，目送她高挑俏丽的身影出门，经过落地窗，上了停在路边庞大的SUV，汽车轰鸣着扬长而去。

　　陆嵋这个老板特别好，但很神秘。听说她从前一直在伦敦，不知道为什么会来景清这座边境小城隐居，默默开着一家勉强收支平衡的咖啡店。当初周未来这里找工作时，彼此交谈不到一分钟，陆嵋就告诉她，她被录用了。理由就是有眼缘。在经历了许多冷遇之后，周未觉得惊讶，也十分感激，所以格外珍惜这份工作。虽然陆嵋对她几乎没有什么工作要求，但她仍一丝不苟地做着店里每一件事情。

　　只是有时候，她也会忍不住地好奇，陆嵋这样迷人的女子，究竟有什么过往呢？

　　"一杯热美式。"祖安微微蹙眉，盯着背对着他放咖啡杯的女孩子，又重复了一遍。

她还是没反应。

他正要再开口，女孩转过身看见他，显然是吓了一跳，捂了捂胸口，眼神惊惶。

祖安几乎要无奈地笑出来，这家咖啡店雇的是什么员工，开小差开成这样，居然连他进店里这么久都没发觉。

"对不起，您要什么？"周未看着他，耳根泛红。

"一杯热美式。"祖安重复，琥珀色的瞳仁泛起促狭的眸光，"第三遍。"

"对不起，"周未再次道歉，两颊都已经烧红，手比画了下，"二十一元，您可以扫这边付款。"

"我付现金。"祖安拿出三十元的纸币放在柜台上，"不用找了。"

周未怔了一下，然后把纸币收进了抽屉，"好的，谢谢。"

这年头，用纸币的人真的是很少了，尤其是像他这样年纪的人。

2月16日，情人节后的第二天。今年他二十七岁。原来，过了这么多年，他的生日她仍记得那么清楚。

那一天，少年穿了件崭新的白T恤，在人群里笑声清朗，阳光透过一缕慵懒的刘海洒在额上，映得那张俊美的脸庞更是漂亮得不像话。她听见他笑着喊："张启明，小心你的爪子，别把我衣服摸黑了，这是我姐给我买的生日礼物。"

张启明同学长什么样她早已不记得，但这个名字却牢牢刻在她心里，只是因为曾被他喊出口。

据说水瓶座的男生生性无拘无束，热爱自由，那么这些年，他是否过着自己想要的生活？

"您的热美式。"她将咖啡杯放在桌上，瞥见他修长的手指，骨节分明，却有细碎疤痕。

"谢谢，"他礼貌点头，却在她转身时又出声，"这首歌，能不能再播一次？"

周未没有理会他。

祖安终于觉察出了异样，站起身，走到她面前，指了指自己的耳朵，缓缓开口："你听不见？"

周未表情微僵，然后点了点头："我会唇语。"

"您刚才跟我说了什么？"她敏感地问。

"现在在播的这首歌，我很喜欢。"祖安答，顿时又觉得有些不妥，"对不起。"

毕竟她听不见，和她说歌好听，始终不合适。

"哦，伍佰的歌吧。"她轻声答，微微一笑，似是并不介意他的唐突。

"我今天的歌单，主要的是他的。"她拿起手机，低头看了下，正在播的这首，是《心爱的再会啦》。

> 男儿啊，立志他乡为生活
> 异乡啊，总有坎坷路要行
> 我不寂寞，有你在我的心肝

眼看歌曲的进度条行至末尾，周未抬眼看向坐在角落里的男人，他今天仍是一件白T恤，配军绿色的长裤，仿佛旧时少年模样，只是俊美面容上神色苍茫，掩在黑色棒球帽下。

想来，他已经不记得她了。

十二年前的深夜小巷，她被几个小混混为难，是他出手相救。在他与那几个男孩子扭打成一团时，她吓得抱着头都不敢睁眼，等他站到她面前，拍拍她的肩膀，语气轻快地说"没事了"的时候，她才怯怯地抬起头。

小巷斑驳的墙上，只挂了一盏昏黄旧灯，起风时还会微微摇晃，彼时灯光在他脸上明灭，凌乱的发、脸颊上的灰，都遮不住一张夺人心魄的俊颜。周未只觉自己的一颗心，跟着那盏灯，一晃，又一晃。

他捡起她书包里掉落的课本，看到封面上的名字，嘴角忍不住扬起一丝笑容："你叫周末？"

"不是，"她脸上一热，急忙摇头，"周未，我叫周未。"

"哦，是我看错了，我说呢，怎么会有人叫周末，"他笑着把课本递给她，"我叫祖安，祖宗的祖，安全的安。"

周未点点头，差点就要说一句久仰大名。他知不知道自己的姓名早已是本地中学女生口中的高频词，听得向来不闻窗外事的她耳朵都要起茧？

"小妹妹，以后不要这么晚回家。"他替她戴上书呆子样式的近视眼镜，拍拍白衬衫上的灰，拎起书包朝她挥手告别。

她想跟他说，她不是什么低年级小妹妹，而是他同届隔壁班的同学，话到嘴边，却始终没有出口，只是眼睁睁看着那道挺拔又潇洒的背影渐渐消失在光影交错处，一直走进她心里。

从此之后，他的身影，永远是她的目光所至。
祖安这次月考又是年级第一。
祖安喜欢穿白色。
祖安喜欢伍佰和莫文蔚，因为他姐姐总是在家里放他俩的歌。
祖安感冒了没来上课，因为周末打球淋到雨了。
祖安……祖安是祖安，周未是周未。如果那夜的相遇是个出发点，那么，他们大概是在做一道背向而行的数学题，并且没有设定时间参数。
直到一场意外让她失去听力，她转校读书，和从前的同学也渐渐失去联系。关于他最后的消息，是他考上警校，又因为严重违纪被退学。听说这事时，她不无惊讶，毕竟，他一直以来的志愿是北京的一所名牌大学。
一杯咖啡饮尽，十二年的时光转瞬即逝。他起身推门而出，离开的姿势永远潇洒利落，她也仍如从前，只敢在远处眺望他背影，连一句别来无恙都问不出口。而其实，他们甚至都不曾有过告别。陈年暗恋，是压进书本的一朵落花，终究会在岁月里枯黄成渣，当时的芬芳颜色，除了自己，无人记得。
心跳，是在他去而复返的那一刻突然失去了节奏，在胸口炸成凌乱鼓点。
祖安迎上她惊愕的眼，嘴角的笑容颠倒众生："忘了说一声，周末，咖啡做得还不错。"
马克杯以一记猝不及防的闷响砸在木质吧台，泄露她内心所受的冲击。明明，她已经丧失了听觉，怎么还会听见自己的呼吸和心跳？
"我叫周未。"开口瞬间，她已经恨透了自己的愚蠢。她在说什么？
"我记得啊，周、未，"祖安瞅着她，嘴角笑容带着一丝玩味，"加油，周未，下次来喝你的手冲。"
"嗯。"她轻轻应了一声，就低下了头，生怕自己陷落在那片琥珀色的眸光里。
还能说什么呢，十二年前，彼此都还是稚嫩少年人，对未来充满着无限憧憬期待，连阳光空气都是甜的；十二年后，她不过是市井一隅为生计打拼的平凡女子，而他亦是裹挟在尘世中挣扎的灵魂。有多少人最后活成了自己想要的样子？得偿所愿是幸运，求而不得才是寻常人生。能够重逢，就是运气，而不知不觉，已是却道天凉好个秋的年纪。
无须让你知道，即使我已经听不见，我也记得你喜欢的歌。
无须让你知道，你是我这平淡一生中，最耀眼的颜色。
今夕复何夕，共此灯烛光。

（2）

　　空旷的停车站，只有几辆车在夜色里闪着幽寂的光。灰蓝色的烟雾升腾，缓缓爬出摇下的窗，待到一辆白色的 SUV 来，被撞成丝丝缕缕。

　　SUV 右侧的窗降下，深蓝色的棒球帽下，是一张冷峻的侧脸。

　　"有事耽搁，来晚了些，"程立递过去一个文件袋，一双利眸打量着隔壁车里的年轻人，"听说前天晚上地下赌场有场混战，你没事吧？"

　　祖安拆开文件袋，认认真真把里面的资料看完了，又封好袋口，才抬头冲他挑眉一笑："我能有什么事，我就是去打酱油的。黑吃黑而已，最好笑的是老板娘，混乱之中居然不管自己男人，拉着我藏到暗室，可怜我差点被猥亵了。"

　　"滚，得了便宜卖乖。"程立睨着他冷哼一声，也点了一支烟。

　　"我容易吗，还要牺牲色相，"祖安叼着烟，凤眸轻眯，"我又不喜欢那一款的。"

　　"那你喜欢哪一款的？"程立大概今天心情也不错，和他开起玩笑。

　　祖安看着他笑了笑，沉默了一下才开口："城南有家叫'今夕'的咖啡店，还不错。"

　　他也不知道自己中了什么邪，几乎每个月都会去那里喝两三次咖啡。频繁地去某一个地方，对他而言，其实是有些危险的事。是那个女孩总会播他喜欢的歌，是她用普普通通的咖啡豆，就冲出了他喜欢的味道，还是在他故意叫她"周末"时，她那困窘不已的模样？又或者，看到她，会让他回忆起，在经年的黑暗和血腥之后，自己也曾有过一段纯净无垢的时光。

　　他更不知道，怎么就在今晚，他跟程立提了咖啡店的名字。这么多年，独自行走在阴暗角落，踏错一步都可能让他死无葬身之地，能让他信任的人极少，只有眼前这位刚毅的前辈，可以让他泄露些许心事。

　　"改天我去试试那里的咖啡。"程立并未多问，瞅着他的黑眸里却似洞察一切，"不管怎样，注意安全。"

　　"知道了，你说得我都烦了。"祖安摁灭烟，嘴角的笑容张扬，"三哥，祝我们都长命百岁。"

　　程立闻言一笑，发动了车子，在车窗上升的间隙，淡淡出声："等你回来。"

　　马达声轰鸣，几乎淹没了这一句，祖安像是听见了，又像是没听见，在沉寂的夜色里枯坐了良久，才启动了车。

　　深夜里，车厢里有低柔的女声缓缓唱——

让我与你握别，再轻轻抽出我的手
直到思念从此生根，华年从此停顿，热泪在心中汇成河流
渡口旁找不到一朵相送的花，就把祝福别在襟上吧
而明日，明日又隔天涯

我想带你去看瑞山陀塔的风光，看晨曦里你的侧脸，如何被朝霞染红。然后趁你被风景迷住的时候，偷偷拉住你的手。
可我能给你的，也就是一杯咖啡的时间。
原以为治疗头痛有赖咖啡，其实你才是我的布洛芬。

"请问，你是周末吗？"在眼前的女孩把咖啡端到桌上时，沈寻看着她问。
女孩抬起头，应该是没有听清她的问题，镜片后一双黑白分明的水眸眨了眨："不好意思，您说什么？"
"你是周末吗？"沈寻又问了一遍。
周末怔了一下，才缓缓出声："你认识祖安？"
沈寻顿时有些愕然，她怎么知道自己是因为祖安而来？
"我叫周末，只有他会这么叫我。"像是看出了她的疑惑，周末补充。
"哦，是这样。"沈寻微微一笑，却突然觉得有点心酸。
原来，周末是祖安的周末。偷得浮生半日闲，只为一见你欢颜。
祖安的快递，是沈寻回到杂志社恢复上班后，从一堆积压的信件里翻出来的。寄件的日期是他们刚到蒲甘的那天。潇洒飞扬的笔迹，一眼看过去，就让她脑海里瞬间浮现他落拓不羁的样子。
文件袋里就只有两页信纸，一张银行卡。一页信是给她的，另一页信是给"周末"的，均是寥寥数行，她都早已背熟。

小寻寻：

其实我也有惦记的人，只是我要走的路容不得人陪，所以即使我动心了，也没必要和她提。三哥曾说，如果喜欢一个人却不能在一起，那么就送她奔向更好的前程、更好的人。当我发现自己开始思念的时候，我终于懂得了他的心情。本来他是我可以托付的人，但现在很难说了，只能拜托你。谢谢。

周未:

　　去你店里喝了那么多次咖啡,离开时从来没有说过一声再见。当你收到这封信,意味着我们这辈子是真的不会再见了。我留了些钱给你,请不要拒绝,密码是你生日。你这么喜欢做咖啡,那就去国外好好学习下,相信你会成为一名优秀的咖啡师。听障的问题,也看看能否治愈。还有,其实你不戴眼镜的样子,特别好看。

　　她把信递给周未,在看见后者眼里渐渐氤氲的水雾时,亦觉得心口酸涩难当。
　　"请不要推辞,"明知残忍,沈寻仍是开口,"这是他的遗愿。"
　　其实,她也是在提醒自己,要完成祖安最后的托付。
　　周未低着头叠信纸,动作很轻,也很慢,只有泛红的眼眶,泄露她翻涌的心绪。
　　"我接受。"她出声的那一瞬间,泪珠砸在桌面上。
　　沈寻端起咖啡喝了一口,压住喉中的刺梗感。
　　来之前,她一直在想,该如何和眼前这个女孩子提起她们都认识的那个人。
　　那个一直独自行走在黑暗里的祖安。
　　那个在寺庙里教孩子们算数的祖安。
　　那个想要去冬天的北极圈外看看的祖安。
　　那个祝她和心上人白头偕老的祖安。
　　那个到最后都一脸轻松笑容的祖安。
　　那个永远留在了蒲甘的祖安。
　　这一刻她知道,周未心里的祖安,美好似骄阳,他人的言说不过是画蛇添足。
　　"现在想想,祖安第一次来店里的时候,那首歌就已经是预言了。"周未擦掉眼泪,故作轻松地一笑。
　　"哪一首?"沈寻问。
　　隔着落地窗,景清冬日的阳光倾泻进来,如春天一般温暖。钢琴前奏中藏着的忧伤,被不羁的电吉他和男声冲散,那些一直以来苦苦压抑的情绪,忽然找到出口,奔涌成胸臆间的暖流。

　　男儿啊,立志他乡为生活

异乡啊，总有坎坷路要行
我不寂寞，有你在我的心肝
…………
在我不在的日子，你要保重自己
…………
心爱的，再会啦

"祖安，你到底是什么人？"
"当然是坏人啊。要不怎么拿枪对着你？"
"小寻寻，我好像突然有些后悔。做个普通的人多好，娶个像你这样的老婆，每天三餐吃饱，舒舒服服晒太阳。"
"嘘，小寻寻，不要猜，不要多想，活得简单点。"
我会的。
为了你。
为了三哥。

（3）

祖安：

　　今天是冬至，南半球的阳光很好，我去了墨尔本的一家店，排了很长的队吃饺子。
　　冬至对我而言，是个特别的日子。因为你喜欢的伍佰和莫文蔚，合作过一首歌，叫《冬至》。你别笑我，我总是会做一些傻里傻气的事情。
　　上个月，我被一家本地的精品咖啡店录用了，老板对我很满意。过去一年，因为听障关系，我学咖啡会比别人费劲很多，但我还是坚持下来了。工作只是兼职，因为我还要上学，读的是社工专业，以后想要帮助一些有残疾的人。
　　我做了近视矫正手术，现在已经不戴眼镜，陆嵋，也就是"今夕"的老板，来看过我，她说她很喜欢我现在的样子和我做的 Long Black，而我多么希望也可以和你再见一面。有一回，我梦见你了，梦里你说，你是左撇子，左撇子冲出来的咖啡更好喝。我当时都笑醒了。

很多人喜欢把咖啡和酒做类比，但是，好酒可以经年，随着时间别有风味，咖啡豆却必须在采摘后的一年内烘焙，烘焙后也必须尽快喝完。如今我终于体会，有很多事情，和咖啡一样，过时不候。我只是后悔，不曾对你说一声喜欢。

我的老师告诉我，即使从世界上最好的烘焙师那里买到了最好的咖啡豆，也不一定能做出好喝的咖啡。水质、水温、水量、研磨程度、咖啡量、制作者当时的手法和心情，都会影响一杯咖啡的口感。当你不在，我再也找不回当时做给你的那一杯的味道。

陆嵋说，思念一个注定没法在一起的人无异于刻舟求剑，她宁可浪费香烟，也不想浪费眼泪。

我会难过，但我并不伤心。因为，我不曾爱错。爱错人难免消耗，而爱对人，却是治愈。

在这里，我叫 Ann。

安。

记住一个人最好的方式，是以他之名，好好地活下去。

你永远的周末
2019 年 12 月 22 日

番外三
云之南,梦之北

Hugin and Munin

Fly every day

Over all the world

I worry for Hugin

That he might not return

But I worry more for Munin

——Poetic Edda, Grímnismál, Said by Odin

福金和穆宁啊

每天满世界地飞

我担心福金

它可能会不回来

但对穆宁

我的担忧更多

——摘自北欧史诗《埃达》中《格里姆尼尔之歌》,诗句出自奥丁之口。

"今天是你的生日,祖安,"沈寻望着眼前茫茫雪原和远方浅灰色天空下起伏的白色山峦,轻声开口,"我们面前的这片雪原,其实是一个巨大的冰湖,现在被厚厚的积雪覆盖了,等到天气暖和的时候,它就会融化。如果你在,一定会很喜欢在这里开雪地摩托。"

1988 年的 2 月 16 日是个星期二。英文中的星期二 Tuesday，来自北欧神话里战神提尔（Týr）的名字。

当众神之父奥丁想用格莱普尼尔绳索捆住洛基之子巨狼芬里尔时，芬里尔提出的条件是，如果众神中的一个神同意将自己的手放进他的嘴里，那他就让他们用在他眼里只是根丝带的绳索捆住他。

谁也不敢上前，只有提尔把他的右手放在了芬里尔的嘴里，用他的手为代价，困住了巨狼。

他是那么勇敢，无畏地牺牲自己。就像你，祖安。

2015 年的那个春天，和往年并没有什么不同。除了遇见的那些人。

遇见他们之后，好像一切都不一样了。那山，那水，那街道，那市集，那寺庙，都不一样了。它们告诉她，一切从未过去，他们一直都在。尽管，已经十年了。

她摘了祖安坟前的一小束野花，埋在了拉普兰德的雪地里。等到开春的时候，冰雪慢慢融化，河流会带他去看更远的风景。

"好啦，我们走吧。"沈寻站起身，牵起身旁小男孩的手。冰天雪地里，他穿着件天蓝色的羽绒外套，轮廓精致的小脸上一双黑眸灿若水晶。

"妈妈，刚才那个奶奶问我为什么叫 Morpheus。"

"你猜是为什么啊？"

"我猜妈妈给我取这个名字，就可以经常喊我 Morpheus，Morpheus，你睡眠不好，就能好好睡觉，做个美梦。"

"Morpheus 真聪明，"她摸了摸他的脑袋，笑了，"我就是想做个好梦呢。"

"妈妈梦里有什么啊？"

她笑了笑，停顿了一下，语气轻柔："有 Morpheus 啊。"

"妈妈，我看到书上说，奥丁有两只乌鸦，我觉得是全世界最重要的乌鸦，你知道它们叫什么名字吗？"小男孩问，目光狡黠。

"不知道哎，叫什么啊？""一只叫 Hugin，另一只叫 Munin。"

"什么意思啊？"

"这两个名字的意思是'思想'和'回忆'，"小 Morpheus 得意地笑，"我也要去考考爸爸，不过他可能知道。"

"为什么你觉得他会知道？"

"因为……他比你聪明。"

番外四
帅叔叔的情书

周知昊醒来时，看见那个帅气的叔叔还在写东西。彼此间隔了个过道，他看不清对方在写什么，感觉像是信。半小时前，他为了能在云南尽情地玩，在飞机上赶起了寒假作业。见他在一道数学题上卡了壳，帅叔叔主动提出帮他解题，前提是想要借一支笔和一张草稿纸。这笔交易顺利达成，但他不争气地晕机了，只能暂时放下作业睡一会儿。

像是在思索，帅叔叔停下笔，靠在座椅上。他英挺桀骜的脸庞浸在阅读灯清冷的光辉里，好看得像是漫画里的人，修长的手指把玩毒液Q版造型的稚气笔套，却丝毫不违和。如果他是个明星，此刻大概会有女粉丝惊叫——好迷人，好可爱。

周知昊摸了摸自己胖鼓鼓的脸蛋，突然觉得，自己应该少吃薯片多锻炼，减点肥，男人嘛，还是要身材好点，脸上棱角分明一些。

"叔叔，你是不是在写情书？"他忍不住问。

帅叔叔怔了一下，然后看着他微微一笑："是啊，你怎么知道？"

"我妈说——"周知昊转头看了一眼戴着耳机听音乐的母亲，压低声音，"我妈说，现在人们都喜欢用手机发信息，如果还愿意用手写信，肯定是要给特别喜欢的人。"

"哦，"帅叔叔脸上的笑意加深，"那你是不是写过？你今年几岁了，有没有十岁？"

"九岁，过完年就十岁了。"周知昊小脸通红。这个叔叔好可怕，居然三两句话就猜到他给朱安安写过情书。话说回来，安安的回信放在姥爷家花盆底下到底安不安全，会不会被姥爷发现或者在姥爷浇花时给弄湿了？毕竟也就包了一层塑料纸……啊，怎么办，他突然有点着急，要是被老爸知道，大概会把他屁股打开花。

这时，前方过道突然起了一阵骚动。

"有人昏倒了！"听到一个女人的喊声，周知昊连忙往前看，却见眼前一道黑影闪过，是帅叔叔已经跑了过去。他反应好快！周知昊边在心里惊叹，边解下自己的安全带跟了过去。

他瞧见一个阿姨正姿势扭曲地倒在厕所门前，身体不停地抽搐，嘴里还冒着白沫。

"应该是癫痫，给我条毛巾。"帅叔叔利落地开口，接过空姐递来的毛巾，迅速塞到那个阿姨嘴里，同时托住她的头，将她的脸转向一侧。

"塞毛巾是避免她咬到舌头，头转到一侧可以防止唾液导致呛咳。"他边做边解释，周知昊在一旁崇拜地点点头。

"麻烦您给她解开两个扣子，让她呼吸可以通畅些，再给她盖条薄毯，先保持这个侧卧位等她彻底清醒。"帅叔叔看向空姐，自己退开身，后者连声答应，俏丽的脸庞微红。

周知昊在心里叹口气——空姐小姐姐一定觉得这个叔叔帅死了吧，连他一个男孩子都快被迷倒了。

再回到座位，周知昊看到帅叔叔那张信纸掉在了过道上。他捡了起来，瞥见苍劲的字迹，偶有涂抹。他不好意思多看，连忙递过去："叔叔，你的情书。"

帅叔叔闻言笑了下，摸了摸他的脑袋。等帅叔叔再坐下来看那封信时，周知昊觉得他的表情有些淡淡的忧伤，不是情书吗，为什么他会有那么怅然的神色？是因为他喜欢的人不喜欢他吗？不可能，不可能。周知昊迅速推翻这个念头，帅叔叔看起来这么优秀，不可能是条悲惨的"单身狗"。

而接下来的一幕，让他惊讶地瞪大了眼，只见帅叔叔嘴角泛起一丝苦笑，将那页信揉成一团塞到了清洁纸袋里。他这是要把好不容易写出来的情书扔掉？

为什么？周知昊费了好大的劲，才把自己的疑问吞到肚子里。老妈说他是个好奇宝宝，而老爸说，人不能过于好奇，会瘦不下来。因为人越好奇，胃口越大。他是相信的，所以他一直是个小胖子。

而帅叔叔闭上了眼，静静地靠在座椅上，像是疲倦极了。周知昊彻底放弃了询问的念头。

飞机落地昆明后，帅叔叔打开手机查看信息，表情一直很严肃，等舱门一开，就匆匆和他道了个别下机了，仿佛赶时间，要去做特别重要的事情。

周知昊在踏出舱门的那瞬，喊了一声"妈我落东西了"就往回钻。等他再回来，他妈李牧星瞅着他手里的那张皱巴巴的草稿纸，一头雾水："这是个啥？"

"情书。"周知昊答。

"情书？"李牧星声音高了八度，"你小子居然还会写情书了？你是不是皮痒了？"

"不是不是……"周知昊踮起脚尖捂住她的嘴，小脸憋成番茄色，"不是我的！"

半小时后的机场咖啡店，一对母子相对而坐，瞅着面前一页草稿纸，眼圈都有点泛红。

"妈，以你做言情小说编辑的专业，你判断下，这里面是不是有故事。"周知昊先开口。

反正，他看了后有种说不出的难过。

"你个小孩子懂什么。"李牧星把纸张叠好。

周知昊不服气地噘嘴。大人总是天真地以为他们小孩子什么都不懂。其实，他都看过好几本玄幻言情小说了。不用他老妈的"专业"，他靠自己的想象力，都能得出结论：帅叔叔是一个很厉害很厉害的人，他有一个很爱很爱的人，叫寻宝。可惜不知道帅叔叔叫什么，他没署名，也可能是信还没写完。

"那你猜那叔叔为什么写了信又不给那个寻宝？"周知昊问。

李牧星沉默了下，然后答："可能他觉得自己必须回去。"

周知昊认同地点点头。

"话说回来，咱们偷看人家的隐私好像不大好，"李牧星感觉有点愧疚，伸手点了下儿子的额头，"你呀，以后能不能不要这么好奇。"

周知昊挠了挠脑袋，也感觉到有些不好意思。

"那帅叔叔会不会想要把这信再拿回去？"他又问。

"这样，我们把信封在一个信封里，写上航班号和他的座位号，交到失物招领处，"李牧星说出自己的建议，迎上儿子赞同的小眼神，"那边的工作人员会把遗落的东西及时上传到官方 APP 的。"

就这么办吧，他们心里能好受些。

失物招领处，周知昊看到工作人员把那封信放到柜子里，仍不放心地问："阿姨，如果那个叔叔回来找信的话，一定能拿到吧？"

对方点头:"嗯,如果他回来找的话,我们一定会交给他。"

"妈,如果帅叔叔不回来呢?"他边往出口走,又问。

"如果对他来说很重要,他一定会回来的!"李牧星捏了捏他的脸蛋,指了指外面,"好了,看,这儿的风景多美。"

不管怎样,希望那个叔叔回来吧!周知昊心里这样想着。

抬起头,他看到蓝紫色的夜空和棉花糖一样的云朵。

这云之南,果然很美呢。

寻宝:

  在瓦城去见叶雪弟弟时,寺庙的老僧人告诉我,所谓业,都是没有完成的事。要彻底结束,才没有亏欠,不用回头。江际恒的执念,有一部分与我相关,这个人对我而言自然没有任何意义,但如果他的恨意伤及无辜,我无法坐视不管。所以,我必须去把事情做个了断。

  只是每次离开你,都心如刀割。因为每一次分别,我都无法给你我一定能回来的承诺。

  有时候我觉得,人的命运也许在出生的那刻就决定了。我们的父母、出身,已经给我们的一生划定大致轨道。对于此后所遇见的善意的人与事,都应当作是额外的运气。如果能拥有,固然好,即使失去,也应该心怀感激。对我而言,我爸妈、哥哥、姐姐,以及你,都是我的幸运。

  曾经在最痛苦的时候,我想过了结自己。干禁毒这么多年,恨过人不争气,劝过人向善,等到自己亲身体会,才知道,要将一身瘾拔除,是怎样抽筋剔骨的痛苦。

  但是,只要一想到你,想到你的笑,想到你说过的那些话,想到你在远方等我,想到我亲生父母不为人知的付出,想到程家这些年对我的关爱养育,想到一起并肩作战的人们,我知道,我没有资格放弃。

  也有人问过,这么辛苦,是为了什么?就像你那天生气时讽刺过我的:当初做什么警察呢?十年辛苦,都换不来一只表。

  为了什么呢?我想,其实人活着,就是爱与背负,直至最后一天,并不需要刻意去寻求所谓答案或意义。我们所经历的一切,都是答案与意义。

  所以答应我,寻宝,往后的日子,不管遇到什么事,不管在孤单还是有人陪伴的时候,都要好好生活。

后记
致敬

> 如明日好景忽远忽近
> 仍愿抱着这份情没疑问
> ……
> 任未来存在哪个可能
> 和你亦是最后那对变更
> 唯愿在剩余光线面前
> 留下两眼为见你一面
> ……
> 唯愿会及时拥抱入眠
> 留住这世上最暖一面
> 茫茫人海取暖度过最冷一天
> ——张国荣《最冷一天》

编辑看完最后一章,问我:"没有后记什么的吗?程队才刚回来,最后看得我意犹未尽啊。"

我反问:"你觉得他回来了?"

她大惊,拒绝再和我讨论结局。

我也没有再多说。我想,还是让大家各自解读吧。就像《边城》里最后那一句——这个人也许永远不回来了,也许明天回来。

这就是几个年轻人的故事。程立、沈寻、叶雪、祖安、江际恒、廖生、张子宁、王小美……每个人都有各自的境遇、各自的选择。善与恶,清醒与沉沦,都只在一念之间。有人在命运的曲折中迷失，步步深陷。有人在黑暗中艰难前行，仍不忘心底深藏的良知与责任。

　　作为写故事的人，我知道现实远比小说残酷，生命中不可能只有美好。所以，当程立和沈寻在客栈里剑拔弩张地相逢时，当他们第一次亲吻时，当车里响起 Bob Dylan 那首 Sara 时，当程立温柔地唤出一声"寻宝"时，当沈寻在身上文下"Morpheus"这个词时……我就知道，后来会发生什么。

　　费尽千辛万苦却成往日烟尘，没有人希望看到这样的结局。但故事里的人，也许未必在乎。就像程立从来没有希望谁了解真正的他，了解他从年少得知自己身世后就一直深藏的信念。但总有一天，他会遇见一个人，那个人只需要一个眼神、一个微笑、一滴泪水，就可以解封他所有的心事。

　　就像瑞山陀塔上，沈寻对祖安说的——结果是输是赢，不重要。是生是死，也不重要。重要的是，有一起战斗的人。为了同样的目标、同样的理想而挣扎、奋斗。

　　而她能做的，就是在远方用自己的方式支持他，支持和他一样在用自己的青春、热血默默奉献、牺牲的那群人，致敬他们的理想和心愿。

　　或许，有人会问，那些拥有过却又失去的经历真的有意义吗？我想，那一年云南春天的雨知道答案，那一晚听到沈寻求婚的星空知道答案，程立宿舍里那台咖啡机知道答案，玉河镇卫生院那间老旧的病房知道答案，瑞山陀塔上日出时的朝霞知道答案，程立用生命抢下的那台相机知道答案，戒毒所里写满"S"的那面墙知道答案……

　　程立曾问沈寻，你见过那么多故事，很多并不美好，可曾对人生失望？

　　她答，也许只有见到了人性的最坏处，才能真正懂得为什么要好好活着，努力去做对别人、对这个世界有益的事情。

　　这一生，说长不长，说短不短。每个人都有自己的梦想与欲望。有人渴望金钱，却为富贵所累；有人渴望爱情，却不知珍惜；有人渴望温暖，才更懂风霜。

　　人生从来不易。若你觉得容易，定是有人在承担着那份不易。世界也不是全然光明，而是有人在黑暗的边缘坚守。

　　就像沈寻与程立那段对话。

　　"我已经习惯了。"
　　"习惯什么？"
　　"死亡与分离。"

"那为什么还要坚持？"

"为了更多的'活着'和相聚。"

　　因为他，沈寻变成一个闪闪发光的寻宝。因为她，程立的人生也像钻石一般璀璨。

　　这就足够了，不是吗？

　　那些心动，那些缠绵，都已随风去。但总会有人记得，在这云之南，她遇见过他。

　　而你也只需要看见你想看的结局。

　　最后，谨以此文致敬所有为禁毒事业默默奉献、牺牲的人们。生命可贵，也愿所有人都能珍惜人生路上的光明与温暖。

图书在版编目（CIP）数据

他在云之南 / 景行著. -- 南京 : 江苏凤凰文艺出版社, 2025. 6. -- ISBN 978-7-5594-9526-6

Ⅰ. I247.5

中国国家版本馆CIP数据核字第20259LS470号

他在云之南

景行 著

策划出品	舟行乐读×欣梦享
责任编辑	王昕宁
特约编辑	夏　童
装帧设计	樱　瑄
责任印制	杨　丹
特约监制	何亚娟
出版发行	江苏凤凰文艺出版社
	南京市中央路165号，邮编：210009
网　　址	http://www.jswenyi.com
印　　刷	三河市兴博印务有限公司
开　　本	880毫米×1230毫米　1/32　插页8
印　　张	9.75
字　　数	330千字
版　　次	2025年6月第1版
印　　次	2025年6月第1次印刷
书　　号	ISBN 978-7-5594-9526-6
定　　价	49.80元

江苏凤凰文艺版图书凡印刷、装订错误，可向出版社调换，联系电话025-83280257